대리인 1

대리인

1

제인도 장편소설

팩토리나인

목차

1. 사건에 연루되다

〔유찬아, 너 지금 어디냐?〕

성재 형에게서 전화가 걸려왔다. 한창 신차 리뷰를 쓰고 있던 나는 습관적으로 키보드를 두들기며 대답한다.

"사무실인데요."

〔지금 시간 돼? 일이 하나 들어왔는데.〕

성재 형은 전 직장 선배로, 지금은 대리운전 회사를 운영하고 있다. 회원제로 운영되는 그 회사는 슈퍼카의 대리운전도 가능해서 유명 기업 사장이나 연예인들이 즐겨 이용하는 것으로 유명하다. 형은 나와 같은 자동차 잡지 기자나 카레이서들을 잘 구슬려 종종 슈퍼카의 대리운전을 맡기곤 했다. 우리로서도 슈퍼카를 몰 기회가 흔치 않고 페이도 꽤 짭짤한 편이어서 이런 제안을 마다하지 않았다.

그러나 오늘은 내가 좀 바빴다. 모레, 자동차 시승 해외 출장이 잡혀 있어 신차 리뷰를 오늘 중으로 끝내고 싶었다. 성재 형의 제안을 어떻게 거절할까, 머리를 굴리면서 예의상 물었다.

"차종이 뭔데요?"

〔부가티.〕

"부가티? 당장 나갈게요. 좌표 찍어주세요."

난 원고를 쓰다 말고 자리에서 일어났다. 부가티라면 얘기가 다르니까. 지금 아니면 이 슈퍼카의 핸들을 언제 잡아보겠는가. 성재 형이 알려준 대로, 부리나케 청담동 사거리 뒤편에 있는 유명 스테이크 하우스 앞으로 뛰어갔다.

10분도 안 돼 약속 장소에 도착했다. 잡지사 사무실이 압구정 로데오 거리에 있어 다행이었다. 스테이크 하우스 앞에서는 검은색 부가티 베이런이 그 위용을 자랑하고 있었다. 매끈하게 잘 빠진 차였다. 난 곁눈질로 차의 자태를 훔쳐보면서 그 앞에 서 있는 검은색 슈트 차림의 남자에게 말을 걸었다.

"부가티 대리 왔는데요."

"정 대표님 나오실 때까지 기다리십시오."

남자는 나를 위아래로 훑어봤다. 마치 내 가치를 매기기라도 하듯 말이다. 마감하다 뛰쳐나온 내 모습이 후줄근해 보였을 거라는 생각에 기분이 언짢았다. 난 속으로 스테이크 하우스의 명성에 기대어 자신의 가치가 올라갔을 거라 착각하는 그를 비웃었다. 그래 봤자 자신도 발레파킹 요원에 불과할 텐데. 슈트를 입은 남자와 난 각자 말없이 서서 부가티의 주인이 나오기만을 기다렸다.

한 30분쯤 기다렸을까. 스테이크 하우스 문이 열리며 선글라스를 쓴 남자가 나타났다. 웃고 있는 입매가 왠지 눈에 익었다. 어디서 봤더라? 돔 페리뇽 샴페인 행사였던가 아니면 예거 르쿨트르 시계였던가? 비틀거리며 계단을 내려오는 그를, 잘 차려입은 사람들이 양옆에서 부축하고 있다.

"저분이신가요?"

난 검은 슈트를 입은 주차 요원에게 물었다. 그는 거만하게 대답했다.

"아마도요? 슈퍼카니 조심해서 운전하셔야 할 겁니다. 정 대표님이 아끼시는 차거든요."

선글라스 낀 남자가 계단 끝에 다다르자, 주차 요원이 재빨리 보조석의 차 문을 열었다. 남자는 꽤 기분이 좋은지 주차 요원의 슈트 앞주머니에 팁을 꽂아준다. 5만 원짜리가 여러 장인 것을 보니 발레 팁이 꽤 후하다. 얼굴이 환해진 주차 요원은 고개를 연신 꾸벅거렸다. 그리고 나에게 재빨리 눈짓을 준다. 차에 빨리 올라타라는 얘기다. 난 시키는 대로 운전석에 앉았다. 보도 자료에서 사진으로만 봤던, 화려하고 유니크한 부가티의 실내 인테리어가 빛나고 있었다.

"부가티 운전해 봤어?"

이 남자, 보자마자 반말이다. 하지만 한남동 집으로 모실 때까지 난 그에게 깍듯하게 예의를 갖춰야 했다.

"처음입니다. 하지만 페라리나 맥라렌은 몰아봤습니다."

"살살 다뤄줘. 얘는 훨씬 예민하거든."

"네. 걱정하지 마십시오."

시동을 걸고 미리 입력된 주소로 향했다. 처음부터 빠르고 부드럽게 미끄러지는 주행감에 감탄이 절로 나왔다. 시속 400킬로미터로 달리는 기분은 어떨까? 인천공항고속도로를 달리면 기분이 죽일 것 같은데. 액셀러레이터를 더 깊숙이 밟고 싶은 욕구를 간신히 참았다. 난 차 주인이 옆에 앉아 있다는 것을 망각한 채 부가티의 웅장한 엔진음을 즐기며 속도를 점차 올렸다.

"차 좋아하나 봐? 직업이 뭐야?"

선글라스를 낀 차 주인이 나를 흥미롭다는 듯 관찰하며 묻는다. 한밤중에도 선글라스를 낀 것으로 보아 그는 연예인이나 유명세를 치르는 대기업의 자제인 것 같았다.

"자동차 잡지 기자입니다."

"아아, 기자야? 어디?"

"《모터 비히클》이오."

"《모터 비히클》? 모르는 덴데? 그런데 낯이 익어. 우리 어디서 본 적 있지?"

"행사장에서 뵙지 않았을까요? 자동차 전시회나."

"나 그런데 안 가는데? 흐음……"

정면을 보고 운전을 하고 있었지만, 나를 보는 그의 시선이 느껴졌다. 과한 관심이 부담스러울 지경이다. 하지만 난 부가티 베이런을 운전하고 있다는 사실만으로도 가슴이 벅찼다. 그 정도의 관심은 견딜 수 있었다. 한남대교를 건너는데 그가 다시 말을 걸었다.

"몇 살이야?"

"서른입니다."

"혹시…… 선재 나왔어? 초등학교 말이야."

그의 물음에 난 당황했다. 어떻게 알았지? 부자들은 대리 기사도 신원 파악을 하고 쓰는 건가?

"아, 네……."

"이제 생각났다. 너 김유찬이지? 맞지?"

반가움에 목소리를 높이며 그가 내게 얼굴을 들이밀었다. 난 얼떨결에 그의 얼굴을 본다.

"나야, 정이준. 기억 안 나?"

실내가 어두워서 얼굴이 자세히 보이진 않았지만 그의 입매가 눈에 들어왔다. 그가 낄낄대며 웃었다. 저 웃음소리, 그리고 웃을 때마다 입꼬리가 위로 말려 올라가면서 살짝 드러나는 입동굴……. 그래, 기억난다. 하얗고 예쁘장했지만 묘하게 심술 맞던 꼬마의 이미지와 그의 얼굴이 겹쳤다. 그 꼬마가 지금 이 녀석이란 말인가.

"아……, 정이준!"

"이게 얼마 만이야? 벌써 20년이 다 됐겠네. 네가 전학 간 게 6학년 때던가?"

"아니, 5학년 때였어."

아버지 사업이 망하기 전, 내가 사립학교에 다녔을 때 정이준은 같은 반 친구였다. 유명 정치인 할아버지와 잘나가는 제약회사 대표를 아버지로 둔 그 애 주변에는 늘 친구들이 넘쳐났다. 반

아이들은 모두 그에게 잘 보이고 싶어 했다. 하지만 나는 그와 별로 친하지 않았다. 두 번 정도 같은 반이 됐지만 말을 한두 번 섞어본 게 전부였다.

"그때 체육 시간에 네가 나 도와줬잖아? 내가 축구 하다 쓰러졌을 때 말이야."

그런 일도 있었던가? 너무 오래된 일이라 기억이 나지 않았다.

"오늘 만난 김에 은혜를 갚아야겠네. 유찬아, 우리 집에 가서 술이나 한잔하자."

"오늘?"

"응. 어차피 지금 우리 집으로 가고 있잖아?"

난 차마 안 된다고 대답하지 못했다. 신차 리뷰를 쓰다 말았고 모레 해외 출장 일정도 잡혀 있었지만 간단히 마시고 헤어지면 큰 부담이 없을 것 같았다. 마감은 내일 아침에 하면 되겠지. 그렇다. 부가티라는 차의 유혹이 나에게는 너무나 컸다. 거리에서도 보기 힘든 이 차를 소유한 사람이 동창이란 게 얼마나 반가운지 모른다. 그를 잘만 꾀면 유튜브를 만들 때 부가티를 협찬해줄지 모른다는 생각도 들었다. 그럼 대박일 텐데.

"좋아. 대신 간단히 마시자. 나 출장 갈 준비도 해야 하거든."

"기왕 마시는 거 화끈하게 마셔야지!"

정이준이 또 낄낄대며 웃었다. 아무리 들어도 독특한 웃음소리였다.

우리는 곧 UN 빌리지에 위치한 그의 집에 도착했다. 주차를 하고 차에서 내리니 넓은 주차장 안은 온갖 고급 차들로 가득했다. 마이바흐와 벤틀리는 물론 코닉세그와 애스터마틴도 있었다. 자동차 전시장이라도 온 듯 황홀했다.

"이게 다 네 차야?"

"응. 차 구경은 나중에 하고, 올라가자."

정이준이 엘리베이터 앞에 섰다. 난 그의 뒤를 따랐다. 주차장엔 차가 들어오는 출입구 외에 정원으로 통하는 계단과 내부로 연결된 엘리베이터가 있었다. 일반 주택에도 엘리베이터가 있을 수 있다는 사실을 처음 알았다. 엘리베이터를 타고 위층으로 올라갔다. 문이 열리자 모던하면서도 고급스러운 넓은 거실이 바로 나타났다. 정원을 사이에 둔 반대편 창가에는 긴 바가 설치되어 있었고, 바에는 온갖 술이 가득했다. 창문으로는 아름다운 한강의 야경이 내려다보였다.

"마시고 싶은 거 꺼내 먹고 있어. 옷 갈아입고 올게."

그가 바의 옆에 있는 복도로 사라졌다. 난 긴 테이블 앞에 서서 무엇을 마셔야 할지 몰라 당황했다. 그 어마어마함에 괜히 주눅이 들었다. 들어본 적도 없는 진귀한 술의 컬렉션에 감탄해 그저 입을 벌리고 있을 뿐이었다. 정이준이 다시 나타났다. 선글라스는 아직도 끼고 있는 상태였다.

"뭐 하고 있어? 앉아."

난 그가 시키는 대로 쭈뼛대며 바에 앉았다. 정이준은 익숙하게 잔에 얼음을 채우더니 위스키 한 병을 꺼냈다.

"난 하이볼 마실 건데, 넌 스트레이트로 마실래?"

"같은 걸로 줘."

그가 위스키를 잔에 따랐다. 그는 내게 잔을 건네주고 바 아래에 있는 스위치로 조명을 조절했다. 조명이 조금 어두워지자 고급 위스키 바 못지않은 분위기가 만들어졌다. 난 그가 권유하는 대로 위스키를 마셨다. 부드러운 맛과 향이 입안에 가득 퍼졌다.

"야, 그러잖아도 얼마 전에 네 얘기 했어."

"내 얘기?"

"도원이와 연구, 기억나지?"

도원이의 하얗고 갸름한 얼굴이 떠올랐다. 공부를 잘했고 모범적이었으며 꽤 예쁘장하게 생긴 녀석이었다. 쌍둥이처럼 늘 이준이의 옆에 붙어 있던 도원이. 선량한 얼굴을 하고 있었지만 절대 웃지 않아 왠지 그늘져 보이곤 했다.

"도원이? 최도원은 아는데 연구는 모르겠는걸."

"아……, 연구는 중학교 동창이던가? 어쨌든 걔들, 내 밑에서 일하잖아. 바르셀로나에 가서 축구 보고 오다가 비행기에서 옛날 얘기가 나왔어. 내가 지금도 축구는 좋아하지만 여전히 잘 못하거든."

축구 경기를 관람하기 위해 바르셀로나로 가다니, 나로서는 상상도 할 수 없는 일이었다. 초등학교 때는 비슷한 지점에 서 있다고 생각했는데 지금의 격차는 너무도 컸다. 그가 하는 얘기의 반도 공감하지 못했다. 그러나 나는 그 이질감을 견뎌내며 정이준의 얘기를 묵묵히 들었다. 그는 자신이 얼마나 열광적인 FC 바르셀로나의 팬인지, 굿즈를 다양하게 모았다는 얘기 등등 내가 전

16

혀 관심 없는 애기를 신나게 늘어놓았다. 슬슬 그의 이야기가 지겨워져 어떻게 하면 말을 끊을까 생각하던 찰나 선글라스가 눈에 들어왔다.

"이준아, 너 그 선글라스는 왜 끼고 있는 거야? 집에서는 널 알아보고 귀찮게 할 사람도 없잖아?"

내 말에 그가 씩 웃었다. 입꼬리가 위로 가볍게 말려 올라가면서 입동굴이 더 두드러져 보였다. 그는 선글라스를 살짝 내려서 자신의 눈을 보여주었다. 눈에는 가는 테이프가 붙어 있었다.

"쌍꺼풀 수술했어."

정이준이 낄낄대며 웃었다. 아직도 여전한 그 웃음소리 때문에 난 그에게 더 친근감을 느꼈다.

"뭐? 왜?"

"얼마 전에 점을 봤는데, 올해 내가 사고 수가 있다는 거야. 죽을지도 모른다잖아. 미리 피를 보는 게 좋다고 해서."

아무렇지도 않게 말하는 그의 말에 피식 웃음이 나왔다. 30억이 훌쩍 넘는 차를 타면서 그런 미신 따위나 믿다니 어이가 없었다. 엉뚱하고 고집이 셌던 그의 어린 시절 모습이 떠올랐다. 그때도 지금처럼, 이상한 애기를 꺼내 아이들을 당황하게 했지.

"수술했는데 술 마셔도 돼?"

"뭐, 어때."

정이준이 위스키를 마셨다. 그는 잔에 다시 얼음을 채우고 위스키를 따랐다.

"사업이 잘 되나 보다?"

"그럭저럭이지, 뭐. 아버지가 차려준 거야. 난 그냥 형식상 대표고, 운영은 애들이 다 해."

"팔자 좋네."

"그렇지도 않아. 얼마나 나를 귀찮게 하는데. 하라는 게 진짜 많아. 특히 도원이 그 새끼가 얼마나 잔소리가 심한 줄 알아? 어휴, 일 얘긴 그만하자. 피곤해지니까."

우리는 건배를 하고 위스키 잔을 비웠다. 그리고 어린 시절 얘기와 축구 얘기, 자동차 얘기를 하면서 위스키 한 병을 다 마셨고 이것도 부족해 보드카와 테킬라까지 마셨다. 너무 마신 나머지 머리가 핑핑 돌았다. 난 바 옆에 있는 소파에 누웠다. 그리고 바에 서 있는 정이준을 보았다. 술을 그렇게 마시고도 멀쩡한 그는 웃으면서 새 술을 따고 있었다.

***

목이 말라 눈을 떴다. 창문 가득 햇살이 들어오는 것을 보니 아침이었다. 숙취로 머리가 욱신거렸다. 소파에 엎드려 자던 나는 가까스로 몸을 일으켰다. 냉장고에서 생수병을 통째로 꺼내 입을 대고 마시니 그제야 살 것 같았다.

시계를 보니 벌써 9시다. 이런, 지각이다. 난 정신을 차려보려 했다. 그러나 주변이 계속 핑핑 돌 뿐 내 몸은 마음과 달리 흐느적거리며 제대로 움직이질 않았다. 더 늦기 전에 출근해야 할 텐데. 내 앞에는 정이준이 병을 손에 쥔 채로 바닥에 엎드려 있다.

난 비틀대며 녀석에게 다가가 흔들어 깨웠다.

"야, 나 가야겠어."

하지만 미동이 없다. 이상했다. 그의 몸이 차갑고 딱딱하다.

"이준아, 이준아, 일어나 봐. 인마, 일어나!"

난 그가 살아 있기를 바라며 다시 몸을 흔들었다. 그는 눈을 뜨지 않는다. 이번에는 코에 손을 가져다 댔다. 숨이 느껴지지 않았다. 죽었다. 그가 죽은 것이다.

급작스러운 친구의 죽음 앞에서 너무도 당황한 난, 휴대폰을 손에 들고 어찌할 바를 몰랐다. 경찰에 신고했다가 괜스레 내가 범인으로 의심받을까 두려웠다. 그렇다고 이대로 정이준의 시신을 방치할 수는 없었다. 어쩌지? 어쩌지? 머릿속이 몽롱해서 제대로 된 판단을 내릴 수가 없었다.

그의 시신 앞에 서서 어찌할 바를 모르고 있는데, 찰칵하는 문소리와 함께 현관문이 열렸다. 그리고 누군가 집 안으로 들어오는 기척이 느껴졌다. 난 공포감으로 온몸이 굳었다. 고개를 돌려 문 쪽을 바라보니 흰옷을 입은 여자가 서 있었다. 창문으로 쏟아지는 빛을 등지고 나를 보고 있는 그녀는 키가 크고 늘씬한 미녀였다.

"누구……세요?"

마치 천사와 같은 그녀가 나를 보고 의심스럽게 물었다. 난 혼란스러운 나머지 제대로 된 대답을 할 수가 없었다. 그녀는 정이준의 시신으로 시선을 돌리더니 눈이 동그래져 달려들었다.

"이준 씨, 이준 씨."

그녀는 바닥에 쓰러져 있는 그를 부둥켜안았다. 녀석을 흔들며 깨워보려 했지만 소용이 없다는 것을 알고는 이내 눈에 눈물이 가득 차올랐다. 여자는 원망스러운 눈초리로 나를 쏘아보았다.

"당신이…… 죽였나요?"

"네에? 아, 아니……, 저, 저는그냥……."

난 제대로 대답하지 못하고 말을 더듬었다. 그럴수록 여자의 눈이 매서워졌다.

그때 현관문이 열리면서 두 명의 남자가 들어왔다. 그중 한 명의 얼굴이 눈에 익었다. 초등학교 동창인 최도원이었다. 녀석도 나를 알아보고 놀라는 눈치였다.

"이준 씨가 죽었어요. 저 사람이 범인이에요."

여자는 나를 손가락으로 가리키며 날카롭게 고함을 질렀다. 뭐야? 내가 범인이라고? 나한테 왜 이러는 거지? 난 정이준을 죽이지 않았어! 여자의 말에 놀라서 쓰러질 것만 같았다. 어제 마신 술로 인해 속이 울렁거렸고 토하고 싶었다.

***

술병을 든 채 정이준이 거실에 쓰러져 있다. 그의 입에서 흘러나온 끈적한 토사물이 대리석 바닥에 큰 얼룩을 만들고 있었다. 어디선가 날카로운 여자의 목소리가 들렸다.

"이 살인자! 범인은 이 사람이에요!"

그녀의 말이 끝나기 무섭게 사람들이 나에게 덤벼들었다. 내 몸을 짓밟고 목을 조르며 압박을 가해온다. 숨이 막히기 시작했다. 난 살기 위해 온몸을 버둥거렸다. 살려달라고 외치고 싶었지만 입에서는 말이 나오지 않았다. 사람들 몸에 눌린 나는 손끝 하나 뗄 수가 없다. 숨이 막혀 꺽꺽댄다. 이대로 나도 죽는 건가……? 눈앞에 거대한 판사석이 보였다. 거만해 보이는 판사가 가운데에 앉아 나를 내려다보며 말한다.

"피고 김유찬을, 친구 정이준을 살해한 혐의로 사형에 처한다."

탕- 탕- 탕-.

아득히 판사 봉을 내리치는 소리 같은 게 들렸다. 그리고 사람들이 다시 나를 에워싸고 압박한다. 살려줘! 살려줘! 제발……

***

"괜찮습니까? 눈 좀 떠보세요!"

굵직한 남자의 목소리가 들렸다. 그의 말에, 저주에서 풀린 듯 갑자기 몸이 가벼워졌다. 간신히 눈을 떴다. 회색 콘크리트 천장이 가장 먼저 눈에 들어왔다. 주변을 둘러보니 유치장 안에 있던 사람들이 내 주변으로 몰려와 있었다. 그들 중 몇몇은 내 팔다리를 주무른다. 아, 다행이다. 고맙게도 꿈이었다.

"정신이 좀 듭니까?"

나를 깨운 목소리가 다시 들려왔다. 소리가 나는 쪽으로 고개를 돌렸다. 한 남자가 걱정스럽게 나를 들여다보고 있었다.

"물 좀 드실래요?"

그가 내 몸을 일으키더니 물병을 내밀었다. 물을 벌컥벌컥 들이 켰다. 500ml 생수병이 금방 비워졌다. 난 간신히 정신을 차렸다.

"무슨 꿈을 꿨길래 그래요?"

대답을 하지 못했다. 꿈이 너무도 생생해서 입 밖으로 꺼내기가 두려웠다.

"가위눌렸나 보네."

"이런 데서 잠을 자니 가위 안 눌리고 배기겠어?"

"유치장이 원래 터가 안 좋아."

나를 둘러싼 사람들이 한마디씩 한다. 나도 모르게 눈물이 왈칵 쏟아졌다.

다시 취조실로 끌려왔다. 의자에 앉아 담당 경찰이 오길 기다리면서 불안한 마음에 가슴이 방망이질 쳤다. 경찰이 정말 정이준을 죽인 살인범으로 나를 보는 건 아니겠지? 사람이 죽었을 때 용의자는 경찰에 연락한 사람이거나 제일 마지막에 같이 있었던 사람이 되기 쉽다고 한다. 난 정이준을 만나 밤새 술을 마시고 마지막까지 함께 있었다. 정황상 누가 봐도 용의자였다. 난 아무 짓도 안 했는데. 그저 술만 마셨을 뿐인데. 어떻게 해야 내 무죄를 입증할 수 있을까?

문이 열리고 경찰이 들어왔다. 이 사건을 맡은 오동준 경사다. 그는 말없이 의자에 앉아 서류를 뒤적이더니 취조를 시작했다. 하지만 나와는 전혀 무관한 얘기에 대답을 제대로 하지 못했다. 답답하다. 내가 처한 이 현실이 답답하다. 좁고 작은 이 공간도 답답하다. 사방에서 벽이 조여들어 나를 숨 막히게 한다.

맞은편에 앉은 경찰은 의심스러운 눈초리로 날 보고 있다. 저 유리창 밖에서는 다른 경찰들이 내가 하는 얘기를 듣고 있겠지.

"김유찬 씨! 똑바로 대답하세요. 정이준 씨에게 일부러 접근한 거 아닙니까?"

"그럴 리가요. 전 그냥 대리운전을 한 것뿐이에요. 초등학교 동창이었다는 것을 안 건 정말 우연이었다고요."

"왜 집으로 따라 들어갔습니까?"

"이준이가 술을 마시자고 먼저 제안했어요."

"협박해서 들어간 것은 아니고요?"

"차에 블랙박스 없습니까? 우리 대화가 녹음돼 있을 텐데요? 왜 절 의심하는 겁니까?"

"블랙박스에는 아무런 대화도 녹음되어 있지 않았습니다. 모두 지워져 깨끗했다고요! 김유찬 씨가 고의로 지운 거 아닙니까?"

"제가 그걸 왜 지웁니까? 제 차도 아니고, 제 증언도 불리해질 텐데요?"

"범인이라 그런 게 아니었을까요? 차마 공개하지 못할 얘기를 차 안에서 했을 수도 있고요."

"전 아니라고요. 몇 번이고 말씀드렸잖습니까? 전 이준이를 죽이지 않았어요."

"조사하면 다 나옵니다!"

오동준 경사는 내가 정이준을 죽이지 않았다는 말을 믿지 않았다. 자백을 받아내기 위해 그날 일을 묻고 또 물을 뿐이다. 지루하게 반복되는 같은 질문에 내 정신은 혼미해졌다. 내가 진짜 정이준을 죽였는지, 지금 취조실에 있는 게 현실인지 아닌지, 구별이 되지 않을 정도다. 불과 하루가 지났을 뿐인데, 내 삶은 완전히 바뀌어버렸다.

다음 날도, 그다음 날도 취조는 쉬지 않고 이어졌다. 매번 똑같은 질문과 회유 그리고 협박. 지칠 대로 지친 나는 대답하기조차 귀찮았지만 흐려지는 정신을 다잡으며 끝까지 부인했다. 난 정이준을 죽인 일이 없다. 죽일 이유도 없다. 그러나 부검 결과가 나올 때까지, 경찰에게 난 가장 유력한 살인 용의자였다. DNA를 채취하기 위해 머리카락까지 뽑아간 그들은 내게 살해 동기를 끈질기게 물었다.

"이봐요, 김유찬 씨. 시간 끌지 말고 쉽게 갑시다. 몇 번을 말해요? 조사하면 다 나온다고."

"저도 억울해요, 진짜. 빨리 조사 좀 해주세요!"

"끝까지 버티겠다. 이건가 본데, 이봐요, 물증도 있고 증인도 있습니다. 당신도 알고 있잖아요?"

"증인이오?"

놀란 내가 반문했다. 아니, 증인이라니⋯⋯. 불현듯 정이준의 집 거실에서 나에게 살인범이라고 외친 여자의 얼굴이 떠올랐다.

'이준 씨가 죽었어요. 저 사람이 범인이에요.'

나를 벼랑으로 몬 그녀의 목소리. 그 여자의 증언 때문에 난 가장 유력한 살인 용의자가 됐고, 밤마다 살인 현장이 반복되는 악몽을 꾸고 있다. 그녀는 왜 나를 범인으로 지목했을까?

"그 여자 말을 믿으십니까? 수상한 건 제가 아니라 그 여자라
고요!"

"곧 밝혀질 사건입니다. 김유찬 씨, 우리 어렵게 돌아가지 말
죠. 이미 주사기도 나왔고, 술에서 약물도 검출됐어요."

경찰의 말에 난 입술을 깨물었다. 살인 동기를 만드는 건 그들
에게 어렵지 않아 보였다. 증거는 이미 다 확보했고 이제 내 진
술만 있으면 되는 것 같다. 그들은 이제 나를 마약사범으로 몰고
있다.

"마약은 언제부터 했습니까?"

"전 마약 같은 건 하지 않았습니다. 담배도 안 피우는걸요."

그는 파일에서 종이 한 장을 꺼내더니 내게 내밀었다. 난 그 종
이를 무심결에 받아들었다.

"그날, 김유찬 씨 혈액에서 다량의 마약 성분이 검출됐어요. 이
러고도 거짓말을 합니까?"

"이, 이건 뭔가 잘못된 걸 거예요……. 전 마약을 한 적이 없습니
다. 정말입니다. 제 주변 사람들에게 물어보세요. 억울해요."

"좋습니다. 그 주변 사람들 얘기 좀 들어봅시다. 누가 정이준
씨를 김유찬 씨에게 연결해준 겁니까?"

"전 대리운전을 한 것뿐이라니까요."

"언제부터 정이준 씨에게 마약을 공급해왔습니까?"

"네?"

"언제부터 정이준 씨에게 마약을 공급했느냐고요!"

"몇 번을 말씀드립니까? 초등학교 졸업 이후로 그날 이준이를

본 게 처음이라고요."

"이번이 몇 번째 공급이었습니까?"

벽에 대고 말하는 기분이었다. 경찰은 나를 범인으로 단정 지어놓고 취조를 하고 있었다. 내 말 같은 건 처음부터 들을 생각이 없었던 것이다.

"잘 생각해보세요. 판매 조직을 알려주면 김유찬 씨는 큰 징계를 받지 않을 거예요. 저희가 그렇게 되게 옆에서 도와줄 거라고요."

"진짜 모른다니까요. 전 마약 공급책이 아니라고요!"

"김유찬 씨! 왜 자꾸 거짓말을 합니까!"

오동준 경사는 끝까지 내 말을 믿지 않았다. 내가 자백을 할 때까지 유치장에 가둬둘 심산인 듯하다.

오늘도 나는 경찰서 지하에 있는 유치장에서 잠이 든다. 며칠째인지 모르겠다.

"요즘은 괜찮아요?"

아침 샤워 시간 전에 한 남자가 내게 말을 걸었다. 며칠 전, 나를 악몽에서 깨워준 그 남자였다.

"아……, 그때는 감사했습니다."

그에게 고개 숙여 감사를 표했다. 진심이었다. 그 일 덕분에, 내가 가위에라도 눌릴 것 같으면 이제는 주변에서 알아서 깨워준다. 그래서 악몽 꿀 겨를이 없었다. 비록 깊게 잠들지는 못했지만.

"여긴 왜 들어온 거예요?"

심장이 또 벌렁거린다. 그는 친절하게 웃어 보였지만, 난 또 다른 취조실에 앉아 있는 기분이 든다. 비참했다.

"이런……, 제가 괜한 걸 물었나 보네요."

"아, 아닙니다……."

그는 재빠르게 내 기분을 눈치채고는 미안해했다. 나도 미안하다. 감정이 아직 정리되지 않은 나는 이럴 수밖에 없다.

"기왕 만난 거 우리, 인사나 하고 지냅시다. 언제 어디서 또 어떻게 만날지, 사람 일은 모르잖아요? 전 이준혁이에요."

"김유찬입니다."

난 기어들어 가는 목소리로 대답했다. 그리고 그의 얼굴에서 정이준을 떠올렸다. 그의 말대로 사람의 인연은 알 수 없다. 초등학교 5학년 이후로 한 번도 본 적이 없던 그를 다시 만나게 될 줄은 꿈에도 몰랐다. 그런데 왜 하필 그날이었을까? 친하지도 않았던 나를, 녀석은 어떻게 기억하고 있었던 걸까? 정이준이 축구하다 쓰러진 일은 내 기억 속에는 없는데. 녀석은 분명히 내게 은혜를 갚는다고 했다. 하지만 그 결과는 살인 누명이었다. 생각하면 할수록 화가 난다. 억울하고 분통스럽다.

감정이 격해지려는 찰나, 유치장의 문이 열렸다.

"일 열 종대!"

유치장 안을 담당하는 경찰이 큰소리로 외쳤다. 우리는 그가 시키는 대로 한 줄로 서서 샤워실로 향했다. 하루에 딱 한 번 있는, 유치장 밖으로의 단체 외출이다. 난 시원한 물줄기를 맞으며 온몸의 땀을 씻어 내렸다. 물줄기에 내 누명도 씻겨 내리길 간절히 바랐다.

경찰의 취조를 받는 것 외에는 딱히 할 일이 없는 나는 하루 대부분을 책을 읽으며 시간을 때웠다. 유치장 옆에는 책과 만화가 가득 꽂힌 제법 큰 책꽂이가 있어 원하는 책은 다 읽을 수 있었다. 오늘도 난 책을 읽으며 무료한 시간을 보냈다.

"기자였다면서요?"

이준혁, 그가 내게 또 말을 걸어왔다. 신경 써주는 것은 고맙지만 난 왠지 그가 어렵다.

"어디 기자예요? 신문사? 아니면 방송국?"

"작은 잡지사예요."

우물쭈물 간신히 대답했다. 차라리 그가 깡패나 양아치 같으면 편했으련만, 그는 내가 만나 본 중견기업의 여느 CEO보다 더 젠틀하고 예의 발랐다.

"아직 결과 안 나왔어요?"

"네……."

"들어온 지 일주일 됐죠? 그런데도 결론이 안 난 걸 보면 사건이 꽤 큰 건가 봐요?"

아무런 대꾸도 하지 않았다. 그가 자꾸 물어오는 게 내심 귀찮다. 솔직히 내 사건을 얘기하고 싶지 않다. 떠올릴수록 괴로워서 입 밖으로 정이준의 얘기를 꺼낼 수가 없다.

"변호사는 선임했고요?"

난 고개를 흔들었다. 그가 인상을 썼다. 그의 콧잔등에 깊은 주름이 두 줄 새겨진다.

"이런……, 좀 힘들겠네요. 곧 검찰에 송치될 것 같은데."

검찰이라는 말에, 온몸이 얼어붙는 것 같았다. 정말, 이렇게 난 감옥에 가게 되는 걸까? 몸이 떨려왔다.

"아, 겁주려고 한 얘기는 아닙니다. 내 말이 도움이 될까 해서 ……."

"괜찮습니다. 말씀해주세요."

난 그의 말을 경청하는 자세로 태도를 바꿨다. 검찰이란 말에 겁이 났기 때문이다. 그가 얘기하는 것으로 판단할 때 이런 곳을 여러 번 드나든 사람 같았다. 검사를 만나 본 경험이 있었는지, 아니면 아무런 대처도 하지 않는 내가 불쌍했는지, 진지하게 충고를 해준다.

"검사를 만나서 진술할 때는 일관성이 중요해요. 경찰서에서 쓴 진술서와 달라지면 안 된다는 거예요. 제 말 아시겠죠?"

"네."

"검사들 실제 만나보면 사람이 참 좋아 보여요. 하지만 거기에 넘어가서는 안 돼요. 미소 뒤에 칼을 숨기고 있거든요. 그 사람들, 우리의 형량을 결정하는 사람들이에요."

"검찰청에 불려 가면…… 바로 감옥에 가게 되는 건가요?"

난 잔뜩 겁을 집어먹은 목소리로 물었다. 그가 나를 안타깝다는 듯 바라본다.

"아, 아닙니다. 아직 판결이 안 나왔잖아요. 취조는 죄를 밝히는 과정 중 하나예요. 구치소로 이송되지 않고 끝날 수도 있고요. 너무 어렵게 생각하지 마세요."

"검사도 경찰처럼, 또 같은 질문만 하겠죠?"

"김유찬 씨, 취조 그거 별거 아니에요. 기자였다면 인터뷰를 많이 하지 않았습니까? 검사와 애기할 때 인터뷰를 한다고 생각해보세요. 그러면 마음이 편해질 거예요."

친절하게 위로해주는 그의 말에 난 고개를 끄덕였다. 고맙다는 말을 하고 싶었지만 목이 메어 말이 나오지 않았다. 눈에 눈물이 고인다. 유치장에 들어온 이후 바보같이 눈물이 부쩍 늘었다.

"김유찬 씨, 나오십시오."

그때 경찰이 내 이름을 불렀다. 급작스러운 호출에 나는 반사적으로 자리에서 일어났다. 어디에서 들어온 호출인지 모르지만 너무나 긴장해서 온몸이 조여드는 것 같다. 그들이 나를 포승줄로 묶는다. 난 진짜 범죄자가 된 것 같아 괴로웠다. 하지만 이런 내 기분을 누가 알아주겠는가. 경찰서에서 준비한 버스를 타고 검찰청으로 이동하는 동안, 내 인생이 망가졌다는 것을 새삼 실감했다.

버스는 곧 검찰청에 다다랐다. 경찰서와 똑같은 시멘트 건물일 뿐인데 외관이 더 차갑고 살벌하게 느껴졌다. 이제 진짜 마지막이라는 생각이 들었다. 난 참담한 기분으로 취조실로 들어다. 그곳에서 마주친 검사는 생각보다 평범하고 순한 인상이었다. 하지만 눈빛과 목소리는 굉장히 날카로웠다.

"정이준 씨와는 무슨 관계입니까?"

경찰이 했던 질문이 또 나왔다. 지긋지긋했다. 그러나 이준혁이 충고해준 말이 떠올랐다. 경찰 앞에서 애기한 진술과 똑같아야 한다는 말이 나태해지려는 내 정신을 다잡았다.

"초등학교 동창입니다. 하지만 5학년 때 전학 간 이후로 그날 처음 만났습니다."

"자동차 잡지 기자시네요. 그런데 대리운전을 하셨다고요?"

"가끔 아르바이트를 합니다. 슈퍼카 대리에 한해서요."

"부가티라 대리운전을 했다는 겁니까? 마감인데도요?"

"페라리나 람보르기니 등은 운전해봤지만 부가티는 처음이었 거든요. 꼭 몰아보고 싶었습니다."

"정이준 씨의 집에는 어떻게 들어가게 된 것입니까? 아무리 동 창이라 해도, 오랜만에 만난 낯선 사람을 집에 들이다니 저로서 는 선뜻 이해가 가지 않는군요."

"초등학교 때 이준이가 쓰러진 걸 제가 도와준 적이 있습니다. 그걸 갚겠다면서 집에 가서 술 한잔하자고 하길래……."

"따라갔다, 이 말씀인 거죠?"

"네."

나도 모르게 왈칵 눈물이 나왔다. 내 눈은 망가진 수도꼭지 같 았다. 그날 일만 생각하면 후회가 밀려오면서 눈물이 나왔다. 내 나이 삼십이 넘어서, 게다가 남자인데, 경찰 앞에서 이런 모자란 꼴을 보인다는 게 한심스러웠다. 그래도 눈물은 멈추지 않았다. 휴지를 건네는 검사의 목소리가 한결 누그러진 것 같았다.

"정이준 씨 집에 들어갔을 때, 안에 다른 사람이 있었습니까?"

"모르겠습니다. 전 주차장과 거실에만 있어서요. 다른 사람이 있었다고 해도 기척을 못 느꼈을 겁니다."

"집에 다른 사람이 있었을 수도 있다. 이 말인가요?"

"집이 워낙 넓었으니까요."

"어떤 술을 마셨습니까?"

"위스키를 마셨고…… 보드카와 테킬라도 마셨던 것 같습니다."

"꽤 많이 마셨군요. 평소에도 술을 즐겨 드십니까?"

"……."

입을 열었지만 말이 나오지 않는다. 입술이 가늘게 떨려온다. 그날 취기에 느꼈던 빙빙 도는 느낌이, 또다시 느껴진다. 속이 울렁거렸고 대답을 할 수 없다. 머리도 아프다. 긴 침묵이 이어진다. 검사는 고맙게도 내 침묵을 기다려준다. 난 몇 번의 심호흡을 한 다음에야 간신히 입을 뗄 수 있었다.

"제가, 아니 저를…… 살인범이라고 생각하시는 겁니까?"

목소리가 떨려 나온다. 그리고 나도 모르게 흐느낀다. 검사는 그런 나를 측은한 시선으로 바라본다.

"부검 결과가 나왔습니다. 정이준 씨가 죽은 원인은 마약 과다 투여로 밝혀졌어요. 평소에도 마약을 자주 해온 사실이 드러났고요."

"그 말씀은…… 제가 살인범이 아니라는 얘기죠?"

"글쎄요. 좀 더 기다려보면 알겠죠."

검사가 희미한 미소를 띠며 나를 본다. 그의 눈빛에서, 살인을 입증할 증거를 찾지 못했고 난 누명을 벗었다는 것을 알 수 있었다. 갑자기 힘이 났다. 이 고비만 잘 넘기면, 난 예전으로 돌아갈 수 있을 것이다.

"마약은 몇 번이나 해보셨나요?"

"전 마약 같은 것을 한 적이 없습니다."

단호하게 말했다. 검사도 경찰처럼 의심스러운 눈으로 나를 본다.

"혈액에서 마약 성분이 발견됐는데도요? 정이준 씨와 함께 술과 마약을 한 거 아닙니까?"

"아니요. 절대 아니에요. 전 마약을 하지 않았습니다."

"증거가 있는데도 발뺌을 하시는군요."

"왜 제가 거짓말을 하겠습니까? 전 마약을 한 적이 없어요. 그게 왜 제 몸에서 나왔는지도 모르겠고요."

끝까지 버텼다. 경찰과 달리 검사는 더 이상 집요하게 묻지 않았다. 그리고 3일 후, 난 기소유예로 풀려났다. 살인은 무죄가 인정됐고 마약 복용은 유죄에 준하는 판결이 내려졌다. 머리카락을 판독한 결과, 마약 초범인 것이 밝혀져 정상참작이 됐다고 한다. 내 혈액 속에서 검출된 마약 성분이 필로폰이었다는 것은 죄가 구형되고 나서야 알았다. 그것도 억울했지만 현행범으로 체포된 터라 더 이상 반박할 수 없었다. 재판정에 서지 않은 것만으로도 어디냐 싶었다. 유치장 밖으로 나온 나는 신선한 공기를 마시며 드디어 자유로워졌다는 것을 느낄 수 있었다.

***

오랜만에 집으로 돌아오니 익숙한 냄새가 나를 반겼다. 작고 볼품없는 방이지만 얼마나 그리웠던 곳인가. 난 옷도 갈아입지 않고 곧장 이불 속으로 들어갔다. 그리고 길고 달콤한 잠에 빠져들었다.

아침에 눈을 뜨니 내 방이었다. 좀처럼 믿기질 않았다. 그 음침한 곳을 빠져나왔다는 사실이 기뻤다. 잠자리에서 일어나자마자 라면을 끓여 먹고 회사로 전화를 걸었다.

"편집장님? 저 김유찬입니다."

〔어? 어, 유찬아.〕

수화기 너머로 당황한 편집장의 목소리가 들려온다. 예상치 않은 전화라 그도 무척 놀랐겠지.

〔너 지금 어디야? 유치장에서 나왔어?〕

"네, 무죄 받고 집으로 돌아왔습니다."

난 씩씩하게 말했다. 하지만 기소유예를 받은 것에 대해서는 말하지 않았다.

〔아……, 잘됐네.〕

편집장의 목소리가 왠지 난처하게 느껴진다. 불길한 예감이 내 등줄기를 훑고 지나갔다.

〔유찬아……, 그게 말이야, 우리가, 네 일이 언제 끝날지 몰라서…….〕

그의 말을 다 듣기도 전에 무슨 뜻인지를 알아챘다. 난 잘린 것이다. 마감을 지키지 못했고 해외 출장도 펑크 냈으며, 무단결근도 부족해 유치장까지 갔다 왔으니 해고는 너무도 당연했다. 《모터 비히클》같이 작은 잡지사에서는 이런 직원을 기다려줄 여력이 없다. 이해한다.

"사람을 새로 뽑았다는 말씀이신 거죠?"

〔미안해. 그게 그렇게 됐어. 사장님이 어찌나 닦달해대시던지.〕

"알겠습니다."

〔네 짐은 잘 챙겨뒀으니까, 한번 들러. 밥이나 먹자.〕

"네, 다시 전화할게요."

전화를 끊었다. 가슴 한구석이 뻥 뚫린 느낌이다. 5년 가까이 근무한 회사인데, 이렇게 그만두게 되다니 가슴이 아리다. 하지만 다른 일을 하면 된다는 희망으로 나 자신을 다독였다. 회사가 없다고 일을 못 하는 건 아니지 않은가. 입술을 꾹 말아 물고, 내게 꾸준히 외주 원고를 주던 남성 잡지사에 연락을 했다.

"여보세요? 지원 선배?"

〔어머, 너 유찬이니? 유찬이 맞아?〕

호들갑스러운 지원 선배의 목소리가 반가웠다. 선배라면 나를 도와주겠지.

"잘 지내셨어요?"

〔너 걱정 하느라 못 지냈지. 드디어 나왔구나? 다행이다. 정말 잘 됐다.〕

"요새 잡지는 잘 나오죠?"

〔말도 마라. 안 돼서 미치겠어. 요즘 같은 불경기에 누가 잡지를 보겠니? 유튜브 보거나 네이버를 뒤지거나 하지. 그러잖아도 너 쓰던 그 칼럼, 그것도 폐지됐어.〕

선배의 말에 난 다시 좌절했다. 다른 곳에도 연락을 돌려봤지만 사정은 마찬가지였다. 내가 쓰던 칼럼은 폐지되거나 이미 다른 필자로 대치됐다. 고작 열흘밖에 안 지났는데, 내 삶은 박살이 났다.

난 새로운 회사에 취업하기 위해 이력서를 넣으며 동분서주했다. 나에게 콜을 보낸 몇몇 회사들이 있었지만, 막상 면접을 보러 가면 그들은 내 이력보다 내 사건에 관심이 더 많았다. 그리고 결과는 당연히 낙방이었다. 자존심이 상했다. 나를 보는 사람들의 시선이 점점 무서워졌다.

"내 이름을 들으면 이준이의 죽음과 마약이 바로 연상되나 봐."

술을 마시며 친구인 고재욱에게 넋두리했다. 그는 잡지사를 그만두고 자동차 시승 전문 유튜버로 나선 동기였다.

"정이준 사건이 워낙 화제가 됐으니까 그렇지. 그냥 똥 밟은 거라 생각해."

"야, 그렇게 치부하기에는 대미지가 너무 커. 난 마약 한 기억도 없는데, 이제는 전과자라고."

"자료에는 안 남았잖아. 네가 왜 전과자야? 기소유예 받았는데. 수사 기록은 곧 지워진다며."

"그래도 사람들은 모두 날 전과자로 봐. 취업도 완전 물 건너갔어. 어제 면접 봤는데 뭐랬는지 알아?"

"뭐래?"

"정이준 차가 뭐 뭐 있었는지 아느냐고 하더라. 그리고 하는 말이 마약 하고 운전해 봤냐고."

"미친놈. 어디야, 거기?"

"알아서 뭐 하게?"

"재수가 없잖아? 만나면 차라도 긁어주려고 그러지."

"됐다. 그럴 가치도 없는 회사야. 그래도 혹시나 날 뽑아줄까 해서 성실히 대답했다? 근데 거기, 알고 보니 1인 미디어더라. 날 뽑을 생각이 처음부터 없었던 거야."

"쓰레기 같은 새끼들 많네. 야, 다 집어치워. 기자 때려치우고 유튜버나 해."

"유튜버? 장비도 없는데?"

"누군 처음부터 비싼 돈 들여 장비 구입해 시작하는 줄 아냐? 자신 없으면 일단 나 촬영할 때라도 따라 나와. 내가 하나씩 가르쳐줄게."

고재욱의 말에 힘을 얻었다. 그리고 다음 날 녀석을 따라 촬영장에 갔다. 촬영을 담당한 포토와도 이미 오랫동안 알고 지낸 사이였기 때문에 현장 분위기는 매우 좋았다. 차를 시승하고 차의 내부를 촬영하는 동안, 난 카메라에 얼굴을 잠시 비췄다. 차에 대한 객관적인 평가를 하기 위해 덧붙이는, 전문가의 멘트 같은 삽입 코너로 고재욱의 아이디어였다.

그러나 시청자의 반응은 좋지 않았다. 내가 출연한 분량은 잠깐, 아주 잠깐이었을 뿐인데 댓글 창에는 온갖 악플이 다 달렸다. 누군가 날 알아봤기 때문이다. 보이지 않는, 컴퓨터 너머의 그는 날 집요하게 공격했다. 그에게는 댓글이라는 날카로운 칼과 익명이라는 방패가 있었고 난 무방비로 노출된 상태였다. 그가 선제

공격을 하니 다른 시청자들도 일제히 가세에 나섰다. '전과자'는 물론 '약쟁이', '살인범'이라는 댓글이 달렸다. 소문이 어떻게 퍼졌는지 일반인들도 나를 알고 있었다.

"야, 신경 쓰지도 마. 두 달이면 다 잊혀."

"미안해."

"뭐가? 네 덕에 조회 수가 오히려 올랐어. 내 최고 기록이야."

고재욱은 괜찮다고 위로해줬지만 나는 안다. 사람들이 '싫어요'만 누르고 신고도 했다는 것을. 신고가 계속 누적되면 그의 방송이 정지될 수도 있다. 결국 그만두겠다는 말을 내가 먼저 꺼냈다.

"새끼, 약해 빠졌네. 그냥 나와. 곧 잊힌대도. 신고가 대수야?"

고재욱은 센 척하며 끝까지 날 말렸다. 그러나 그날 이후로 난 촬영 현장에 나가지 않았다. 녀석에게 피해를 주기 싫었다. 내가 상처를 입는 것도 두려웠다. 사람들은 나를 마약사범으로 기억하고 있었다. 간혹 살인범으로 보는 이들도 있었다. 오해라는 색안경을 낀 사람들의 눈이 무서워 견딜 수가 없었다.

집에 틀어박혀 있는 시간이 계속 늘어났고 몇 달을 그렇게 지냈다. 잡지사에서 잘리고 외부 시승 원고도 날렸으며 유튜브도 찍을 수 없으니 카드빚만 쌓여갔다.

시간이 흘렀다. 집을 전세에서 월세로 바꾸고 서울 외곽으로 이사했으며 차도 팔았다. 차가 없으니 내가 할 수 있는 일은 막일이나 대리 기사뿐이었다. 시간이 갈수록 좌절감만 쌓였다. 이제 나에게 미래는 없겠지. 마치 벼랑 끝에 서 있는 기분이 들었다. 그렇게 몇 달 동안 술독에 빠져 살았다. 내 하루하루를 지탱해주는 것은 오직 술뿐이었다.

2. 새로운 시작

망가진 하루하루를 보내며 그렇게 2년이 흘렀다. 내 삶은 더 나아질 가능성이 없어 보였고 나는 계속 추락하는 중이었다.

어느 날, 나를 보다 못한 성재 형이 집으로 찾아왔다. 그의 손에는 페트병에 든 맥주와 과자 몇 봉지가 들려 있었다.

"짜식, 얼굴 하고는……. 밥은 제대로 먹고 살았냐?"

"그냥 그렇죠, 뭐."

"잡지 일은?"

"거의 없어요. 가끔 가명으로 원고를 쓰기는 하는데, 시승 행사에는 갈 수가 없으니까……."

거짓말이었다. 나에게 원고를 주는 잡지사는 단 한 군데도 없었다.

"……미안하다. 그날 내가 괜히 연결해줘서는."

"아니에요. 형이 잘못한 게 뭐가 있다고. 제가 재수가 없었던 거죠."

"다른 일, 뭐 하는 건 있어? 대리 말고."

"없어요."

"흐음……."

성재 형이 맥주를 잔에 따르더니 원샷을 했다. 나도 그를 따라 묵묵히 술을 들이켰다. 그는 한동안 침묵을 지키다가 어렵게 입을 열었다.

"네가 싫다고 할지도 모르겠는데……, 기사 해보는 건 어때?"

"대리는 지금도 뛰고 있는데요?"

"아니, 사장님 모시는 수행 기사 말이야. 기자처럼 간지는 안나지만 일단 고정직이야. 너 좋아하는 운전도 실컷 할 수 있고."

"그쪽에서 제가 좋다고 할까요? 전 전과자나 마찬가지인데? 경찰 수사기록 조회하면 나오잖아요."

내 입에서 자조적인 말이 흘러나왔다. 그만큼 내 자존감은 바닥을 치고 있었다.

"서류에 문제가 없다면 크게 상관하지 않을 거야. 너, 신용불량은 아니지?"

"네. 카드가 아예 없어요."

"그럼 됐다. 나 믿고 한번 지원해봐."

"형이 절 추천하신 건가요?"

"인마, 그럼 누가 했겠냐?"

"형에게 폐만 끼칠 거예요. 다른 사람 추천하세요."

"야, 내가 보기엔 너만 한 애가 없어."

"제가 그럴 자격이 되나요."

"사장이 해외 출장이 잦아. 거기서도 운전해줄 사람이 필요한 거지. 너 기자 일 하면서 해외 많이 돌아다녔을 거 아냐?"

"형……, 당분간 저 해외 못 나가요. 기소유예인걸요."

"곧 풀리지 않아? 시간도 꽤 흘렀잖아. 그리고 너 말고 다른 기사 또 있어. 아직 취업한 것도 아닌데 애가 쓸데없는 걱정을 하고 있네."

"차는 뭔데요?"

내 말에 성재 형이 웃음을 터트렸다.

"야, 김유찬. 차종 물어보는 거 보니 제정신이 돌아왔구나? 이제 관심이 생기는 거야?"

"아니, 그냥……."

"사장이 차 마니아라 차가 여러 종이라더라. 슈퍼카도 한 대 있는 것 같고. 너, 하기로 한 거지? 그쪽에 말한다?"

성재 형이 짓궂게 웃었다. 그 바람에 적잖이 당황했다.

"아니, 어느 회사 사장의 수행 기사인데요? 저도 그 정도는 알고 지원해야 하지 않을까요?"

"IT 회사야. 대형 쇼핑몰 서버를 관리한다는데, 네가 회사 이름 말한다고 알겠냐?"

"형은 그런 사장님을 어떻게 아시는 건데요?"

"52시간 근무제 생기면서 내가 일일 수행 기사 파견 업체로 사업을 확장했잖아. 그거 이용하는 사장님이신데, 우리와 잘 안 맞앗나 봐. 업체 이용하느니 수행 기사를 하나 더 뽑는 게 낫겠대. 나한테 사람 추천해달라시더라."

"어떤…… 분이신데요?"

"아주 호쾌한 스타일이야. 나이는 우리보다 아주 조금 많고."

그가 내 잔에 맥주를 가득 따른다. 맥주는 김이 빠졌는지 거품이 아주 미미하게 올라왔다.

"저, 면접 보러 갈 때 입을 정장도 없는데……."

"인마, 빌려줄게. 내가 그런 것까지 챙겨줘야겠냐?"

"죄송해요……."

"어쨌거나 너 분명히 한다고 그랬다?"

"그 사장님이 절 좋다고 하실까요?"

"일단 만나나 봐."

"……."

"일이라는 게 다 그렇게 시작하는 거야. 너도 이걸 빌미로 조금씩 일어서야지."

성재 형이 건배를 하며 기쁘다는 듯 웃는다. 눈가에 자글자글한 잔주름이 보였다. 그의 미소와 말투에서 진심으로 나를 걱정하는 마음이 묻어났다. 성재 형의 마음 씀씀이가 눈물 나게 고마웠다. 하지만 한편으로 걱정이 앞섰다. 내가, 기소유예를 받은 내가, 과연 그럴 자격이 될까?

***

며칠 후, 수행 기사 면접을 보기 위해 회사가 위치한 판교로 갔다. 긴장한 나머지 아침부터 서두른 탓에 약속 시각보다 1시간이나 일찍 도착했다. 할 수 없이 회사 맞은편에 있는 커피 전문점에 앉아 시간을 보냈다. 선배에게 빌려 입은 정장이 영 불편하고 어색했다.

그렇게 30분쯤 흘렀을까. 커피 전문점 안으로 들어오던 사람과 우연히 눈이 마주쳤다. 그 역시 나를 보고 놀라는 것 같았다. 하얗고 갸름한 얼굴……. 자세히 보니 최도원이었다. 내 초등학교 동창이자 정이준 밑에서 일했다는 최도원 말이다.

사건이 벌어진 그날, 정이준의 집에서 본 이후로 처음 만나는 거다. 난 무의식적으로 고개를 돌려버렸다. 심장이 빠르게 뛰기 시작했다. 그와 아는 체를 하고 싶지 않았다. 괜히 인사를 나눴다가는 내 얘기가 이 업계에도 퍼질까 두려웠다. 최도원 쪽을 슬쩍 쳐다보니, 녀석 역시 내가 꽤나 신경 쓰이는 눈치였다. 그는 내게 등을 돌린 채 테이블에 앉았다. 그의 앞에는 동그란 뿔테안경을 낀 남자가 앉아 있었다. 난 그곳에 있기가 껄끄러웠다. 계속 머물다가 숨이 막힐 것만 같았다. 서둘러 커피 전문점에서 나와 면접 볼 회사가 있는 곳으로 향했다.

1층 출입구로 들어가니 출입증을 찍어야 들어갈 수 있는 시스템이다. 아직 시간이 이른 터라 나는 1층 로비에서 계속 서성거렸다. 안내 데스크에 앉아 있는 경비원의 눈초리가 따가웠다. 하지만 내 머릿속은 면접보다는 아까 커피 전문점에서 마주친 최도원의 생각으로 가득해서 그를 신경 쓸 여력이 없었다. 설마 도원이가 이 근처에서 일하는 것은 아니겠지? 자꾸 마주치게 되면 곤란한데. 그가 소문을 내면 어떡하지? 도원이 때문에 그 사건이 부풀려지는 건 아닐까? 괜히 찜찜한 기분이 든다. 새로운 시작에 그가 초를 칠까 걱정이 된다.

면접 시간이 임박해서야 안내 데스크로 가서 신원 확인을 하고 방문증을 받았다. 그러고 나서 간신히 개찰구를 통과할 수 있었다. 내가 면접을 볼 '위너'라는 회사는 12층짜리 건물 대부분을 사용하는 제법 규모가 있는 곳이었다.

데스크에서 알려준 대로 엘리베이터를 타고 12층에서 내려 사장실로 직행했다. 노크를 하고 사장실 안으로 들어가니 젊은 남자가 긴 회의 테이블 앞에 서 있었다. 기껏해야 20대 후반 정도일까, 나보다 어려 보였다. 넥타이를 하지 않은 모습이 왠지 자유분방한 느낌이다.

"김유찬 씨인가요?"

"네."

"여기 앉으시죠."

그가 테이블 의자 중 하나를 가리켰다. 난 그가 시키는 대로 의자에 얌전히 앉았다. 인사관리 담당자인 것 같아 잘 보이고 싶었다.

"운전 경력은 얼마나 됐어요?"

"10년 정도입니다."

"이력서 보니까 자동차 잡지 기자 출신이던데, 왜 그 좋은 직장을 그만두고 우리 회사 수행 기사로 지원했나요?"

"아, 그게……."

잠시 주저했다. 거짓말을 하기 싫었다. 비록 낙인이 찍혀 잡지계에서 퇴출당했지만 난 스스로 깨끗하다고 자신하고 있었다. 만약 내가 거짓으로 지원 동기를 얘기한다면 그 죄를 인정하는 꼴이 된다. 나 자신에게 떳떳해지고 싶었다. 그리고 거짓말을 해서이 순간을 모면한다고 해도 기소유예는 어차피 조회하면 나올 일이었다.

"잡지사에서 일할 수 없었습니다."

"왜죠?"

"사건에…… 연루되어서요."

"사건이오? 어떤 사건인가요?"

"마약 사건입니다. 아마 아실 거예요. 2년 전, 정이준 대표가 죽은……."

"아, 아……. 알죠, 그 사건. 김유찬 씨, 정말 마약 해요?"

"아니요. 마약 같은 건 절대 하지 않습니다."

내가 정색을 하며 부정하자 그가 씩 웃는다. 내 말을 믿어주는 걸까?

"억울하신가 봐요? 단순 연루였나 보군요."

"운이 나빴습니다."

"해외에서 운전은 많이 해봤어요?"

"아무래도 기자였으니까요. 해외 시승 행사에는 많이 다녔습니다."

"운전석의 위치도 상관없으시겠네요?"

"네······, 그런데······."

"그런데?"

"당분간은 해외에 못 나갈 수도 있습니다."

"왜죠? 그 사건으로 어떤 처분을 받았어요?"

"기소유예입니다."

덤덤히 말했지만 비참했다. 면접을 보러 와서 자신의 죄를 밝히는 꼴이라니. 그는 아마 색안경을 끼고 나를 보겠지.

"아······, 기소유예라. 제 생각에는 큰 지장이 없을 것 같은데요? 김유찬 씨, 만약에 입사하시면 오후부터 늦은 밤까지 일하게 될 수 있어요. 그건 괜찮으신가요?"

"오전은 근무를 안 해도 됩니까?"

"우리 회사는 52시간 근무제를 철저히 지키고 있어요. 오전에는 이미 다른 기사분이 계시다는 얘기죠."

"아, 그렇다면 괜찮습니다. 언제 일하건 전 상관없습니다."

"좋아요. 언제부터 일하실 수 있죠?"

"지금 당장이라도 가능합니다. 그런데 저······ 면접이 이걸로 끝난 겁니까?"

"네. 합격이에요."

"사장님도 뵈어야 하지 않을까요?"

"제가 사장인데요?"

나는 살짝 당황했다. 그가 그런 나를 보고 개구쟁이처럼 웃었다. 사장이 우리보다 나이가 좀 많다고 얘기를 들어서, 나는 그가 이 회사의 사장일 거라고는 전혀 생각하지 못했다. 그만큼 그는 동안이었다.

"인사가 늦었군요. 이 회사의 대표인 이한경입니다."

"아, 네……."

"왜, 제가 대표라서 놀랐어요?"

"아, 아닙니다."

난 말을 계속 더듬었다. 그는 내 어리숙한 반응에 사람 좋게 웃어 보인다. 가는 그의 두 눈이 활처럼 옆으로 길게 휘어졌다.

"김유찬 씨, 내일부터 출근하세요. 회사로 바로 오시면 됩니다."

사장이 테이블 옆에 달린 벨을 눌렀다. 곧 왼편에 있는 문이 열리더니 깐깐해 보이는 여자가 들어왔다. 그녀는 차가운 눈초리로 내 위아래를 훑어본다.

"오 실장님, 새로 오신 김유찬 씨입니다. 내일부터 출근할 거니까 신규 직원 등록해주시고 회사 내규도 잘 설명해주세요."

"알겠습니다."

"그럼 내일 뵙죠."

난 사장에게 공손히 인사를 하고 그녀를 따라 사장실에서 나왔다. 얼떨떨했다. 내가 취업을 했다는 사실이 믿기질 않는다.

그제야 정신을 차리고 주변을 둘러보았다. 사장실 왼편에 있는 문은 비서실로 바로 연결돼 있었다. 이곳에는 책상이 총 세 개가 있었는데, 외부로 통하는 문 옆의 책상에는 남자 한 명이 앉아 있었고 나머지 책상은 비어 있었다. 남자는 나와 눈이 마주치자 고개 숙여 인사를 했다. 나이가 제법 많아 보였다. 나도 모르게 따라서 인사를 했다. 오 실장이라는 여자는 그런 나를 보며 피식 웃더니 손을 내밀어 악수를 청했다. 딱딱해 보이던 그녀의 얼굴이 아까보다 많이 풀어져 있었다. 하지만 깐깐해 보이기는 마찬가지였다.

"오지선이에요. 앞으로 오 실장이라 부르면 되고요, 김유찬 씨 자리는 저기입니다. 수행 기사분들이 공용으로 사용하는 책상이에요. 지금 앉아 계시는 박영태 씨와 함께 쓰시면 됩니다. 아, 호칭은 박 실장님이라고 부르면 돼요."

난 다시 남자를 향해 공손히 인사를 했다. 일하는 시간대는 다르지만 회사 직속 선배라고 생각하니 허리가 저절로 굽혀졌다.

"기사도 책상이 있네요?"

"회사에서 대기할 일이 많으니까요. 옆에 비어 있는 저 자리는 민가영 씨 자리예요. 오늘 휴무라 내일이나 인사할 수 있겠네요."

다시 사장실로부터 호출이 왔다. 박영태 실장이 그 호출을 받고 재빨리 사무실에서 나간다. 물어보고 싶은 말이 많았는데. 아쉬운 대로 오지선 실장에게 질문을 했다.

"저……, 실장님. 제가 사장님에 대해 알아둘 건 없을까요?"

"무슨 말씀이신지?"

"차를 탈 때 문을 열어드려야 한다거나 특정 음악을 선호하신다거나, 뭐 그런 주의 사항 있지 않습니까? 제가 기사는 처음이라……."

"글쎄요? 전 제 업무밖에는 몰라서. 그런 건 사장님께 직접 물어보시죠. 사장님도 그걸 더 좋아하실 거예요."

무심한 오지선 실장의 말에 난 할 말을 잃었다. 그녀는 타인의 일에는 무관심한 듯했다. 대신 맡은 일은 꼼꼼히 잘 처리하는 타입으로 보였다. 그녀 덕분에 난 직원 등록 절차를 빠르게 마칠 수 있었다. 근로 계약서에는 근무 내용을 외부에 누설하지 않겠다는 세부 조항이 있었는데, 이것은 사장의 최측근에만 해당하는 내용이라고 했다. IT 회사답게 사원증도 바로 나왔다.

지하철을 타고 집으로 돌아오면서, 난 발급받은 사원증을 꺼내 보고 새삼 감격했다. 어제만 해도 취업할 가능성이 없는 백수였는데. 이대로 지옥과 같은 늪에서 허우적대다 죽을 줄 알았는데. 신이라는 존재는 정말 있나 보다. 신은 나를 한순간 나락으로 떨어뜨렸지만 다시 구제해줬다. 그 친절한 배려에 감사하면서도 난 스스로를 의심해본다. 이제 다시 일어설 수 있는 것일까? 정말 그래도 되는 것일까?

***

아침에 일어나 제일 먼저 들른 곳은 동네에 있는 남자 정장 매장이었다. 수행 기사로 출근하려면 그럴듯한 옷이 필요했기 때문이다. 난 일단 급한 대로 20만 원대의 저렴한 정장 네 벌을 맞췄다. 내 수중에는 돈도 카드도 없었기에 성재 형에게 빌린 카드로 계산을 했다. 그리고 점심을 먹고 회사로 향했다.

오후 1시. 회사에서 정해준 출근 시간은 오후 4시라 아직 여유가 있었다. 하지만 미리 출근해서 업무를 파악하고 싶었다. 처음하는 일이지만 실수 없이 해내고 싶은 욕구가 컸다. 선배 수행 기사인 박영태 실장에게 물어보고 싶은 것도 많았다. 비서실 문을 열고 안으로 들어갔다. 박영태 실장은 자리에 없었고 어제 만난 오지선 실장이 나를 반겨준다.

"일찍 출근했네요? 어서 와요. 어제 인사 못 했죠? 이쪽은 민가영 씨."

"안녕하세요? 새로 오신 수행 기사님이시죠?"

민가영이라는 20대로 보이는 젊은 여자가 싹싹하게 인사를 한다. 중견기업의 비서라고 하기에는 지나치게 세련된 여자였다.

"잘 부탁드립니다, 김유찬입니다."

나도 그녀에게 인사를 했다. 민가영은 나와 인사를 마치자마자 다시 거울을 들여다본다. 나 같은 신입 따위는 신경도 쓰지 않겠다는 눈치다. 그녀는 립스틱을 바르며 메이크업 마무리에 여념이 없었다. 아무리 자유로운 회사라고 해도 근무 시간에 저래도 되나? 난 못마땅한 눈초리로 민가영을 본다.

그때 오지선 실장이 나에게 말을 걸었다.

"왜 이렇게 일찍 왔어요? 근무 시간은 4시부터인데."

"박 실장님께 여쭤보고 싶은 게 많아서요."

"이런……, 지금 사장님은 외부에 약속 있으셔서 나가셨는데. 오늘 박 실장님 뵙기 힘들 걸요? 일단 테이블에 앉아서 쉬고 계세요. 커피라도 할래요?"

"제가 타겠습니다."

"그냥 앉아 있어요. 첫날인데. 내 거 만들면서 같이 갖고 올게요."

깐깐한 첫인상과 달리 오지선 실장은 친절했다. 더운 날씨를 고려해서인지 시원한 아이스 커피를 만들어 가져다준다. 난 비서실 한가운데 놓인 작은 테이블에 오지선 실장과 마주 앉았다. 어색한 분위기에 무슨 말을 해야 할지 몰라 고민하고 있는데, 메이크업을 마친 민가영이 자리에서 일어났다.

"실장님, 저 머리하고 올게요."

"청담동으로 가는 거예요?"

"네, 5시쯤 들어올게요."

"더 늦어도 되니까 기왕 간 김에 네일도 하고 와요. 플렉사 알아요? 청담 사거리에 몇 달 전 오픈한 곳. 거기 맥슬 임 대표님 단골이시래요."

"연락해보고 예약제 아니면 거기도 들렀다 올게요. 다녀오겠습니다."

"수고해요."

나는 뭐, 이런 회사가 다 있나 싶었다. 근무 시간에 직원이 헤어숍을 간다니. 그것도 청담동에 있는 헤어숍을 말이다. 판교에서 청담까지? 말도 안 된다. 더 이상한 것은 민가영의 상사인 오지선 실장이 아무렇지 않은 듯 새침한 표정으로 커피를 마시고 있다는 거다. 두 사람은 서로의 근무 태만을 저런 식으로 감싸고 있는 것인가?

"아, 사장님 오늘 일정 알고 계시나요?"

오지선 실장이 갑자기 생각났다는 듯 말을 꺼냈다. 하지만 내가 알 리가 없다. 난 오늘 처음 출근한 신입이다.

"모릅니다. 제게 말씀해주신 것이 아무것도 없어서요."

"이런……, 큰일 날 뻔했네요."

그녀는 자신의 책상에서 스케줄 표를 가져왔다. 그리고 휴대폰을 꺼내 일일이 비교하며 사장의 일정을 확인한다.

"지금은 여의도에서 다른 업체 대표님과 미팅 중이시고요. 6시에 팰리스호텔에서 약속이 잡혀 있어요. 그리고 9시에 브랜드 행사 참여하신다고 되어 있네요. 위치는 삼성동이에요."

난 그녀가 알려주는 대로 휴대폰에 입력했다. 말 한마디도 놓치지 않으려고 정신을 바짝 차렸다.

"사장님이 스케줄을 직접 관리하시는 편이에요. 물론 저희도 알고 있기는 하지만 급작스럽게 바뀌면 놓칠 때도 종종 있어요. 박 실장님과 긴밀히 연락하는 게 편하실 겁니다."

"이전 일정이 늦어져서, 박 실장님 근무 시간과 겹치게 되면 전 어떻게 해야 합니까?"

"현지 출근하셔야죠. 그래서 박 실장님과 연락하셔야 한다는 겁니다."

"그러면 출퇴근 확인은 어떻게 하죠?"

"우리 회사는 기사분들 출퇴근 시간을 엄격하게 따지지 않아요. 현지 출근, 현지 퇴근이 잦으니까요. 아마 오늘도 일정이 늦어지면 유찬 씨가 약속 장소에 가서 대기해야 할걸요?"

그녀의 예감이 맞았다. 난 박영태 실장에게 여의도 파이낸스 몰로 오라는 연락을 받았다. 내 첫 업무가 현지 출근으로 시작되는 것이다. 통화하는 것을 본 오지선 실장은 그 내용을 짐작한 듯 내가 전화를 끊자마자 카드 한 장을 내밀었다.

"법인카드예요. 여의도까지 택시 타고 가세요."

난 카드를 두 손으로 공손히 받았다. 일개 수행 기사에게 법인 카드라니. 후한 대접을 받는 기분이었다.

"이걸로 식대나 교통비를 사용하시면 됩니다. 주차나 세차비에 쓰셔도 되고요."

"고맙습니다."

"회사 업무로 쓰는 건데 고맙기는요."

"그럼 다녀오겠습니다."

어수룩한 내 말에 그녀가 웃었다. 그리고 내 말을 정정해준다.

"회사에 안 돌아오셔도 돼요. 저희는 6시면 퇴근하고 없어요. 내일 뵙죠."

고개를 숙여 인사하고 서둘러 비서실에서 나왔다. 신입 티를 팍팍 낸 것 같아 부끄럽다.

난 택시를 타고 여의도 파이낸스 몰로 향했다. 택시비가 3만 원 넘게 나왔다. 회사에서 발급받은 카드로 택시비를 지불하니 스스로가 사치스럽게 느껴진다. 불과 며칠 전까지만 해도 나는 3만 원, 아니, 1만 원도 없는 사람이었는데. 열심히 일해야겠다는 생각이 든다. 이런 직장을 잃고 싶지 않았다. 하지만 난 파이낸스 몰 앞에 서서 어디로 가야 할지 몰라 서성거렸다. 회사 차를 어떻게 하면 찾을 수 있을지 난감하다.

잠시 후, 휴대폰 벨이 울렸다. 재빨리 전화를 받았다.

〔김유찬 씨?〕

"아, 실장님. 저 파이낸스 몰 앞에 도착했습니다."

〔일찍 오셨네요. 1층 뒤편에 VIP 주차장이 있습니다. 그곳으로 오시죠.〕

"네, 바로 가겠습니다."

시간을 확인했다. 3시가 조금 넘은 시각이었다.

부랴부랴 건물 뒤편으로 향했다. 고급 차들로 가득한 1층 VIP 주차장에는 박영태 실장이 비슷한 또래의 남자와 전자담배를 피우고 있었다.

"안녕하십니까?"

난 신입답게 먼저 인사를 건넸다. 박영태 실장이 나를 반갑게 맞는다.

"어서 와요. 첫 출근인가요?"

"네."

난 괜히 쑥스러워져 웃는다. 박영태 실장 옆에서 같이 전자담배를 피우던 남자가 유들유들하게 말을 붙였다.

"초짜 티가 확 나네."

"아, 인사해요. 대성기업 김병민 실장이에요."

"처음 뵙겠습니다. 앞으로 잘 부탁드립니다."

"기자 하다 왔다면서요?"

"아, 네……. 어쩌다 보니……."

"에이, 자신감을 가져요. 여기 사연 없는 사람이 어디 있다고. 박 실장도 왕년에 사장님이었어."

"또, 또, 쓸데없는 소릴……. 김유찬 씨, 사장님 차는 이겁니다."

박영태 실장이 검은색 벤츠 S클래스를 가리킨다. 차를 보는 순간, 난 약간 실망했다. 벤틀리나 마이바흐 등 조금 더 고급 차종을 기대했는데. 사장이 슈퍼카도 소유하고 있다고 말한 성재 형 얘기에 내 기대가 너무 컸나 보다.

나는 박영태 실장이 건네는 스마트키를 받았다.

"수행 기사는 처음이라고?"

김병민 실장이 말을 슬쩍 놓는다. 하지만 기분이 나쁘지 않았다.

"네, 처음입니다."

"어휴, 그럼 이제 시작이네. 벙어리 3년, 귀머거리 3년, 장님 3년, 이 말 들어봤지?"

"옛날 시집살이 얘기 아닌가요?"

"아니, 그거 우리 얘기야. 그렇게 9년은 보내야 제대로 된 수행 기사가 됐다, 이렇게 말할 수 있는 거지."

"왜 입사 첫날부터 겁을 주고 그래?"

"기본적인 것은 알아둬야지. 보고도 못 본 척, 듣고도 못 들은 척, 말하고 싶어도 못하는 척. 이게 우리 삶 아니야?"

"에이그, 엄살은……"

"요새 젊은 애들이 기본을 망각하고 살아서 그래. 김유찬 씨, 이거 중요한 거야. 잊으면 안 돼. 우린 단순히 수행 기사거든? 모시는 분의 비밀을 지킬 의무가 있어. 스피커가 아니라고. 이거 잊으면 수행 기사 자격이 없는 거야."

"또 저런다. 1절만 해. 듣는 사람 지겨워. 김유찬 씨, 오늘 일정 알고 있죠?"

"다음 일정이 6시 팰리스호텔, 9시에 삼성동 브랜드 행사가 있다고 들었습니다."

"팰리스호텔에 사장님 모셔다드리고 건너편 식당에서 식사하세요. 설렁탕집인데 그 부근에서는 제일 괜찮은 밥집이에요. 법인카드는 받으셨죠?"

"네, 받았습니다."

"사장님 미팅이 길어질 수도 있어요."

"각오하고 있습니다."

"팰리스호텔은 기사 대기 장소가 별도로 없어서 김유찬 씨가 불편하겠네요."

"다른 곳은 기사 대기 장소도 있습니까?"

"그럼요. 있는 곳이 꽤 많아요."

김병민 실장이 대화에 끼어든다.

"대기실에 가면 다른 회사 기사들과 어울릴 기회가 제법 많아. 우리가 대기하는 동안 노가리나 풀지, 할 게 별로 없거든."

"여기에도 그런 곳이 있습니까?"

"이런 건물에는 없어요. 호텔이나 대형 음식점 등에 주로 있죠."

휴대폰 문자 알람 소리가 들렸다. 박영태 실장은 휴대폰을 꺼내 문자를 확인하더니 한쪽 눈썹을 꿈틀거린다.

"오늘 제가 일이 있어 조금 일찍 들어가 볼까 하는데, 괜찮을까요?"

"당연히 괜찮습니다. 벌써 3시 30분인데요, 뭐."

"무슨 일 있어?"

"마누라 생일이야. 외식하자고 워낙 성화라. 미안해요. 다음번에 내가 연장 근무할게요."

"아, 아닙니다. 어차피 저 지금 할 일도 없는걸요."

"진짜 미안해서 그러지. 어쨌든 잘 부탁해요. 그리고 김 실장 자네, 괜한 말 해서 김유찬 씨 겁주지 말고."

"내가 뭘? 허 참. 이 친구 보게."

김병민 실장이 구시렁거렸다. 박영태 실장은 호기롭게 그의 등을 한번 두드리더니 나에게 수고하란 말을 남기고 떠났다. 주차장에 나와 김병민 실장만이 남았다. 난 어색해져서 먼저 말을 붙인다.

"저희 사장님과 일정이 같으신가 봐요."

"아니, 달라. 내가 모시는 오너는 건설업계 종사자시거든. 이 사장님과 접점이 없지."

"아……, 저는 박 실장님과 같이 계시길래."

"박 실장과는 기사 초창기에 업무 인수하다가 만난 사이야. 수행 기사도 이 바닥에서 돌고 돌거든. 이런, 회의 끝나셨나 보다. 다음에 또 보자고."

김병민 실장은 휴대폰 메시지를 확인하더니 주머니에서 가글 용액을 꺼냈다. 재빠르게 입안을 헹궈낸 그는 주차장 바닥에 용액을 뱉어내고, 맞은편에 주차되어 있던 벤틀리에 오른다. 난 그가 운전하는 모습을 물끄러미 바라봤다. 아마 그는 저 차를 타고 파이낸스 몰 정문 앞으로 이동하겠지. 잘 빠진 차의 뒷모습을 보면서, 나도 저런 차를 운전하고 싶다는 욕망을 느꼈다.

이한경 사장의 미팅은 길어졌다. 연락이 올 때까지 기다려야 하는 나는 차 주변을 배회하며 시간을 보냈다. 사장의 업무는 5시가 넘어서야 끝났고 난 그를 픽업해 팰리스호텔로 향했다.

"첫 근무인데 어때요? 수행 기사 할만해요?"

이동하는 차 안에서 사장이 친근하게 물었다.

"아직 잘 모르겠습니다. 근무한 지 10분도 안 돼서."

내 말을 들은 그가 소리 내서 웃는다. 웃음소리가 유쾌하게 들렸다. 나도 기분이 좋아진다. 그러나 전화가 걸려오자 그 웃음소리는 이내 멈췄다. 사장은 진지한 목소리로 전화를 받는다. 업무 관련 전화인지 팰리스호텔로 이동하는 내내 통화를 했다. 호텔 정문 앞에 도착해서도 통화는 끝나지 않았다. 그는 휴대폰을 손에 들고 통화하면서 차에서 내렸다. 차 문이 닫히려는 순간, 도어맨이 내게 말을 걸었다.

"로비에서 물건 찾아가십시오."

"물건이오?"

"위너 이한경 사장님께서 받으실 선물을 저희가 맡아놨습니다."

"아, 네. 제가 오늘 처음 출근해서 잘 몰랐네요. 차는 어디에 세우면 됩니까?"

"호텔 뒤로 돌아가시면 VIP 주차장이 바로 나옵니다."

호텔 직원이 안내하는 대로 1층 VIP 주차장으로 이동해 차를 주차했다. 차에서 내리니 어디선가 시원한 바람이 불어왔다. 깊게 심호흡을 했다. 첫 번째 일정을 무사히 마쳤다는 안도감에 긴 숨이 저절로 나왔다. 나도 모르게 긴장하고 있었나 보다.

호텔 로비에 가서 파란 쇼핑백 하나를 찾아왔다. 티파니 블루보다 좀 더 짙은 파란색 쇼핑백이었다. 위너 기사라고 말하니 확인도 하지 않고 바로 내주는 걸 보면, 높으신 분들은 이런 식으로 선물을 주고받는 것 같았다. 다시 주차장으로 돌아와 쇼핑백을 차 안에 넣었다. 그리고 크게 기지개를 켰다. 이제 나에게는 사장이 나올 때까지 1시간 정도의 여유가 있다. 박영태 실장의 얘기대로 호텔 건너편에 있는 설렁탕 집으로 갈 생각이었다.

"위너 분이신가 봐요?"

누군가 내게 말을 걸어왔다. 옅은 감색 슈트를 입은 젊은 남자였다.

"아, 네……, 맞습니다."

"전 해전그룹 주우식입니다."

"김유찬입니다."

난 얼결에 그가 내민 손을 잡고 악수를 했다. 내 또래의 기사를 만난 것이 반가웠다.

"제가 위너에 다니는지 어떻게 아셨죠?"

"차를 보면 알죠. 위너 이한경 사장님 차잖아요. 여기 단골 사장님 차는 다 알고 있어요. 기사는 바뀌어도 차는 자주 안 바뀌니까."

그의 말이 의미심장하게 들렸다. 그 얘기는, 위너의 기사가 자주 바뀐다는 얘긴가?

"기사가…… 자주 바뀌었나 봐요?"

"에이, 몰라요?"

"글쎄요. 무슨…… 말씀이신지."

"그 회사, 저번 기사분, 몇 달 전에 죽었잖아요."

"네? 죽어요?"

"하도 쉬쉬해서 언론에 나오지 않았을 뿐이지, 이 바닥에는 소문이 쫙 깔렸죠. 진짜 몰랐어요?"

"전 처음 듣는 얘기입니다."

"이런……, 수행은 처음이신가 보네. 소문도 못 듣고."

주우식이 나를 안쓰럽게 쳐다봤다. 그 눈빛은, 진심으로 나를 동정하는 듯 보였다. 갑자기 등골이 오싹해진다. 내 일은 아니었지만, 왠지 나에게도 조만간 닥칠 위험처럼 느껴졌다. 예감이 좋지 않았다.

"내가 이런 말을 해도 되나 몰라……. 이건, 어디까지나 소문이에요, 소문. 그거 감안하고 들어야 해요."

주우식은 주변에 다른 사람도 없는데 목소리를 낮춰 말했다. 사람의 목소리가 작아지면 듣는 사람은 자연스럽게 귀를 기울이게 된다. 나 역시 그의 말을 경청하는 자세가 됐다.

"그 사람, 진짜 파란만장했죠. 사장이 준 도시락을 먹고 장염에 걸려 죽다 살아나질 않나, 길에서 어떤 미친놈을 만나 사장 대신 칼에 찔리지를 않나……. 그래서 거기 회사 사장의 총애를 듬뿍 받았다고는 하는데, 우리 사이에는 기미상궁이라는 별명까지 얻고 그랬어요."

"왜 그렇게 사고가 잦았던 겁니까?"

"모르죠. 다 우연히 일어났다고는 하는데, 그러기에는 좀 찜찜하지 않아요? 결국 죽었으니까."

"어떻게…… 죽은 거죠?"

"운전하다가요."

"운전이요?"

"그러니까 찜찜한 거죠. 왜 사장님들이 명절 때 지인에게 선물 돌리잖아요. 그거 하다가 갑자기 발작이 와서 죽었대요."

"몸이 평소에도 안 좋았나 보네요."

"직업의식이 투철해서인지 사고는 안 냈더라고요. 갓길에 차 세우고 비상등까지 켠 다음 차 밖에 나와서 죽었대요. 아무에게 도 피해를 안 주고. 그런데 그 사람도 정말 대단하지 않아요? 어 떻게 죽어가는 와중에 그렇게 행동할 수가 있을까?"

그의 말을 듣다 보니 죽은 전 수행 기사에게 관심이 생긴다. 우 연이 거듭되면 더 이상 우연이 아니라고 하지 않던가. 난 타살이 아닐까 의심해본다. 그의 죽음 뒤에는 분명 뭔가가 있을 것만 같 았다.

"경찰에서는 뭐래요?"

"단순 사고죠, 뭐. 심부전이 있었다나?"

"그분 성함이 뭡니까?"

"이원이었던가? 이연이었던가? 아무튼 외자였어요."

"저희 사장님도 충격이 크셨겠네요."

"어유, 그럼요. 그러니까 여기 점 보러 오신 것 아니겠어요?"

"네?"

난 당황했다. 사장님의 팰리스호텔 일정이 당연히 업무 미팅이라고 생각했다. 그런데 점이라니.

"모르고 따라오셨구나? 거기 사장님, 그때 그 일 이후로 트라우마가 생겼는지 점을 자주 보러 오시던데?"

"아니, 여긴 점집이 아니잖아요. 호텔에서 점을 봐요?"

"네이버에 이름만 쳐도 이력이 쫙 나오는데, 얼굴 알려지신 분들이 점집에 가겠어요? 그렇다고 점쟁이를 집으로 부르겠어요? 다이렇게 만나는 거죠. 가장 만만한 곳이 호텔 비즈니스룸이니까."

"아……."

"여기 팰리스호텔이 그분들 접선 장소로 유명해요."

그럴듯했다. 난 거물의 세계와는 무관하게 살아와서 이런 얘기를 전혀 모른다. 새로운 세계에 발을 디딘 것 같았다.

"그런데 그 점쟁인가 무당인가가 엄청 이뻐요."

"여자예요?"

"네. 젊고, 모델 같대요. 난 본 적이 없지만 전에 있던 기사가 그러더라고요. 사장님이 시켜서 집에 한 번 데려다줬는데 장난 아니래요. 그 100층짜리 아파트 알죠? 거기에 산대요."

"돈을 진짜 많이 버나 보네요."

"한 번 보는 데 몇백이래요. 몇백. 게다가 기업 사장님들 상대하니까."

"세상에……. 그런 사람도 있군요."

"앗, 이런, 끝나셨나 보네. 먼저 갑니다. 나중에 만나면 술 한잔해요."

"좋습니다. 다음에 또 뵙죠."

주우식은 제네시스 G90을 몰고 떠났다. 해전그룹이면 국내에서 빠지지 않는 기업인데, 그런 큰 회사의 총수가 국산 차를 탄다는 데 놀랐다. 아마 대외적인 이미지 때문이겠지.

그와 애기를 나누다 보니 벌써 40분이라는 시간이 흘렀다. 사장이 진짜 점을 본 거라면 당장 나온다고 해도 이상하지 않을 것이다. 식사를 하기에는 애매한 시간이었다. 할 수 없이 난 식사를 거르고 차의 내부나 간단히 치우기로 마음을 먹었다. 수행 기사로 일하기로 한 이상, 작은 부분 하나 놓치지 않고 열심히 하고 싶었다. 그러나 내부 세차를 끝내고 엔진룸의 점검을 마쳤는데도 사장으로부터 일이 끝났다는 소식은 들리지 않았다. 차 주변을 오가고 맨손 스트레칭을 하며 나머지 시간을 보냈다. 죽었다는 그 전 수행 기사와 모델 같은 무당 애기도 여러 번 떠올렸다. 흥미롭지만 으스스하다. 이 애길, 옛 잡지사 동료들에게 들려주면 무척 재밌어하겠지.

시간은 더디게 흘렀다. 수행 기사 업무는 기다림의 연속이었다. 오후 8시를 훌쩍 넘기고 나서야 사장에게 연락이 왔다. 난 차를 끌고 정문 앞으로 나갔다. 그리고 사장을 태운 다음 삼성동에 있는 행사장으로 이동했다. 차가 막히지 않아 행사장까지 20여 분 만에 도착했다. 행사장 앞은 클럽을 방불케 할 정도로 북적이고 있었다. 사장은 차에서 내리며 내게 말했다.

"얼굴만 비치고 나올 겁니다. 30분 정도 걸릴 거예요. 너무 멀리 가 계시지는 마세요."

"네, 알았습니다."

입구는 행사장을 찾은 사람들로 가득했다. 정문 옆에는 셀러브리티를 위한 포토존이 마련됐고 그 앞에서 촬영하는 연예인도 눈에 띄었다. 난 그 화려한 모습들을 엿보며 IT 회사 사장이 왜 이런 데를 오는 것일까, 궁금했다.

그 순간, 누군가 사장에게 다가와 반갑게 인사하는 모습이 보였다. 민가영이었다. 회사에서 비서로 일하는 그녀가 이 시간에 여기 웬일인 걸까? 이건 업무의 연장도 아닐 텐데.

그녀는 화려하게 단장한 모습으로 사장을 행사장 안으로 에스코트한다. 그 모습을 유심히 보면서 나는 그 둘의 관계가 궁금했다. 하지만 김병민 실장의 말이 떠올라 호기심을 급히 접었다. 난 봤지만 아무것도 못 봤다. 그게 수행 기사로서 옳은 내 자세다. 나는 발레파킹 하는 주차요원에게 이 근처에 차를 세워둘 곳을 물었다. 이한경 사장의 차라고 말했더니 주차 공간을 비워뒀다며 건물 뒤에 세우라고 친절히 일러준다.

그곳에서 30분 정도를 기다렸다. 사장으로부터 나가겠다는 연락이 왔다. 난 재빨리 행사장 정문으로 향했다. 도로 밖까지 밀려내려온 혼잡한 사람들 틈을 헤집고 정문 앞에 차를 세우자 사장이 올라탄다. 손에는 '마랑'이라는 브랜드 로고가 새겨진 종이봉투가 들려 있었다. 아마 행사장에 참석한 이들에게 주는 선물일 거다. 나도 기자 시절에는 저런 것들을 많이 받아봐서 안다. 뒷좌석에 앉은 사장에게 희미하게 술 냄새가 풍겼다. 웰컴 드링크로 샴페인 몇 잔을 연달아 마신 것으로 보였다.

"어휴, 정신없네요. 빨리 집으로 갑시다."

그가 시키는 대로 그의 집으로 향했다. 내비게이션에는 사장의 집 주소가 미리 입력돼 있었다. 다행이었다. 그의 집이 있는 대치동을 향해 운전을 하는데 배에서 꼬르륵거리는 소리가 들려왔다. 저녁 식사를 거른 탓이었다. 나도 모르게 얼굴이 붉어졌다. 첫날부터 이런 아마추어 같은 모습을 보이다니. 이 소리를 사장이 들었을까 봐 걱정하며 코로 공기를 여러 번 들이마셨다. 이렇게라도 하면 좀 완화가 될까, 속으로 바라면서.

양재천을 지나자 그가 사는 아파트가 나왔다. 최고급 시설을 갖춘 고층 주상복합단지로 유명한 곳이었다. 난 그를 아파트 입구에 내려줬다. 그리고 아까 로비에서 찾은 푸른 쇼핑백을 건넸다.

"아, 선물이 들어왔군요. 혹시 팁은 줬나요?"

"팁이오? 아니요."

"콘솔 박스에 비상금 봉투가 있습니다. 앞으로는 맡겨둔 선물을 찾아올 때 꼭 팁을 주세요. 그리고 김유찬 씨, 잠깐 집에 들렀다 가실래요?"

사장이 뜻밖의 제안을 했다. 난 영화나 TV에서 본, 그들의 갑질이 시작되는가 싶었다.

"시키실 게 있습니까?"

"아뇨. 뭐 좀 드시고 가시라고요. 배고프신 것 같던데."

"네? 아, 아닙니다."

난 놀라서 사양을 했다. 그가 허기진 내 배의 아우성을 들었다고 생각하니 부끄러웠다. 사장이 소리 내어 웃었다. 아까도 느꼈지만, 그의 유쾌한 웃음소리가 정말 듣기 좋았다.

"아직 근무 시간이잖아요. 들어오세요. 업무의 연장이라고 생각하시고요."

"차가 곧 끊길 텐데요."

"법인카드 있지 않습니까?"

"아, 네……."

"주차하시고 벨 누르세요. 2003호입니다."

그가 차에서 내려 먼저 집으로 들어갔다. 난 지하 주차장에 차를 주차한 다음 잠깐 망설였다. 들어갈 것인가, 말 것인가. 사장의 초대가 달갑지 않았다. 정이준이 죽었을 때가 떠올라 거부감도 느껴졌다. 그때도 갑자기 집에 들어가자는 제안을 받았지. 이번에도 혹시 무슨 일이 생길까 봐 두렵다. 어떡하지? 내 본능이 사장의 집에 들어가지 말라고 막아서고 있다. 하지만 사장의 말이다. 그의 말을 거부하기가 쉽지 않다. 게다가 오늘은 출근한 첫날이 아닌가.

마음을 가라앉히고 아파트 출입구 월패드에 2003호를 입력했다. 자동문이 부드럽게 열렸다. 엘리베이터를 타고 20층을 눌렀다. 그러나 버튼에 불이 들어오지 않았다. 여러 번을 눌렀으나 마찬가지였다. 어찌해야 할지 몰라 계속 우왕좌왕했다. 내 속도 모르는 엘리베이터는 잠시 나를 기다리는 듯하더니 위로 올라가 1층에 섰다. 문이 열리자 강아지를 안은 40대 여자가 엘리베이터에 올라탔다. 그녀는 지갑에서 카드를 꺼내 패드에 찍더니 11층을 눌렀다. 이 아파트는 출입카드 없이는 엘리베이터 사용이 불가능했던 것이다. 나도 재빨리 20층을 눌렀다. 그녀 덕분에 난 사장의 집이 있는 20층에 내릴 수 있었다.

20층 복도에는 현관문 하나가 열려 있었는데 2003호, 사장의 집이었다. 집 안으로 들어서니 라면 냄새가 훅 풍겨온다. 집은 생각보다 아담했고 주방 아일랜드 식탁 위에는 컵라면 두 개가 놓여 있었다.

"먹을 게 컵라면밖에 없네요. 이거라도 괜찮죠?"

사장은 냉장고에서 작은 반찬 통을 꺼내며 말한다.

"네네, 괜찮습니다. 고맙습니다."

난 괜히 황송해져 몸 둘 바를 몰랐다. 사장에게 직접 컵라면을 대접받을 줄이야. 그는 반찬 통의 뚜껑을 열고 식탁에 내려놓았다. 그 안에는 단무지가 들어 있었다.

"집에 김치가 없어요."

"어유, 김치는 없어도 됩니다. 별로 좋아하지 않습니다."

나도 모르게 거짓말이 나왔다. 빨리 컵라면을 먹고 이 자리를 벗어나자는 생각밖에는 안 들었다.

"더 드시고 싶으면 말하세요. 컵라면은 집에 많으니까."

그가 아일랜드 식탁에 먼저 앉았다. 난 그의 맞은편 의자에 앉았다. 그리고 조심스럽게 물었다.

"사장님, 호텔에서 식사하신 거 아닙니까?"

"그럴 시간이 있어야죠. 저도 배가 고팠어요."

그의 말에 마음이 편해졌다. 나 때문에 일부러 라면을 준비한 게 아니라고 생각하니 얹힐 것 같은 기분이 사라진다. 사장은 점을 보느라 식사도 못 한 건가? 마음이 놓이니 라면도 술술 들어갔다. 그와 나는 컵라면을 각각 두 개씩 비웠다. 흡족한 양은 아니었지만 배가 차니 안락함마저 느껴진다. 그가 맥주 두 캔을 가져왔다.

"술이나 한잔할래요?"

"네에? 술이오?"

그의 제안에 난 또다시 당황했다. 기사와, 그것도 오늘 첫 출근한 기사와 술을 하자니. 그것도 사장이 말이다.

"괘, 괜찮습니다."

허둥대며 말을 이었다. 그러나 사장은 내 말은 아랑곳하지 않고 캔맥주를 따서 내게 내민다.

"김유찬 씨, 집은 어디에요?"

"수색입니다. 상암동 철길 맞은편에 있는."

"아, 집이 머네요. 오후 근무라 밤에 퇴근하기 힘들겠어요. 가급적이면 일정을 자정 전에 끝내려고 하는데, 가끔 새벽 3시가 넘어갈 때도 있거든요."

"그럼 잠은…… 언제 주무시는 겁니까?"

내 말에 그가 호탕하게 웃었다. 오늘 난 그의 앞에서 어이없는 얘기만 늘어놓는 것 같다. 부끄럽다.

"알아서 잘 잡니다. 오늘같이 여유 있는 날도 많고요. 걱정하지 않으셔도 됩니다. 김유찬 씨는 이 근처로 이사 올 생각은 없어요?"

"이 동네는 비싸서……."

"회사 근처에 사택이 있습니다. 원룸 형태라 기숙사라고 하는 게 더 맞을 거예요. 회사 직원 몇몇이 이용하고 있는데, 워낙 작은 곳이어서 마주칠 일이 많지만 그래도 괜찮다 싶으면 들어오시죠. 매일 늦게 퇴근할 텐데, 출근이라도 편하게 해야 하지 않겠어요?"

마다할 이유가 없었다. 출퇴근하기 편한 곳에 회사 사택이라니, 이 얼마나 좋은 조건인가. 나에게 너무도 매력적인 제안이었다. 하지만 이곳까지 올 돈이 없다. 수색의 옥탑방에서도 월세가 밀려 내쫓길 판이었다.

"월세가 얼마인데요?"

"사택이라니까요. 관리비만 내시면 됩니다."

그가 웃으며 맥주를 마셨다. 그 모습이 마치, 내게는 구세주처럼 느껴진다.

"고맙습니다, 사장님."

"내일 오 실장에게 얘기해둘게요. 잘 처리해줄 겁니다."

난 그에게 거듭 고개를 조아렸다. 고마운 마음을 표현할 길은, 지금 내게 그것밖에 없었다.

"그렇게 고마워할 필요 없어요. 회사 복지인데요, 뭐."

사장은 아무렇지 않다는 듯 말했다. 하지만 난 안다. 이런 사소한 배려가 얼마나 사람의 마음을 움직이는지를. 특히 바닥으로 떨어진 나 같은 상황에서는 예기치 못한 친절에 감동하고 만다. 이 회사에 뼈를 묻어도 좋겠다는 생각을 했다. 사장에게, 이 남자에게 충성을 다하고 싶었다.

그는 내가 집을 떠나는 순간까지 날 놀라게 했다. 그날 행사장에서 받은 선물까지 내 손에 들려준 것이다. 난 계속 고개를 숙여 감사의 인사를 했다. 그런 내 모습이 우스워 보일지 몰라도 그러고 싶었다.

사장의 집에서 나오니 상쾌한 바람이 불었다. 아까 팰리스호텔 주차장에서 맞았던 바람보다 훨씬 더 시원했다. 아파트 단지에서 빠져나오니 눈앞에 큰 도로가 나타났다. 빈 택시가 여러 대 보였지만 난 잡지 않았다. 대신 지하철역으로 향했다. 회사에서 준 법인카드가 있었지만 함부로 쓰고 싶지 않았기 때문이다.

지하철 막차를 타고 집으로 돌아오는 길, 사장이 건네준 선물을 풀러 물건을 확인해본다. 선글라스였다. 선글라스를 끼고 휴대폰으로 확인해보니 내게 잘 어울리는 것 같다. 뜻밖의 선물을 받고 사장과도 친해진 것 같아 기분이 좋다. 오늘 하루가 무사하다는 사실도 좋았다. 행복감에 빠져 아까 느꼈던 불길함은 잊었다. 전수행 기사가 어떤 일을 당했건 나와는 먼 세상 이야기였다.

3. 최고의 직장

　오늘도 일찍 출근을 했다. 박영태 실장은 역시나 자리를 비웠고, 사무실에는 오지선 실장과 민가영뿐이었다.

　"안녕하십니까?"

　신입답게 싹싹하게 인사를 했다. 두 사람 모두 내게 가볍게 목례를 하고 각자의 일에 몰두한다. 바쁜 듯 보였다. 난 민가영이 앉아 있는 쪽을 봤다. 어젯밤 행사장에서 화려하게 차려입었던 그녀는, 화장기 없는 얼굴과 수수한 옷차림을 하고 자리에 앉아 일에 열중하고 있었다. 낮과 밤이 전혀 다른 모습이었다. 조금만 친했더라면 어제 일에 대해 물어봤을 텐데. 아쉽게도 난 그녀에게 말 한번 제대로 붙이지 못한다. 만난 지 고작 이틀째라 그런지 그녀에게서는 찬바람이 씽씽 불었다.

　난 조용히 자리에 가 앉았다. 스케줄을 확인하니 오늘 일정은 회사 대기가 전부다. 오후 4시 사장실에서 회사 간부 회의가 있고, 그 후 사장의 일정은 모두 회사 내에서 이뤄질 예정이었다. 사장의 저녁 퇴근길만 책임지면 내 일과가 끝나는 것이다. 나는 대기 시간 동안 딱히 할 일이 없어 인터넷 검색을 하며 시간을 보냈다.

오후 4시가 가까워지니 비서실이 분주해진다. 사장이 돌아온 것이다. 난 도울 일은 없을까 주변을 두리번거렸다. 그러나 비서실 업무를 모르는 이상 자리에 앉아 있는 게 더 낫겠다는 판단을 내렸다. 다시 인터넷 검색을 한다. 어제 주우식이 말했던, 전 수행 기사의 사건과 관련된 자료가 혹시라도 남아 있을까 검색해본다. 그의 말대로 기사화된 내용은 없었다. 그건 기사들 사이에 떠도는 단순 루머가 아니었을까? 검색어를 바꿔 다시 검색해봤지만 비슷한 사건도 눈에 띄지 않았다. 바쁜 일이 끝났는지 오지선 실장이 말을 걸었다.

"김유찬 씨, 사장님과 사택 입주에 대해 말씀하셨다고요?"

"아, 네……."

난 황급히 검색하던 인터넷 창을 닫았다. 마치 몹쓸 짓을 하다 걸린 기분이었다.

"언제쯤 입주하실 예정이에요?"

"전 빠르면 빠를수록 좋습니다."

"경영지원팀에다 그렇게 얘기해놓을게요. 궁금한 것은 가영 씨에게 물어봐요. 가영 씨도 사택에 입주해 있거든요."

민가영 쪽을 다시 쳐다봤다. 뭐라도 한마디 나누고 싶었지만 그녀는 업무가 바쁜지 우리가 하는 얘기에는 신경도 쓰지 않고 있다.

"네, 그렇게 하겠습니다."

"위치는 아시죠? 고속도로 건너편 주택가예요. 회사에 걸어서 출퇴근할 수 있을 정도로 가까워요. 시설도 꽤 괜찮고요. 시간 나면 한번 가보세요."

"토요일에 둘러봐도 괜찮을까요?"

"괜찮을 거예요. 그것도 미리 일러둘게요. 혹시 다른 거 물어볼 것 있나요?"

솔직히 어제 주우식에게 들은 얘기를 묻고 싶었다. 나의 전임 기사 중에 길에서 죽은 사람이 있었는지 궁금했다. 하지만 차마 묻지 못한다. 입이 근질거렸지만, 그녀가 어떤 스타일인지 모르기에 입조심을 해야 했다.

"아니, 없습니다."

"오늘은 사장님 외부 일정이 없으니 좀 편하시겠네요. 저녁 식사는 하셨나요?"

"이제 겨우 4시인데요?"

"저녁 식사는 항상 미리 해두시는 게 좋을 거예요. 사장님께서 언제 움직이실지 모르니까. 박 실장님은 항상 에너지 바를 갖고 다니시더라고요."

오지선 실장은 할 말을 다 한 듯 자기 자리로 돌아갔다. 괜히 양심이 찔린다. 그녀는 내가 어제 사장의 집에서 컵라면을 먹은 사실을 아는 것 같았다. 계속 자리에 앉아 있기가 무안해져 세차나 할 겸 주차장으로 내려가기 위해 책상에서 일어섰다. 돌아오는 길에 1층에 있는 편의점에서 에너지 바도 살 생각이었다.

잠깐 나갔다 오겠다고 보고를 한 뒤 비서실을 나섰다. 비서실에서 문을 열고 나오는데 복도를 지나던 한 남자와 마주쳤다. 난 무의식적으로 뒤로 물러서면서 고개를 숙였다. 그리고 힐끗 쳐다보니 그는 키가 작고 동그란 뿔테안경을 쓰고 있다. 낯이 익다. 어디서 봤더라……? 분명 최근에, 어디선가 마주친 적이 있는 사람이었다. 그는 나를 기억하지 못하는 눈치다. 남자는 자연스럽게 사장실 문을 열고 안으로 들어갔다.

주차장에 내려가 세차를 하면서 그 사람에 대해 곰곰히 생각했다. 누굴까? 사장실로 들어가는 것을 보면 임원급일 텐데. 그와 언제, 어디에서 만났을까? 기억이 나지 않았다. 유치장에서 악몽 같은 나날을 보낸 이후로 기억력이 많이 약해진 것 같다. 하지만 상대방도 날 못 알아보는데 기억해서 뭐 하나 싶었다.

다시 세차에 전념했다. 사장 차는 어차피 왁스 칠을 하기 때문에 손 세차 업체에 맡겨야 한다. 그래서 극세사 브러시로 내외부의 먼지만 살살 털고, 방향제를 새것으로 바꿨다. 간이 세차를 마친 다음에는 편의점으로 향했다. 에너지 바를 사고 음료를 고르는데, 왠지 뒤통수가 따가운 느낌이 든다. 뒤를 돌아보니 한 남자가 내 뒤에 서 있었다.

"김유찬 씨?"

낯선 남자가 내게 알은체를 한다. 자세히 보니 전에 유치장에 있을 때 내게 조언을 해줬던 사람이었다.

"아……, 그때, 거기서……."

"이준혁입니다. 나, 기억나죠?"

그가 껄껄 웃으며 내 손을 잡았다. 얼결에 그와 악수를 한 나는 반가움 반, 두려움 반인 기분이었다. 그가 정말 반가웠지만, 회사 사람들이 날 마약사범으로 볼까 솔직히 두렵다. 주변을 슥 둘러봤다. 우리를 신경 쓰는 사람은 아무도 없었다. 난 아직도 사람들의 시선에서 자유롭지 못하다.

"여긴 어쩐 일이십니까?"

"취업했습니다."

"오, 반갑네요. 저도 이 건물에서 일해요."

이곳은 대부분 위너가 쓰고 있지만 다른 회사도 있다. 그와 앞으로 자주 마주칠 생각을 하니 곤란했다.

"어디 다니시는데요?"

"그게……."

나는 우물쭈물한다. 그가 꼬치꼬치 묻는데 대답을 안 해줄 수도 없고 미치겠다. 이런 내 마음을 눈치챘는지 그는 더 이상 묻지 않았다.

"어쨌거나 반갑네요. 건물 안에서 종종 봅시다. 시간 되면 술이나 한잔하고요."

그는 내 등을 친근하게 툭툭 두드리더니 먼저 편의점에서 나갔다. 난 그를 보낸 다음 괜히 물건을 고르는 척 뭉그적거렸다. 복도에서 다시 그와 마주치기가 싫었다. 3~4분가량을 더 지체한 후에 에너지 바와 가글 용액을 사서 밖으로 나왔다. 다행히 복도에는 아무도 없었다.

비서실로 돌아와서도 난 여전히 할 일이 없었다. 사장이 부를 때까지 무료한 시간을 보낸다. 내일부터는 읽을 책이라도 가져와 야겠다는 생각을 했다. 무작정 다른 사람의 지시를 기다리고 있는 것은 꽤 힘든 일이었다. 그렇게 꾸역꾸역 시간을 보냈다. 6시가 가까워지자 오지선 실장과 민가영은 퇴근 준비를 서두른다.

"참, 김유찬 씨, 좀 전에 보내드린 일정 보셨나요? 내일 외국에서 협력업체 마케터가 오실 거예요."

"공항으로 픽업 가야 합니까?"

"네, 그전에 사장님을 콩코드호텔에 모셔다드려야 해요. 6시 저녁 약속 있으시거든요. 공항은 8시 픽업이에요. 시간 텀이 촉박해요. 퇴근 시간대라 서두르셔야 할 겁니다."

"저 혼자 픽업 가는 겁니까? 영어를 잘 못하는데."

"웰컴 피켓 준비해놓을 거니까 걱정 마세요. 마케터 역시 콩코드호텔로 모셔다드리면 됩니다."

"네, 알았습니다."

"그럼 먼저 퇴근할게요. 수고하세요."

오지선 실장과 민가영이 퇴근했다. 혼자 남으니 텅 빈 비서실이 넓게 느껴진다. 사장이 부를 때까지 자리를 비울 수 없는 난, 믹스커피와 에너지 바로 허기를 때우며 오늘도 저녁을 걸렀다. 그리고 야구 생방송을 봤다. 인터넷을 검색할 때보다 시간이 빨리 흐른다.

8시가 되자 사장실에서 퇴근하겠다는 연락이 왔다. 난 재빨리 차를 정문 앞에 세우고 그를 맞았다. 대기하는 시간이 너무 지루했던 터라, 사장의 얼굴을 보니 반가웠다.

"어제는 잘 들어갔어요?"

"덕분에 잘 갔습니다. 고맙습니다."

"다행이네요. 참, 일요일은 김유찬 씨가 근무하는 날인 거죠?"

"네, 사장님 라운딩 일정에 제가 나갑니다."

"이 차를 타고 마케터를 이천 클럽까지 모시고 오면 되겠네요."

"사장님을 모시는 게 아니고요?"

"전 다른 차를 몰고 갈 겁니다."

몇 마디 대화를 나누다 보니 금세 사장의 집에 도착했다. 난 그를 아파트 앞에 내려주고 지하 주차장에 주차를 한다. 생각보다 근무가 일찍 끝났다. 이렇게 일하고 월급을 받아도 되나 싶을 정도로 수월하게 하루 일과를 마쳤다.

지하철역으로 향하면서 난 성재 형에게 전화를 걸었다. 집에 들어가기는 이른 시간이라 소주라도 한잔하고 싶었다.

"형? 접니다. 유찬이오."

〔어, 어……, 일 끝났냐?〕

"퇴근했죠. 형은 어디세요?"

〔어디긴? 사무실이지. 우린 이제 깨어날 시간 아니겠냐.〕

"아, 타이밍이 안 맞네요. 술이라도 한잔할까 했는데."

〔타이밍 같은 소리 하네. 술 마시는 시간이 따로 있냐? 사무실로 와. 그러잖아도 더우니까 목이 마르네. 시원하게 한잔하자.〕

"뭐 사갈까요? 맥주 드실래요?"

〔소주나 몇 병 들고 와. 안주는 내가 시킬게. 지금 어디쯤인데?〕

"도곡역이오."

〔30분이면 오겠네. 알았다. 후딱 와.〕

지하철을 타고 약수역에 내렸다. 편의점에 들러 소주를 네 병 사서 성재 형 사무실로 향했다. 사무실은 약수역 근처 4층짜리 건물 2층에 있었다. 대리 기사를 부를 시간대라 그런지 계단 복도에서 전화 받는 소리가 들릴 정도로 사무실 안은 분주했다.

난 콜센터 사무실을 지나 안쪽으로 들어가 방문을 열었다. 작은방 안에는 책상과 소파가 놓여 있었는데, 성재 형은 책상에 앉아 콜센터를 비추는 CCTV 모니터를 들여다보고 있었다.

"왔냐?"

난 소주가 든 편의점 비닐봉지를 들어 보였다. 성재 형이 책상에서 일어나 소파로 온다. 형이 미리 주문해놓은 족발 포장을 뜯었다.

"우리만 먹어도 돼요?"

"쟤들 근무 중이야. 그리고 아까 캔 커피랑 간식도 싹 다 돌렸고. 어때? 일은 할 만하냐?"

"완전 꿀 보직이던데요?"

"이야, 김유찬, 한턱내야겠는데?"

성재 형이 활짝 웃으며 내 팔을 툭 쳤다. 얼굴에서 뿌듯함이 묻어난다. 나를 걱정해준 그의 진심을 알기에, 정말로 고마웠다. 소주잔이 없어 투명한 물컵에 소주를 따라 마시며 우리는 긴긴 얘기를 나눴다.

"사장님은 어때?"

"정말 좋으세요. 말도 자주 걸어주시고, 사택도 추천해주시고 ……."

"사택? IT 회사에 그런 것도 있어?"

"관리비만 내고 살면 된대요. 완전 땡잡았죠. 저에겐 최고의 직장이에요. 형, 진짜 고마워요."

"잘 됐다, 야. 회사 복지가 좋네."

"저 법인카드도 나왔어요."

"한번 긁을까?"

"에이, 함부로 쓰면 안 되죠."

"다행이다. 잘 됐어. 그 회사 소문이 좀 있어서 걱정했는데."

성재 형이 지나가는 말로 회사의 이야기를 흘린다.

그러나 소문이라는 얘기가 내 귀에 꽂혔다.

"소문이라면…… 몇 달 전, 전임 수행 기사 죽은 거요?"

"어? 너도 들었구나? 난 너 기분 나쁠까 봐 일부러 말 안 했는데. 어디서 들은 거야?"

"다른 회사 기사가 알려주던데요? 근데, 그 소문 진짜예요?"

"진짜래. 나도 들은 얘기지만."

"자세히 좀 얘기해봐요. 궁금해 죽겠어요."

"네가 아는 것과 비슷할걸? 명절 때, 아마 연말이었다지? 사장님 지인들 집과 사무실 돌아다니며 선물을 돌리다가 갑자기 심정지가 왔대. 네가 들은 얘기, 그거 맞지?"

"똑같네요. 기미상궁이라는 별명 붙은 분, 맞죠?"

"어. 재수도 없지. 그 외에도 일이 많았대."

"그런데 왜 하필 남자에게 기미상궁이라는 별명을 붙였을까요?"

"여자였으니까. 남자가 아니야."

"아니, 여자가 사장님 수행 기사를 했어요?"

"그래 봬도 경호원 출신이었어. 포스가 아주 대단했다던데?"

"아……"

"문제는 그게 두 번째라는 거지."

"두 번째요? 죽은 사람이 또 있다는 거예요?"

나도 모르게 목소리가 높아졌다. 수행 기사 두 명이 죽어 나갔
다는 얘기에 소름이 끼친다. 모두 내 전임자였다는 사실이 우연
같지 않았다. 회사 외부에서 돌고 있는 이 흉흉한 소문은 꺼림칙
했지만 동시에 내 호기심을 자극해온다. 영화에서나 나올법한 얘
기가 실제로 내가 다니고 있는 회사에서 일어났다니 흥미로웠다.

"조금 된 얘기야. 2016년인가, 2017년인가……."

성재 형이 기억을 더듬었다. 난 귀를 바짝 가져다 댄다. 무슨
얘기가 나올지 궁금하다.

"겨울이었대. 업계 사장님 중 한 분의 부모님이 돌아가셔서 남
해에 조문 갈 일이 있었나 봐. 기사 혼자 조의금을 전하고 올라오
는데 눈이 엄청 내린 거야."

"사장님은 안 가시고요?"

"너희 사장은 그때 해외 출장 중이었을걸? 아침 비행기로 돌아

온다고 해서 기사가 밤을 꼬박 새우고 새벽에 그 먼 길을 올라오다 사고가 난 거지."

"그 기사, 운이 나빴네요. 깜빡 존 걸까요? 아님 눈 때문이었을까요?"

"둘 다가 아닐까? 어쨌든 가드레일을 박고 차가 비탈길로 떨어졌어. 큰 사고였지. 기사는 즉사했고."

"안됐네요. 사장님도 놀라셨겠고요."

"그럼. 한국에 돌아오자마자 처음 접한 얘기가 부고였으니까."

"뉴스에도 나왔어요?"

"보도야 많이 됐지. 아는 애들 중에도 취재 간 사람이 있을 정도였어. 그런데 눈이 워낙 많이 내려서 그날 눈길 교통사고가 많았어. 그런 사고들과 같이 엮여서 스치듯 잠깐 방송에 나왔지. 원인은 운전 미숙으로 결론지어졌고."

"다른 회사 기사들도 다 아는 얘기겠네요?"

"글쎄. 대부분 모르지 않을까? 업체명도 안 밝혔고, 그리고 그땐 너희 회사가 지금처럼 크지 않았거든. 아마 안다고 해도 지금은 기억하는 사람이 별로 없을 거야."

성재 형이 소주를 연달아 들이켰다. 기사가 두 명이나 죽었다고 해서 혹시나 회사 내부에 큰 음모가 있었던 건 아닐까 했는데, 성실히 일하다 죽은 거라니 결말이 씁쓸했다. 그가 눈이라도 좀 붙이고 운전했다면 아무리 눈이 많이 내렸더라도 무사하지 않았을까? 사장 지인에게 선물을 돌리다 죽은 기사도 마찬가지였을 거다. 몸의 이상을 느꼈다면 그날 일을 미루면 됐을 텐데.

"얘기 들으니 찝찝하냐?"

"아뇨. 전임자들이 진짜 성실했구나, 열심히 일했구나, 그런 생각이 드네요."

"이런 얘기 들었다고 괜히 마음 뜬 건 아니지?"

"그럴 리가요. 이 이상의 회사가 어디 있다고."

"너, 수사 기록은 언제 풀리냐?"

"이제 2년 지났으니까 3년 뒤요. 아직 한참 남았죠."

"그때까지는 거기서 열심히 일해. 사고도 조심하고. 기록이 완전히 없어지면 다시 업계로 돌아올 수도 있지 않겠어?"

과연 그럴 수 있을까? 난 성재 형이 하는 말에 의문이 생긴다. 3년 뒤, 기소유예를 받은 내 이름은 수사 기록에서 사라진다. 범죄 이력이 깨끗해지는 것이다. 하지만 사람들은 내 이름과 사건을 모두 기억하고 있을 것이다. 그 말은, 내가 전과자는 아니지만 전과자와 마찬가지라는 거다. 다시는 기자로 돌아갈 수 없다는 얘기다. 내가 쓴 누명을 벗을 때까지는.

***

성재 형과 늦게까지 술을 마셨다. 다음 날은 오후 4시 출근이라 오랜만에 마음 놓고 실컷 마셨다. 새벽에 집에 들어가 쪽잠을 자고 일어나니 몸이 찌뿌둥하다. 술 냄새를 풍길까 봐 사우나에 들렀다가 출근을 했다. 오지선 실장의 조언대로 출근 전에 갈비탕으로 든든하게 배를 미리 채워뒀다. 해장 겸 저녁 식사 겸이었다. 그리고 사장의 호출을 기다리는 동안 책상에 앉아 간단한 영어 회화를 반복하고 또 반복했다. 해외 출장 가서 외국인들과 간혹 말을 섞기는 했지만, 혼자서 그를 상대해야 한다는 사실이 부담스러웠다.

어제는 그토록 긴 대기 시간이 오늘은 쏜살같이 흘렀다. 사장의 호출을 받은 나는 재빨리 차를 정문에 대기시켰다. 통화를 하며 걸어 나오는 그는 무척 바빠 보였다. 픽업해서 콩코드호텔에 내릴 때까지, 그는 나와 잠시 눈인사만 나눴을 뿐 쉴 새 없이 통화를 했다. 통화 내용으로 추측해볼 때 해외 유명 인사의 투자 유치를 추진하고 있는 듯했다. 난 그를 내려준 뒤 공항으로 갔다.

비서실에서 챙겨준 웰컴 피켓을 들고 입국장 입구에서 서성거렸다. 10여 분을 기다렸을까. 누군가 내 피켓을 보고 똑바로 걸어오는 게 보였다. 파란 눈에 갈색의 곱슬머리를 가진 키 큰 남자였다. 해외 협력사 마케터다. 난 긴장해서 침을 꿀꺽 삼켰다. 수행 기사가 되어 제일 처음 겪는 난관이다. 그러나 그가 먼저 자신을 해리스라고 소개하자, 나도 모르게 영어가 튀어나왔다. 부족한 영어 실력이지만 기자 생활을 하면서 해외에 종종 나갔던 경험이 도움이 되는 것 같다. 한번 입이 풀리니 자연스럽게 영어가 나온다. 어법에 맞지 않은 단어의 나열이었지만, 그래도 그를 콩코드호텔까지 무사히 데려다줬다.

그리고 또다시 기약 없는 대기에 들어갔다. 이번에는 얼마나 기다려야 하는 걸까? 무료하다. 난 휴대폰을 들여다보며 차 앞에서 서성거렸다.

"혹시…… 기사님이세요?"

누군가 내게 말을 걸었다. 내 또래의 젊은 남자였다.

"아, 네. 그런데요?"

"저는 맥슬란의 차를 몰고 있는 김용호입니다."

그는 유명 패션 브랜드 대표의 수행 기사였다. 그가 내린 차를 힐끗 보니 우리 회사 차와 같은 벤츠 S클래스이다. 나도 얼결에 내 소개를 했다.

"그런데 여기서 뭐 하세요? 대기실에 가시지 않고?"

"이 호텔에 기사 대기실이 있어요?"

"업계 들어오신 지 얼마 안 되셨군요? 같이 가시죠. 콩코드는 기사 대접이 아주 후한 편이에요."

김용호를 따라 호텔 지하 1층으로 내려갔다. 엘리베이터 옆에 있는 '관계자 외 출입 금지'라고 쓰인 문으로 들어가니 짧은 복도가 나온다. 복도에는 비상용 엘리베이터 외에도 문이 두 개 있었는데, 그중 하나에 '기사 대기실'이라는 팻말이 붙어 있었다. 그를 따라 대기실 안으로 들어갔다.

"안녕하십니까?"

그가 싹싹하게 인사를 했다. 테이블에서 포커를 치던 사람들이 우리를 돌아본다. 대충 봐도 연배가 나보다 훨씬 높아 보였다.

"용호 씨 왔어?"

"옆에는 누구야? 처음 보는 얼굴인데?"

"위너에서 일하는 김유찬입니다."

재빨리 내 소개를 했다. 나를 훑어보는 기사들의 시선이 느껴진다.

"수행 기사는 처음인가 봐?"

"네, 시작한 지 얼마 안 됐습니다."

"그래. 나중에 밥이나 한번 먹자고."

그들은 다시 포커에 열중한다. 신입 따위는 안중에도 없다는 분위기였다. 난 살짝 주눅이 들어 기사 대기실 안을 둘러봤다. 벽 쪽에는 3인용 소파가 두 개, 암체어가 한 개 있었고 중앙에는 테이블 두 개가 있다. 출입문 옆에는 작은 간이 바도 구비돼 있었는데, 믹스커피와 과자 등이 가득했다. 공간은 좁았지만 구성은 알찼다. 호텔 지하에 이런 곳이 있을 줄이야.

"커피나 한잔하시죠?"

김용호가 그새 믹스커피 두 잔을 타왔다. 난 그와 함께 테이블에 앉는다. 소파 두 개는 먼저 온 기사들이 차지하고 있었다. 그들은 소파에 누워 낮게 코를 골며 자고 있다.

"이번 주도 이렇게 끝이 나네요. 유찬 씨는 오늘 일정이 이걸로 끝인가요?"

"아마 그러지 않을까요? 사장님께서 별다른 말씀을 안 하셔서."

"저는 사장님 약속 끝나시면 공항에 모셔다드리고, 이제 자유예요."

그가 후련하다는 듯 말했다.

"일주일 출장 가시는데 그동안은 휴가죠. 아, 벌써 가슴이 설레네요."

"사장님 출장 가시면 기사는 모두 휴가인 거예요?"

"회사마다 다르지만 대부분 그렇죠. 위너 사장님도 출장을 자주 가시지 않나요?"

"기사 된 지 이제 겨우 3일째라, 솔직히 잘 모릅니다."

"어휴, 적응하시려면 힘들겠네요. 그래도 힘내요. 오늘은 금요일이잖아요."

김용호가 웃으며 내게 힘을 북돋아 준다.

나는 그와 이런저런 얘기를 나눴다. 우리는 나이가 같았고, 둘다 수행 기사 일을 시작한 지 얼마 되지 않은 터라 말이 잘 통했다. 각자 모시는 사장의 취향이나 다른 회사로의 이직 문제, 주식과 같은 얘기를 끊임없이 주고받았다.

잠시 후, 기사 두 명이 들어오더니 우리 대화에 합류했다. 이모든 것이 자연스러웠다. 난 마치 처음부터 직업이 수행 기사였던 것처럼, 그들 사이에 녹아들어 함께 어울리고 커피를 마시며 얘기를 나눴다. 대기 시간이 즐거웠다. 누군가 정이준의 회사 얘기를 꺼낼 때까지는 말이다.

"성국이는 어떻게 됐어?"

"다시 헬시코어로 갔대."

"또? 몸값은 올렸대?"

"모르지, 그건."

"아무래도 더 좋은 조건으로 가지 않았겠어?"

"정이준 대표 죽고 나서 바로 자르더니 왜 또 불렀대?"

정이준 얘기가 나오자 머리카락이 쭈뼛 선다. 이 사람들이 나를 알아볼까 두렵다.

"모르지."

"성국이 개가 성실은 하잖아. 개만 한 사람이 없었던 거지."

"누가 불렀대?"

"사장이라고 했던가, 전무라고 했던가……?"

"말 많은 회사라 좀 그렇긴 한데, 어쨌든 성국이 잘됐다."

"아니, 그 회사 뭔 일 있었어?"

"뭔 일까지는 아니고 경영 실적이 좀 별로잖아. 주가도 확 떨어졌고."

"옛날얘기 아니야?"

"전무가 자리 꿰차고 난 뒤, 이래저래 잘 버틴다던데?"

"남 회사 얘기니 모르지. 실적이 전보다 좋아졌다는 얘기도 있고, 아니라는 얘기도 있고, 그래."

"내가 듣기로는 위태위태하다던데?"

"사장이 바뀐 후에 오히려 잘됐대. 그룹에서 추가로 투자도 한다더라."

"그룹에서? 아니, 후계자가 죽었는데 더 키워준다 이건가?"

"모르지. 바뀐 사장이 마음에 들었을 수도 있고."

"기존 사장이 너무 엉망이긴 했어."

"하긴 밑에서 열심히 일하면 뭐 해? 위에서 뻘짓하면 끝이지."

"사장이 죽은 게 회사로서는 오히려 잘된 건가?"

난 정이준의 죽음이 화제에 오를까 초조해진다. 녀석이 죽은 다음, 그 회사가 어떻게 됐는지는 관심도 없다. 내 얘기가 나올까 두려운 거다. 그 공포감은 2년이 지난 지금에도 나아질 기미가 보이지 않는다. 머리가 아팠다. 손바닥에 땀이 차오른다. 난 손바닥을 바지에 문질러 땀을 닦으며 어쩔 줄 몰라 했다. 그나마 다른 기사들이 내게 관심이 없어 다행이었다. 그때 업무가 끝났다는 사장의 연락이 왔다.

"전 먼저 가보겠습니다. 수고하십시오."

인사를 하고 서둘러 기사 대기실에서 나왔다. 사장의 호출은 내게 단비와도 같았다. 계속 그 자리에 있다가는 분명히 곤란해졌을 것이다. 호텔 정문으로 재빨리 차를 옮겼다. 콩코드호텔 정문에서는 이미 사장이 나와 나를 기다리고 있었다.

"협력사 마케터는 잘 만나셨습니까?"

"네, 덕분에요. 바로 집으로 가죠."

사장은 몹시 피로해 보였다. 난 그를 태우고 도곡동으로 향했다. 콩코드호텔과는 머지않은 곳에 위치한 터라 30분도 안 돼 사장의 집에 도착했다.

"수고하셨어요. 일요일에 뵙죠."

"저, 사장님."

"네?"

"일요일에 라운딩을 가려면 클럽을 차에 미리 실어둬야 하지 않을까요?"

조심스럽게 말을 꺼냈다. 일요일 아침 일찍 사장 집에 들어가는 것보다 저녁에 실어 놓는 게 마음이 훨씬 편했기 때문이다.

"걱정하지 마세요. 그건 내일 박 실장님이 하실 겁니다."

"내일도 일정이 있으십니까?"

"해외에서 손님이 오셨는데 호텔에만 계시게 할 수 없잖아요? 잠깐 서울 투어를 할 겁니다."

"아……."

사장은 내일도 업무가 있다. 365일, 24시간. 사장이라는 자리는 쉴 새 없이 일을 해야 하는 것 같았다.

"늦기 전에 들어가세요. 그리고 일요일 아침에는 집에 들르지 않으셔도 됩니다. 차만 가지고 바로 호텔로 가시면 돼요."

"알겠습니다. 일요일에 뵙겠습니다."

인사를 하고 사장과 헤어졌다.

지하 주차장에 주차를 하고 나오니 벌써 12시가 가까운 시각이었다. 막차를 놓쳤다. 할 수 없이 회사 법인카드로 수색까지 택시를 타기로 했다. 집으로 향하는 택시 안에서, 아까 수행 기사들이 했던 말들을 되새겼다. 정이준이 죽은 후 오히려 회사가 안정을 찾았다 이거지? 난 나락으로 떨어졌는데. 그 사건 이후로 나를 제외한 모든 사람은 다 잘살고 있는 듯하다. 나를 범인으로 지목했던 여자도, 그리고 최도원도.

아, 참! 그 남자, 드디어 생각이 났다. 키가 작고 동그란 뿔테 안경을 쓴 그 남자. 사장실 앞에서 마주친 그는, 내가 면접 보러 온 날 커피 전문점에서 최도원과 만나고 있던 사람이었다. 두 사람이 만난 이유는 모르겠지만 그가 우리 회사 직원이라고 생각하니 끔찍하다. 녀석이 나에 대해 뭐라고 말하진 않았겠지. 하지만 혹시 모르니, 그와 되도록 마주치지 말아야겠다. 회사에서 사장의 수행 기사로, 난 조용히 살아가면 되는 거다.

택시에서 내려 집 앞에 있는 편의점에서 맥주 네 캔을 사서 옥탑방으로 가지고 올라갔다. 맥주를 마시며 대충 짐 정리를 했다. 사택 사정이 괜찮다면 내일이라도 당장 들어갈 생각이었다. 집을 줄이느라 대부분의 가구를 버린 탓에, 이삿짐은 몇 박스 나오지 않았다. 난 벽 쪽에 쌓여 있는 잡지를 본다. 5년간 내가 몸담았던 《모터 비히클》이 내 가슴팍에 닿을 만큼 쌓여 있었다. 이 잡지들을 가져갈까? 아니면 버릴까? 이제 기자로서의 내 삶은 끝인데, 이게 필요가 있을까?

미지근해진 맥주를 마시면서 난 잠시 고민했다. 그리고 지난 5년간 내 삶의 전부였던 《모터 비히클》을 모두 내다 버렸다.

***

눈을 뜨자마자 대충 씻고 판교역으로 갔다. 오늘은 사택을 둘러보기로 한 날이다. 오지선 실장이 알려준 주소대로 판교역에서 마을버스를 타고 사택으로 향했다. 사택은 판교 주택단지 초입에 있었다. 조용한 주택가에 있는 사택이라니 왠지 어울리지 않았다. 게스트하우스로 지은 집을 회사에서 사들인 거라고 하는데, 그래서일까, 사택이라고 하기에는 외관이 세련되고 예뻤다. 도어록에 비밀번호를 입력하고 안으로 들어갔다.

1층에는 커뮤니케이션룸과 간단한 조리를 할 수 있는 주방이 있었고 공용 화장실과 방 두 개가 있었다. 2층으로 올라가니 작은 거실과 다섯 개의 방이 나왔다.

난 비어 있다는 A실의 문을 열었다. 싱글 침대와 책상, 붙박이장으로 단출하게 구성된 원룸은 볕이 잘 들고 베란다도 있었다. 욕실을 겸한 화장실도 갖춰 매우 편리해 보인다. 이런 곳을 관리비만 내고 사용할 수 있다니, 횡재한 기분이 들었다. 오늘 당장이라도 이사하고 싶었다.

성재 형에게 전화를 걸었다.

"형, 저 유찬인데요."

〔어? 웬일이야? 무슨 일 있어?〕

성재 형이 자다 깬 목소리로 전화를 받았다. 갑자기 미안해진다. 깜박했다. 어젯밤 늦게까지 근무를 했을 거라는 생각이 이제야 들었다.

"주무셨어요? 죄송해요."

〔괜찮아, 인마. 말해, 뭔 일이야?〕

"차 좀 빌릴 수 있을까 해서요."

〔차? 차는 왜?〕

"이삿짐 좀 나르려고요. 제가 짐이 별로 없어서 자동차로 충분할 것 같거든요."

〔그래. 집으로 와라. 일단 나는 좀 자고 있을게.〕

전화가 툭 끊겼다. 성재 형은 진짜 잠결에 전화를 받았나 보다. 1층으로 내려왔다. 사택을 나서려는데 주방에서 낯익은 여자의 모습이 보였다. 자세히 보니 민가영이었다. 회사에서 볼 때보다 눈이 작고 코도 낮아 보였지만 틀림없는 민가영이었다.

"민가영 씨?"

반가워서 그녀의 이름을 불렀다. 토스트에 커피를 마시고 있던 그녀가 깜짝 놀랐다.

"어머?"

그녀는 나와 눈이 마주치자마자 고개를 확 돌려버렸다. 난 그녀가 나를 못 알아봤을까 싶어 가까이 다가갔다.

"지금 일어나신 거예요?"

"아는 척하면 어떡해요?"

짜증 섞인 목소리가 되돌아왔다. 그녀의 얼굴에 자잘하게 난 주근깨가 눈에 띈다.

"화장도 안 했는데."

그녀가 볼멘소리로 투덜댔다. 하지만 내 눈에는 메이크업을 하지 않은 얼굴이 더 귀엽게 보인다.

"화장 안 하니까 훨씬 예쁘신데요?"

내 아부 아닌 아부에 그녀가 얼굴을 붉혔다. 당황했지만 싫지 않은 눈치였다.

"계속 서 계실 거예요? 커피라도 드세요."

민가영은 턱짓으로 주방 한쪽에 마련된 에스프레소 머신을 가리킨다. 난 커피를 뽑아와 그녀의 앞에 앉았다. 그녀는 토스트를 먹으며 내게 묻는다.

"오늘은 사장님 일정 없으신 거예요?"

"저는 없고요. 오늘 해외 마케터 만나는 자리에는 박 실장님이 나가셨어요."

"흐응······."

그녀는 묘한 콧소리를 내며 알았다는 듯 고개를 끄덕인다. 난 커피를 마시며 그녀의 콧잔등에 난 주근깨를 슬쩍 봤다. 화장한 얼굴보다 화장 안 한 얼굴이 훨씬 더 낫다. 더 어리고 더 생기 있어 보인다.

"언제 이사 오실 거예요?"

"이따 저녁에요."

"오늘 당장이오? 헐······."

"왜요?"

"너무 빨라서요. 대부분 여기 안 들어오려고 하는데."

"이 좋은 데를, 왜요?"

바보같이 그녀에게 '왜요'라는 질문만 계속하는 자신이 멍청하게 느껴졌다.

"회사에서 너무 가깝고, 맨날 보는 얼굴 집에서도 또 봐야 하고, 지긋지긋하지 않아요? 그리고 아무리 사택이라도 남녀가 같은 집을 쓴다니 불편하죠. 주택가라 주변에 놀 만한 곳도 없고요."

민가영은 주변을 둘러보더니 목소리를 낮췄다. 그리고 은밀한 말투로 속삭이듯 말한다.

"게다가 여기 출입기록 체크되는 거 알아요? CCTV도 모두 녹화해서 회사에 보고한대요."

"그러면 안 돼요?"

"안 되죠. 완전 싫죠. 내 사생활을 회사에서 간섭한다고 생각해 봐요. 끔찍하지."

"그런데 가영 씨는 왜 여기 들어왔어요?"

"돈이 없으니까요. 그건, 유찬 씨도 마찬가지 아니에요?"

아, 이 여자도 돈이 없구나. 나만큼 절박했을지 모른다는 생각에 친근감마저 느껴졌다. 물론 그녀는 아니겠지만.

"우리 회사 사택은 돈이 정말 없거나, 아니면 낮과 밤이 바뀐 기술개발팀 직원만 입주해요. 여기 입주 안 해도 주거비 지원이 따로 나오니까. 그래서 아마 빈방이 있었을걸요?"

"그래도 그게 어딥니까?"

"성격 참 긍정적이시다."

"이따 술이나 한잔할까요? 저 이사 온 기념으로?"

"이상한 소문 나서 안 돼요. 여기 눈이 얼마나 많은데."

민가영은 새침하게 거절했지만 결국 우리는 저녁에 마주 앉아 술잔을 기울였다. 아직 성재 형의 카드를 빌려 쓰고 있는 터라 사택 내에서 간단히 마시고 싶었으나, 그녀가 원하는 대로 주택단지 내에 있는 펍으로 갔다. 우리는 시원한 라거를 몇 잔 시켜 마셨다. 알코올이 들어가서일까? 그녀의 쌀쌀맞은 분위기가 많이 누그러져 있었다. 내가 열심히 그녀의 비위를 맞춰서인지도 모르겠다.

"유찬 씨에게만 알려드릴게요. 우린 같은 비서실 소속이니까."

"저도 비서실 소속인 겁니까?"

"어머? 그러면 지금 근무하시는 데가 어디라고 생각하신 거예요? 책상이 비서실에 있잖아요."

"아, 그럼 앞으로 가영 씨를 선배님으로 모셔야겠네요."

"에이, 나이도 같은데 그냥 친구 해요. 학교도 아닌데 선배가 뭐야."

"친구? 그럼 이제부터 말 놓을까요?"

"그건 아니죠. 전 존댓말이 더 편해요."

그녀가 정색하며 나에게 확실히 선을 그었다. 그래도 우리는 얘기를 나누며 자연스럽게 친해졌다. 주로 회사 얘기였지만 나로서는 대부분이 처음 듣는 얘기라 흥미로웠다.

민가영은 술을 마시면 말이 많아지는 타입이었다. 그녀의 작고 통통한 입술이 쉴 새 없이 움직인다.

"우리 사장님이 집안은 잘 모르겠지만 머리 하나는 뛰어나잖아요? 뒤에 백 하나 없이 나이 마흔에 회사를 이렇게 키운 걸 보면 보통 사람은 아니죠."

"일찍 성공해서 금수저인 줄 알았는데?"

"포장 잘 해놔서 그래요. 그것 때문에 나랑 오 실장님이랑 얼마나 바쁜데."

"포장? 사장님 보좌가 아니라요?"

"아……, 잘 모르시는구나? 우리 회사 비서실은 평범한 비서실이 아니에요. 오 실장님만 해도 6개 국어 하는 능력자거든요. 아침마다 전 세계 뉴스 쫙 모아서 사장님한테 브리핑해주잖아요. 요즘은 사장님 베트남에 진출한다고 해서 베트남어도 공부한다고 하더라고요."

"가영 씨는요? 가영 씨는 뭐 하는데 바빠요?"

"뭐 할 것 같아요?"

민가영이 나를 빤히 바라봤다. 글쎄……? 그녀는 무슨 일을 하는 걸까? 근무 시간에 청담동에 가서 머리를 하고, 밤에 패션 행사장에 나타나는 직원은 회사에서 대체 무슨 일을 하는 걸까?

"모르겠는데요? 솔직히 회사에 놀러 다니는 걸로 보여요."

마음에 담아뒀던 생각들을 과감하게 말했다. 술을 마신 탓이다. 그녀가 소리 내어 웃는다. 웃음소리가 맑고 청아했다. 한참을 웃고 난 그녀는 이내 정색을 했다.

"전 소문을 모아요."

"소문이요?"

뜬금없는 소리에, 나도 모르게 피식 웃음이 나온다. 하지만 그녀의 눈빛은 진지했다. 날 똑바로 보며 웃는 얼굴에는 자신감마저 묻어났다.

"제가 왜 근무 시간에, 그것도 오후에 청담동까지 가는 줄 알아요? 그 시간대가 사모님들이 머리하는 시간이거든요. 끼리끼리 모여서 미주알고주알 남편 자랑을 하죠. 쓸데없는 얘기도 많이 하고. 전 그걸 옆에서 주워듣는 거예요."

"남의 집안 사정을 들어서 뭐 하게요? 그런 얘기들이 사장님 사업에 도움이 되나?"

"나름대로 쏠쏠해요. 그 얘기들 속에 가끔 대박 정보도 있고."

"설마."

"며칠 전 마랑 행사장에 사장님 모시고 갔잖아요? 우리 회사는 IT 회사인데 사장님이 왜 패션 브랜드 행사에 갔을 것 같아요?"

"초대받았으니까 가셨겠죠."

"우리 사장, 그 패션 브랜드 쇼핑몰의 지분을 일부 갖고 있어요."

"사업을 확장하셨나 보네요. 그게 가영 씨가 소문 모은 거랑 무슨 상관인데요?"

"작년에 그 브랜드에서 온라인 쇼핑몰을 만든다고 서버 호스팅 비딩을 했어요. 당연히 여러 업체가 참여했고 우리가 유리한 입장이 아니었죠. 경쟁 업체가 워낙 셌거든요. 그래서 뭘 한 줄 알아요?"

"소문을 모았다는 거잖아요."

"대표 미팅하기 전에, 상대 사장님이 좋아하는 브랜드와 취향을 싹 다 파악했어요. 그리고 사장님의 패션을 거기에 맞춘 다음 미팅 장소에 모셔다드렸죠. 결과가 어땠을 것 같아요?"

"폭발적이었다, 이거죠? 그런데 겨우 그런 걸 갖고 일을 따냈다고요?"

"겨우? 일만 딴 줄 알아요? 거기 사장이 굉장히 까다로워요. 그런데 우리 사장님을 아주 마음에 들어 한 거죠. 패션 감각도 좋고 취향도 잘 맞는다면서. 그렇게 우리 회사는 쇼핑몰 지분까지 확보하게 된 거죠."

마치 딴 세상 얘기 같았다. 나와는 먼, 이상한 경쟁을 하는 나라의 이야기 말이다. 그녀는 자신이 하는 일에 굉장히 자부심을 느끼고 있었다.

"제가 상대 사장의 패션과 취향 정보를 어디를 들었는지 알아요? 바로 청담동 헤어숍이었어요. 스타일리스트들에게 간간이 팁을 찔러주면 모두 모아 알려주거든요."

"비서가 아니라 정보원 같네요? 청담동이면 비쌀 텐데, 회사에서 머리하는 돈이 나와요?"

"그럼요. 진행비로 결제하는걸요."

"매번 대박 정보를 얻지 못해도?"

"정보라는 게 별건가요? 아주 소소한 거라도 상관없어요. 일단 모아두는 거지. 어떤 얘기를 나중에 어떻게 써먹을 수 있을지 모르니까."

"재밌는 얘기네요."

"거래 업체 사장님 취향과 가족 관계는 물론, 자녀들 학교 성적과 친구들까지 꿰뚫고 있어요."

"차라리 흥신소에서 사람을 사는 게 더 빠르고 편하겠네요."

"가끔 사람도 사요. 제가 왜 유찬 씨하고 술을 마시겠어요?"

"네에?"

"유찬 씨, 밖에 나가면 다른 회사 기사들 많이 만나죠?"

"그렇긴 하죠……."

"저에게 정보 좀 공유해줘요. 필요한 게 아주 많아요."

민가영의 눈빛이 반짝인다. 머리로는 무슨 생각을 했는지, 씩 웃는 그녀의 한쪽 입꼬리가 살짝 올라갔다. 내가 들은 얘기가 정보로서 가치가 있기는 한 걸까? 난 그녀의 활약상을 믿지 않는다. 사장의 성공과 그녀가 제공한 정보의 접점은 그저 우연일 뿐일지 모른다. 그녀는 자기 일을 확대하여 해석하고 있다. 웃음이 나왔다.

"진심인데, 왜 자꾸 웃어요?"

그녀가 뾰로통한 반응을 보였지만 내 웃음은 멈추질 않는다. 어쩐지…… 술 마시자는 내 제안에 쉽게 넘어오더라니. 그녀는 나와 동료로서 친해지고 싶었던 게 아니라, 나를 통해 정보를 모으는 게 목적이었던 거다. 깜찍했다. 하지만 이대로 그녀가 원하는 걸 줄 수는 없다. 나도 알고 싶은 게 많고 궁금한 것도 많은 사람이다.

"좋아요. 하지만 나에게도 돌아오는 게 있어야죠."

"뭘 원하는데요?"

"사람 정보."

"그 정도야. 아는 한에서는 다 말해줄게요."

"임원 중에 키 작고 동그란 뿔테안경 쓴 사람 있죠?"

갑자기 민가영의 얼굴이 굳어졌다. 내가 말한 남자가 누구인지 대번에 알아챈 듯하다. 조명 때문인지 그녀의 표정이 어둡게 보인다.

"그 사람에 대해, 알려달라…… 이건가요?"

"다 말해준다면서요?"

"왜 궁금한 거죠?"

그녀가 갑자기 까다롭게 나온다. 내가 궁금해하는 이유를 대지 않으면 말해주지 않겠다는 분위기다. 우리의 거래는 시작하기도 전에 불발될 위기를 맞았다.

"제 친구랑 아는 사이인 것 같길래, 궁금해서."

"친구가 뭐 하는 사람인데요?"

"그냥 회사원이죠, 뭐."

"어느 회사?"

그녀가 꼬치꼬치 묻기 시작했다. 난 최도원에 대해 얘기해야 할지 말아야 할지 망설인다. 녀석에 대해 잘 알지도 못했지만, 그가 다니는 회사를 언급하기 싫었던 것이다. 정이준이 그랬다. 최도원이 자기 밑에서 일하고 있다고. 괜히 입 밖으로 정이준의 회사 얘기를 꺼냈다가는 내 과거까지 자연스럽게 밝히게 될까 봐 두렵다. 하지만 뿔테안경 쓴 남자에 대한 궁금증이 너무도 컸다. 그가 우리 회사 사람인 걸 알기에 신경이 쓰이지 않을 수 없다. 최도원이 그에게 내 얘기를 나쁘게 했으면 어쩌지? 안 좋은 얘기가 부풀려져 사장의 귀에 들어간다면? 사장이 아무리 나를 신임한다고 해도 회사 내 평판이 나빠지면 이 회사에 더는 붙어 있기 곤란할 것이다. 난 다시 바닥으로 떨어지기 싫었다. 고민 끝에 최도원이 다니는 회사 이름을 말했다.

"헬시코어. 2년 전만 해도 거기서 일했어요. 지금은 모르지만."

"친구가 그 사람과 만나는 걸 봤어요?"

"제가 회사 면접 보러 온 날, 요 앞 커피 전문점에서 두 사람이 만나고 있었어요. 됐나요? 이제 대답 좀 해봐요. 그 사람이 대체 누구죠?"

"회사 임원 정보를 함부로 내돌릴 수는 없어요. 미안."

"뭐야? 기껏 다 물어봐 놓고 너무하는 거 아녜요? 이름이라도 알려줘야 하는 거 아닌가? 그 정도는 어렵지 않잖아요? 나도 회사에 다니다 보면 어차피 알게 될 사람이에요."

민가영이 너무 까칠하게 나온다 싶었다. 잠시 침묵이 흘렀다. 그녀는 입을 다물고 뭔가 생각에 잠긴 듯했다. 그러더니 어렵게 입을 열었다.

"약속해줄래요?"

"뭘?"

"유찬 씨가 물어본 그 사람, 조금이라도 수상한 짓 하면 바로 내게 알려주겠다고."

"그게 무슨 소리예요?"

"유찬 씨 친구랑 뭔가 꾸미는 것 같으면 말해달라고요."

"헬시코어는 IT 회사가 아니잖아요? 우리 회사와 무슨 관계가 있다고 그래요?"

"사장님이 사업을 계속 확장 중이에요. 헬시코어라는 그 회사, 지금은 아닐지라도 나중에 어떻게 될지 몰라요. 협력사가 될 수도 있고 아니면 경쟁 업체가 될 수도 있죠."

"알았어요. 그 정도야, 뭐. 가영 씨에게 제일 먼저 애기할게요. 어서 그 사람 이름이나 알려줘요."

"조규진 전무예요. 우리 회사를 일으킨 일등공신이죠."

난 그만 웃어버렸다. 회사 기여도가 큰 전무에 대해 말하는 게 뭐 그리 어려운 일이라고 이렇게 뜸을 들인 걸까? 혹시 일등공신이 배신이라도 할까 걱정하는 건가?

"가영 씨가 하도 돌려 말하길래 요주의 인물인 줄 알았는데, 별 정보도 아니네요."

하지만 그녀의 표정은 여전히 심각했다. 내가 모르는 뭔가가 있는 것 같다.

"사장님은…… 전무가 팥으로 메주를 쑨다고 해도 믿을 거예요. 오 실장님과 난 그렇지 않지만요."

"네에? 그게…… 무슨?"

"지켜볼 필요가 있어요. 전무가 사적으로 움직인다는 게 그냥 흘릴 일은 아니죠. 유찬 씨, 그 친구는 누구죠? 유찬 씨와 무슨 사이인 거예요?"

난 민가영의 질문에 좀처럼 대답을 하지 못했다. 어떡해야 하나……. 정이준이 죽은 날 아침에 만난 초등학교 동창이라고 솔직히 말해야 하는 걸까? 최도원과 만난 그가 누구인지 궁금했을 뿐인데, 이제는 내 과거까지 그녀에게 밝힐 판이다. 호락호락하지 않은 그녀의 눈빛이 나를 궁지로 몰아넣고 있었다.

4. 소문을 모으는 여자

콩코드호텔에 가서 마케터를 태우고 이천에 있는 컨트리클럽으로 향했다. 오랜만에 야외에 나오니 기분이 저절로 상쾌해진다. 어제 늦게까지 맥주를 마셔 머리가 조금 아팠지만 그럭저럭 견딜만했다.

1시간 30분 정도를 달려 컨트리클럽에 도착했다. 클럽 하우스 정문 앞에는 사장이 나와 있었다. 그리고 그 옆에는 동그란 뿔테 안경을 쓴 조규진 전무도 함께 서 있었다.

'우리 회사의 일등공신이죠. 사장님은 전무가 팥으로 메주를 쑨다고 해도 믿을 거예요.'

어제 민가영이 해준 얘기가 생각났다. 난 마케터를 클럽 하우스 정문에 내려주고 사장과 전무에게 인사를 했다. 사장은 수고했다며 나에게 인사의 말을 건넨다. 하지만 전무는 내 인사를 받고도 모르는 척 해외에서 온 마케터에게만 신경을 쓴다. 그에게는 기사라는 내 존재 자체가 보이지 않는 듯했다.

차를 주차장에 세우고 기사 대기실로 갔다. 이천 컨트리클럽은 회원제로 운영되는 골프장이라 시설이 매우 좋았다. 기사 대기실은 마치 카페처럼 꾸며져 있고 기사를 위한 별도의 식당까지 갖추고 있었다. 난 식당에서 준비한 곰탕을 먹었다. 어제 무리해서 맥주를 마신 탓에 해장이 절실하던 터였다. 곰탕을 먹으며 속을 푸는데, 뒤에서 주우식이 알은체를 한다. 며칠 전 만났던 해전그룹 수행 비서다.

"아이고, 여기서 또 뵙네요. 어제 술 좀 하셨나 봐요?"

"쉬는 날이었거든요. 잘 지내셨죠?"

"뭐, 그냥저냥. 늘 그렇죠. 어떻습니까? 수행 기사라는 거, 할 만해요?"

"대기 시간이 길어서 그렇지, 아직까지는 좋습니다."

"다행히 적성에 맞으시나 보네."

주우식은 내 옆에서 함께 곰탕을 먹으면서, 업계 선배답게 수행 기사에게 필요한 팁을 늘어놓았다. 사장의 동선에 따라 식당 찾는 법과 먹어도 뒤탈이 적은 메뉴 고르기, 10분 만에 식사 끝내고 산책하기 등등. 난 그의 이야기를 귀담아듣는다. 쓸데없는 얘기 같아도 우리와 같은 수행 기사에게는 살이 되고 피가 되는 정보다.

우리는 식사를 마치고 정원으로 나갔다. 파라솔 밑에서 커피를 마시면서 그와 나는 끊임없이 얘기를 나눴다.

"사장님은 언제쯤 나오실까요?"

"4시간이면 끝날걸요? 사우나까지 하시면 더 걸리고요. 사장님이 별말씀 안 하셨어요?"

"전 해외에서 온 손님을 모셔다드느라 인사만 해서."

"그러면 식사도 하고 나오시겠네."

주우식은 적어도 6시간은 기다려야 할 것 같다고 얘기를 해준다. 그 말에 난 벌써부터 지친다. 이천 컨트리클럽에 도착한 지 고작 30분이 지났을 뿐인데.

"오랜만입니다."

등 뒤에서 허스키한 남자의 목소리가 들렸다. 갈라지고 쇠를 긁는 듯한 독특한 목소리였다. 뒤를 돌아보니 미끈하게 잘 생긴 남자가 서 있었다.

"이게 누구야? 정말 오랜만이네. 여기 앉으세요."

주우식이 반갑게 맞았다. 낯선 남자는 우리 테이블에 합석을 한다. 그와 자연스럽게 인사를 나눴다. 자신을 김호진이라 밝힌 그는 글램이라는 유명 잡지 그룹사 대표의 수행 기사였다. 글램은 지원 선배가 속한 잡지사이기도 했다.

"요즘 재밌는 얘기 없어요?"

"아이, 제가 뭘 안다고."

"잡지사 대표 모시고 다니는데, 우리 중에는 정보가 제일 빠를 것 아니에요?"

"요즘 사장님 컨디션이 저조하셔서…… 연예계에 관심 두고 그러시지를 않네요."

"연예는 인터넷으로 보면 되고, 사장님 연애는요?"

주우식의 능청맞은 질문에 김호진이 큰 소리로 웃었다. 듣자하니 잡지사 사장의 연애사를 수행 기사인 그가 퍼트리고 다니는 것 같았다.

"우리 사장의 연애사야 끝이 없죠. 그 문제로 늘 울고불고하니까요. 참, 아까 보셨어요? 윤조가 왔던데요?"

"윤조요? 펠리스 그 무당?"

귀가 쫑긋 섰다. 펠리스 무당이라면, 호텔에서 사장의 점을 봐줬다는 그 여자를 말하는 것일 거다.

"에이, 무당은 아니죠. 역술가 정도로 해둡시다. 신을 모시는 것도 아닌데."

"어쨌거나 그녀가 누구랑 공을 치러 왔을까? 윤조가 움직인다는 건 뭔 일이 성사된다는 거 아니에요?"

"그 윤조라는 사람이 무슨 일을 벌이기도 하고 그러나요?"

난 순진하게 물었다. 이 바닥 돌아가는 사정을 전혀 모르는 나는, 그들이 하는 모든 얘기가 신기하게만 들린다.

"그 여자, 나름 로비스트 일도 겸하고 있어요. 관상도 보고 사주도 보면서 일을 엮어주거든요. 외국어도 굉장히 잘해요. 유학도 갔다 왔다던데?"

"아……, 그래서 아까 외국인과 같이 있었구나?"

외국인이라는 말에, 난 그녀가 우리 사장과 함께 골프를 치는게 아닌가 짐작해본다. 조규진 전무까지 같이 있으니 4인 팀을 구성하면 딱 맞지 않는가. 아마 골프를 치면서 그녀는 외국 마케터의 관상을 살필 것이다.

"우리 사장님이 윤조를 굉장히 못마땅해하더라고요. 위너 사장과 함께 있다고."

김호진이 킥킥대며 웃었다. 그리고 나를 보더니 변명 아닌 변명을 해댄다.

"아, 미안해요. 그쪽 보스를 깎아내리려는 게 아니라, 우리 사장님이 위너 사장님을 은근 좋아하시거든요. 잘생기셨다고."

"괜찮습니다. 그런데 사장님이 여자분이세요?"

"모르셨어요? 패션계 아주 유명한 셀럽인데."

우리는 각자 모시는 사장에 대한 얘기로 대화를 이끌어 갔다. 세간에 알려진 것과 전혀 다른 이미지를 가진, 진짜 사장의 민낯에 대해 이러쿵저러쿵 뒷담화를 나눴다. 그들의 애정사와 가족 문제도 적나라하게 화제에 올렸다. 아슬아슬한 선을 넘나들며 사생활을 공개하는 통에 나는 끼어들지 못하고 듣고만 있었다.

그렇게 3시간이 쏜살같이 흘렀고 주우식이 먼저 일어났다.

"식사나 할까요? 저녁이 늦어질 것 같은데."

"사장님께서 언제 콜 할지 몰라서."

"윤조와 같이 있으니 오래 걸릴 거예요. 지금 안 먹으면 식사 때 놓쳐요. 내 말 믿고, 식사나 합시다."

나는 김호진을 따라 다시 식당으로 갔다. 식사 메뉴는 점심과 똑같은 곰탕이었다. 아마 식사를 준비한 주방장도 누구든 이곳에서 두 번 식사할 것을 예상하지 못했을 거다. 난 곰탕에 밥을 말았다. 식사한 지 얼마 되지 않아 배가 고프지 않았지만 의무적으로 수저를 놀린다. 김호진은 내 앞에서 땀을 흘리며 맛있게 먹고 있다.

그의 말대로, 식사가 끝난 후에도 사장으로부터 콜은 오지 않았다. 우린 커피를 마시고 양치를 하며 각자의 사장이 부를 때까지 기다린다. 날씨가 후덥지근하게 더운 터라 미리 에어컨을 틀어놓고 차 밖에 서 있었다.

"그런데 이런 얘기 물어도 되는지 모르겠지만…… 정말 위너 사장님이 윤조와 사귀어요?"

"네? 누가 그래요?"

"우리 사장님이요. 아까 말했잖아요, 질투한다고."

"글쎄요. 전 수행 기사 된 지 얼마 안 돼서 모르는 일이라."

수행 기사의 대화는 끝을 맺기 힘들다. 늘 얘기 중에 사장이 부른다. 나에게도 차를 가지고 클럽 하우스 앞으로 오라는 사장의 연락이 왔다.

"저도 콜이 왔네요. 오늘 즐거웠습니다. 다음에 뵙죠."

"아, 얘기가 한창 재밌어지려는데 가시는군요. 나중에 또 봅시다. 수고하세요."

난 그와 인사를 하고 정문 앞으로 갔다. 정문 앞에는 외국인 마케터와 전무 그리고 한 여자가 서 있었다. 저 여자가 다른 수행 기사들이 말한 윤조라는 여자일까? 그녀가 등을 돌리고 있어 얼굴이 보이지 않는다. 궁금했다.

난 차를 세우고 트렁크에 골프 클럽을 실으려고 그녀 쪽으로 다가갔다. 짐을 들면서 여자의 얼굴을 힐끗 봤다. 그녀와 눈이 마주쳤다. 헉⋯⋯! 순간적으로 나는 멈칫한다. 그녀는 정이준이 죽던 날, 녀석의 집에서 본 여자였다. 나를 범인이라고 단정 지은 그 여자 말이다. 그런데 그 여자가 윤조라니. 나를 본 여자의 얼굴에 불쾌한 기색이 스친다. 무의식적으로, 우리는 서로에게서 고개를 돌렸다. 심장이 세차게 뛰기 시작한다. 쿵, 쿵, 쿵⋯⋯. 날 알아봤을까? 설마 날 기억하고 있는 건 아니겠지?

골프 클럽을 트렁크에 싣고 문을 닫으면서 여자 쪽을 다시 한 번 보았다. 그녀는 마케터와 얘기를 나누고 있었지만 옆얼굴은 아까와 달리 차갑게 굳어 있었다. 내 뒤에 다른 차가 한 대 섰다. 진회색의 로터스 에보라였다. 그 차에서 사장이 내렸다.

"김유찬 씨, 오래 기다렸죠? 해리스를 호텔까지 다시 잘 모셔다드리세요. 아, 그리고 클럽은 트렁크에 그냥 두시면 됩니다. 며칠 뒤 또 나올 거라서요."

다음 주 사장의 스케줄에 골프 일정은 잡혀 있지 않았다. 아마 둘만의 시간을 방해받기 싫은 거겠지. 난 그렇게 해석을 하고 마케터를 차에 태웠다. 룸미러로 뒤차를 보니 로터스 보조석에 그녀가 타는 모습이 보인다. 시동을 걸었다. 내가 운전하는 차와 사장이 모는 로터스는 나란히 컨트리클럽을 빠져나왔다. 그러나 골프장 출입구를 빠져나오기 무섭게 로터스가 앞으로 빠르게 치고 나간다. 난 속도를 내는 사장의 차를 보며 달리고 싶은 욕망을 억눌렀다. 로터스는 내 시야에서 곧 사라졌다.

해리스를 콩코드호텔에 내려주고 차를 사장의 집 주차장에 가져다 놓은 다음, 난 사장이 사는 아파트를 올려다봤다. 한 층, 한 층 세어 사장의 집이 있는 20층을 찾았다. 집 안에는 불이 환히 켜져 있었다. 김호진 말이 맞는 것 같다. 우리 사장은 윤조라는 여자와 사귀는 사이인 듯하다. 머릿속이 복잡해진다. 아름다운 그녀와 사귀는 사장이 부럽기도 하고, 한편으로는 그녀가 무섭기도 하다. 그녀가 나를 알아봤을까? 혹시 날 기억하고 있어서 사장에게 안 좋게 얘기하는 것은 아니겠지? 그녀는 정이준과도 사귀었던 것 같은데. 아직도 나를, 자신의 연인을 죽인 사람으로 오해하고 있을 거다. 당연히 나에 대한 감정도 좋지 않겠지. 그녀는 나를 원망하고 있을지도 모른다. 사장에게 내 악담을 해도 어쩔 수 없는 일이다.

지하철을 타고 사택으로 향하면서, 괜스레 우울해졌다. 집으로 돌아온 뒤 곧장 내 방으로 올라와 침대에 누웠다. 천장을 바라보면서 그저 멍하니 있었다. 씻기도 귀찮았다. 한동안 그렇게 누워 있는데, 누군가 내 방문을 노크했다. 난 놀라서 몸을 반쯤 일으켰다.

"누구세요?"

〔저예요, 민가영.〕

그녀 목소리에 한숨이 저절로 나왔다. 지금은 그녀와 얘기할 기분이 아닌데.

〔지금 자요? 얘기 좀 할 수 있어요?〕

문 너머로 그녀의 목소리가 다시 들려왔다. 다른 수행 기사에게 오늘 뭐 들은 거는 없나 정보를 캐러 왔겠지. 난 그냥 쉬고 싶다고 말하고 싶었지만 할 수 없이 문을 열었다.

"기분이 안 좋아 보이네요?"

"지쳐서 그래요. 오래 대기했거든요."

"마셔요. 오늘 같은 날은 마셔야 풀려요."

그녀가 맥주 캔을 내밀었다. 난 맥주 캔을 따서 단숨에 마셨다. 시원했다. 진작 마실 걸 그랬다고 잠깐 후회했다. 아까 윤조를 보고 느낀 언짢은 감정이 조금이나마 해소되는 느낌이었다.

"골프장에는 잘 갔다 왔어요?"

"그렇죠, 뭐."

"뭐 들은 건 없고?"

아……, 역시나. 그녀가 눈을 반짝이며 나를 본다. 뭔가 새로운 소식을 기대하는 눈치였다. 하지만 나에게는 해줄 얘기가 없다. 수행 기사와 나눈 대화는 각자 사장에 대한 뒷담화가 전부니까. 아, 뉴스가 하나 있다. 어쩌면 민가영이 알고 있는 얘기인지도 모르지만.

"이미 아실 것 같은데, 우리 사장님 애인 있는 것 같아요."

"뭐요?"

그녀의 눈이 놀라서 커졌다. 눈썹이 잔뜩 치켜 올라갔고 입도 벌어져 있다. 진짜 놀란 얼굴이었다. 그녀는 사장과 윤조 사이의 일을 전혀 모르는 듯했다. 유능한 정보원이라 스스로 떠들고 다니면서 정작 가까이 모시는 사장에 대해서는 무지했던 것일까?

난 그녀의 얼굴이 새파래졌다고 느꼈다.

"루머일지도 몰라요. 들은 얘기니까."

"누, 누가 얘기해준 건데요?"

눈동자가 떨리는 게 보였다. 그녀는 화가 나 있었다. 설마, 이 여자가…… 사장을 좋아하는 걸까? 난 그녀의 안색을 살피며 조심스럽게 입을 뗐다.

"정확하지는 않아요. 잡지사 사장의 수행 기사가 말한 거니까."

"잡지사요? 거기 기사가 그래요? 그럼… 사실이겠네요. 사장님 애인 있다는 거 진짜일 거예요."

민가영은 나에게 부끄럽지도 않은 듯, 자신의 마음을 그대로 드러내 보였다. 그 바람에 난 조금 당황스러웠다. 내 예상대로 그녀는 사장을 좋아하고 있었다. 얘기를 괜히 꺼냈다고 후회했다. 지금이라도 화제를 바꾸고 싶지만 그녀는 집요하게 묻는다.

"그 얘기가 왜, 어쩌다 나온 건데요?"

"같이…… 골프장에 왔거든요."

"유찬 씨도 그 여자를 봤어요?"

고개를 끄덕였다. 민가영의 얼굴이 사색이 됐다.

"유찬 씨도 봤으면 맞는 거네."

"가영 씨, 근데 이건 확실한 게 아니라서……."

"아니야. 맞을 거예요. 왠지 그럴 것 같았어. 애인이 있을 것 같더라고."

그녀는 분하다는 듯 주먹을 꼭 쥔 채로 이를 악물었다. 그러더니 맥주를 벌컥벌컥 들이켠다. 다 마신 뒤 맥주 캔을 찌그러트리고 새로운 맥주를 또다시 땄다.

"그런데 그 여자가 누구예요? 누군지 알아요?"

민가영은 아직 윤조에 대해서는 모르고 있는 것 같았다. 난 그녀의 기분이 가라앉기를 기다리면서, 윤조에 대해 알려줄까 말까 망설였다.

민가영의 눈을 똑바로 봤다. 그녀는 내 애기를 들을 각오가 된 듯 내 눈을 피하지 않았다.

"윤조라고……."

"아……! 그 불여시?"

내가 말을 꺼내기 무섭게 그녀가 낮은 소리로 탄식한다. 이름만 듣고도 누군지 바로 알았던 것이다. 그녀가 아랫입술을 깨물었다.

"윤조를 알고 있어요?"

"그럼요. 내 정보력을 무시하지 말아요. 웬만한 건 다 알고 있으니까. 청담동에서 머리할 때 본 적도 있어요."

빠르고 차가운 대꾸가 돌아왔다. 난 말을 덧붙이기 뭐해 맥주를 마신다. 그녀가 먼저 애기 꺼내기를 기다렸다.

"사장님과 언제부터 사귄 거래요?"

"웬만한 건 다 안다면서요?"

"그건 몰랐죠. 제가 사장님 사생활에 대한 것을 조사했겠어요?"

하긴 그렇다. 민가영은 충실한 개처럼, 사장을 믿고 그가 원하는 정보를 모아왔다. 사장이 윤조를 자주 만난다는 것을 알고 있었을 거다. 그 만남을, 업무상 필요라고 생각했지, 연애라고는 차마 생각하지 못했을 것이다.

"부탁이…… 있어요."

그녀가 뚱하게 입을 열었다. 그녀 얼굴에 난 주근깨를 보며, 무슨 말을 할까 궁금해진다.

"사장님이 윤조를 만날 때마다 나에게 얘기해줄래요?"

"가영 씨도 사장님 스케줄을 알잖아요?"

"사적인 것까지 저희에게 알려주시진 않아요. 스케줄 변동도 잦고요. 간단히 귀띔만 해주시면 돼요."

"제가 왜 그래야 하죠?"

이 여자, 날 물로 보나 보다. 그런 스파이 짓을 시킨다고 내가 따를 거라 생각하는 걸까? 사장은 날 바닥에서 끄집어 올려준 은인이다. 그에게 충실함으로 보답하고 싶다. 나에게 이런 제안은 먹히지 않는다.

"그 여자, 수상한 게 한둘이 아니란 말이에요. 오 실장님과 제가 위험인물로 뽑은 일 순위예요. 그런 여자가 사장님 주변에서 어정거리는 거 꼴도 보기 싫어요."

민가영은 샐쭉하게 말한다. 그런 그녀를 보고 있으려니 웃음이 나왔다. 이건 경계가 아니라 질투다. 그녀는 공과 사를 구분하지 못하고 있다.

"그리고 그 여자, 당신을 범인으로 본 사람이잖아요? 복수하고 싶지 않아요?"

뜻밖의 얘기에 난 깜짝 놀랐다. 그녀가 어떻게 그 사실을 알고 있는 거지? 난 말한 적이 없는데. 어제 그녀에게, 18년 만에 우연히 친구네 집에서 최도원을 만났다고만 얘기했을 뿐인데, 그새 나에 대해 알아냈다는 말인가?

"그걸…… 어떻게 알았죠? 나에 대해서도 조사한 건가요?"

"미안. 인터넷 좀 찾아봤어요. 그리고 여기저기서 들은 단편적인 정보를 꿰맞춰 봤죠."

그녀가 어깨를 으쓱했다. 질투하는 여린 여자의 모습에서, 그녀는 다시 의기양양한 자세로 돌아왔다. 얼굴에는 미소마저 띠고 있다.

"걱정하지 말아요. 다른 사람에게 말 안 할 거고 말할 사람도 없으니까."

이번에는 내가 입술을 깨문다. 약점을 잡혔다. 이대로 있다간 그녀에게 끌려다니게 될 것이다.

"사장님이 윤조를 만날 때마다 알려주면…… 나한테 뭘 해줄 건가요?"

혹시 빠져나갈 구멍이 있을까 괜한 제안을 해본다. 하지만 그녀는 넘어오지 않았다.

"또, 또…… 조건부로 나오시네."

그녀가 나를 보며 씩 웃는다. 웃는 모습은 여전히 귀여웠지만, 미소에서 노련한 여자의 자신감이 엿보였다. 그녀를 얕본 내가 순진했다.

"정이준 대표가 죽었을 때 유찬 씨가 옆에 있었잖아요? 그 모습을 처음 본 사람이 윤조고요."

"……"

머리가 지끈지끈 아파오기 시작했다. 그때 일을 떠올리기가 싫지만 민가영은 입을 다물 생각이 없어 보였다.

"그리고 그다음에 본 사람이 최도원과 한연구였죠. 묘하지 않아요?"

"무슨 얘깁니까?"

"연관성은 모르겠어요. 그런데 찝찝하단 말이에요. 유찬 씨 말 대로라면 윤조는 우리 사장이랑 사귀고 있고, 최도원은 우리 전무와 만나고 있죠. 역시 그 사건에 관련된 유찬 씨는 우리 회사에 취직을 했고요."

"대체 무슨 말이 하고 싶은 겁니까?"

내가 버럭 화를 냈다. 그녀가 자꾸 내 사건과 그들의 관계를 엮으려 한다. 이건 억지다. 나를 궁지에 모는 것 같아 참을 수가 없다.

"제가 말이 심했다면 죄송해요. 유찬 씨를 의심하는 건 아니에요. 그냥 상황이 좀 이상해서, 같이 생각해보자는 거죠. 솔직히 유찬 씨도 궁금하지 않아요?"

"그만 가주세요. 쉬어야겠어요."

그녀의 말을 끊고 싶었다. 일부러 큰 소리를 내며 빈 맥주 캔을 찌그러트렸다. 그러나 그녀는 자리에서 일어날 생각을 하지 않는다.

"원한다면 정보를 나눠줄게요. 당신에게만. 기브 앤 테이크, 아시죠?"

제발 그녀가 방에서 나가줬으면 했다. 난 일어나 문 앞으로 갔다. 그리고 문을 열고, 나가라는 눈짓을 한다. 열린 문 사이로, 복도를 지나가는 사람의 모습이 보인다. 그제야 그녀가 자리에서 발딱 일어났다. 역시 소문에 민감한 여자였다. 그녀는 우리가 함께 있는 것을 누가 볼까 두려워 재빨리 일어나 방 밖으로 나갔다. 그 와중에도 내게 얼굴을 바짝 들이대고 마지막 말을 덧붙였다.

"잘 생각해보고 답 주세요."

그녀가 나가자마자 문을 닫았다. 머리가 아프다. 난 그녀가 두고 간 맥주를 모조리 마셔버렸다. 그리고 침대에 누워 술김에 잠이 들기를 바랐다. 하지만 잠을 청하면 청할수록 정신이 또렷해져서, 정이준의 사건과 그녀의 말 한마디, 한마디가 떠올라 고통스러웠다. 윤조는 우리 사장이랑 사귀고 있고 최도원은 우리 전무와 만나고 있다……. 민가영이 무엇을 생각하고 있는지 모르겠지만 그녀의 억측에 동조할 생각은 없다. 관계가 얽히고 얽히는 게 비즈니스인데, 뚜렷한 근거 없이 음모론을 들이대는 데는 동의하지 않는다. 그러나 그녀가 헤집어놓은 내 감정이 파도처럼 일렁거려 잠들기 힘들었다. 기억을 지우려 하면 또 다른 것이 떠올랐고 생각은 생각에 꼬리를 물고 이어졌다. 해가 뜰 때까지 꼬박 괴로워하다 아침 6시가 다 되어서야 간신히 눈을 붙였다.

**

습관적으로 10시쯤 눈을 떴다. 신입 사원인 나는 긴장이 돼 예전처럼 오후 늦게까지 늦잠을 자지 못한다. 찌뿌둥한 몸을 간단한 스트레칭으로 풀고 1층에 내려갔다. 커뮤니케이션룸과 주방에는 멍한 얼굴로 앉아 있는 몇몇 사람들이 있었다. 아마 기술개발팀이나 전략기획팀 사람들일 거다. 인사를 했지만 대부분 내 인사를 받아주지 않았다. 사람들은 어딘가 정신이 나가 있는 상태라 주변에 관심도 없고 내가 인사하는 것도 모르는 것 같았다.

주방 찬장 문을 열었다. 그 안에는 회사에서 무상으로 제공하는 라면과 컵라면이 가득 쌓여 있었다. 난 커피포트에 물을 끓였다. 입안이 깔깔해서 컵라면으로 끼니를 때울 생각이었다.

식사를 마치고 동네를 한 바퀴 산책한 다음 샤워를 했다. 시원한 물줄기를 맞으면서 어제 민가영이 한 말에 대해 생각했다. 그녀가 한 제안은, 사장님을 같이 감시하자는 것 같아 왠지 불쾌하다. 그리고 회사를 위한 게 아니라 그녀의 사심이 들어 있는 게 아닐까 하는 생각에 더 꺼려진다. 주근깨가 난 그녀의 민낯이 떠올랐다. 깜찍한 것. 곰곰이 생각해보니 그녀는 내게 제안이 아니라 협박을 했다. 그러면 내가 무섭다고 덥석 응할 줄 알았던 걸까? 웃음이 나온다. 예상외로 흘러가는 그녀의 면면에 관심이 생긴다.

출근하려고 집을 나섰다. 어제 잠을 제대로 자지 못해 피곤했지만, 집에 있어도 딱히 할 일이 없기에 일찍 출근하기로 마음먹은 것이다. 집에서 회사까지는 느긋하게 걸어도 10~15분 정도밖에 걸리지 않았다. 낯선 주변 풍경을 감상하며 걷다 보니 이건 출근이 아니라 산책하는 기분이었다. 출근하기 전 든든하게 배를 채우기 위해서 회사 지하 식당에서 밥을 먹기로 했다. 부지런히 식사를 하면서 어제 일을 긍정적으로 받아들이자고 다짐했다. 괜히 꽁했다가는 나만 손해니까. 정보 수집이 일인 민가영이 내 일을 아는 게 뭐 대수겠는가. 그녀가 사심을 가졌든 안 가졌든 나와는 상관없는 일이다. 대충 분위기만 맞춰주는 척하자는 것이 고민 끝에 내린 결론이었다.

지하 화장실에서 양치를 하고 사무실에 출근하니, 오지선 실장과 민가영이 바쁘게 일을 하고 있었고 웬일로 박영태 실장도 자리에 앉아 있었다. 난 반갑게 그의 옆으로 다가갔다.

"안녕하셨습니까?"

"잘 지냈나요? 계속 외근 중이라 그동안 유찬 씨를 못 봤네요."

"뭐…… 하고 계십니까?"

"월 정산 중이에요. 미리미리 해두지 않으면 밀리거든요. 곧 끝날 겁니다."

그는 법인카드 영수증을 일일이 확인하며 정산 파일에 금액을 기입하고 있었다. 컴퓨터에 익숙하지 않아서인지 일하는 속도가 더디다.

"제가 도와드릴까요?"

"괜찮습니다. 직접 해야 저도 익숙해지죠."

박영태 실장은 내 도움을 사양했다. 난 그의 옆에 서 있기도 애매해서 중앙 테이블에 앉아 커피를 마셨다. 휴대폰을 보는 척하며 민가영을 훔쳐봤다. 그녀도 내 눈길을 의식했는지 나와 눈이 마주쳤다. 그러나 일이 바쁜 척 새침하게 인사도 하지 않고 고개를 돌려버린다. 사무실에는 키보드를 두들기는 소리만이 가득했다.

휴대폰이 울렸다. 발신자를 확인해보니 지원 선배였다. 지원 선배는 내가 기자를 그만두고 연락하는 몇 안 되는 사람 중 하나다. 복도로 나가 전화를 받았다.

"선배? 잘 지내셨어요?"

〔나야 늘 그렇지. 넌? 기사 생활은 어때?〕

"나름 할만해요. 개인 시간도 생각보다 많고 예전에 다니던 회사보다 복지도 더 좋고, 그래요."

〔아, 나도 확 관둬버릴까? 거기 자리 있냐?〕

"있어도 선배를 받아줄까요?"

〔이게! 너 요즘 살 만한가 보다?〕

"나중에 만나 술이나 해요. 그나저나 웬일이세요?"

〔하아…….〕

휴대폰 너머로 지원 선배의 한숨 소리가 들려왔다. 되게 하기 싫은 뭔가를 지금 하고 있다는 증거다.

〔야, 너희 사장 요즘 새로운 거 뭐 하니?〕

"그게 무슨 소리예요?"

〔홍 아줌마가, 우리 사장 말이야. 너희 사장 인터뷰하라더라? 근데 뭐 아는 게 있어야지. 우리가 경제지도 아닌데 갑자기 웬 IT 회사 사장 인터뷰래? 어휴-.〕

"무작정하라는 거예요? 정보도 안 주고?"

〔그러니까. 편집장 통해서 내려왔는데, 내가 뭐라고 하겠냐? 시키면 하는 거지.〕

난 지원 선배에게 우리 사장이 유명 패션 브랜드의 온라인 쇼핑몰 지분을 확보했다는 사실을 알려줬다. 인터뷰 명분이 필요했던 그녀는 그 얘기를 듣자 그제야 관심이 가는 눈치다.

"우리 사장님 외모가 꽤 괜찮아요. 선배네 잡지에 잘 어울릴 거예요."

〔그림은 좀 나오겠다? 체형은 어때?〕

"키가 크고 날씬해요. 웬만한 브랜드는 다 잘 소화할걸요?"

〔브리오니나 제냐에서 협찬받아도 되겠네. 배경은 어떻게 하지? 너희 사장, 스튜디오로 오라고 해도 돼?〕

"글쎄요. 일정이 빠듯한 분이시라. 차라리 사장님 동선에 맞춰 호텔이나 정원 딸린 레스토랑을 빌려서 촬영하는 건 어때요?"

그때, 내 눈에 아래층을 지나는 조규진 전무의 모습이 눈에 들어왔다. 우리 회사의 건물은 가운데가 뻥 뚫린 ㅁ자 구조라서 복도 난간을 통해 아래층이 내려다보인다. 난 지원 선배와 통화를 하며 눈으로는 그를 쫓았다. 조규진 전무는 복도에서 마주친 누군가와 얘기를 하고 있다.

〔아, 그것도 다 돈인데. 콘택트는 어디로 해?〕

"비서실이요. 오지선 실장을 찾으시면 돼요."

그녀에게 비서실 번호를 알려줬다. 하지만 내 눈과 머리는 온통 전무에게 쏠려 있다.

〔한다고 할까?〕

"비서실에서 밀면 하실걸요?"

〔땡큐, 땡큐. 네 도움이 컸다. 일단 전화나 해봐야지. 인터뷰하게 되면 그날 우리 만날 수 있겠지?〕

"오후에 한다면요."

〔오후?〕

"저 오후 4시부터 근무해요."

〔팔자 좋네. 오케이. 곧 보자. 당장 비서실에 연락해볼게.〕

지원 선배의 전화가 끊겼다. 난 휴대폰을 귀에 댄 상태로 그 자리에 서서 계속 아래층에 있는 전무를 내려다보았다. 그는 도원이와 무슨 관계일까? 왜 녀석을 만났던 걸까? 어제 민가영이 했던 이야기가 새삼 마음에 걸렸다.

***

오늘은 저녁 약속 외에는 사장의 외부 일정이 잡혀 있지 않았다. 오후 7시까지는 내가 할 일이 없다는 얘기다. 박영태 실장은 시간 맞춰 일찌감치 퇴근했고 오지선 실장은 바빠 보였다. 민가영은 또 소문을 모으러 나갔는지 자리를 비운 상태였다. 난 인터넷 검색을 하며 시간을 보낸다.

"김유찬 씨?"

"네, 실장님."

오지선 실장이 나를 부른다. 난 혹시 할 일이 있을까 봐 기쁜 마음으로 대답을 했다. 무료하게 앉아 있는 건 내 적성에 맞지 않는다.

"오늘 사장님 일정이 동창회인 건 알고 계세요?"

"확인했습니다. 8시 써밋호텔이오."

"많이 늦어지실 거예요. 어쩌면 새벽에 끝날지도 모르니까 미리 준비해두세요."

"어떤 준비를 해야 하는 겁니까?"

내 말에 오지선 실장이 가볍게 한숨을 쉰다. 하나부터 열까지, 신입인 나를 가르치는 게 쉽지 않을 거다.

"사장님이 드실 숙취 음료와 물, 혹시 모르니까 비닐봉지도 준비해 가세요. 사장님이 술에 약하시거든요. 김유찬 씨 마실 커피도 가져가시고요."

"설마 아침까지 드시는 건 아니겠죠?"

"최고 기록이 새벽 3시인데, 또 모르죠. 1년에 한두 번 모이는 동창 행사라 오늘 같은 날은 사장님께서 기분 좀 내시니까요."

"소설이나 영화라도 다운로드해 가져가야겠네요."

"식사도 미리 하고 오세요. 설렁탕이나 순댓국집 외에는 8시 넘어서 여는 밥집은 흔하지 않으니까. 그 근처에는 술집밖에 없어요."

나는 이른 식사를 마치고 휴대폰에 소설과 영화 여러 편을 다운로드했다. 써밋호텔에서 7시간을 대기해야 할지도 모르니 말이다.

오후 7시가 됐다. 사장을 차에 태우고 서울 외곽에 있는 써밋호텔로 향한다. 그는 아직 일이 끝나지 않았는지 달리는 차 안에서도 계속 통화 중이었다.

"글쎄요……. 시기상조이지 않을까요? 저희가 벌써 사업을 확장할 시기가 됐는지 모르겠습니다. 이건 쇼핑몰과는 다른 문제잖아요. 네…… 네…… 비전이야 있죠. 저도 원격 의료가 전망 있다는 건 알고 있습니다. 하지만 전무님."

전무라는 말에 귀가 쫑긋 선다. 사장과 통화 중인 전무가 조규진 전무인지는 모르겠지만 내 신경은 사장의 통화 내용에 쏠렸다.

"그건 저 혼자 결정할 일이 아닌 것 같습니다. 시간을 두고 생각해보기로 하죠. 상무님과도 얘기를 해야 할 것 같고요. 네……, 네……. 아, 아닙니다. 그건 아니에요. 저야 전무님 말씀에 전적으로 동의는 하죠."

사장이 방어적인 입장을 취한다. 통화 상대의 제안이 조금 곤란한 눈치였다. 하지만 상대방은 끈질기게 통화를 이어 갔고, 차는 어느새 호텔 앞에 도착했다.

"알았습니다, 전무님. 이 얘기는 내일 마저 하는 것으로 하죠. 앞에 일행이 기다리고 있어서요. 네……, 내일 뵙겠습니다."

간신히 통화가 끝났다. 호텔 도어맨이 차 문을 열어주자 사장이 내린다. 약간 진이 빠진 모습이었다.

난 도어맨이 일러준 대로 VIP 주차장에 차를 세우고 직원 대기실로 갔다. 써밋은 기사 대기실을 갖추고 있는 호텔은 아니었다. 그러나 오늘만큼은 직원 대기실을 수행 기사에게 내줘, 긴 대기 시간을 편하게 보낼 수 있게 배려해주었다. 이 호텔의 사장이 오늘 동창회의 일원인 덕분이다.

직원 대기실에 들어서니 몇몇 사람들이 테이블과 소파에 앉아 있었다. 대부분 휴대폰을 들여다보고 있고, 일부는 책을 읽고 있었다. 모두 처음 보는 얼굴이라 난 조용히 인사를 하고 테이블 한쪽 구석에 앉았다. 내 앞에 앉아 있는 기사는 귀에 이어폰을 꽂고 영어 공부를 하고 있다. 난 그를 물끄러미 바라보았다. 그래, 이렇게 의미 없이 시간을 보내느니 차라리 공부라도 하는 게 낫겠네. 수행 기사는 오래 대기해야 한다는 단점이 있지만 그만큼 자투리 시간도 많다. 자격증이든 영어든, 이 시간을 활용해 무엇인가를 배운다면 나중에 유용할 것이다. 나도 공부할 거리를 찾아봐야겠다.

휴대폰을 꺼냈다. 영화를 보며 1시간쯤 흘렀을까. 누군가 내게 아는 척을 한다. 패션 브랜드 맥슬란의 김용호였다. 나에게 기사 대기실의 존재를 처음 알려준 선배이자 내가 알고 있는 몇 안 되는 수행 기사 중 하나다. 낯익은 얼굴이라 반가웠다.

"잘 지내셨어요? 휴가 간다고 하시더니?"

"휴가는 맞는데……, 좋다 말았죠. 오늘은 맥슬란이 아닌 크리에이팅 기사로 왔어요."

"알바인가요?"

"그러면 좋게요? 사장님 지인분 일일 수행 기사로 급파됐어요."

"아니, 왜요?"

"크리에이팅 기사가 잘렸다나 봐요. 그것도 오늘 아침에요."

김용호의 얘기에, 대기실에 있던 수행 기사들의 시선이 일제히 우리에게 모인다. 술렁술렁하는 분위기가 감지됐다. 한 사람이 궁금증을 못 참겠는지 김용호의 앞으로 와 앉았다.

"이수찬 씨가 잘렸어요?"

"아, 네……. 전 그렇게 들었습니다."

"결국 그렇게 됐네."

"아침에 한바탕했다는 소리도 있던데? 그 얘기는 못 들었나요?"

순식간에 기사들이 우리 주변으로 몰려들었다. 내 앞에서 영어 공부를 하고 있던 남자도 귀에서 이어폰을 뺀다.

"기사가 사장과 싸웠다는 말인가요?"

"그럴 리가요. 크리에이팅 사장이 수찬 씨를 쳤대요. 복부를 가격했다나 뭐라나."

"사람들 다 보는 앞에서 두들겨 맞았다면서요. 쪽팔리게."

"이런……, 거기 사장 손버릇이 나쁘다고 하던데, 사실이었네요."

"고소라도 해야 하는 거 아녜요?"

"고소를 어떻게 해요? 그랬다가는 이 바닥 일 영원히 못 구하죠."

"어휴, 파리 목숨이 따로 없네. 언제 잘릴지 모르니까."

"그 사장님, 처음 모시는 것 같은데 조심하세요. 크리에이팅 사장, 술버릇도 개판이니까."

누군가의 말에 김용호의 얼굴이 사색이 됐다. 한두 번 있었던 일이 아닌 듯, 주변 수행 기사들의 표정도 좋지 않았다. 어느 회사이든 사장의 갑질은 그들에게 남의 일이 아니었다.

"하여간 크리에이팅 수행 기사로 간다고 하면 무조건 뜯어말려야 해."

"아는 사람이 가나? 모르는 사람이 속고 가는 거지."

크리에이팅 사장의 악행을 계기로 대기실 안의 사람들은 자연스럽게 대화를 시작했다. 동창 모임이라 그런지 사장의 동기들은 대부분 같은 IT 계열에 종사하고 있었고, 수행 기사들끼리도 서로 친했다. 만날 기회가 많은 덕에 그들은 각 회사의 사장 성격도 잘 파악하고 있었다. 수행 기사들은 돌아가면서 각자 모시는 사장을 화제에 올렸는데, 우리 사장의 얘기도 빠지지 않았다.

"위너면 잘 들어갔네요. 거기 사장이 괜찮잖아요. 대우도 좋고."

"아마 수행 기사 자리 중에 가장 선호도가 높을걸요?"

"그런데 공고도 안 내고 사람을 뽑았네요? 어떻게 알고 들어갔어요?"

"추천을 받았습니다."

"어쩐지……. 그 자리 내가 노리고 있었는데."

"유찬 씨 혹시 그만둘 거면 미리 말해줘요. 내가 들어가게."

우리 회사와 사장의 평은 상대적으로 좋았다. 나도 현재로서는 만족하고 있기에 그들이 하는 얘기에 모두 수긍했다.

"아, 연이 걔도 참 괜찮았는데……."

"연이오? 이연 씨?"

"네, 유찬 씨 오기 몇 달 전에 일했던 애요. 착하고 성실하고 인사성도 좋고 예쁘고 다 좋았어요."

"아까운 애지."

"일도 심하게 안 시켰다는데 왜 그랬을까?"

"지병이 있었다잖아."

다시 죽은 전 수행 기사의 얘기가 나왔다. 난 귀가 솔깃해진다.

"그분이 일할 때 사건이 많았다면서요?"

"많았지. 근데 우리 일이 그래. 뭔가 이상한 게 늘 생겨. 소설을 써도 여러 편 나올걸?"

"이상한 일이오?"

"오늘같이 갑자기 해고당하는 건 비일비재하고, 사장님들이 좀 높으신 분이어야지. 은밀한 일이 자주 벌어져. 사장 대신 협박도 종종 받고. 물론 뒷돈 챙겨주시는 분들도 있지만."

"연이 개도 협박 엄청 당했어."

"여자라고 만만하게 본 거지."

"근데 웃긴 건, 협박한 사람들이 개가 경호원 출신이었던 것을 몰랐던 거야. 주변에서 얼쩡대다가 오히려 두들겨 맞고 경찰서에 갔잖아."

"우리 사장님이 협박을 받아요?"

"돈 문제가 아닐까?"

"여자 문제일 수도 있지."

"이름이 유찬 씨라고 그랬나? 자기도 조심해. 위너는 그런 일이 가끔 있더라."

사장에 대해 생각하자 세상 법 없이도 살 것 같은 선량한 얼굴이 떠올랐다. 그런 그에게도 어두운 면이 있는 걸까? 난 도무지 이해가 가지 않는다. 사장이 협박받을 일이 뭐가 있단 말인가. 하지만 수상한 일이 그의 주변에서 일어났다는 것은 틀림없는 사실이다. 나도 넋 놓고 있어서는 안 된다.

"운동 좀 했어요?"

"아, 아뇨."

"시간 남으면 주짓수나 복싱 같은 거 배워둬요. 가끔 그런 게 요긴하거든."

"종혁아, 너도 영어 공부만 하지 말고 운동을 해."

수행 기사들의 화제가 영어 공부하던 남자에게로 돌아갔다. 그는 공부하던 영어책을 덮고 우리의 대화를 경청하고 있던 중이었다.

"이거, 전 어쩔 수 없이 해야 돼요."

"다 늦어서 공부는 무슨."

"저 이민 갈 거란 말이에요."

"이민? 이민은 왜?"

"언제까지 이 짓 하겠어요?"

"요즘도 사장이 갈궈?"

"아니, 그건 나아졌는데. 아이 씨, 사모님이 자꾸 블랙박스 녹화한 걸 내놓으라고 해서."

"너희 사장 아직도 세컨드랑 안 헤어졌어?"

"또 다른 여자가 생겼죠."

사모님과 여자 이야기가 나오자 수행 기사들의 말은 더 많아졌다. 회사에 따라 다르지만, 일부 수행 기사들은 사장의 차뿐 아니라 사모의 시종 겸 레이더 역할까지 겸하고 있었던 것이다. 여기저기서 불평이 터진다. 난 그들의 얘기를 흘려들으면서 죽은 수행 기사에 대해 좀 더 알아봐야겠다고 생각했다. 민가영을 잘 구슬리면 새로운 얘기를 듣게 되지 않을까? 그녀가 왜 협박을 받았는지 알 수 있을지도 모른다.

11시가 넘어가자 호텔에서 특식이 나왔다. 오래 대기하는 수행 기사를 위해 호텔 측에서 특별히 준비했다고 한다. 테이블에는 간단히 요기할 수 있는 핑거 푸드와 음료 등이 차려졌다.

"우리까지 챙기는 것을 보면 명 사장님이 한턱 제대로 쏘시는구나."

수행 기사들은 일제히 환호했다. 써밋호텔 사장님의 배려를 칭송하면서 재빠르게 접시를 비워낸다. 그리고 특식에 힘입어 자정을 넘겨서도 불평불만을 하지 않고 대기했다.

사장들의 동창 모임은 새벽 2시가 넘어서야 끝이 났다. 수행 기사들은 동창회 장소로 가서 각자의 사장을 챙긴다. 나도 우리 사장을 부축했다. 사장은 몹시 취해 몸을 가누지 못할 정도였다. 모든 피가 위로 몰린 것 같이 얼굴이 빨갰다. 그를 차에 태우고 사장의 집으로 향했다. 주차장에 차를 세우고 집으로 들어가려는데 출입카드가 없다. 난 할 수 없이 사장을 흔들어 깨운다. 그는 내게 기댄 채 정신을 놓고 있었다.

"사장님, 저…… 문을 열어야 하는데요."

그가 손사래를 친다. 술에 너무 취해서 내 말이 들리지 않는 것 같다.

"저, 사장님, 사장님……."

반응이 없었다. 난 어찌할 바를 몰라 그의 슈트 안쪽 주머니를 뒤졌다. 출입구 위의 CCTV가 지금 이 장면을 찍고 있겠지만 할 수 없다. 여기서 사장이 깰 때까지 버티느니 CCTV 자료를 남기는 게 낫다. 다행히 안쪽 주머니에 긴 장지갑이 있었다. 지갑을 출입구 패널에 갖다 대니 자동문이 열린다. 난 그를 업고 엘리베이터에 올랐다. 그의 집으로 올라가 다시 지갑으로 문을 열었다. 집 안으로 들어가니 거실에 불이 환하게 켜져 있었다. 사장을 침실에 눕히기 위해 거실을 가로질러 가는데, 어디선가 겁먹은 여자의 목소리가 들려왔다.

"누, 누구세요?"

목소리가 들리는 곳을 바라보니 한 여자가 휴대폰을 손에 꼭 쥔 채 나를 보고 있다. 윤조였다. 나도 그녀를 보고 놀랐다. 이 여자가 여기 왜 있는 걸까?

"당신이…… 왜 여길?"

그녀가 나를 경악하는 눈빛으로 바라봤다. 2년 전 그때처럼, 나는 아무 대꾸도 하지 못했다.

5. 거듭된 만남

    그녀가 떨고 있다. 2년 전 그때처럼, 하얀 옷을 입은 그녀가 나를 보며 가늘게 떨고 있다. 난 그 자리에 얼어붙은 채로 그녀를 보고 있을 뿐이다. 너무 놀란 나머지 등에 사장을 업고 있다는 사실조차 잊었다. 무겁다고도 생각되지 않았다. 주변의 시간이 멈춘 듯했고 정적만이 감돌았다. 숨소리조차 들리지 않았다. 문득 그녀가 날 피하고 싶을 거라는 생각이 들었다. 윤조는 내가, 아직도 정이준을 죽인 범인이라 생각하고 있겠지.

    "사장님을 침대에 눕혀드리고 나가겠습니다."

    간신히 입을 뗐다. 그 순간, 내 등을 누르고 있던 사장의 무게가 느껴진다. 여자는 떨고 있을 뿐 내게 아무 말도 하지 못했다. 집 가장 안쪽에 있는 침실에 들어가 사장을 침대에 뉘였다. 다시 거실로 나오니 그녀는 여전히 그 자리에 서 있었다. 난 그녀를 지나쳐 현관 쪽으로 간다.

"골프장에서, 제가 잘못 본 게 아니었군요."

여자의 목소리가 내 뒤통수에 날아와 꽂혔다. 내 생각이 틀리지 않았다. 그날 그녀도, 역시 나를 알아봤던 것이다.

"오늘 일은 고맙습니다. 하지만 다시 안 마주쳤으면 좋겠네요."

여자의 목소리는 차가웠다. 속이 메슥거리고 머리가 다시 아파온다.

"주의하겠습니다."

그녀와 눈이 마주치지 않게 고개를 숙여 인사했다. 그리고 사장 집에서 나왔다. 집 밖으로 나올 때 뒤에서 찬바람이 쌩하니 불어오는 것 같았다. 에어컨 탓이겠지. 난 울렁거리는 속을 간신히 진정시키며 엘리베이터를 탔다. 오늘따라 엘리베이터는 천천히 내려간다. 마치 암담한 내 미래를 암시하는 것처럼. 그녀가 제발, 제발 사장에게 내 얘기를 하지 말아줬으면. 난 새로 얻은 이 직장을 잃고 싶지 않았다. 다시 예전처럼 바닥으로 추락할지도 모른다는 생각에 불안해진다.

***

오늘도 일찍 출근을 했다. 오지선 실장과 박영태 실장이 자리를 비운 사무실에는 민가영과 나, 단둘뿐이었다. 난 컴퓨터 앞에 앉아 이연이라는 죽은 수행 기사에 대해 검색을 한다. 자료가 없다. 경호원으로 검색어를 바꾸니 사진 몇 개가 떴다. 친구들과 함께 어울려 웃고 있는 사진이다. 검은 슈트를 입고 진지한 얼굴로 동료들과 찍은 사진도 있다. 이 여자일까? 사진을 한창 들여다보고 있는데, 옆에서 민가영의 목소리가 들렸다.

"생각해봤어요?"

향수 냄새가 훅 풍긴다. 그녀는 껌을 씹으며 내 옆으로 바짝 다가왔다. 난 서둘러 인터넷 창을 닫고 그녀를 본다. 메이크업을 했는지 얼굴이 뽀얗다. 화장이 진하진 않았지만 주근깨는 보이지 않았다. 아쉽다. 화장하지 않은 얼굴이 훨씬 귀여운데.

"생각해봤냐고요!"

내가 딴생각을 하는데 일침을 놓기라도 하듯, 그녀가 얼굴을 가까이 들이댔다. 나도 모르게 뒤로 슬쩍 물러나 앉았다.

"아직 생각 중이에요."

"뭐야? 별거 아닌데 왜 그렇게 고민을 해요? 그냥 좋다고 하지."

어제 사장 집에서 윤조를 만난 일이 떠올랐다. 이 얘기를 해주면 민가영은 어떤 반응을 보일까?

"갖고 있는 정보를 함께 나누면 좋잖아요?"

"그게, 사생활 침해라고 생각하지는 않아요?"

"침해라뇨? 유찬 씨 참 이상하게 말씀하시네?"

"사장님과 윤조가 만날 때마다 알려주는 게 사생활 침해가 아니고 뭡니까?"

"전혀 아니거든요. 일단 오 실장님과 저는, 윤조 개인에게는 관심 없어요. 우리의 역할은 사장님 주변 정보를 최대한 모아서 다가올 피해를 줄이고 이득을 꾀하는 거라서요."

"말은 좋네요."

"그리고 유찬 씨에게도 나쁜 제안은 아니잖아요."

"과거 일, 전 잊었습니다."

"억울하지도 않아요? 윤조가 유찬 씨가 범인이라고 말했다면 서요? 나 같으면 무고죄로 그 여자를 고소했을 텐데."

"더 이상 생각하고 싶지 않은 얘기예요."

"왜요? 경찰이 알아서 다 밝혀준 거라고 생각하는 거예요? 아니면 윤조의 말을 인정하는 거예요? 말도 안 돼……. 유찬 씨가 그러니까 당하는 거라고요."

"민가영 씨, 그만해주세요. 다 지난 일입니다."

내 목소리가 높아졌다. 머리가 아프다. 그녀는 또 샐쭉한 표정을 지었다.

"어머, 괜히 화를 내고 있어. 알았어요, 뭐……. 그래도, 계속 생각해봐요."

그녀는 포기할 생각이 없는 듯했다. 날 끈질기게 물고 늘어진다. 자기 자리로 돌아가면서도 계속 구시렁거린다. 그녀와 단둘이 사무실에 있기 어색해져 밖으로 나왔다. 기사에게는 차라는 도피처가 있어 다행이었다. 지하 주차장에 가서 보닛을 열고 괜스레 차 상태를 점검해본다. 박영태 실장이 평소 관리를 잘해놓은 터라 엔진룸의 상태는 깨끗했다. 극세사 브러시로 차 외부를 닦는데 휴대폰 벨이 울린다. 또 지원 선배였다.

"선배님? 오늘은 또 무슨 일이신가요?"

〔야, 너희 사장 그렇게 바쁘냐?〕

"바쁘시죠. 시간을 초 단위로 나눠 쓰시는데. 왜, 인터뷰 안 하신대요?"

〔아니. 하긴 한 대. 그런데 회사에서 진행하자더라. 이동할 시간이 없다. 어떡하지? 너희 회사 촬영할 만한 데 있냐?〕

"글쎄요. 저도 입사한 지 얼마 안 돼서 회사 내부를 잘 몰라요."

〔미안한데, 촬영할 장소 좀 알아봐 줄 수 없을까? 유찬아, 플리즈.〕

"몇 컷이나 찍으실 건데요?"

〔홍 아줌마 미쳤나 봐. 인터뷰 4페이지 구성하래.〕

"4페이지나요? 일반인인데?"

〔어휴, 몰라. 질문할 내용도 없어. 그래서 사진으로 꽉꽉 채우려고. 그러니까…… 휴대폰으로 추천 장소 몇 군데만 찍어서 보내주라, 응? 내가 시간이 없어서 그래.〕

지원 선배의 부탁을 거절할 수 없었다. 잡지사 기자의 녹록지 않은 일상을 잘 알고 있으니까. 게다가 그녀는 어시스턴트도 쓰지 않는다. 분명 여러 가지 일에 치여 촬영 장소 헌팅까지 할 여력이 없는 거다. 후배로서 당연히 돕고 싶었다. 게다가 지원 선배는, 나락으로 떨어진 후배에게 온정의 손길을 거두지 않은 몇 안되는 사람 중 하나였다. 그 고마움을 이렇게라도 갚고 싶었다.

"좋아요, 선배. 저 어차피 오늘 대기 시간이 길어서 할 일도 없었거든요."

〔정말? 아, 고마워, 유찬아. 이번 마감 끝나면 내가 한번 쏠게.〕

"제가 쏴야죠. 곧 첫 월급도 받는데."

〔그것도 좋지. 어쨌든 유찬아, 고마워. 너만 믿는다, 진짜. 그럼 끊을게, 고마워.〕

지원 선배가 거듭 고맙다고 말하며 전화를 끊었다. 마침 비서실에서 앉아 있기도 싫었던 터라 난 회사 건물 내부 곳곳을 돌아다녔다. 1층 로비와 정원, 옥상, 각 층에 있는 미술 작품 등 사진의 색감을 살릴 수 있는 곳을 위주로 장소를 물색했다. 배경이 일반 회사인 데다 사장이 슈트를 입을 게 뻔해 사진이 밋밋해질 우려가 있었다.

"김유찬 씨?"

휴대폰으로 괜찮은 장소를 촬영하고 있는데, 뒤에서 누군가 나를 불렀다. 뒤를 돌아봤더니 한 남자가 서 있었다. 그다. 유치장에서 만났던 남자, 이준혁이었다.

"아, 안녕하세요?"

"여기서 뭐 하십니까?"

"그냥…… 회사에 좋은 장소가 많아 사진을 찍고 있었습니다."

난 말을 얼버무렸다. 사장의 인터뷰 촬영을 위해 장소를 물색 중이라는 말을 왠지 하기 싫었다.

"근무 중이지 않아요? 다니는 회사가 굉장히 자유로운가 보네요?"

이준혁의 말에 허를 찔린 기분이 들었다. 하긴, 일반 사원이라면 근무 시간에 이렇게 한가할 수가 없지.

"시간이 조금 나서요."

"저도 여유가 생겨 산책 중이었습니다. 커피라도 한잔하시겠습니까? 오랜만에 만난 동기인데."

동기라……, 유치장 동기라는 건가? 나로서는 그다지 반가운 말이 아니다. 하지만 민가영과 단둘이 비서실에 앉아 있는 것도 싫었다.

"좋죠. 하지만 제가 멀리 갈 수 없어서, 편의점에서 커피나 하실까요?"

이준혁과 나는 편의점 파라솔에 나란히 앉아 아이스 아메리카노를 마신다. 얼음 컵만 구입해 직접 내려 마시는 커피는 맛이 제법 괜찮았다.

***

"회사는 다닐 만하십니까?"

"네, 아주 만족합니다."

"이번에도 잡지사인가요?"

그는 내가 잡지사에 다녔다는 것을 기억하고 있었다.

"아뇨. 업종을 바꿨습니다."

"왜요?"

"그 일 이후로…… 회사에서 잘리고 일도 안 들어왔어요."

"이런……, 상심하셨겠네요. 그래도 잘 극복해내신 게 어딥니까? 이직한 곳이 더 적성에 맞을 수도 있죠."

"지금은 아주 감사해요. 솔직히 그때만 해도…… 제가 이렇게 평범하게 살 수 있을 거라고는 생각하지 못했거든요. 아주 바닥까지 내려가 있었던 상태라."

"바닥이라뇨? 거기 잠깐 있었던 게 뭐 어때서요?"

"저에게는 최악의 경험이었습니다."

"안 가는 게 좋은 곳이지만, 다녀왔다고 해서 인생 끝난 것은 아니죠."

"살아보니 그렇긴하더라고요."

우리는 허심탄회하게 이런저런 얘기를 나눴다. 하지만 서로의 회사에 대한 얘기는 하지 않았다. 내가 말하기 꺼리는 걸 그가 알았기 때문일 거다. 휴대폰 문자가 들어왔다. 확인해보니 오지선 실장이다. 어디 갔는지 묻는 것으로 볼 때 빨리 들어오라는 신호다. 난 자리에서 일어섰다.

"전 이만 들어가 봐야겠습니다. 다음에 또 뵙죠."

"그래요. 다음에 만나면 진짜 술 한잔합시다."

"안 들어가시나요?"

"볕이 좋아서, 전 좀 더 앉아 있다 가겠습니다."

그와 헤어지고 비서실로 돌아왔다. 오지선 실장은 민가영과 함께 테이블에 앉아 커피를 마시면서 잡담 중이었다.

"어머, 김유찬 씨, 벌써 들어왔어요? 그러라고 문자 보낸 건 아니었는데."

"마침 일이 끝났습니다."

"그럼 여기 와 앉아요. 커피라도 같이 마시게."

"급한 일 아니었습니까?"

"우리가 급한 일이 뭐 있겠어요? 급하면 사장님이 바로 연락하실 텐데. 커피 드실 거죠?"

"제가 타겠습니다."

난 믹스커피를 탔다.

그리고 테이블에 앉으며 슬쩍 민가영의 눈치를 본다. 그녀는 나를 신경 쓰지 않는 척 새침하고 도도하게 커피를 마시고 있다. 오지선 실장이 내게 물었다.

"사장님 오늘 회식 있는 거 아시죠?"

"전체 회식입니까?"

"전체는 아니고, 오늘은 전략기획팀과 회식이에요. 사장님이 부서별, 팀별로 돌아가면서 회식을 가지시거든요."

"이 근처에서 하시겠네요."

"네, 아마도요. 팀장이 장소 정한다고 했으니까 곧 알려줄 거예요."

"늦게 끝날까요?"

"아뇨, 식사만 간단히 하실 거예요. 우리 사장님, 직원들 오래 붙잡아두는 거 싫어하시거든요. 아, 상무님도 참석하실지 몰라요."

"상무님이요?"

"김유찬 씨는 상무님을 아직 못 봤나? 오늘 회식 가서 인사하면 되겠네."

"실장님도…… 참석하십니까?"

"아뇨, 전 회식은 딱 질색이라."

오지선 실장과 민가영, 그리고 나는 커피를 마시며 여유로운 오후 시간을 보냈다. 오늘 나의 일정은 전략기획팀과의 회식 후,

사장을 집에 모셔다드리는 것이 전부다. 사장이 바쁠수록 상대적으로 내 일은 한가해진다.

6시가 되기 10분 전, 사장에게 호출이 왔다. 난 재빨리 차를 정문 앞에 대기시켰다. 잠시 후, 청바지에 티셔츠를 입은 사장이 차에 올랐다. 그는 외부 일정이 없으면 캐주얼하게 입는 스타일이었다.

"회식 장소가 어딘지 아십니까?"

"아직 통보받지 못했습니다."

"이런……, 여기서 두 블록 떨어진 곳에 있는 고깃집이에요."

"상호를 아십니까?"

"가게 이름은 생각나지 않고 위치만 알아서……. 일단 가시죠. 제가 가면서 알려드리겠습니다."

사장이 지시하는 대로 차를 몰았다. 두 블록이라 했지만 걸어가기에는 꽤 먼 거리였다.

"김유찬 씨도 주차하고 들어오세요."

"아, 전 괜찮습니다."

"괜찮긴요. 식사는 하셔야죠. 자리 준비해놓을게요."

사장이 차에서 내렸다. 난 사장의 세심한 배려에 새삼 감격하며 주차를 한다. 그리고 고깃집 정문으로 향하면서 살짝 긴장했다. 위너 회식에는 처음 참가하는 거다. 일개 수행 기사가 그래도 되는지 모르겠다.

안으로 들어가니 고깃집 직원이 나를 개별 룸으로 안내한다.

룸 안은 이미 고기 굽는 냄새로 가득했고, 사람들은 술잔을 기울이고 있었다. 조용히 인사를 하고 비어 있는 끝자리에 앉았다. 대각선으로 맞은편에 앉은 사람이 반갑게 말을 걸었다.

"김유찬 씨? 위너 직원이었습니까?"

난 놀라서 고개를 들었다. 나에게 말을 건 사람과 눈이 마주쳤다. 이럴 수가……. 이준혁, 또 그 사람이다. 그는 나와 같은 회사에 다니고 있었던 것이다.

"두 분, 서로 아십니까?"

앞에 앉은 사람이 나에게 묻는다. 난 난처해져서 이준혁을 쳐다봤다. 뭐라고 해야 하지? 유치장에서 만난 사이라고 할 수는 없지 않은가. 그렇다고 예전부터 아는 사이라고 말할 수도 없다. 과거를 추궁당할까 봐 두렵다.

"편의점에서 몇 번 마주친 사이죠. 오늘도 봤고. 그렇죠?"

"아, 네……."

이준혁이 재치 있게 말을 돌렸다. 거짓말이 아니다. 그렇게 얘기해줘서 나도 마음이 편하다. 내게 물은 남자도 그의 대답에 수긍하는 눈치다.

"하여간 상무님의 친화력은 알아줘야 해."

"저도 이 회사 처음 입사했을 때, 제일 먼저 챙겨주신 분이 상무님이었잖아요."

그의 옆자리에 앉은 여자가 말을 거들었다. 이준혁이 상무라고? 난 예상치도 못했던 그의 직함에 또 한 번 놀란다. 같은 회사인 것도 껄끄러운데 이번에는 상사라니. 게다가 상무라면 사장과 가까운 사이일 거다. 그가 부담스럽다.

"사장님 수행 기사시죠?"

누군가 내게 관심을 보였다. 전략기획팀으로 구성된 이 회식에서 나만 낯선 사람이다. 나는 금세 그들의 호기심 대상이 됐다.

"네, 얼마 전에 입사했습니다. 김유찬입니다."

"저, 사택에서 뵌 것 같아요."

"어? 나도. 주말에 비서분이랑 주방에 같이 있던 분 아닌가?"

사택에 살고 있는 두 명이 나를 알아봤다. 민가영의 말대로, 사택에는 보는 눈이 많았던 거다.

"맞습니다. 이사 오기 전에 사택을 둘러보러 갔었습니다."

"어느 방이에요?"

"2층 A실입니다."

"내 옆의, 옆의 방이네. 전 C실이에요. 우리 인사나 하고 지내죠? 송연호예요."

난 전략기획팀 사람들과 인사를 나누고 맥주 대신 콜라를 마시며 함께 식사를 했다. 화제의 대부분은 내가 알지 못하는 그들의 업무에 관해서였다. 난 묵묵히 얘기를 들으며, 회사 내에서 이준혁의 입지를 실감한다. 기획자들은 그를 회사 상사로서 대하고 있었다. 그는 화제의 중심이었으며 사람들은 썰렁한 그의 유머에도 억지로 웃었고 그의 잔에는 쉴 새 없이 술이 채워졌다. 그는 직원들과 스스럼없이 어울리면서 중간중간 나를 챙겨줬다. 늘 혼자 했던 식사 시간인데 직장 동료와 함께한다는 사실이 새삼스럽다. 2년 전, 잡지사에 다닐 때는 그토록 싫었던 회식이 오랜만이어서 그런지 즐거웠다.

사장은 1시간 정도만 머물고 자리에서 일어났다. 직원들에게 편하고 자유스러운 시간을 주기 위해서이다. 난 그를 차에 태우고 도곡동으로 향했다.

"김유찬 씨?"

"네, 사장님."

"이준혁 상무와…… 예전부터 아는 사이였습니까?"

뜨끔했다. 회식 자리에서, 사장이 우리가 대화 나누는 것을 봤나 보다. 신경이 쓰이는 걸까? 사장의 반응이 좋지 않다. 본래 목소리와는 다른 결이 느껴졌다. 난 괜한 오해를 살까 걱정된다.

"편의점에서 몇 번 뵀습니다."

난 이준혁이 회식 자리에서 직원들에게 둘러댄 대로 따라 말한다. 내 본능이 그렇게 시켰다.

"그런 것치고는 굉장히 친해 보이시던데요?"

사장이 나를 떠본다. 그의 목소리에는 의심이 가득하다. 난 사장과 상무의 관계를 알 수가 없어 대답하기 난처했다.

"그게, 저……."

문득 지원 선배가 생각났다. 오늘 이준혁을 만나기 전에, 나는 그녀가 부탁한 촬영 장소를 헌팅하고 있었다.

"사실은 제가, 사장님 인터뷰하실 때 촬영할 만한 장소를 알아보고 있었습니다. 진행을 회사에서 한다고 들어서요."

"아……, 그런데요?"

"이곳저곳 다니며 휴대폰으로 촬영을 하다 상무님을 만났습니다. 뭐 하냐고 물으셔서 제가 대답하다가 커피 한 잔을 얻어 마셨고요."

사장이 작게 소리 내어 웃었다. 그 웃음소리에 마음이 놓였다.

"그랬군요. 이준혁 상무가 사람이 참 좋긴 하죠. 그런데 왜 촬영 장소를 김유찬 씨가 알아봅니까?"

"인터뷰 진행할 기자가 아는 선배입니다. 예상 촬영지가 바뀌었다고 장소를 알아봐 달라고 해서요."

"이지원 씨요? 오전에 통화했는데, 김유찬 씨 선배였군요."

화제를 전환할 수 있어 다행이었다. 난 그를 집까지 무사히 데려다주고 주차를 했다.

주차장을 나오면서 습관처럼 아파트 건물을 올려다본다. 사장의 집 거실에는 불이 환히 켜져 있다. 오늘도 윤조가 있는 걸까? 그가 일찍 퇴근하는 것을 보니 그녀가 집에서 기다리고 있는 것 같다. 하얀 옷을 입은 그녀의 얼굴이 떠올랐다. 모델처럼 키가 크고 창백한 얼굴. 그녀는 나를 범인으로 본 장본인이지만, 이상하게 난 그녀가 원망스럽지 않다. 그녀도 나도, 피해자일 뿐이다. 난 그렇게 생각했다.

지하철을 타고 집으로 돌아왔다. 전략기획팀 사람들은 아직도 회식이 끝나지 않았는지 사택 내부는 조용했다. 냉장고에서 찬물을 꺼내 마시고 내 방으로 올라와 침대에 누웠다. 눈을 감으니 오늘 하루 있었던 일들이 머릿속을 스쳐 간다. 아까 사장이 내게 묻는 분위기로 추측했을 때, 이준혁과는 거리를 두는 게 나을 것 같다. 그렇게 생각하고 있는데 노크 소리가 들렸다.

〔들어가도 돼요?〕

또 민가영이다. 절대 포기하지 않는 저력의 정보원이다. 그녀를 피할까 말까 잠시 고민했다. 하지만 심심했다. 아직 오후 9시밖에 되지 않아 잠들기까지 긴긴 시간을 누군가와 얘기를 나누고 싶었다. 그리고 솔직히, 난 그녀에게 관심이 있다. 동료가 아닌 여자로서. 문을 열어주자 민가영은 자연스럽게 내 방에 들어오더니 책상 의자에 앉았다.

"벌써 회식이 끝난 거예요?"

"사장님만 일찍 끝나신 거죠. 아마 다들 계속 회식 자리에 있을 겁니다."

"하긴, 사장님은 늘 1시간만 앉아 계시니까. 누구누구 왔어요?"

"전략기획팀이 모두 왔죠. 여기 사시는 분들도 있던데요?"

"기획팀만?"

"이준혁 상무라는 분도 왔습니다. 다른 분은 모르겠어요. 인사를 다 한 게 아니라서."

"아, 역시……. 회식 분위기는 화기애애했겠네요."

그녀가 알겠다는 듯 고개를 끄덕인다. 난 이준혁에 대해 묻고 싶었지만, 그녀가 또 조건을 내밀까 봐 무관심한 척 말을 잇는다. 내 눈에 그녀의 주근깨가 들어왔다.

"상무님은 늘 회식 자리에 오시나 봐요?"

"뭐, 가끔요? 전략기획팀은 거의 상무님 파니까 이번 회식에 참석하신 거겠죠."

"파요?"

"우리 회사에도 파벌이 있어요. 상무님파, 전무님파, 이렇게요. 두 분 모두 창립 멤버인데 왜들 그렇게 갈라서 경쟁을 하는지······."

"전략기획팀은 왜 상무님파인 거예요?"

"상무님이 경영지원팀으로 가시기 전에는 기획 파트에 꽤 오래 계셨거든요."

이준혁 상무가 경영지원팀 소속이었구나. 재무와 관련된 사람이 유치장에 있었다니······. 그렇다면 이 회사의 일로 경찰의 조사를 받은 건가? 갑자기 그에 대해 흥미가 생겼다. 하지만 대놓고 그녀에게 상무가 유치장에 다녀온 사실을 물을 수는 없었다.

"사장님이 상무님을 많이 신뢰하시나 봐요."

"그건 잘 모르겠는데? 서로 친하기는 해요. 하지만 신뢰하는 건지 견제하는 건지······. 조규진 전무를 대할 때와는 느낌이 또 다르거든요."

"왜, 상무님에 대해서는 조사해보지 않았어요?"

"관심 대상이 아니라. 하지만 소문은 있죠."

"소문이오?"

"사장님과 무슨 사이래요. 대학 선후배라는 소문도 있고, 친척이라는 소문도 있고······. 확인되지 않은 소문이 직원들 사이에 떠돌고는 있어요. 회사를 그만뒀다가 다시 들어온 일이 몇 번 있었거든요. 그렇게 퇴사와 입사를 반복하기도 쉽지 않은데. 왜? 궁금해요? 상무에 대해 좀 알아봐 줘요?"

민가영의 눈이 또 반짝인다. 그녀는 짓궂게 웃으며 나에게 또 딜을 걸려 하고 있다.

"아, 아니, 됐습니다. 저와는 상관없는 일인데요, 뭐."

"칫, 또 저렇게 피해 가네."

그녀가 입을 삐죽거렸다. 그럴 때마다 위로 말려 올라가는 윗입술이 꽤 섹시하다.

"우리, 나가서 술이나 한잔할까요?"

"회식 때 안 마셨어요?"

"운전해야 하는데 어떻게 마셔요? 나갑시다. 제가 살게요."

"싫어요. 사람들한테 괜히 오해 사요."

"남자 방에 이렇게 수시로 들락거리는 것은 괜찮고요?"

내가 웃었다. 그녀의 핑계가 어이없다.

"그건…… 그렇지만."

"간단히 마시죠. 혹시 알아요? 내가 윤조 얘기를 해줄지?"

미끼를 던졌다. 윤조 얘기가 나오자 그녀의 눈이 동그래진다.

"사장님 오늘도 윤조를 만났어요?"

"모르죠. 직접 보진 않았으니까."

내가 말을 흘리자 그녀는 몹시도 궁금했나 보다. 툴툴대면서도 나를 따라나선다. 우리는 판교역까지 걸어가 실내포차에 들어 갔다. 사택 근처에서는 다른 직원들에게 걸릴까 봐 절대 술을 마시기 싫다는 그녀의 고지식함 때문이었다. 우리는 소주와 골뱅이 소면을 시켰다.

"마랑이던가? 브랜드 쇼핑몰은 잘돼가요?"

"잘되겠죠. 워낙 인기 브랜드니까. 그런데 사장님 요즘 관심사는 그게 아니에요."

"새로운 사업을 벌이는 건가요?"

"사업이야 잘 되면 확장하는 거니까, 이것저것 간 보고 있으시죠."

"간? 간을 봐요?"

"제휴 의뢰가 많이 들어오니까요. 우리 회사가 서버 호스팅을 바탕으로 하고 있으니까 확장할 게 좀 많아야죠. 그래서 내가 요즘 바빠요."

"또 청담동에 머리하러 다니시는구나?"

"제 업무 중 하나에요."

내 말이 놀리는 것 같았는지 그녀가 샐쭉해진다. 그녀는 골뱅이 한 점을 집어 입으로 가져갔다. 그리고 찬 소주를 연달아 마신다.

"거기서 듣는 게 얼마나 많은데."

"알죠. 난 재미있는 얘기는 없나 하고 물어본 거예요."

"재미있는 얘기가 뭐 있겠어요? 사모님들 세계가 다 그렇고 그렇지."

그녀가 삐딱하게 나온다. 난 그녀를 달래야 했다. 재빨리 화제를 바꿨다.

"전에 수행 기사였던 이연 씨 아시죠?"

"그 우락부락한 여자? 알기야 알죠."

외부의 다른 수행 기사들은 이연을 좋게 평하던데, 그녀와는 사이가 별로 좋지 않았나 보다. 난 화제를 잘못 돌렸다고 생각했다.

"안 친했어요?"

"친할 일이 있어야죠. 같이 비서실에 있어도 별로 얘기한 적이 없거든요. 왜요?"

"밖에 나가면 그분 얘기를 많이 하길래요. 다른 수행 기사들과 잘 알고 지냈나 봐요."

"하긴……, 수행 기사들이 말이 많죠. 말도 안 되는 루머도 많이 만들고."

"맞아요. 오전에 일이 하나 생기면 오후에는 다 퍼져 있더라고요."

"정보가 과하게 넘쳐흘러서 그래요. 그들이 하는 말, 다 믿어서는 안 돼요. 어느 정도 걸러야지. 우리 사장님 외부 평은 어때요?"

"아주 좋아요. 저 보고 잘 들어갔다고들 하죠."

"유찬 씨도 그렇게 생각해요?"

"그럼요. 얼마나 잘 챙겨주시는데요."

사장님, 사장님, 사장님……. 술을 마시면서 그녀는 오직 사장 얘기만 했다. 나와 술을 마시고 있지만, 그녀의 머릿속에는 온통 사장으로 꽉 차 있었다. 난 괜히 심술이 났다. 그래서 술의 힘을 빌려 모르는 척, 그녀에게 단도직입적으로 물어본다.

"우리 사장님, 좋아해요?"

그녀의 얼굴이 확 붉어졌다. 젓가락을 든 채로, 아무 말도 하지 못하고 얼굴이 빨개져서 날 뚫어지게 보고 있다. 그건 긍정의 대답이나 다름없다. 그녀의 속마음을 실제로 확인하고 나니 왠지 섭섭하다.

"왜 좋아해요? 나이 차도 많이 나잖아요. 사장님이 비록 동안이긴 하지만."

"좋아할 만하니까 좋아하죠."

그녀의 뺨에 바람이 들어가 불룩해졌다. 그 모습이 꽤 귀엽다.

"걱정하지 마세요, 그냥 동경인 거니까. 나도 쓸데없는 꿈같은 건 꾸지 않아요. 다만……."

"다만?"

그녀가 눈살을 찌푸리며 입을 꼭 다물었다. 말을 해야 할지 말아야 할지 고민하는 것 같았다.

"다만 뭐죠?"

"사장님이랑 윤조 만나는 거, 말려야 해요."

"가영 씨, 질투하는 거예요?"

"아니요."

"그럼 왜?"

"그 여자, 별로니까요. 남자관계도 장난 아니고요."

"고작 그런 이유 때문에 별로라는 거예요?"

"고작이라니요? 그게 얼마나 큰 건데? 윤조가 업계 사장이랑 사귄 게 한두 번인 줄 알아요? 그 여자, 업계 사장들 명성 빨아먹고 사는 사람이라고요. 우리 사장님이 만약 윤조와 사귄다면, 아마 뼛속까지 빨리고 버림당할걸요?"

"말이 지나친 것 같은데요?"

"아니요. 박앤박의 박경래 사장이 그랬고요, 강실업의 강병두 회장도 당했어요. 그리고 윤조는 정이준, 그 약쟁이 헬시코어 사장과도 사귀었다고요. 난, 그 사람 죽은 거, 그 여자 탓일 거라 생각해요."

여자의 질투는 무섭다. 민가영은 윤조에 대한 악담을 쏟아냈다. 심지어는 정이준의 죽음을 그녀의 탓으로 돌리고 있다. 하지만 현장에 있었던 나는 안다. 그건 윤조의 잘못이 아니다. 잠시 그녀를 원망한 시간도 있었지만 그건 전적으로 정이준의 잘못이다. 술과 마약, 그리고 방탕한 생활을 통제하지 못한 그의 잘못이 크다. 그러나 질투에 타오르는 여자 앞에서 이런 얘기를 어떻게 할 수 있을까? 난 묵묵히 그녀의 얘기를 듣고만 있다.

"두고 보세요. 내가 곧 윤조의 민낯을 확 까발릴 테니까."

민가영은 나를 보며 자신만만하게 말했다.

***

다음 날은, 평소보다 조금 일찍 출근했다. 하릴없이 대기하기가 따분해 카드 정산을 미리 하기로 했다. 몇 건 되지 않는 카드 영수증을 모아 엑셀에 기입하고 정산 파일을 만드는데 사장실에서 호출이 왔다. 난 오지선 실장과 함께 사장실로 들어갔다.

"갑자기 일이 생겨 연락했습니다. 두 분 여기 앉으시죠."

그녀와 나는 사장이 시키는 대로 테이블에 앉았다. 사장실에는 사장의 책상 외에도 긴 회의 테이블이 있었다.

"오늘 화이트웹 최지용 사장의 아버님이 돌아가셨습니다."

화이트웹은 우리의 경쟁 업체이다. 부고 소식을 듣자 오지선 실장의 말투가 사무적으로 바뀐다.

"부의금을 준비해야겠군요. 금액은 어느 선으로 정할까요?"

"글쎄요……. A 정도면 되지 않을까요?"

"준비하겠습니다."

"김유찬 씨가 장례식장에 저 대신 참석해주세요."

"혼자 가는 겁니까?"

"네. 최 사장에게는 제가 급한 용무가 있어 참석 못 해 죄송하다고 잘 말씀해주시고요."

"사장님 퇴근은 어떻게 하실 겁니까?"

"제가 알아서 할게요. 걱정하지 마세요."

"알겠습니다."

"주소는 오 실장님이 알아봐 주세요. 화이트웹 비서실 전화번호 알죠?"

"나가서 연락해보고 바로 전달하겠습니다."

우리는 사장실에서 나왔다. 시계를 보니 4시 30분이 넘어가고 있었다. 오지선 실장은 장례식장 주소를 알아내 나에게 알려준다. 위치는 강릉이었다. 부지런히 움직이면 오늘 중으로 집에 돌아올 수 있을 것 같다. 그녀는 돈이 두둑하게 담긴 하얀 봉투도 내줬다. 나는 정산을 마저 끝내고 주차장으로 갔다. 상복으로 갈아입기 위해 집에 잠시 들를 예정이었다.

차에 시동을 걸었다. 그런데 계기판에 노란색 엔진 경고등이 켜졌다. 시동을 끄고 다시 켜봤지만 마찬가지다. 보닛을 열고 차 내부를 확인했지만 육안으로는 이상을 감지할 수 없었다. 어떡하지? 이 상태로는 강릉까지 갈 수 없다. 마음이 조급해진 나는 박영태 실장에게 전화를 걸었다.

"실장님? 접니다. 김유찬이오."

〔아, 아⋯⋯, 웬일이십니까?〕

"지금 계기판에 경고등이 떠서요. 혹시 알고 계셨는지 해서요."

〔경고등이오? 그럴 리가 없을 텐데⋯⋯. 차는 아까까지만 해도 멀쩡했습니다. 제가 매일 업무 시작과 마지막에 엔진룸을 점검했는데. 왜 그러지?〕

"어떻게 해야 합니까?"

〔서비스센터에 가봐야죠. 아직 문 안 닫았을 겁니다.〕

"실장님, 저⋯⋯ 그런데 제가 오늘 강릉에 가야 해서요."

〔그 차를 가지고요?〕

"네, 사장님 대신 조문을 가는 거라⋯⋯."

〔빨리 오지선 실장과 상의하세요. 그 차는 무조건 서비스센터에 지금 맡기시고요.〕

난 그가 시키는 대로 이번에는 오지선 실장에게 전화를 건다.

"실장님, 지금 차에 이상이 생겨서 전화 드렸습니다."

〔네? 이상이오? 무슨 이상인가요?〕

"엔진 경고등에 불이 들어옵니다. 차를 두고 고속버스를 타고 가는 게 나을 것 같습니다."

〔아⋯⋯, 일단 사무실로 올라오세요. 올라와서 얘기하시죠.〕

내 자격지심 때문일까? 차의 고장이 내 탓인 것만 같았다. 그녀의 목소리도 오늘따라 유난히 딱딱하게 들린다. 난 그녀에게 타박을 받을까 걱정을 하며 비서실로 올라갔다. 오지선 실장이 심각한 얼굴로 나를 맞는다.

"차에 시동은 걸리나요?"

"걸리긴 합니다만…… 위험해요. 강릉까지 가는 건 무리입니다."

"여기서 5분 거리에 서비스센터가 있어요. 알고 계시죠? 차를 맡기시고, 장례식장에는 다른 차를 타고 가셔야 할 것 같습니다."

"차라리 고속버스를 타고 가는 게 낫지 않을까요?"

"사장님 체면도 있는데, 어떻게 수행 기사가 고속버스를 타고 가요? 그건 안 되죠."

"그럼 어떻게 가야 합니까?"

"사장님 댁에 가시면 차가 여러 대 있어요."

오지선 실장은 내게 카드를 한 장 내밀었다. 사장의 아파트를 마음대로 드나들 수 있는 출입카드였다.

"현관에 차 키가 있을 거예요. 늦기 전에 다녀오세요. 오늘 일정은 늦어지겠네요."

그때 옆에서 민가영의 볼멘소리가 들려왔다.

"어머, 실장님. 사장님 댁에 유찬 씨를 혼자 보내시려고요?"

나 혼자 사장 집에 들어간다는 게 못마땅한 표정이다. 설마 내가 도둑질이라도 할까 봐 걱정이 되는 건가? 아니면 내가 사장 집에 들어가는 게 부러운 걸까?

"이제 막 들어온 신입인데, 함부로 사장님 댁 열쇠를 맡긴다는 게 쫌……"

"아……, 그것도 그렇네요. 그런데 내 일정이……"

오지선 실장은 민가영의 의견에 수긍하는 눈치다. 허둥지둥 곤란한 듯 시계를 본다. 그녀에게는 오늘 중으로 끝내야 할 일이 있었던 거다. 시계의 초침은 쉬지 않고 부지런히 움직이고 있다.

"가영 씨는 이후 스케줄이 어떻게 돼요?"

"아무것도 없는데요."

"미안한데, 가영 씨가 사장님 댁에 김유찬 씨와 같이 갔다 와줄 수 있을까요?"

"회사 일인데 당연히 그래야죠."

민가영이 활짝 웃으며 자리에서 일어난다. 그리고 내 손에 든 사장 집의 출입카드를 낚아챘다.

"다녀오겠습니다."

신이 나서 소프라노로 올라간 그녀의 목소리를 듣고, 그 당돌함에 난 속으로 웃었다. 깜찍하다. 그녀는 이렇게라도 사장의 집에 가보고 싶었던 걸까? 민가영과 함께 지하 주차장으로 내려갔다. 서비스센터에 들렀다가 택시를 타고 사장의 집으로 갈 생각이었다. 차 문이 열리자마자 그녀는 뒷좌석에 재빨리 앉는다.

"아……, 오랜만이네."

그녀는 차에 타자마자 한숨을 깊게 내쉬었다. 마치 오랫동안 아끼고 아꼈던, 그리운 물건을 다시 찾은 것처럼.

"전에도 이 차에 타본 적 있어요?"

"딱 한 번이오. 저만 탄 게 아니라 오 실장님도 함께 있었지만."

그녀는 내가 운전하는 동안 사장 자리에 앉아 차 시트를 만지고 창문도 내려본다. 하지만 난 그런 그녀가 성가시지 않았다. 혹시 아는가. 나중에 그녀도 재력가가 되어 나 같은 수행 기사를 거느리고 살지. 민가영에게 호감이 있어서 그런지 그녀가 하는 짓 하나하나가 거슬리지 않는다.

5분은 짧았다. 서비스센터는 회사 지척에 있었다. 난 서비스센터에 차를 맡기고 집에 가서 옷을 갈아입은 다음, 그녀와 택시를 잡았다. 우리는 뒷좌석에 나란히 앉아 사장의 집으로 향했다.

"사장님 댁에는 가본 적 있어요?"

그녀가 고개를 가로젓는다. 두 눈은 기대에 가득 차 있다. 도곡동에 도착했다. 우리는 택시에서 내려 엘리베이터를 타고 20층으로 올라간다. 보안 카드가 있으니 확실히 아파트 출입이 쉬웠다. 현관문도 쉽게 열린다. 문이 열리자마자 민가영은 신발을 벗고 사장의 집 안으로 들어갔다. 난 현관에 있는 열쇠만 갖고 나올 생각이었는데.

"가영 씨, 집 안으로 들어가면 어떡합니까?"

"조금 둘러보면 어때요? 닳는 것도 아닌데. 되게 깐깐하게 구신다."

그녀는 툴툴댔지만 기분이 꽤 좋아 보였다. 내가 말릴 새도 없이 집안 곳곳을 돌아다닌다. 난 괜히 불안해져서 그녀의 뒤를 따랐다. 윤조가 다녀간 흔적이라도 발견할까 봐 가슴이 조마조마하다. 그녀를 제어하기 힘들었다.

"어머, 사장님 취향, 정말 내 타입이다. 나도 이런 인테리어 좋아하는데."

"그만 나가요."

"이거 인테리어 잡지에서 본 건데. 이 액자는 작가 작품인가 봐요?"

"이러면 안 돼요. 아시잖아요?"

"사장님 선물 진짜 많이 받으시네. 풀지 않은 것도 많은 거 봐."

"손대지 마세요!"

"아이, 유찬 씨, 고지식하긴."

그녀가 테이블 위에 쌓여 있는 선물 상자와 쇼핑백을 열어본다. 난 그녀가 사고라도 칠까 봐 걱정이 됐다. 아니나 다를까. 이번에는 그녀가 안쪽에 있는 침실로 들어간다. 말릴 새도 없었다.

"가영 씨……!"

나도 급히 침실로 따라 들어갔다. 하지만 늦었다. 그녀는 욕실과 연결된 통로의 건식 세면대 앞에 가만히 서 있다. 그곳에는 칫솔 두 개와 여자 화장품이 놓여 있었다. 그녀의 두 눈이 칫솔과 화장품에 고정되어 있다. 얼굴이 슬퍼 보였다. 그녀는 정말 사장을 좋아하고 있었다.

"저, 시간이 빠듯해요. 빨리 가요."

나는 그녀를 억지로 침실에서 데리고 나왔다. 더 이상 지체할 시간도 없었지만, 그녀가 비참한 기분이 드는 게 싫었다. 현관에 있는 차 키 중 아무거나 집어 들었다. 지하 주차장에 내려가 확인해보니 마세라티 기블리 열쇠다.

스마트키로 시동을 걸었다. 곧 지하 주차장에 마세라티의 낮고 웅장한 배기음이 울려 퍼졌다. 내가 미치도록 좋아했던 소리였

다. 하지만 지금은 배기음을 감상할 때가 아니었다. 내 옆자리 보
조석에는 민가영이 타고 있다. 시무룩해진 얼굴을 보니 조금 가
엾기까지 하다. 난 그녀를 회사에 데려다주기 위해 판교로 향했
다. 옆자리의 그녀는 손에 사장 집의 출입카드를 꼭 쥔 채 창밖만
멍하니 보고 있다.

　돌아오는 차 안에서, 그녀는 말이 없었다. 다행히 울지는 않
았다.

　민가영을 회사에 내려주고 난 강릉으로 떠났다. 운전하는 내내
그녀가 상심할 것을 걱정했다. 그녀의 기분이 언짢으면 나도 왠
지 울적해진다. 사장 집에 갔던 일로 그녀가 상처받지 말아야 할
텐데. 강릉은 편도로 3시간 걸리는 거리였지만 생각보다 일찍 도
착했다. 주차장에 차를 세우고 내리는데 옆에서 누가 알은체를
한다. 해전그룹 주우식이었다.

　"여기서 또 뵙는군요. 잘 지내셨어요?"

　"덕분에요. 화이트웹 부친 장례식장 오신 거죠?"

　"사장님 대신이죠. 그분들, 아주 친하지 않으면 이 멀리까지 오
시지 않잖아요."

　그를 만나 반가웠다. 아는 사람 하나 없는 곳에서 혼자 조문을
한다는 게 어색했기 때문이다. 장례식장에 들어서니 입구부터 화
환이 즐비하다. 오지선 실장이 미리 주문해놨는지 우리 회사 이
름으로 온 화환도 있었다. 주우식과 나는 같이 조문을 하고 식당
구석에 앉아 육개장을 먹는다.

"벤츠 놔두고 왜 마세라티를 타고 오셨어요?"

"계기판에 엔진 경고등이 들어와서요."

"이런……, 왜요?"

"아직 원인은 모릅니다. 서비스센터에 맡기고 왔어요."

"거 참……, 이상하네. 갑자기 웬 엔진 이상이야? 그대로 탔으면 어쩔 뻔했어요? 큰일 날 뻔했네."

조우식이 걱정된다는 표정으로 나를 본다. 그리고 주변을 둘러보더니 목소리를 낮췄다.

"유찬 씨도 혹시 모르니까 주의해요. 거기 회사, 이상한 일이 많이 일어난다니까."

난 성재 형이 들려준 얘기가 생각났다. 7~8년 전에 눈길에서 일어났다는 위너 수행 기사의 교통사고. 결과는 운전 미숙으로 처리됐다지. 하지만 오늘 내가 차의 이상을 겪고 나니 그 얘기가 심상치 않았다. 그런 일이 내게도 일어나지 않으리라는 보장이 없다. 기분이 찝찝하다.

"내가 유찬 씨였으면 호신술이라도 하나 배워둘 텐데. 복싱이나 유도, 뭐 그런 거. 수행 기사라는 우리 직업이 의외로 위험해요. 사장들, 적이 은근 많거든요. 차에 누가 장난을 칠지, 누구를 만나게 될지 모르니까."

난 주우식의 말을 귀에 새긴다. 나쁜 생각은 아니었다. 수행 기사라는 일이 사장의 수행뿐 아니라 때로는 호위하는 일도 필요할 것이다. 이연이라는 기사 역시 경호원 출신이라고 했다. 그리고 무엇보다 내 안전이 중요하다. 차 고장의 원인을 모르는 이상 난 불안했다. 차에 누군가 장난을 쳤을지도 모른다고 생각하니 더 그렇다.

장례식장에서 나와, 속도를 내지 않고 조심하며 고속도로를 주행한다. 마세라티 기블리의 성능을 느껴보고 싶었지만, 조심하라고 말해준 주우식의 말이 자꾸 떠올라 규정 속도 이하로만 달렸다. 다행히 별일 없이 사장의 집에 도착했다. 난 지하 주차장에 차를 세우고 밖으로 나와 사장의 집을 올려다본다. 거실에는 오늘도 환하게 불이 켜져 있었다. 차도 없는데 사장은 어떻게 퇴근했을까?

집으로 돌아왔다. 오랫동안 운전해서 피곤했지만 잠은 오지 않았다. 시원한 맥주 한 캔이 절실했다. 민가영과 함께 마시고 싶다는 생각이 들었다. 아까 사장의 집에서 봤던, 넋 나간 그녀의 표정을 떠올리니 위로해주고 싶었다. 하지만 너무 늦은 시각이었다. 벌써 새벽 3시가 넘어 있었다. 그녀는 지금 잠을 자고 있겠지. 할 수 없이 난 침대에 누워 인터넷을 검색했다. 주짓수와 복싱, 태권도 등 호신술로 배울 만한 운동을 모두 알아본다. 주우식의 충고대로 내게 닥쳐올지 모를 위험에 대비하기 위해서다.

인터넷을 한참 검색하다가 난 그렇게 잠이 들었다.

6. 납득할 수 없는 일

출근하기 전에 회사 주차장에 먼저 들렀다. 혹시 박영태 실장이 서비스센터에서 차를 찾아다 놨는지 확인하기 위해서이다. 하지만 지정된 주차 공간은 비어 있었다. 아직 수리가 끝나지 않았나 보다. 주차 담당 직원에게 물어보니 오늘 사장 소유의 다른 차는 회사에 들어온 적이 없다고 한다. 그 말은, 사장이 차 없이 오늘 하루 일정을 소화하고 있다는 얘기인 걸까? 아니면 다른 차를 이용하고 있다는 것일까?

사무실로 올라갔다. 비서실에는 민가영 혼자 자리에 앉아 있었다. 그녀는 들어오는 나를 쳐다보지도 않는다. 나는 살갑게 말을 걸었다.

"기분 좀 괜찮아요?"

"아……, 어제 강릉에는 잘 다녀오셨어요?"

"네, 보시다시피요. 서비스센터에서 전화 온 거 없죠?"

"회사로는 오지 않았어요."

"사장님 차는요?"

"글쎄요? 그런 건 박 실장님께 물어봐야 하지 않나요?"

그녀가 퉁명스럽게 대답한다. 난 그녀에게 조금이라도 말을 더 걸기 위해 괜히 오지선 실장의 안부까지 물었다.

"오 실장님은 자리에 안 계시네요? 어디 가셨어요?"

"사장님 대신 전략기획팀에 브리핑하러 갔어요. 그런데 유찬 씨가 그런 걸 왜 물어요? 상관도 없는데?"

좋은 대답이 돌아올 리가 없다. 그녀는 계속 저기압이었다. 기분이 풀어지지 않는 한 계속 저런 상태일 거다. 때마침 서비스센터에서 차가 수리됐다는 문자가 왔다. 난 자리에서 일어나며 그녀에게 또 말을 건다.

"서비스센터에 다녀올게요. 혹시라도 오 실장님이 찾으시면 알려주세요."

"네."

"올 때 마실 거라도 사다 줄까요?"

대꾸가 없었다. 그녀의 얼굴을 힐끗 보니 미간을 잔뜩 찌푸리고 모니터만 들여다보고 있다. 여전히 기분이 좋지 않아 보인다. 어제 사장의 집에서 윤조의 흔적을 보고 받은 충격을 지금까지 마음에 담아두고 있는 걸까? 난 그녀의 마음을 어떻게 풀어주면 좋을까 생각하며 서비스센터로 향했다.

서비스센터는 회사와 사택의 중간 지점에 있었다. 안내 데스크에 차 번호를 얘기하니 여자 직원이 수리 견적서를 내민다. 점화 플러그 이상이었다. 이상했다. 차는 이제껏 시동이 잘 걸렸고 출력이 떨어지지도 않았으며 이상음이나 진동도 없었다. 점화 플러그 이상이었다면 나나 박영태 실장이 모를 리가 없다.

이 차를 정비한 사람을 만나 얘기하고 싶었다.

"차를 수리하신 분과 얘기를 하고 싶습니다."

"네에?"

내 요구에 안내 데스크 직원이 당황한 눈치다. 하지만 나는 그를 꼭 만나야 했다.

"궁금하신 점이나 불만 사항 있으시면 저에게 말씀해주세요. 전달해드리겠습니다."

"아니오. 직접 만나서 얘기하고 싶습니다."

"죄송합니다. 고객과 정비 직원은 원칙상 대면하지 않습니다."

"저는 꼭 만나고 싶습니다."

"고객님, 죄송하지만 그건……."

그때 내 뒤에서 누군가 알은체를 한다.

"김 기자님? 김유찬 기자님 맞죠?"

뒤를 돌아보니 낯익은 얼굴이 서 있다. 예전에 해외 출장을 몇 번 같이 갔던 다른 자동차 브랜드 딜러사 직원 김민규였다. 그와는 출장 내내 같은 방을 쓴 적도 있고, 성재 형의 대학 동기이기도 했다.

"아, 안녕하십니까? 여기는 어쩐 일이십니까?"

"회사를 옮겼죠. 한 3년 됐나요? 기자님이야말로 여긴 무슨 일로 오셨어요? 취재? 아니면 수리?"

"수리 맡긴 차를 찾으러 왔습니다."

"이야, 좋은 차를 몰고 다니시는군요. 시간 되시면 차나 한잔하고 가시죠."

난 그의 안내로 고객 휴게실로 갔다. 우리는 커피를 마시며 그간 있었던 일을 주고받았다. 솔직히 내 사건에 대해 다시 언급하고 싶지 않았지만, 난 그의 도움이 절실한 터라 정이준의 사건과 내가 위너의 수행 기사가 된 얘기를 털어놓았다. 그리고 이전 수행 기사들의 사고 루머까지도 언급했다. 이런 이유로, 이번에 발견된 점화 플러그 이상을 확인하지 않고는 넘어갈 수 없다는 얘기도 덧붙였다. 그는 진지한 얼굴로 내 얘기를 끝까지 들었다.

"김 기자님은 운전할 때 차의 이상을 전혀 못 느꼈다 이거죠?"

"네, 전혀요. 진동이나 이상음만 있었어도 바로 눈치챘을 겁니다. 차 상태를 매일 확인하는 게 우리 일이니까요."

"흠……, 좋습니다. 같이 정비 직원을 만나러 가보죠."

"그래도 괜찮습니까? 데스크에서는 안 된다고 했는데요?"

"직함 있는 게 이럴 때 좋은 거 아니겠습니까?"

나는 그를 따라 엘리베이터를 타고 지하에 있는 정비 사무실로 내려갔다. 그를 보자 편하게 앉아 있던 직원들이 자세를 고쳐 앉는다.

"이분이 차에 대해 물어볼 게 있다고 하시는데요. 김 기자님, 말씀하시죠."

난 김민규의 지지에 힘입어 입을 열었다.

"조금 전에 S클래스 점화 플러그를 수리하신 분이 누구시죠?"

"접니다."

구레나룻이 있는 남자가 손을 들었다. 난 그에게 다가가 안내 데스크에서 받은 수리 견적서를 보여줬다.

"이전 점화 플러그의 상태가 어땠는지 궁금합니다. 그동안 운전하면서 차에 이상을 못 느꼈거든요."

"아, 이거…… 차의 플러그 손상이 아주 심하던데요?"

"심해요?"

"네, 차 상태에 비해 마모가 많이 된 편이에요. 특히 플러그 하나의 간격이 크게 벌어져 있더라고요. 그런 상태라면 운전하면서 모를 수가 없었을 겁니다. 직접 운전하셨습니까?"

"네. 하지만 전혀 이상을 못 느꼈습니다."

"특이하네요. 모를 수가 없을 텐데."

"혹시…… 누군가 차에 손댄 흔적이 있었습니까?"

"모르죠. 저희는 정비만 하는 사람들이라. 하지만 일부러 하려고 마음먹으면 언제든지 할 수 있지 않을까요?"

"다른 이상한 점은 없습니까?"

"없습니다. 엔진룸의 상태가 깨끗했고 관리도 아주 잘 되어 있었어요."

찜찜한 상태로 정비 사무실을 나왔다. 점화 플러그만 제외하고 관리가 잘 되어 있다는 남자의 말이 마음에 남았다. 왜 점화 플러그만 노후화된 것일까? 누군가 차에 장난을 친 걸까? 아니면 그저 우연인 걸까? 아무리 생각해도 납득이 가지 않았다. 내 얼굴이 심각해 보였는지 김민규가 위로하듯 말을 건넨다.

"김 기자님, 나중에 성재와 같이 술이나 한잔합시다."

"좋죠. 성재 형에게 제가 연락해볼게요."

"여기 들르시면 저에게 연락 주시고요. 참, 제가 명함 드렸던 가요?"

그가 벤츠 로고가 그려진 검은색 명함을 나에게 건넸다. 거기에는 서비스센터 소장 김민규라고 적혀 있었다. 난 그에게 감사 인사를 하고 사무실로 돌아왔다.

사무실 안은 여전히 조용했고, 민가영은 계속 뚱한 얼굴로 자리에 앉아 있었다. 그녀의 눈치를 살피고 있는데, 회의를 끝낸 오지선 실장이 사무실로 들어온다.

"차 수리는 잘 됐나요? 무슨 이상이었대요?"

활기찬 그녀의 목소리에 답답했던 실내 공기가 확 풀어지는 느낌이다. 전략기획팀 브리핑이 잘 끝난 듯했다.

"점화 플러그가 노후화돼서 생긴 문젭니다. 수리했으니 이제 이상 없을 겁니다."

"사고 나기 전에 알아서 다행이네요. 박 실장님도 미처 모르셨다고 하던데."

"오늘 사장님께서는 어떻게 출근하셨습니까?"

"글쎄요. 그건 박 실장님께 여쭤보지 않았는데? 오늘 현지 출근했거든요."

"계속 외근 중이신 겁니까? 사장님께서는 8시 행사에 참석하셔야 하는데요?"

"그러게요……. 행사가 길어지시나 보네요. 두 분, 아직 통화하지 않았어요?"

이상하게 박영태 실장으로부터 전화가 없었다. 휴대폰으로 전화를 걸어봤지만 그는 받지 않았다. 차의 이상으로 기분도 꺼림칙하던 차에 그와 연락이 닿지 않으니 왠지 불안하다. 자리에서 일어났다. 시계는 벌써 5시 30분을 가리키고 있었다.

"실장님, 비욘드호텔로 가보겠습니다. 혹시 중간에 박 실장님께 전화가 오면 저에게 연락 주십시오."

"어머, 아직도 박 실장님과 연락이 안 됐어요? 전화 오면 그렇게 전할게요."

차를 타고 비욘드호텔로 향했다. 운전하면서 박영태 실장에게 전화를 걸어봤지만 통화는 계속 연결되지 않았다.

나는 30분 만에 호텔에 도착했다. 정문 앞에 있어야 할 도어맨이 보이지 않아, 정면에 있는 VIP 주차장에 차를 세우고 호텔 안으로 들어갔다. 기사 대기실을 찾기 위해서는 직원의 도움이 필요했다. 로비에는 인상이 좋아 보이는 20대 남자가 서 있었다.

"저……, 호텔에 기사 대기실이 있습니까?"

"저희 호텔에 대기실은 없습니다. 어느 회사 기사님이십니까?"

"위너인데요."

"잠깐 기다리십시오. 맡겨놓은 물건이 있습니다."

그는 카운터 밑에서 전에 본 적이 있는 쇼핑백을 꺼냈다. 티파니 블루보다 좀 더 짙은 파란색 쇼핑백. 누군가 사장에게 보낸 선물이다. 사장에게는 선물이 수시로 들어왔다. 난 지난번에 팁을 주라고 얘기한 사장의 말을 떠올렸다. 파란색 쇼핑백을 차에 두고 콘솔박스에서 비상금 봉투를 꺼냈다. 그리고 다시 로비로 가 남자에게 봉투를 건넨다. 봉투에는 꽤 많은 액수의 돈이 들어 있었다. 그는 기다리고 있었다는 듯, 사양하지 않고 봉투를 받았다.

대기하는 것 외에는 할 일이 없는 난 다시 호텔 밖으로 나와 주변을 배회했다. 사장이 언제 호출할지 몰라 멀리 갈 수는 없었다. 오늘따라 다른 회사의 수행 기사로 보이는 사람들도 눈에 띄지 않아 무척 지루했다. 혼자 대기한 지 1시간 30분이 넘어가자, 비로소 사장에게 연락이 왔다. 난 재빨리 정문에 차를 세우고 그를 태웠다.

"잘 다녀오셨습니까? 최 사장님께는 말씀 잘 전하셨고요?"

"네, 그분도 감사의 말을 전하셨습니다."

"수고하셨네요. 레전드호텔로 갑시다. 오늘 행사는 콘퍼런스라 조금 길어질 것 같습니다."

그를 태우고 레전드호텔로 향한다. 레전드호텔은 비욘드호텔과는 지척에 있는 곳이다. 하지만 퇴근 시간과 맞물려 우리는 거리에서 꽤 많은 시간을 지체해야 했다. 사장도 그 시간이 무료했던지 나에게 말을 걸었다.

"이지원 기자 후배시라고요?"

"아……, 기자일 때 친했습니다. 학교 선배는 아니고요."

"월요일에 인터뷰하기로 한 거 아시죠?"

"네, 들었습니다."

"남성 잡지에서 하는 인터뷰는 처음인데……, 주로 뭘 물어보나요?"

"지금 하시는 사업 이야기도 묻고 라이프스타일도 질문하고 그럴 것 같은데요? 제 생각에는 기업가로서의 사장님보다는 셀러브리티에 초점을 맞출 것 같습니다."

"셀럽이라……. 어렵겠네요. 그런 질문은 받아본 적이 없어서……."

"인터뷰를 많이 해보시지 않았습니까?"

"그건 주로 경제지나 시사지였죠. 그때는 하고 있는 일만 얘기해서 괜찮았는데, 남성 잡지는 감이 통 잡히질 않네요."

사장을 호텔 입구에 내려주고 난 VIP 주차장으로 간다. 도어맨이 알려준 대로 호텔 지하에 있는 기사 대기실로 향했다. 호텔에서 호텔로, 누가 보면 화려한 삶 같아 보이겠지만 실상은 일의 연속이다. 대기실 안으로 들어가니 예전 사장의 동문회 때 본 기사들이 눈에 띄었다. 오늘 행사가 IT 관련 콘퍼런스이기 때문이다.

수행 기사들은 한 사람을 중심으로 빙 둘러앉아 있었다. 나는 인사를 하고 자리에 앉았다.

"오랜만입니다."

"아, 안녕하십니까. ……그래서요? 빨리 말해봐요. 주식이 어쨌는데?"

무슨 얘기를 하고 있었는지 대기실에 모인 사람들은 흥분 상태였다. 내 인사에는 형식상으로 답을 할 뿐이다. 그들이 둘러싸고 있는 사람은 전에 만났을 때 영어 공부를 하고 있던 오종혁이었다.

"그게 다예요."

"에이, 그러지 말고 다 털어봐 봐. 어디 어디 산 거야?"

"전기자동차 회사랑 바이오 관련 주 약간이에요."

"얼마나 올랐는데?"

"조금 오른 건 네 배고 많은 건 열 배?"

"이야, 열 배? 정말? 얼마나 샀어?"

그의 말 한마디에 대기실에 있던 모든 사람이 열광했다. 주식 투자 한번 잘해서 큰 거금을 손에 쥔 것이다. 애기를 들어보니 오종혁은 차에서 사장이 통화하는 내용을 듣고 따라서 투자했다고 한다. 그의 사장은 예전부터 주식 부자로 유명했다.

"종혁 씨 이민 안 가도 되겠다. 잘됐네."

"계속 이 일 할 거야? 이제 그만둘 거지?"

"쭉 다녀야죠. 계속 수행 기사 해서 떼돈 벌 겁니다. 잘릴 때까지는 버텨야죠. 제가 이런 투자 정보를 어디에서 듣겠어요?"

그는 얼굴에서 미소를 감추지 않았다. 점점 불어나는 재산을 보며 굉장히 흐뭇했을 것이다.

"우리 사장은 그런 팁도 안 줘."

"야, 말도 마라. 우린 일만 해, 일만. 투자 같은 건 하나도 모른다니까."

"종혁 씨, 부럽다."

"사람 팔자 주변 따라간다더니…… 사장 따라 우리의 머니 사정도 달라지는구나, 에휴."

"회사 주식이나 사둬. 거기 회사 상장됐잖아?"

"샀지……. 그런데 지금 폭락했어."

"뭐? 몇 달이나 됐다고?"

"몰라. 반의반으로 훅 떨어졌어."

그날 수행 기사들의 화제는 주식으로 시작해서 주식으로 끝났다. 몇몇 사람들은 소액의 금액으로 주식을 하고 있었고, 모두 오종혁처럼 대박의 꿈을 꾸고 있었다. 난 그들 틈에 끼어 흥미롭게 얘기를 듣는다. 언젠가 나도 여윳돈이 생기면 투자를 하고 싶다는 꿈을 꾸면서 말이다. 그러나 지금의 나는 월세를 얻을 여유도 없다.

콘퍼런스는 새벽 1시가 넘어서야 끝났다. 사장의 얼굴에도 지친 기색이 역력해 보였다. 그를 태우고 조용히 집으로 향했다. 그리고 그를 집 앞에 내려주면서 아까 호텔 로비에서 픽업한 파란색 쇼핑백을 건넸다.

"아……."

잊고 있었다는 듯, 사장은 짧은 탄식을 내뱉더니 쇼핑백을 받아들었다.

"팁도 건넸습니다."

"잘하셨습니다. 내일 뵙죠. 수고하셨어요."

"안녕히 주무십시오."

헤어질 때 늘 그래왔듯, 난 사장과 의례적인 인사를 하고 헤어졌다. 그리고 택시를 타고 집으로 왔다.

조용히 방으로 올라가려는데, 주방 쪽에 불이 켜져 있다. 힐끗 보니 민가영이 혼자 술을 마시고 있었다. 자정이 넘은 시간에 그녀는 왜 혼자 술을 마시고 있는 걸까? 아직도 어제의 일을 생각하고 있는 걸까? 난 그녀가 앉아 있는 테이블 곁으로 다가갔다.

"여기서 뭐 해요?"

혼자 술을 마시고 있는 그녀의 옆모습이 울적해 보여, 난 가급적 다정하게 말을 붙인다. 그녀가 나를 쳐다봤다.

"보면 몰라요? 술 마시고 있었죠. 술 마시면서, 유찬 씨 기다리고 있었어요."

민가영의 눈빛이 예사롭지 않다. 마치 단단히 벼르고 있었다는 듯 보인다. 사장의 집에서 본 윤조의 흔적을, 내가 알면서도 일부러 얘기 안 해줬다고 생각하는 것이다. 나는 맥주 한 캔을 냉장고에서 꺼내 그녀의 옆에 앉았다. 사택 냉장고에는 회사에서 제공하는 무료 음료가 가득했다.

"알고 있었죠? 그래서 말 안 한 거죠?"

그녀가 맥주 캔을 입으로 가져가며 삐쭉거렸다. 취기가 올라서인지 그녀의 입술이 빨갰다. 난 그녀의 옆모습을 보다가 묵묵히 맥주를 들이켰다. 뭐라고 변명을 해야 하나……. 어떻게 말을 꺼내야 그녀가 기분 상하지 않게 얘기할 수 있을까?

"솔직히 말해줘요. 유찬 씨 탓은 안 할 거니까."

"……."

"말했잖아요. 그 여자, 위험인물이라고요. 사장님께 나쁜 일 생기면 유찬 씨가 책임질 거예요?"

"사장님을…… 왜 좋아해요?"

나도 모르게 속마음이 튀어나왔다. 민가영의 눈이 커다래진다. 그러더니 곧 다시 툴툴댔다.

"좋아하는데 뭐, 이유가 있나?"

그녀가 말을 슬쩍 놓는다. 새침해진 표정이 귀엽다. 얼굴이 벌게져서 콧잔등 위의 주근깨가 더 뚜렷해 보였다. 새빨개진 입술에 입을 맞추고 싶다는 생각이 들었다. 그녀에게 자꾸 끌린다.

"그럼 유찬 씨는 왜 날 좋아해요?"

도발하듯 되돌아온 대답에, 이번에는 내가 놀랐다. 내 마음을 들켰나? 그녀는 언제부터 알고 있었던 걸까? 들켰다면 할 수 없다. 그렇다면 대담하게 나가는 수밖에.

"알고 있었어요?"

난 아무렇지도 않다는 듯 웃어 보였다. 그러나 내 속은 지진이라도 난 듯 떨려왔다.

"당연하죠. 맨날 내 눈치나 보면서."

"어쩐지…… 알고 있을 것 같더라니."

"하지만 나한테 기대하지는 마요. 내 마음은 한결같으니까."

"난, 친구 이상은 안 되는 거예요?"

"딱 거기까지만."

"우리 사장이 그렇게 좋아요?"

"그럼요."

사장 얘기가 나오자 퉁명스럽던 그녀의 얼굴이 환해진다. 그를 떠올리는 것만으로도 행복해 보였다. 괜히 심술이 난다.

"뭐가, 어떤 점이 그렇게 좋은데요? 이혼하고 혼자 사는 남자가 좋아요? 가영 씨보다 나이가 훨씬 많은데?"

"좋아하는데 그게 무슨 상관이에요?"

"그렇게 좋으면 사장님께 직접 말을 해보지 그래요?"

"그런 말을 어떻게……."

"왜 사장님에겐 아무 말도 못 해요? 그냥 질러버려요."

그녀의 얼굴에서 웃음기가 가셨다. 그리고 이해하지 못하겠다는 눈빛으로 나를 본다. 눈에 눈물이 그렁그렁 맺혀 있다. 이런……, 내가 잘못 건드린 건가? 그녀가 울먹거렸다.

"그야…… 진짜 좋아하니까 그렇죠."

그녀의 눈에서 눈물이 한 방울 뚝 떨어졌다. 취했나 보다. 난 당황해서 어쩔 줄을 모른다. 여자의 마음은 알 수가 없다. 왜 좋아하냐고 물었을 뿐인데 눈물을 흘리다니. 우는 여자를 어떻게 달래야 할지 모르겠다.

"진짜 좋아하니까, 걱정돼서. 혹시라도 무슨 일이 일어나면 안 되니까……."

얼굴에 흘러내리는 눈물을 손으로 닦아줬다. 그녀가 자연스럽게 내 품에 안겼다. 난 얼결에 그녀를 안고 다독거린다. 혹시라도 회사 사람들이 보면 어쩌나 걱정도 됐지만, 지금은 그녀가 울음을 멈추는 게 우선이었다.

"윤조를 경계 안 할 수가 없어요. 위험한 여자니까요."

"그 사람에 대해 잘 알지도 못하잖아요?"

"그러니까 더 위험하죠. 게다가 수상한 점이 얼마나 많은데. 정이준 대표 죽었을 때도 가장 먼저 나타난 게 그녀라면서요?"

"가영 씨, 그건……."

"그런데도 나한테 얘기를 안 해줄 거예요? 그런 여자가 사장님 곁에 있는데?"

그녀가 눈물을 무기로 날 회유하려 한다. 사장에 대한 내 충성심을 발판 삼아, 그와 윤조의 관계에 대해 낱낱이 보고하라고 날 꼬드기고 있다. 난 섣불리 대답하지 못한다. 수행 기사는 사장의 사적인 부분을 가장 가까이에서 볼 수 있는 사람이다. 그래서 조심하고 또 조심해야 한다. 알아도 몰라야 하고, 보고도 못 본 척해야 한다. 주변에 쓸데없는 얘기를 해서도 안 된다. 그를 위한다는 핑계로 사적인 부분을 누설할 수 없다.

"유찬 씨 방에 가서 한잔 더 할래요?"

미지근해진 맥주를 묵묵히 마시는 내게, 그녀가 속삭인다. 여기 있다가는 다른 사람들 눈에 띌 위험이 크니까 아무래도 그게 나을 것이다. 우리는 내 방으로 올라가 맥주를 몇 캔 더 마셨다. 그리고 함께 잠을 잤다. 섹스는 하지 않았다.

***

눈을 떠보니 옆에서 잠이 들었던 민가영의 모습이 보이지 않는다. 시계를 보니 벌써 9시. 그녀는 이미 출근했을 시간이다. 난 느긋하게 샤워를 하고 컵라면으로 아침 식사를 해결했다. 그리고 다시 방으로 돌아오니 부재중 통화가 몇 통 들어와 있다. 회사였다. 급히 회사로 전화를 걸었다. 오지선 실장이 전화를 받았다.

〔김유찬 씨? 혹시 지금 시간 괜찮으신가요?〕

"네. 한데 무슨 일이신지……."

〔박 실장님이 오늘 출근하지 않으셨습니다.〕

갑자기 머리를 한 대 맞은 듯한 느낌이 들었다. 예감이 좋지 않았다.

"연락도 없이요?"

〔네. 무단결근이에요. 전화도 안 받고요. 그렇게 생각하고 싶지 않지만…… 무슨 일이 생긴 건 아닌지 정말 걱정돼요. 사장님 일정에 차질이 생길까 봐 그것도 걱정이고요.〕

"당장 출근하겠습니다."

〔괜찮겠어요?〕

"어차피 오전에 할 일도 없는걸요."

〔고마워요. 한시름 놨네요. 일당은 외주로 처리해 지급해드릴게요. 박 실장님과 사장님 일정은 공유하고 계셨죠?〕

"네. 오늘 오전에 마랑 본사에서 미팅이 있으신 걸로 알고 있습니다."

〔직접 운전하고 가셨다니까, 청담동 본사로 가보세요.〕

난 통화가 끝나자마자 서둘러 옷을 갈아입었다. 그리고 택시를 타고 청담동으로 향했다. 차 안에서 박영태 실장에게 계속 연락을 취해봤지만 전화를 받지 않는다. 설마 무슨 일이 생긴 건 아니겠지? 그와는 어제부터 연락이 되지 않았다. 경찰에 신고라도 해야 하는 건 아닌지 걱정이 된다. 부디 아무 일도 없어야 할 텐데.

생각에 잠긴 사이, 청담동 마랑 본사 건물에 도착했다. 건물 앞에는 사장 차가 주차되어 있었다. 난 발레파킹을 담당하는 주차 요원에 다가갔다.

"수고하십니다. 위너 기사입니다."

"열쇠는 차에 꽂아놨습니다."

"저희 사장님, 들어가신 지 오래됐나요? 저기 앞 쪽에 있는 벤츠 S클래스인데요."

"아, 좀 전에 올라가셨어요."

시계를 보니 10시가 훌쩍 넘었다. 아마 사장의 미팅은 최소 1시간 이상은 소요될 것이다. 배가 고프지 않아 이른 점심은 거르기로 했다. 대신 나는 그늘에 앉아 예상 인터뷰 질문을 뽑아본다. 일단 심심했고 사장이 인터뷰를 무사히 마칠 수 있도록 돕고 싶은 마음이었다. 그리고 지원 선배에게 우리 사장이 얼마나 스마트한 사람인지 보여주고 싶었다.

질문을 열 가지 정도 추리고 나니 벌써 11시다. 누군가 건물에서 나오는 기척이 느껴진다. 고개를 돌려 확인해보니 사장이었다. 이런, 아직 에어컨도 틀어놓지 않았는데 벌써 나오다니. 난 자리에서 벌떡 일어섰다.

"안녕하십니까?"

재빨리 차 앞으로 뛰어가 뒷좌석의 문을 열었다. 사장은 그런 나를 반갑게 맞는다.

"연락도 안 드렸는데 여기까지 나오셨네요?"

"제 일인 걸요. 바로 사무실로 들어가실 건가요?"

"네. 준비할 것도 있고 해서."

사장을 태우고 회사로 향한다. 차 안은 후덥지근했다. 뒤늦게 튼 에어컨에서는 찬 바람이 나왔지만, 달궈진 차 안을 식히기에는 미약했다. 난 수행 기사로서 임무를 제대로 수행하지 못한 것 같아 괜히 미안했다.

"죄송합니다. 언제 나오실지 몰라 냉방을 미처 하지 못했습니다."

"괜찮습니다. 여기까지 와주신 게 어딘데요."

"박 실장님은 왜 못 나온 건가요?"

"글쎄요…… 아직 연락이 없어서……."

괜히 박영태 실장의 얘기를 꺼낸 게 아닌가 싶었다. 사장이 그런 데까지 신경 쓰게 해서는 안 된다. 그런 건 우리 수행 기사의 덕목 중 하나다. 하지만 한편으로는 박영태 실장이 걱정된다. 사장에게 보고하지 않고 결근할 정도라면 분명 그에게 무슨 일이 있다는 얘기일 거다. 룸미러로 힐끗 보니 사장의 표정이 좋지 않다. 그 역시 박영태 실장의 걱정을 하는 것 같다. 난 분위기를 전환하기 위해 사장에게 인터뷰 얘기를 꺼냈다.

"저, 사장님."

"네? 말씀하십시오."

"혹시 몰라서 제가 인터뷰 질문을 좀 뽑아봤는데요."

"아, 그렇습니까? 보여주실 수 있나요?"

사장이 내 말에 관심을 보인다.

"휴대폰으로 작성한 건데, 괜찮으시겠습니까?"

"상관없습니다. 문자로 보내주시죠."

신호 대기에 걸린 틈을 타, 난 내가 뽑은 인터뷰 질문을 사장의 휴대폰으로 보냈다. 룸미러로 확인하니 사장이 받은 문자 내용을 흥미롭게 들여다보고 있다. 살짝 떨렸다. 내 질문 수준이 낮다고 생각하면 어쩌나 하는 걱정도 된다. 괜히 나선 것일까?

"잡지에서는 이런 걸 궁금해하는군요."

그가 한참 후에 입을 뗐다. 다행히 입가에는 미소를 짓고 있다.

"미처 생각하지 못한 질문이네. 답변을 준비해둬야겠네요."

"제 생각입니다."

"아니, 이런 질문이 나올 것 같아요. 미리 알려줘서 고마워요. 또 인터뷰할 때 도움이 될 얘기가 있나요?"

"저……, 어쩌면 메이크업을 할 수도 있습니다."

"내가요? 배우도 아닌데?"

사장이 소리 내어 웃는다. 그의 웃음소리는 언제 들어도 듣기 좋다.

"사진이 잘 나오게 공을 들이는 겁니다. 하기 싫으시면 기자에게 미리 안 하겠다고 말씀하셔도 됩니다."

"김유찬 씨 생각은 어때요?"

"전 하시는 게 좋을 것 같은데요? 기왕 바쁜 시간 내서 인터뷰하시는 거, 멋있게 잘 나오면 좋겠어요."

"좋습니다. 받아보죠."

회사에 도착했다. 나는 사장을 회사 정문에 내려주고 주차장에 주차를 한다.

차에서 내려 사무실로 올라가려는데, 엘리베이터 앞에서 이준혁을 만났다. 아니, 이제는 이준혁 상무라고 해야 하나?

"안녕하십니까?"

그에게 허리 굽혀 공손히 인사했다. 회사 내 그의 위치를 알게 된 이후로, 그는 더 이상 내가 알던 유치장 동기가 아니었다.

"잘 지냈어요? 동기끼리 언제 술 한잔해야 하는데."

그가 짓궂게 웃으며 내 팔을 툭 친다. 부하 직원이 아닌 동기를 대하는 태도였다. 그 작은 행동에서 왠지 모를 친근감이 느껴진다. 나도 모르게 그를 따라 웃었다.

"동기 얘긴 하지 말아주십시오."

"왜요? 그게 어때서."

"그래도 회사인데요."

"우리끼리 비밀인 건가요? 어쨌든 조만간 한잔해요. 오늘은 약속이 있어서."

"다녀오십시오."

난 그가 BMW X5를 몰고 떠나는 것을 지켜봤다. 이준혁과 BMW가 잘 어울린다고 생각했다. BMW는 역동적인 느낌이 강한 차니까. 타는 차를 보고 그 사람의 성향까지 가늠하게 되는 건, 자동차 잡지에서 일하다 생긴 습관이었다.

***

엘리베이터를 타고 12층에서 내렸다. 비서실로 들어가니 사무실에는 민가영이 혼자 앉아 있었다. 그녀와 눈이 마주쳤다. 어젯밤 일이 떠올라 갑자기 무안해진다. 조금 긴장도 됐다. 울다 지쳐 잠들었던 그녀의 작은 몸이, 내 품에 안겨 있던 느낌이 아직도 생생하게 남아 있다. 고르게 들려왔던 숨소리까지 생각이 난다.

"얘기 들었어요?"

하지만 그녀는 마치 아무 일도 없었다는 듯 태평하게 말을 걸어왔다. 목소리가 높아진 것을 보면, 그녀의 흥미를 끄는 일이 생긴 듯하다. 그 바람에 나도 마음이 편안해졌다.

"무슨 얘기요?"

"대박. 박 실장님이 바람처럼 사라져버렸어요."

"네? 그게 무슨……."

"실종됐다고요. 아니, 잠적이라고 해야 하나?"

난 의외의 얘기에 당황했다. 박영태 실장이 사라졌다니, 그건 또 무슨 소리지?

"연락이 안 돼서 오 실장님이 집으로 직접 찾아갔거든요. 그랬더니, 와우, 집이 싹 비어 있더래요."

"잘못 찾아간 것 아니고?"

"박영태 실장님 집 맞고요, 이웃 사람 얘기로는 이틀 전에 집을 비웠대요."

"이사 간 게 아닐까요?"

"부동산에 알아봤죠. 전혀 모르고 있었다던데요? 게다가 박 실장님, 전화도 계속 안 받아요."

"말도 안 돼. 갑자기 왜……."

"실장님에게 무슨 일이 생긴 걸까요?"

심장이 쿵 내려앉는 기분이 들었다. 박영태 실장과는 분명 이틀 전까지 연락이 됐는데 갑자기 사라지다니. 게다가 이틀 전은 사장의 차가 고장 난 바로 그날이었다.

**

며칠 동안 박영태 실장에게서 계속 연락이 없었다. 급한 대로 내가 낮과 밤을 가리지 않고 일했고 토요일에도 그를 대신해 업무를 봤다. 오전 8시부터 자정까지, 때로는 1~2시간을 더 넘겨 새벽에 퇴근하는 일도 잦았기에 내 몸은 금세 지쳤다. 민가영과 얘기할 시간도 없었다. 그녀는 박영태 실장의 잠적에 대해 알아보는 건지 그녀대로 몹시 바빴고 사무실에서 몇 번 마주치지도 못했다.

일요일 아침, 난 무거운 몸을 이끌고 간신히 일어나 사장의 집으로 갔다. 평소 같으면 지하철을 이용했겠지만 피곤해서 택시를 탔다. 주차장에 가서 간단히 차를 정비하고 세차를 한 다음 정문 앞에 차를 대기시켰다. 곧 사장이 내려올 시간이었다.

"일찍 나오셨네요?"

사장의 목소리가 들렸다. 난 반사적으로 목소리가 들리는 쪽을 향해 고개를 숙였다. 얼굴을 드니 눈앞에는 사장과 윤조가 있었다. 그녀의 차가운 눈길이 느껴진다. 그러나 내 눈에는 윤조보다 사장이 손에 들고 있는 골프 클럽이 먼저 들어왔다. 이런, 실수했다. 골프 클럽은 수행 기사인 내가 옮겨야 하는 짐이다.

"아, 죄송합니다. 제가 미리 옮겨놨어야 했는데, 깜빡했습니다."

"괜찮아요. 박 실장님이 안 계셔서 힘든 거 압니다. 제가 트렁크에 싣죠."

난 어쩔 줄 몰랐다. 급히 사장에게 골프 클럽을 받아 들었다. 이런 나를 윤조가 빤히 보고 있다. 사장이 차 뒷문을 열자 윤조가 먼저 올라탔다. 그러고 나서 사장이 차에 올랐다. 난 재빨리 시동을 걸었다. 오늘의 목적지는 홍천에 있는 컨트리클럽이었다.

"오늘 최 사장님도 오시는 건가?"

"아마도요? 왜, 불편하세요?"

"아직 확신이 안 서. 이렇게 자꾸 만나다 보면, 뭔가를 꼭 같이 해야 할 것 같아 부담되거든."

"그냥 편히 공만 치세요. 신경 쓰시지 말고. 오늘은 일요일이잖아요."

"자꾸 신경이 쓰이네. 전무님 말씀도 있고."

뒷좌석에 앉은 사장과 윤조는 다정한 연인처럼 얘기를 주고받는다. 운전을 하면서도 난 그들의 얘기에 자꾸 귀를 기울이게 된다.

"플랫폼 만드는 거야 어렵지 않지만, 아직 정부에서 허가가 떨어진 것도 아닌데 너무 앞서가는 게 아닐까 싶기도 하고."

"목마른 자가 우물을 파는 법이에요. 미리 준비해둬야 협회 설득도 하고 허가도 앞당길 수가 있죠."

"그럴까? 돈이 된다는 건 알겠는데 바이오 쪽은 예측이 힘드네."

"점점 좋아질 거예요. 점괘도 잘 나왔고요."

"최 사장 회사는 어때? 경영권 제재가 들어왔다는 얘기가 들리던데?"

"저는 못 들은 얘기인데요?"

"흐음……, 그래? 좀 알아봐 줄 수 없을까? 나로서는 그 사업이 모험이라서 말이야."

홍천 컨트리클럽으로 향하는 내내 사장과 윤조는 사업 관련 얘기를 했다. 자세한 내막은 모르지만 사장이 사업을 확장할 예정인 것 같았다.

골프장에 도착한 뒤, 사장과 윤조를 클럽 하우스 앞에 내려주고는 나는 기사 대기실로 향했다. 이곳 역시 이천 컨트리클럽 못지않게 기사 대기실이 잘 갖춰져 있었다. 에스프레소를 진하게 두 잔 내려 마시는데, 예전에 만났던 대성기업 김병민 실장이 알은체를 한다.

"김유찬 씨? 맞지?"

"아, 실장님. 안녕하셨습니까?"

"늘 안녕이야 하지. 근데, 그 소문은 뭐야? 박 실장이 어떻게 됐어?"

"그게……."

난 갑자기 곤란해져 머리를 긁적였다. 괜히 박영태 실장이 잠적했다는 얘기를 꺼냈다가는, 지난번에 죽은 수행 기사 일까지 줄줄이 엮여 나와 오늘 대기실의 화제가 될 게 뻔했기 때문이다.

"전 잘 모릅니다."

"모르긴 뭘 몰라? 다 알면서. 나한테만 말해봐."

"정말이에요."

"내가 그때 벙어리 3년, 귀머거리 3년 뭐, 그런 거 말해서 그래?"

"아, 아니요. 진짜 아는 게 없어서 그럽니다."

김병민 실장은 날 데리고 한적한 정원으로 나갔다. 그에게 시달릴 게 뻔했지만, 난 대기실에 있는 다른 수행 기사의 눈과 귀가 무서워 그를 따라나섰다. 우리는 벤치에 앉아 커피를 마셨다.

"유찬 씨, 내가 박 실장과는 10년 넘게 알고 지낸 사이야. 그 친구가, 그렇게 책임감 없는 사람이 아니라고."

"잘 알고 있습니다."

"무지막지한 세찬그룹 황 회장 밑에서 고생할 때 서로 의지도 많이 했고, 일자리도 알아봐 주고 그랬어. 집에 가서 술도 많이 마시고. 그만큼 막역한 사이라고, 알지?"

"……."

"그런데 그 친구, 내 전화도 안 받아. 무슨 일 있는 거 맞지?"

김병민 실장은 무슨 사건을 확신한다는 듯 나를 보며 묻는다. 하지만 난 정말 아무것도 모른다.

"죄송해요, 실장님. 전 정말 모릅니다. 입사한 지 몇 주 되지도 않았는데, 제가 뭘 알겠어요?"

"사장님과 무슨 문제 있었던 건 아니고?"

"네. 그날 사장님도 박 실장님이 갑자기 출근하지 않으셔서 당황하셨을 거예요. 그래서 직접 미팅 장소까지 운전하신 걸로 알고요."

"연락이 아예 없었어? 유찬 씨한테도?"

"회사 내에서 통화가 된 사람은 아무도 없었습니다. 전날, 비서실장과 연락을 하긴 했던 것 같은데⋯⋯."

"그런데?"

난 며칠 전, 강릉에 내려갈 때 사장님 차에 엔진 경고등이 켜졌던 일을 떠올렸다. 그때 박영태 실장과 통화를 했다. 아마 오후 4시 30분이 넘어서였을 거다. 전화 통화를 할 때 그에게서 어떤 이상한 점도 느낄 수 없었다. 그리고 그다음 날에는 그를 보지 못했다. 통화도 하지 않았다. 현지 출근했다는 것을 오지선 실장을 통해 들었을 뿐이다. 그 후로 그는 무단결근을 하고 사라져버렸다. 회사에 나오지 않고 전화도 받지 않으며 집도 비웠다.

그에게 무슨 일이 있었던 걸까? 갑자기 생긴 차의 이상과 그의 잠적 사이에 연결고리가 있을 것 같다는 생각이 들었다. 하지만 이런 세세한 얘기를 김병민 실장에게 할 수는 없었다.

"갑자기 연락이 끊겼어요. 비서실에서 주소 보고 찾아갔더니 집이 비어 있다고 하고요."

"나도 걱정돼서 집에 찾아가 봤어. 제수씨와도 종종 어울려 술을 마셨었거든."

김병민 실장이 재킷 안쪽 주머니에서 전자담배를 꺼냈다. 그는 담배를 입에 물고 흰 연기를 내뿜는다.

"너무 수상하단 말이야. 그 친구랑 분명히 시간 맞춰 낚시 가자

고 약속까지 했거든. 그런데 갑자기 연락이 끊겼다는 게 말이나
돼? 집도 비어 있고? 이건, 무슨 문제가 있는 게 틀림없어. 그렇
지 않고서야 사람이 어떻게 그럴 수가 있어? 1, 2년 알고 지낸 사
이도 아닌데."

"짐작 가는 일은 없으시고요?"

"없어. 그러니까 더 이상한 거지. 위너야말로 무슨 일이 있었던
건 아니야?"

"제가 알기로는…… 없습니다. 평소와 똑같아요."

"그럼 사적인 문제라는 말인데, 그 친구가 돈도 꽤 모았다고 했
거든? 사채업자 같은 거에 쫓길 사람도 아니란 말이야."

"……."

"죽은 건…… 아니겠지?"

"설마요."

말은 그렇게 했지만, 내심 박영태 실장이 죽었을 수도 있겠다
는 생각이 든다.

7~8년 전, 운전 미숙으로 눈길에 미끄러져 죽었다는 전전 수
행 기사와 업체에 선물을 돌리다 심부전이 와서 죽었다는 전 수
행 기사 이연. 이들의 죽음까지 생각하니 박 실장의 잠적이 심상
치 않다. 진짜 무슨 일이 벌어지는 건 아닌지 걱정이 된다.

"뭐, 언젠가 때가 되면 연락이 오겠지. 답이 안 나오는 얘기를
계속해서 뭐하겠어? 유찬 씨, 밥이나 먹으러 가자. 오늘 메뉴 갈
비탕이던데."

그가 벤치에서 일어섰다. 입맛은 없었지만, 나도 그를 따라 홍

천 컨트리클럽 내 기사 대기실에 있는 식당으로 갔다.

"선배님, 안녕하십니까?"

갈비탕을 받아 테이블로 가져가는데, 누군가 김병민 실장에게
인사를 한다.

"어어, 성국 씨 아냐? 오랜만이네? 왜 이렇게 뜸했어?"

성국이라는 이름에, 난 인사한 남자를 자세히 본다. 이 사람이
정이준의 수행 기사였다는 고성국인 걸까?

"저, 회사 옮겼습니다."

"어디로?"

"헬시코어로 다시 갔습니다."

"또? 속도 좋네. 나가라고 한 회사에 왜 다시 또 가?"

"그러게 말입니다."

"연봉을 많이 준대?"

"올려준다고 하니 간 거죠."

"얼마나 올렸는데? 기왕 부르는 거 두 배 부르지 그랬어?"

얼결에 나는 고성국과 나란히 앉아 밥을 먹는다. 김병민 실장
의 소개로 인사를 나눴다. 다행히 그는 내 이름을 듣고도 나를 모
르는 눈치였다.

"처음 뵙네요."

"기자 하다 왔대. 이제 2주 차야."

"위너 사장님은 안녕하시죠?"

"네. 잘 아시나 봐요?"

"저도 전에 위너 면접을 봤었거든요."

"아······."

"참, 박 실장 자리는 어떻게 하고 있어?"

"일단 제가 다 뛰고 있습니다."

"힘들겠네. 그래도 돼?"

"오전 근무는 수행 기사 대행업체를 통해서 하는 걸로 되어 있어서, 큰 문제는 없을 거예요."

"저도 박 실장님 얘기 들었는데."

"그냥 듣는 걸로 끝내. 물어보면 유찬 씨 머리 아프다. 신입이 뭘 알겠어?"

"사람은 안 구해요?"

"회사에서 박 실장님 연락 올 때까지 며칠 기다려본다고 해요."

"역시 좋은 회사야. 거기 사람 뽑는다고 하면 아마 기사들 줄설 거다."

우리는 갈비탕을 마지막 국물 한 방울까지 깨끗하게 비웠다. 그리고 커피를 마시며 수다를 떨었다. 사장 따라 주식을 사서 대박이 났다는 오종혁 얘기가 또 화제에 올랐고, 오늘도 변함없이 도를 넘는 사장님들의 갑질을 성토했다. 그렇게 4시간이 지나자 대기실 안의 사람들은 하나둘씩 줄어들기 시작했다. 김병민 실장도 자리에서 일어섰고, 대기실에는 나와 고성국만 남았다.

난 정이준이 운영했던 회사에 대해 물어본다. 아까부터 묻고 싶던 얘기였다.

"헬시코어는 어때요? 다시 가신 거 보면, 회사가 좋은가 봐요?"

"좋긴요. 익숙하니까 간 거죠. 사실, 사장님들이 다 거기서 거기잖아요. 아, 위너 사장님은 빼고요."

"지금 사장님은 어떤 분이신데요?"

"일은 잘하시는 거 같아요. 망할 뻔한 회사 살려놨으니까. 하지만 오래갈까요?"

"왜 그렇게 비관적으로 보시는지······."

"사실이 그렇거든요. 유찬 씨도 아는지 모르겠지만, 예전 사장이 죽었잖아요. 마약으로."

정이준의 얘기가 나오자, 내 가슴은 또 덜컥한다. 심장박동이 빨라져 숨을 쉬기 힘들 정도다. 속이 울렁거리고 머리도 아팠다. 하지만 난 애써 태연함을 가장했다.

"그 얘기는 들었습니다."

"뭐, 유명한 얘기니까요. 쉬쉬할 건 아니죠. 한동안 사장 자리가 공석이었어요. 그 바람에 전 잘렸고요. 그 얘기도 들으셨죠?"

"네, 얼핏······."

"전무가 사장 일을 대행해서 폐업 직전의 회사를 간신히 심폐소생해놨어요. 그랬더니 본사에서, 아, 저희 회사가 케미컬론이라는 제약 그룹 계열사거든요. 이래라저래라 말이 많은 거예요. 돈이 될 것 같으니까 흡수하겠다, 이런 거죠."

"안 될 때는 쳐다도 안 보다가요?"

"네. 정이준이 사장일 때는 회사를 접는다, 만다 말이 많았어요. 워낙 문제를 많이 일으켜서 집안에서 버려진 카드였거든요. 그런데 지금 잘 돼서 날로 먹으려고 하니까, 회사 주주에서 막은 거죠. 전무가 그 파워 업고 사장이 됐고요."

"이제 회사가 안정을 찾았겠네요."

"그렇지도 않아요. 본사에서 지금도 말이 많대요. 새로 된 사장이, 정 대표 친구인 데다가 사체를 발견한 세 명 중 한 명이었거든요."

"최도원……, 최도원 사장님이오?"

정이준의 친구라는 말에, 나도 모르게 최도원의 이름을 입에 올렸다. 최도원, 그 녀석이 이제 사장이 됐구나.

"저희 사장님을 아시네요? 이 바닥 입성하신 지 얼마 안 돼서 대부분 잘 모를 텐데. 아, 위너랑 조인한다던데, 그래서 아는 건가?"

아까 차 안에서 사장과 윤조가 나누던 대화가 떠올랐다. 그리고 내가 면접 보던 날, 최도원과 조규진 전무가 만난 것도 생각이 났다. 회사와 최도원이 이렇게 얽혀 있는 거구나. 두 회사가 협업을 하면 앞으로 최도원을 자주 보게 될 거다. 그리고 윤조까지도. 왠지 찜찜하다. 정이준의 죽음을 함께 목격한 것도 꺼림칙하고 그때의 악연이 앞으로도 계속 이어진다고 생각하니 달갑지 않다. 내 끔찍했던 과거에 얽혀 있는 사람들과 다시 만나야 하는 것이 두렵다.

7. 박 실장의 실종

"지금 사장도 얼마나 갈지 몰라요. 본사에서 보는 눈이 곱지 않아서. 그래서 아마 이번에 하는 사업에 사활을 걸고 있을걸요?"

고성국이 신나서 애기하고 있을 때, 사장에게 호출이 왔다. 그에게 인사를 하고 부랴부랴 차를 뺐다. 클럽 하우스 앞으로 가니 사우나까지 마친 사장과 윤조가 나를 기다리고 있다. 나를 보는 그녀의 시선은 여전히 싸늘했다. 난 무덤덤하게 인사를 하고 골프 클럽을 트렁크에 실은 다음, 사장의 집으로 향했다. 사장은 라운딩을 도느라 얼굴이 햇빛에 살짝 그을려 있다. 오랜 시간 골프를 쳐서 지쳤기 때문일까? 아니면 둘이 애정 싸움이라도 한 걸까? 돌아오는 차 안에서 사장과 윤조는 말이 없었다. 집에 거의 다 다다라서야 사장이 입을 뗐다.

"김유찬 씨?"

"네, 사장님."

"오늘도 주차만 하고 그냥 가시면 됩니다. 클럽은 차에 그대로 두세요."

"알겠습니다."

"그리고 월요일부터는 다시 오후에 출근하시면 돼요. 수행 기사 대행업체에서 오전에 사람을 보내주기로 했습니다."

난 사장과 윤조를 아파트 앞에 내려주고 지하 주차장에 차를 세웠다. 지상으로 올라와서 습관적으로 사장의 아파트를 올려다본다. 그리고 시간을 확인했다. 오후 6시가 거의 다 되어간다. 그런데도 해는 아직 중천에 떠 있다. 집으로 돌아가기에는 이른 시각이다.

박영태 실장의 잠적에 대한 의문과 최도원에 대한 얘기를 누군가에게 털어놓고 싶었다. 그 얘기를 들어줄 사람은 성재 형밖에 없었다. 난 성재 형에게 전화를 걸어 술 약속을 잡았다.

약수역에서 성재 형을 만났다. 아직 대리운전을 부르기에는 이른 시각이라 다행히 성재 형은 한가한 편이었다. 우리는 근처 삼겹살집으로 가 불판에 삼겹살을 구우면서 소주를 마셨다.

"형네 회사에서 수행 기사 보내주기로 했다면서요?"

"아아, 그거? 임시야. 일주일만 쓴다던데? 그 박 실장인지 뭔지 하는 양반 때문에 회사에서도 보통 곤란한 게 아닌가 봐? 네가 고생했다면서?"

"에이, 고작 며칠이었는데요, 뭐."

"그래도, 그게 얼마나 체력을 갉아먹는 일인데. 그 회사, 왜 그렇게 일이 많이 생긴다냐……."

"형 생각에도 박 실장님이 단순히 잠적한 것은 아닌 것 같죠? 그렇죠?"

"그러게. 어딘가 뒤숭숭하다……. 왜 하필 차 고장이 난 그다음 날이냐고. 설마 박 실장이라는 사람이 점화 플러그를 바꿔치기한 거 아냐? 그거 알려지니까 잠적한 거고?"

"에이, 겨우 그것 가지고요?"

"겨우 그거라니, 점화 플러그 때문에 운전하다 시동 꺼진다고 생각해봐. 미리 발견한 건, 네가 운이 좋았던 거야."

"전 그렇게 생각하지 않아요."

"그러면?"

"누가 박 실장님에게 위협을 가할 수도 있죠."

"왜? 일개 기사한테 위협을 가해서 뭐 하게?"

"생각해보세요. 옛날에 기사 하나가 눈길 사고로 죽었다면서요. 몇 달 전, 이연이라는 수행 기사는 심부전으로 급사하고요. 뭔가 꺼림칙하지 않아요? 왜 자꾸 수행 기사에게 문제가 생기는 걸까요?"

"그럼, 네 생각은 이번에도 누가 또 노렸다는 거야? 박 실장이 그래서 잠적한 거고? 그럼 그거 잠적이 아닌 실종이네."

"가능성이 있는 얘기 아니에요?"

"좋아. 그렇다고 치자. 하지만 돌려 생각해봐. 노린 게 과연 박 실장일까? 너를 노린 걸 수도 있어."

"저를요? 에이, 저를 왜요? 전 이제 갓 입사한 신입인데."

"그 이유는 나야 모르지. 하지만 생각해봐. 박 실장이 운전할 때는 이상 없었다며? 그럼 타깃이 사장 아니면 너지. 안 그래? 하지만 사장이 탈 때는 이상 없었다며? 사장을 노렸다면 사장이 타기 전에 손을 봐뒀겠지. 그런데 너 혼자 타고 지방 갈 때 문제가 생겼다? 그럼 그렇게 유추할 수도 있지 않아?"

"에이, 형! 억측이에요, 그건. 조문도 갑자기 연락받았을걸요?"

"회사에서 장례 일정을 안 게 오전이야, 오후야?"

"……모르겠는데요?"

"너 하나 죽이는 건 일도 아니야."

"형, 너무 나갔어요."

"내 생각은 그래. 이건 경고야. 사고를 위장해 사장에게 보내는 메시지라고."

"우리 사장님, 그런 경고받을 정도로 막 사신 분 아니에요."

"알아. 좋은 분이시지. 나도 만나봤다니까? 하지만 사람 일이라는 게 모르는 거 아냐? 어디서 협박을 받는지 어떻게 알아?"

"……"

"박 실장이 사라진 것도 무관하지 않을걸?"

"내가, 사고가 안 나서…… 대신 그에게 위해를 가했다? 이 얘기인 거죠?"

"보통 영화 보면 그렇게 흐르더라고."

"형, 이제 넷플릭스 좀 그만 보세요. 모든 게 음모론이네."

우리는 쓸데없는 잡담과 억측을 늘어놓으면서 10시까지 술을 마셨다. 하지만 최도원 얘기는 꺼내지 않았다. 이상하게 취기가 오르는데도 그 녀석 얘기는 하기 싫었다. 녀석의 얘기를 하다 보면 또 정이준 사건이 화제에 오를 것이 뻔했다. 구질구질해지기 싫었다.

밤이 깊어지자, 대리운전 사업의 피크 타임이 됐다. 성재 형은 사무실로 들어갔고 난 막차를 타고 집으로 돌아왔다. 사택 안은 조용했다. 주방은 텅 비어 있었고 복도를 오가는 사람도 없었다. 난 흡족히 술을 마시지 않았기에, 냉장고에서 캔맥주를 챙겨 방으로 올라갔다. 침대에 누워 맥주를 마시고 있으려니 여러 가지 생각이 떠오른다. 오늘 사장과 함께 있었던 윤조와 나를 보던 그 싸늘한 눈빛까지. 잡념을 떨쳐버리고 싶었다. 이럴 때 민가영이 옆에 있으면 얼마나 좋을까? 난 주섬주섬 맥주를 챙겨 그녀의 방 앞으로 간다. 그녀의 방은 바로 내 옆방이었다.

똑- 똑.

노크를 했다. 안에서는 아무런 반응이 없다. 다시 노크를 했다. 역시 반응이 없어 돌아서려는데 방문이 벌컥 열린다.

"뭐야? 김유찬 씨?"

긴 박스 티를 입은 그녀가 문 앞에 서 있었다. 얼굴에는 팩을 붙인 상태였다. 이틀 못 봤을 뿐인데, 그녀의 얼굴이 반갑다.

"어휴, 술 냄새. 뭐예요? 지금 나하고 한잔 더 하자는 거?"

그녀의 시선이 내가 들고 있는 캔맥주로 향한다. 나는 고개를 끄덕였다. 잠시 갈등하던 그녀가 나를 본다.

"들어와요. 아, 나 피부관리해야 하는데."

민가영의 방으로 들어갔다. 똑같은 사이즈, 똑같은 구조의 방이었지만 내 방보다 왠지 좁아 보였다. 내 방은 짐이 없어 썰렁한 반면, 그녀의 방에는 행거가 여러 개 겹쳐 있었고 옷이 가득했다. 그녀와 나란히 침대에 앉았다. 우리는 의자를 테이블 삼아 맥주를 마신다.

"박 실장님께 무슨 일이 생긴 걸까요?"

"생겼겠죠. 그러니까 사라진 거고. 아, 이럴 땐 은행 입출금 거래 내역 알아보는 게 딱인데."

"알아보면 되잖아요? 그런 거 가영 씨 전공 아니에요?"

"어머, 제가 무슨 능력으로요? 그런 건 본인 아니면 확인 안 해 준단 말이에요."

"실종 신고라도 내면 되지 않나?"

"가족도 아닌데 우리가 어떻게 내요?"

"회사에서는 뭐래요?"

"잠시 기다려 보재요. 그러다 아니면 사람 다시 뽑고요. 아, 이렇게 흐지부지 넘어가는 거 아닌지 몰라."

그녀가 얼굴에서 마스크 팩을 떼어냈다. 그러더니 거울을 보며 얼굴을 가볍게 두들긴다. 조명에 반사돼 그녀의 피부가 반짝였다. 예쁘다. 그녀의 입술에 입을 맞추고 싶다고 생각했다. 취기가 오르는 것 같았다.

"좋은 조짐은 아니잖아요. 오 실장님도 단단히 각을 세우고 있어요. 뭔 일 날까 싶어서. 나도 열심히 소문을 모으고는 있는데……, 아, 다 쓸데없는 것뿐이라."

"재밌는 소식은 없고요?"

"다 그저 그런 얘기들뿐이죠. 요즘은 이것도 시들해요."

그녀가 맥주 캔을 새로 땄다. 고개를 살짝 들고 시원하게 맥주를 마시는 폼이, 턱 끝부터 쇄골까지 이어지는 목선이 아름답다. 난 그녀의 옆얼굴을 넋 놓고 봤다. 아무런 치장도 하지 않은 부드러운 그녀의 민낯을 만져보고 싶었다. 아마 그녀의 속살도 이처럼 매끈매끈하겠지.

그녀가 내 시선을 의식한 듯 고개를 돌린다. 나는 캔맥주로 시선을 돌려 이내 한 모금 들이켠다. 맥주는 여전히 시원했다.

"참, 그 얘기 들었어요? 우리 회사, 원격 진료 플랫폼 만든다는 거?"

"헬시코어 기사가 그 얘기 하더군요."

"역시, 수행하는 분들이 소식이 빨라. 그것 땜에 요 며칠간 난리였잖아요."

"왜요? 사업 확장하는 거면 좋은 거 아닌가?"

"도 아니면 모겠죠. 그것 때문에 전무랑 상무랑 치열하게 붙고 있어요. 전무는 밀어붙이는 중이고 상무는 반발하고, 사장님은 중간에 껴서 어찌할 바를 모르고. 지금, 그러는 중이에요."

"정부 허가 때문에요?"

난 아까 차 안에서 사장과 윤조가 나눈 대화를 떠올렸다. 사장은 사업 확장을 주저하고 있고 윤조는 긍정적인 결과가 나도록 유도하는 분위기였다.

"어? 아시네요. 아직 우리나라는 원격 진료가 안 되잖아요. 의사협회 반발도 심하고. 사장과 상무는 그걸 굳이 할 건 아니다, 그런 입장인 거죠."

"그럼 안 하면 되잖아요. 무리하면서까지 꼭 할 필요는 없잖아요?"

"손영익이라는 재미교포가 우리 회사에 1조 원을 투자한대요."

"1조요?"

난 어마어마한 금액에 놀랐다. 그가 전 세계를 주름잡는 IT 업계 유명 투자가라는 사실을 알고 있었지만, 그 많은 돈을 선뜻 국내에 투자할 줄은 생각도 하지 못했다.

"그러니까요. 그러니까 이 기회를 틈타 뭐든 사업을 벌이려고 하는 거죠. 상무는 지금 자동차 직매 플랫폼 만들자고 난리예요."

"자동차 직매요?"

"테슬라처럼, 모바일이나 웹에서 소비자가 직접 차를 구매하게 하자는 거죠. 그게 현실성이 있는지는 모르겠지만."

그녀의 말에 구미가 당겼다. 만약 회사가 자동차 직매 플랫폼을 만든다면 내가 할 일도 뭔가 있지 않을까? 고작 2주 일했을 뿐이지만 기다림의 연속인 수행 기사 생활은 심심하기 그지없다. 뭔가 생산적인 일을 하고 싶었다. 그러나 과연 나에게도 그런 기회가 올까? 혹시라도 내가 자동차 직매 플랫폼 개발에 참여하게 되면, 수행 기사에서 벗어날 수 있다면, 민가영도 나를 다르게 봐줄까? 하지만 부질없는 꿈이겠지.

"어쨌든 지금 사정이 이래서 박 실장님 잠적이 묻히고 있는지도 몰라요. 사장님이 그런 데까지 신경 쓸 겨를이 없거든요. 유찬 씨도 아마 앞으로는 더 바빠질걸요?"

그녀가 웃으며 나를 본다. 맥주 두 캔에 벌써 취기가 올랐는지 얼굴이 또 빨개졌다. 얼굴과 입술이 모두 촉촉하다.

"지금처럼 이렇게 술 마실 수 있는 날이 없을지도 몰라요. 우리 사장님, 일 한번 시작하면 불도저처럼 밀어붙이니까. 예전엔 회 사에서 밤새우고 그런 일 많았어요."

민가영이 나를 보며 장난꾸러기처럼 웃었다. 문득 키스하고 싶 다는 생각이 들었다. 지금 입을 맞추면 그녀가 어떤 반응을 보일 까? 그녀는 이런 내 생각을 알 리 없겠지. 새로운 맥주 캔을 땄다.

"유찬 씨가 회사에 들어와서 좋아요. 그동안 얘기할 사람이 있 었어야죠. 오 실장님은 왠지 어렵고 여기 사택에 있는 사람들, 다 저 피해요. 내가 뭐, 사장님에게 일러바치기라도 할까 봐 그 런가?"

입술을 삐쭉대며 불만을 토로하는 모습이 귀엽다. 이대로 있다 가는 진짜 키스할지도 모르겠다. 난 정신을 다잡기 위해 맥주를 한 모금 또 마셨다. 그러나 내 눈에는 그녀의 얼굴만이 들어온다. 입술에서, 콧잔등에 옅게 뿌려진 주근깨로 시선을 돌렸다.

"사장님 내일 인터뷰하죠? 기자가 유찬 씨 선배라면서요? 옷 도 여러 벌 갖고 온대요. 헤어와 메이크업하는 사람도 오고요. 저 그런 거 처음인데, 재밌을 거 같지 않아요?"

그 순간, 그녀와 눈이 마주쳤다. 나도 모르게 그녀의 입술에 입 을 맞춘다.

"어머······? 나, 지금 막 팩했는데."

민가영의 얼굴이 전보다 더 빨개졌다. 살짝 부끄러워하는 모습을 보자 내 몸은 더 달아오른다. 그녀의 얼굴 가까이 다가섰다. 그녀는 살짝 물러앉았지만 두 눈은 내 얼굴을 똑바로 응시하고 있다. 내 입술이 가까워지자 그녀가 눈을 감았다. 난 그녀의 몸을 내 쪽으로 끌어당겨 키스를 했다. 그녀의 입술에서는 달콤하면서 끈적한 화장품의 맛이 느껴진다. 부드럽고 폭신폭신한 입술을 빨았다. 그리고 천천히 입안으로 혀를 넣었다. 우리의 키스는 길게 계속됐다. 내 손은 자연스럽게 그녀의 옷 속으로 들어갔다. 브래지어를 하지 않아 말랑말랑한 그녀의 가슴이 손안에 잡혔다. 가슴과 허리를 쓰다듬자 가벼운 신음이 들려왔다. 그녀의 손이 나를 감싸 안았고 난 그녀를 침대에 눕힌다. 나를 올려다보는 그녀의 눈이 미치도록 사랑스러웠다. 그녀의 작은 몸은 내 품에 꼭 맞았다.

그날 밤, 우리는 오래도록 섹스를 했고 긴긴 잠을 같이 잤다.

***

아침에 눈을 떴을 때 그녀의 모습은 보이지 않았다. 커튼 틈 사이로 햇살이 들어와 방바닥에 세로로 긴 무늬를 새기고 있다. 좁고 작은 공간에 가득한 옷과 가방, 구두들. 친숙하면서도 낯선 이곳은 민가영의 방이다. 침대 위에 누워 이불과 베개를 돌돌 말아 베고 그녀의 방 안을 둘러본다. 왠지 모를 아늑함에 오래 누워 있고 싶다. 그리고 또, 그녀를 안고 싶다……. 어젯밤 느꼈던 살결의 감촉이, 그 부드러운 속살이 아직도 내 손끝에 남아 있는 것 같다. 이불에 얼굴을 묻었다. 그녀의 살 냄새가 희미하게 느껴진다.

그렇게 눈을 감고 얼마나 흘렀을까. 눈을 떠보니 11시가 넘었다. 늦잠을 잔 것이다. 그제야 정신을 차린 난 부랴부랴 내 방으로 돌아왔다. 다행히 복도에서 마주친 사람은 없었다. 나는 주방에 내려가 아침 겸 점심으로 라면을 먹는다. 면을 다 먹고 국물을 들이켜는데 지원 선배에게 전화가 왔다. 아, 오늘이 인터뷰하는 날이구나. 지원 선배를 오랜만에 볼 생각을 하니 마음이 들뜬다. 통화 버튼을 누르자 그녀의 유쾌한 목소리가 휴대폰 너머로 들려왔다.

〔뭐 해?〕

"아, 지원 선배? 밥 먹어요. 선배는요?"

〔나야 스튜디오에 왔지.〕

"오늘 인터뷰는 몇 시에요?"

〔4시로 잡았어. 네가 보내준 사진 중에 괜찮은 데가 몇 군데 있더라. 포토랑 1시간 정도 일찍 가서 촬영 장소 좀 보려는데, 미안하지만 같이 돌아보면 안 될까?〕

"좋아요. 3시까지 오실 거죠?"

〔너 시간 돼?〕

"전 4시부터 근무라니까요. 이따 봐요, 선배."

2시가 조금 넘어 회사에 출근했다. 사무실에는 오지선 실장과 민가영이 자리에 앉아 있었다.

"어머, 김유찬 씨, 왜 이렇게 일찍 나왔어요? 평소보다 더 빨리 왔네?"

"오늘 인터뷰가 있다고 해서요."

"아, 그 기자가 유찬 씨 선배라고 했던가? 잘됐다. 유찬 씨, 오늘 인터뷰 좀 케어해줘요."

"네? 제가요?"

"난 사장님이 비즈니스 모델 찾아보라고 해서 시간이 좀 그래. 대신 가영 씨가 같이 가줄 거예요. 괜찮죠?"

민가영을 흘끗 봤다. 그녀는 나와 눈이 마주치자마자 고개를 획 돌려버린다. 그러나 그녀의 입꼬리가 위로 살짝 들려 올라가 있다. 나도 모르게 웃음이 나왔다. 하룻밤 사이, 내 인생은 달라져 있었다.

"네, 알았습니다. 같이 가죠."

흔쾌히 대답을 했다. 민가영과 함께하는 근무라, 나쁘지 않다. 그녀가 모르는 내 모습을 보여주고 싶기도 했다.

3시가 되자 난 회사 정문 앞으로 가서 지원 선배를 맞았다. 그녀는 포토, 포토 어시스턴트와 함께 카메라, 조명 기구, 촬영할 옷 등을 가방에 한가득 싸 들고 왔다. 로비에 촬영 장비를 맡긴 우리는 내가 미리 찜해놓은 촬영 장소를 둘러본다.

"여기에서 메인 컷 찍으면 되겠네. 실장님, 어때요?"

"빛이 들어와 좋은데요? 색감도 잘 살 것 같고."

"그럼 여기로 정하고요. 유찬아, 헤어, 메이크업이 30분 후에 오는데 옷 갈아입고 메이크업할 장소는 있을까?"

"사장실에서 해야 하지 않을까요?"

"그래도 되나?"

"제가 얘기해볼게요. 장소 다 보셨으면 같이 올라가시죠."

"전 세팅할게요."

"실장님, 그럼 혼자 올라갔다 내려올 테니까, 여기서 4시에 만나요."

"네, 조명 치고 있을게요."

난 지원 선배와 함께 엘리베이터로 향했다. 여러 벌의 옷을 들고 있는 그녀의 짐이 무거워 보여 내가 대신 옷을 들었다.

"이야, 너 슈트빨 좋다? 맨날 청바지에 티 쪼가리만 입고 다니더니, 근사해졌어."

"지금 놀리는 거예요?"

"좋다 이거지. 기자 나부랭이보다 한참 낫다, 야."

"에이, 그래도 기자님 소리 들으며 살 때가 더 좋았죠."

"우리 마감 끝나고 술이나 한잔하자. 기자님인 내가 살게."

지원 선배와 함께 비서실로 들어갔다. 싹싹한 선배는 오지선 실장과도 금세 친해졌고, 커피를 마시며 민가영과도 수다를 떨었다.

4시가 되자 헤어, 메이크업 담당하는 스타일리스트가 도착했고 선배는 더 분주해진다. 이한경 사장을 트렌드세터로 만들기 위한 작업이 시작된 것이다. 그에게 에르메네질도 제냐 슈트를 입히고 손목에는 피아제 시계를 채웠다. 준비한 구두도 아마 명

품일 것이다. 이 패션 제품들은 우리 사장을 빛나게 해줄, 명품 브랜드에서 협찬받아 온 물건들이었다.

눈썹을 다듬고 피부 톤을 만진 사장은 평소보다 더 근사해 보였다. 사장과 지원 선배, 스타일리스트 그리고 나와 민가영은 촬영 장소로 이동했다. 카메라 조명이 켜지자 사장은 반짝반짝 빛이 난다. 민가영은 그런 사장을 동경의 눈으로 보고 있다. 질투심이 났다. 난 조용히 그녀의 곁으로 다가간다.

"사장님이 그렇게 좋아요?"

"그럼요. 오늘은 배우 같잖아."

"난 별로인가 보네? 어젯밤 내가 시시했었나?"

작은 목소리로 말했는데, 내 얘기에 그만 그녀가 당황한다. 그녀는 누가 들을세라 목소리를 낮추라는 제스처를 취하더니 귓속말로 속삭였다.

"이건 팬심인 거고……."

"흐응……, 팬심? 그럼 어제는?"

난 내심 기분이 좋으면서도 계속 질투하는 척 시치미를 뗀다. 귀까지 살짝 붉어진 그녀의 얼굴이 귀엽다.

팡- 팡-. 스트로브가 터지는 소리가 들렸다. 주변이 그 소리에 맞춰 일제히 번쩍인다. 우리는 장소를 이동해 몇 컷 더 촬영했고 그럴 때마다 헤어와 메이크업이 사장의 스타일을 점검했다. 배우도 아닌데, 지나치게 신경을 쓴다 싶다. 아마 잡지사 사장의 지시로 진행하는 인터뷰라 더 공을 들이는 것 같다.

사진 촬영이 끝나자 우리는 다시 사장실로 이동했다. 지원 선배의 인터뷰가 진행될 차례였다. 사장은 다시 자신의 옷으로 갈아입고 테이블에 앉았다. 촬영할 때만 해도 긴장한 기색이 역력했는데, 지금의 모습은 여유로워 보인다. 난 민가영과 나란히 서서 지원 선배가 인터뷰하는 모습을 지켜봤다.

"유찬 씨도 저런 거, 인터뷰하고 그랬어요?"

"네, 적어도 한 달에 한 번은 했죠."

"재밌었겠다."

"재밌기는요. 인터뷰하다 보면 사람 만나는 게 제일 싫어져요."

"왜요?"

"기를 빨린달까, 높고 잘나고 유명한 사람일수록 이상하게 만나면 힘들더라고요."

"참, 그거 알아요? 저 잡지에 우리 사장님이 광고한대요."

"광고요? 우리 같은 회사가 광고할 게 있나?"

"마랑 거 한다던데?"

"온라인 몰을?"

"사장이 고맙다고, 그거라도 넣는대요. 뒤에 한 페이지 들어가는데 오백이라나?"

"애드버인가? 광고성 기사래요?"

"네, 맞아요, 그거. 그런데 유찬 씨, 그것 좀 써주면 안 돼요? 홍보마케팅팀에 부탁했는데 이상하게 만들어 왔어요."

민가영의 부탁에 난 선뜻 애드버토리얼을 작성하기로 했다. 그런 기사쯤이야 하루에도 몇 개씩 써왔던 바다. 비록 손 뗀 지 2년이 지났지만 금세 할 수 있을 거라 자신했다.

인터뷰가 끝났는지 사장과 지원 선배가 자리에서 일어난다. 우린 재빨리 그들 곁으로 다가섰다.

"홍 사장님이 저녁 같이 드시자고 하는데, 연락받으셨죠?"

"네. 이 기자님도 같이 가시죠?"

"어휴, 감사한데 전 마감을 해야 해서⋯⋯. 포토도 이후 일정이 있고요. 죄송합니다."

"이런⋯⋯, 홍 사장님과 저 둘이 먹는 건가요?"

"아마도 그러지 않을까요? 사장님, 오늘 진짜 감사했습니다. 좋은 말씀도 많이 들었고요. 사진 나오면 크게 뽑아서 보내드릴게요."

"오늘, 수고하셨습니다."

"책 나오거든 보내고 연락 다시 드릴게요. 고맙습니다."

지원 선배는 사장에게 인사를 하고 사장실을 나갔다. 나도 옷을 바리바리 싸 들은 그녀를 따라나선다. 엘리베이터까지 배웅하기 위해서다. 그녀는 주변에 사람이 아무도 없는 것을 확인하더니 낮게, 으르렁거리듯이 내게 말했다.

"야, 너희 사장 잘 지켜. 홍 아줌마 완전 우슬라야."

우슬라는 애니메이션 〈인어 공주〉에 나오는 문어 모습을 한 사악한 마법사다. 애니메이션에서는 인어 공주의 목소리를 빼앗아 자신이 왕자를 구했다고 거짓말을 했다던가? 글램 홍 사장의 얼굴이 저절로 연상됐다. 그녀가 그 정도까지 악독해 보이지는 않는데.

"에이, 선배. 과장은."

"진짜야. 우리 사장이 너희 사장에게 흑심 있다고 소문이 쫘해. 그래서 오늘 인터뷰도 추진한 거라니까. 아, 몰라. 책 나오거든 연락할게. 잘 살아라."

엘리베이터 문이 열리자 지원 선배는 손을 들어 보이더니 재빨리 닫힘 버튼을 눌렀다. 여기 잠시라도 더 있기 싫은 티를 팍팍 낸다. 난 여전한 지원 선배의 모습이 반가운 동시에 씁쓸했다. 내가 기자였던 예전 시절이 떠오른다. 하지만 난 이제 수행 기사다. 오늘 사장을 레스토랑으로 모셔야 하는 일정이 남아 있었다.

***

사장과 함께 예술의 전당 근처에 있는 레스토랑으로 향했다. 퇴근 시간이라 차가 좀 막혔다.

"김유찬 씨? 그때 뽑아준 질문이 오늘 많이 도움 됐어요."

"아, 다행입니다."

"고마워요. 그리고 이번에 잡지에 실을 광고 기사도 써주기로 했다고요? 힘들지 않아요?"

민가영이 그새 보고를 했나 보다.

"괜찮습니다. 기자일 때 자주 했던 일이라서요."

"다행이네요. 홍보마케팅팀에서 써준 게 왠지 마음에 안 들었어요. 내용도 안 맞는 것 같고. 기대해보겠습니다."

사장의 말에 확 부담이 생긴다. 민가영이 얘기했을 때는 별일 아니라고 쉽게 생각했는데. 갑자기 속이 더부룩해진다.

"아직 저녁 안 했죠?"

"곧 할 겁니다."

"같이 먹으면 되겠네요."

"네에?"

"주차하시고 룸으로 들어오세요. 기다리고 있을게요."

사장이 뜻밖의 제안을 했다. 기사인 내게, 글램 홍 사장과 식사 자리에 동석을 하라니 믿을 수가 없다. 그녀와 단둘이 식사하기가 싫은 걸까? 아까 지원 선배가 해준 얘기가 떠올랐다. 사악한 마법사를 피하기 위해 애쓰는 왕자와 사장의 모습이 겹쳐 보인다. 그를 레스토랑 앞에 내려줬다. 발레파킹 주차요원이 있었지만 내가 직접 주차를 하고 레스토랑으로 들어갔다.

안내를 받아 룸 안으로 들어가니 사장과 50대 후반으로 보이는 기름진 여자가 8인용 테이블 중앙에 앉아 있었다. 그들이 앉은 곳에서 한 칸을 띄운 테이블 맨 끝에는 일전에 인사를 나눴던 김호진의 모습도 보였다. 난 정중하게 인사를 하고 김호진의 맞은편에 앉았다.

"잘 지내셨어요?"

그가 속삭이듯 인사를 한다. 음식이 곧 서빙됐고 우리는 부수적으로 딸려온 미팅 멤버였기 때문에 말도 하지 않고 조용히 식사만 했다. 난 한자리 건너 앉은 사장 눈치를 수시로 살피며 요리를 먹는다. 음식은 맛있었지만 그 맛을 제대로 음미할 수 없었다. 눈으로 들어가는지 코로 들어가는지 모를 정도였다. 그만큼 신경이 곤두섰다. 글램의 사장은 굉장히 말이 많고 거만한 사람이었다. 하지만 우리 사장에 대한 호감도가 대단히 높았다. 하이 소프라노의 요사스러운 목소리만으로도 그녀의 감정을 짐작할 수 있었다.

"마랑이 굉장히 잘 된다면서요? 축하드려요."

"아, 고맙습니다. 오픈한 지 얼마 안 돼서 그렇게 보이는 겁니다."

"겸손하시기는. 물건이 좋고 구매하기 편하게 되어 있으니까 그렇죠. 직원들이 맵을 잘 짜놓은 것 같아요. 우리 잡지와도 함께 일하면 어때요? 앱이나 인터넷에서 화보 클릭하면 바로 물건 구매할 수 있게 만들면 좋겠는데."

"연동형 사이트로 가시려고요?"

"그래야 하지 않을까요? 견적과 모델 좀 보내주세요."

"직원들에게 일러놓겠습니다."

사장은 철저히 사무적이었다. 웃고는 있었지만 눈빛이 싸늘하다. 반면, 글램의 사장은 뭐가 그리 신나는지 떠들어대느라 바빴다.

"참, 형님은 잘 지내시죠?"

"형님……이라뇨?"

"아이, 거기 상무님이요. 형님이시라면서요?"

사장이 헛기침을 했다. 나와 김호진은 못 들은 척 요리를 먹는다. 하지만 난 이준혁이 사장의 형이라는 얘기에, 민가영이 들려준 소문이 루머가 아니었다는 것을 알고 내심 놀랐다. 사장의 얼굴은 차갑게 굳어 있었다.

"어머, 내가 실수했나 보네. 그거 대외비였군요? 미안해라."

"아, 아닙니다."

"실은 지난번에 골프 투어를 같이 갔었거든요. 내가 안부 묻더라고 전해주세요. 연락 한번 하라고 했는데 계속 잠잠하시네?"

"말씀 전하죠."

식사가 끝날 때까지 사장은 계속 굳어 있었다. 눈치 없는 글램의 사장만 혼자 흥이 올라 각종 업계 루머와 사건, 사고를 떠들어댔다. 다행히 시간은 흘러 식사가 끝났다. 그러나 그녀는 디저트를 다 먹었는데도 일어설 기미를 보이지 않는다. 우리 사장은 지쳐 보였다. 난 그러면 안 되는 걸 알면서도 슬쩍 말을 꺼냈다.

"저……, 사장님."

두 사장이 동시에 나를 바라본다. 속이 뜨끔했다.

"9시에 약속 있으신데요."

물론 거짓말이다. 하지만 내 말에 이한경 사장의 얼굴이 밝아졌다. 레스토랑에 들어와서 처음으로 본 환한 모습이었다.

"아……, 동창을 만나기로 했었죠? 홍 사장님, 죄송합니다. 그만 일어나 봐야겠네요."

"이런……, 오늘 술이라도 한잔했으면 더 좋았을 텐데."

글램 사장은 아쉬운 듯 말꼬리를 흐린다. 난 룸에서 재빨리 나와 차를 대기시켰다. 몇 분 후, 사장이 홀가분한 표정으로 레스토랑에서 나와 차에 올라탄다. 차 문이 닫히자, 뒤에서 긴 한숨 소리가 들려온다.

"아……, 김유찬 씨."

"네, 사장님."

그가 내 이름을 부르자 긴장했다. 괜한 거짓말해서 혼나는 건 아닐까 걱정이 앞선다.

"덕분에 살았어요. 끔찍한 하루였는데. 빨리 집으로 갑시다. 쉬고 싶네요."

사장의 집으로 차를 몰았다. 그가 사는 아파트가 시야에 들어온다. 이제는 멀리서도 사장의 집이 어디쯤 위치했는지 가늠할 수 있다. 그의 집 거실에는 불이 켜져 있다. 윤조가 와 있는 걸까? 그녀의 얼굴을 떠올리며 사장을 집 앞에 내려줬다. 그리고 주차를 한 다음 지상으로 올라와 사장의 집을 또다시 올려다본다. 거실의 불은 꺼졌고 이제는 침실에만 불이 들어와 있다.

난 발길을 돌려 도곡역으로 향했다. 바람 한 점 불지 않아 공기는 후덥지근했고 오늘따라 지하철역이 멀게 느껴진다. 빨리 집에 가서 민가영을 안고 싶었다. 그리고 그녀에게, 오늘 들은 얘기를 들려주고 싶었다. 짜증 나는 글램 사장의 이야기와 이준혁 상무에 대한 루머가 진짜라는 것을. 그 얘기를 들으면 그녀는 어떤 표정을 지을까?

***

조용해야 할 사택 안이 시끌벅적하다. 난 현관문을 열고 들어가면서 정면에 있는 커뮤니케이션룸을 쳐다본다. 사택에 살고 있는 사람들이 모여 술을 마시고 있다. 민가영의 모습도 보였다. 그녀가 나를 보자 손을 흔든다. 그녀 옆에 있던 남자도 나를 보고 반가워했다. 회식 때 본 송연호, C실을 쓰고 있다는 전략기획팀 사람이었다.

"김유찬 씨! 이리 와요. 맥주 한잔해요."

난 사양하지 않고 테이블에 가서 앉았다. 모르는 얼굴이 대부분 이었지만, 모두들 술에 취해 흥에 오른 터라 나를 쉽게 반긴다.

"마침 잘 오셨네. 기사님 의견도 물어봅시다."

"무슨…… 말씀 중이었는데요?"

"우리가 고민이 많아요. 요즘 사장님이 사업을 확장하고 있거 든요. 그런데 어떤 것에 올인해야 할지 몰라서요."

"새로운 시장 개척이냐, 아니면 기존에 했던 대로 전자상거래 플랫폼을 확장하는 거냐, 기로에 서 있는 상황이죠."

"전 잘 이해가 안 가는데요."

"전무님은 헬스케어 업체와 손잡고 원격 진료 플랫폼을 개발하 고 싶어 하세요. 반면에 상무님은 자동차 직매 플랫폼을 주장하 시죠."

"상무님은 실무에서 손 뗀 지 좀 되셨지 않나?"

"그래도 창립 멤버인데 의견을 무시할 수야 없지."

"전무 말대로 갈 거야. 뻔해. 전무가 일 추진할 때는 아주 공격 적이잖아. 상무가 배기겠어?"

"유찬 씨 생각은 어때요?"

"제가 뭘 안다고……."

"왜요? 제삼자의 시선도 중요한 거거든요. 소비자 입장에서,

객관적으로 말해봐요. 원격 의료가 나아요? 아니면 자동차 직매가 더 나아요?"

"글쎄요. 둘 다 괜찮은 것 같은데요? 사장님은 뭐라고 하시는데요?"

"결론 내기 힘드니까 둘 다 해보라고 그러죠."

"웬만하면 의견 통일해서 지시하면 좋을 텐데. 이러면 일하는 사람만 죽어나는 거예요."

"말하면 뚝딱 나오는 줄 알아요. 같은 개발자 출신인데 왜들 그러시는지."

"사장님도 개발자 출신이세요?"

"이 바닥에서는 입지전적인 인물이죠."

"아, 손영익이 괜히 투자를 한다고 해가지고."

수염이 덥수룩하게 난 남자가 투덜거렸다. 그의 말에, 사람들이 일제히 한숨을 쉰다. 투자를 받아 좋으면서도 왠지 부담감이 더해졌다는 표정이었다.

"1조를 투자한다면서요?"

"그러니까요. 손도 크지."

"아니, 무슨 사업을 벌일지 확정도 안 했는데 투자를 해요?"

"두 가지 사업 중에 모델 나오는 거 보고 최종 결정하겠다고 했대요. 투자 전에 수익부터 따지겠다, 이거죠."

"하긴, 1조나 투자하는데 손해 보는 장사를 왜 하겠어?"

"이 일이 언제나 끝날지 모르겠다."

"곧 결과가 나오겠죠."

"제가 전략기획팀인데, 뭐가 정해지지가 않으니까 몇 달째 자료만 모으고 있어요. 비즈니스 모델 만들어도 엎기 일쑤고. 대체 내가 뭘 하고 있는지……."

기술개발팀과 전략기획팀 소속 사람들의 불만이 다시 쏟아졌다. 그들은 맥주를 마시며 각자 자신이 맡은 업무에 대해 얘기한다. 주된 불평은 전무와 상무의 팽팽한 의견 대립이었다. 얘기가 길어질 것 같았다.

나와 상관없는 업무 얘기를 듣는 게 지루했다. 직원이 공용으로 쓰는 사택은 이게 문제다. 술을 마시면서도 화제는 일, 일, 일 뿐이다. 난 민가영에게 슬쩍 눈짓을 보냈다. 빨리 내 방으로 올라가고 싶었고, 그녀를 안고 싶었다. 이곳에 있는 시간이 아깝다. 하지만 그녀는 내 마음을 알면서도 모르는 척, 사람들의 얘기에 귀 기울이고 있다. 내 신호에 반응을 보이지 않는다. 또 정보를 모으겠다는 건가. 할 수 없이 자리에서 계속 버틴다.

"근데 사장님은 요즘 어떠세요? 건강은 괜찮으세요?"

누군가 내게 근심스럽게 물었다. 난 이 질문이 의아했다. 사장을 가까이에서 모시는 내가 보기에 사장은 건강하고 활기찼다. 그런데 건강이 괜찮냐고?

"좋아 보이시는데요?"

"일이 많아서 늦게까지 업무 보고 그러시잖아요. 아침에도 일찍 출근하시면서."

"요즘 집에 일찍 들어가시는데요?"

"우리 사장님, 집에 일 싸 들고 가서 하시는 타입이세요."

"밤새 무슨 공부를 하고 어떤 업무를 보셨는지, 매일 새로운 아이디어를 내놓으신다니까요?"

"제대로 주무시기는 하는지."

"한 3시간 자나?"

"아주 철인이야, 철인."

"그러니까 그 자리에 오른 거겠지. 우리로서는 꿈도 못 꿀 일이야."

퇴근 후 사장의 모습은 내 상상과는 달랐다. 난 그가 밤 시간을 윤조와 함께 보낼 거라고 생각했다. 그런데 집에 가서도 일을 하고 있다니. 뜻밖이었다. 그러면서도 지각 한번 한 적 없는 그가 대단하다고 느껴졌다. 사람들의 화제는 사장의 얘기로 잠시 옮아갔다가, 다시 업무 얘기로 되돌아갔다.

그들의 얘기를 들으며 지루해진 난 결국 2층으로 먼저 올라왔다. 그리고 민가영을 기다렸지만 그녀는 끝내 내 방으로 오지 않았다.

***

커뮤니케이션룸에서 직원들이 한 얘기는 예고였을까? 그날 이후 내 눈에도 사장의 바쁜 모습이 보였다. 그의 퇴근은 점차 늦어지기 시작했고 새벽에 퇴근하는 일도 잦아졌다. 그 바람에 회사에서 인사만 나눌 뿐, 집에서는 민가영을 만나지 못했다. 업무 시간이 달라 내가 퇴근하면 그녀가 자고 있었고 내가 잘 때는 그녀가 출근을 했다. 이준혁 상무가 사장의 형이라는 소문의 실체를 알려주고 싶었지만 단둘이 얘기할 기회는 주어지지 않았다. 심지어 회사에서도 말이다.

비서실은 사장이 시킨 일을 처리하기에 바빴다. 국내외 각종 자료를 모으고 분석하는 것이 그들의 할 일이었다. 회사에서는 전략기획팀이 별도로 있었지만 사장은 독특하게 비서실을 개인적인 싱크탱크로 뒀다. 업무가 바쁘다 보니 박영태 실장의 일은 이상하리만치 조용히 묻혔다. 아무도 그에 대해서는 언급하지 않았다. 대신 새로운 직원을 뽑는다는 공고가 났다. 그 덕에 나는 가는 곳마다 우리 회사에 관심을 보이는 수행 기사들의 질문 공세에 시달렸다. 오늘 들른 레전드호텔 기사 대기실에서도 마찬가지였다.

"유찬 씨, 위너 수행 기사 뽑는다면서요? 박 실장님 자리예요?"

"네. 소식이 없어서 그냥 사람을 뽑기로 했습니다."

"연봉이 얼마인데?"

"그건 경영지원팀과 직접 얘기해보셔야 할 것 같은데요?"

"왜? 유찬 씨도 계약했잖아요."

"계약서에 회사 업무에 대한 누설 금지 조항이 있어서요. 함부로 말하기가 조금……."

"아, 앞뒤가 꽉꽉 막히셨네. 알았어요. 그건 됐고, 대우는 어때요? 소문대로 사장님이 진짜 그렇게 천사예요?"

"굉장히 잘 해주십니다. 사택도 제공해주고요."

"사택? 이야, 소문대로네?"

"거기가 수행 기사들에게 자꾸 문제가 생기니까 심란하기는 한데, 조건이 너무 괜찮다. 가고 싶네."

사장에게 부당한 갑질을 받고 있다거나 보수가 짠 수행 기사들은 모두 우리 회사의 채용 공고에 눈독을 들였다. 그들은 박영태 실장의 잠적에 대해서는 큰 관심을 보이지 않았다. 오히려 그가 주식이나 부동산으로 큰돈을 벌어 잠적했을 거라고 추측했다.

"야, 나 같아도 그래. 로또만 당첨돼봐. 이 지긋지긋한 수행 기사 때려치우지."

"나도 연락 없이 관둘 거야. 그러면 사장이 얼마나 당황할까? 생각만 해도 고소하다."

"진짜 돈 벌어서 회사 때려치운 거라면 박 실장님이 승자지."

"종혁 씨만큼 벌은 걸까?"

"에이, 잠적할 정도라면 더 벌었겠지."

"로또일까? 주식일까?"

수행 기사들은 모두 대박을 꿈꿨다. 모두 자신이 몰고 다니는 차가 사장의 것이 아닌 자신의 것이길 바랐다. 나도 그들의 틈에 끼어 미래를 꿈꿔본다. 나도 우리 사장처럼 화려하게 살 수 있을까? 슈퍼카를 몰고 다닐 날이, 과연 나에게도 올까?

그때 휴대폰 메시지가 울렸다. 사장이 곧 자리에서 일어선다는 메시지다. 난 다른 수행 기사들에게 인사를 하고 재빨리 차를 정문 앞에 대기시켰다. 에어컨으로 실내를 시원하게 만드는 것도 잊지 않았다. 잠시 후, 사장이 나왔고 그는 곧바로 차에 올랐다.

목적지는 회사였다.

"김유찬 씨가 쓴 광고 기사 읽어봤어요."

급작스러운 사장의 말에 긴장했다. 5년이나 기자로 있었다면서 고작 그것밖에 못 썼냐는 말이 나올까 봐 걱정됐다.

"글이 좋던데요? 앞으로도 회사 외부로 나가는 기사나 홍보 글을 김유찬 씨가 다듬어줬으면 합니다. 시간은 괜찮죠? 물론 비용은 따로 지급할 거고요."

마다할 이유가 없었다. 대기 시간에 A4 몇 장 쓰고 돈까지 벌수 있다니, 이 얼마나 좋은 조건인가. 하지만 속마음 전부를 내보일 수 없는 난 조심스럽게 묻는다.

"일이 많을까요?"

"때에 따라 다르죠. 하지만 김유찬 씨라면 충분히 하실 수 있을 것 같네요. 자동차 전문지 기자였다고 했죠?"

회사로 돌아오는 길에 사장은 내가 전에 했던 일에 대해 꼬치꼬치 물었다. 자동차에 대해 얼마나 알고 있는지, 업계 사람들과의 관계는 어땠는지, 국내외 자동차 산업에 대해서는 어떻게 생각하는지 등등. 난 마치 자동차 연구원 면접을 보러 온 기분이었다.

회사에 도착해 정문에 사장을 내려주고 주차장으로 내려갔다. 그리고 솔로 차 외부의 먼지를 털면서 사장의 제안을 곰곰이 생각했다. 그가 나를 단순 수행 기사로만 생각하지 않는 것이 고마웠다. 운전만 하기에는 지루하던 참이었다.

"여기서 또 뵙네요. 요즘 바쁘죠?"

이준혁 상무의 목소리가 들렸다. 난 반갑게 그를 맞았다. 사람이 참 간사한 게, 상무가 사장의 형이라는 홍 사장의 얘기를 들은 이후로 그를 대할 때마다 더 친절해지고 더 조심하게 된다.

"어디 가시는 길인가 봅니다."

"변호사와 회계사 만나려고요. 요즘 투자 유치 예정되고 사업도 확장되니까 우리 부서가 바쁘네요."

그는 또 친근하게 내 등을 두드리고 차에 올라탔다. 나와 길게 얘기할 시간이 없는 것 같다. 나도 대충 세차를 마무리하고 사무실로 올라왔다. 오지선 실장과 민가영은 각종 자료 찾는 일로 분주했고, 내 자리에는 홍보마케팅팀에서 작성한 원고 프린트가 놓여 있었다.

"이거…… 수정해야 하는 겁니까?"

난 A4지를 손에 들고 오지선 실장을 본다. 그녀는 쉴 새 없이 키보드를 두들기면서도 내 질문에 성실히 대답해준다.

"마무리 좀 잘 부탁드려요. 내용은 나쁘지 않은데, 우리 의도가 제대로 반영된 거 같지 않아서요. 문맥 좀 고치면 괜찮을 것 같은데, 해주실 수 있죠?"

"지금 하겠습니다."

"파일은 메일로 보내놨어요. 내일 아침까지만 홍보마케팅팀에 건네주면 돼요. 그 팀도 요즘 바빠서, 보도자료가 깔끔하게 안 나왔네요."

자리에 앉아서 컴퓨터를 켰다. 홍보마케팅팀에서 보낸 원고를 대충 훑어보고 글을 쓰려는데, 사장실에서 호출이 왔다.

난 하던 일을 멈추고 사장실로 들어갔다.

"지금 급히 다른 회사에 물건을 전해줄 게 있어요. 더 플랫이라고 이 근처에 있는 회삽니다."

사장은 내게 파란 쇼핑백을 내밀었다. 얼마 전에 팰리스호텔과 비욘드호텔에서 받아온 것과 똑같은 쇼핑백이었다.

"사장실까지 올라갈 필요는 없고 로비에 맡기면 될 거예요. 내가 보냈다고 하면 알 겁니다."

난 인사를 하고 쇼핑백을 들고 나왔다. 지도 앱을 찾아보니 더 플랫은 한 블록 떨어진 곳에 위치한 회사였다. 차를 이용할 필요도 없기에 걸어서 더 플랫을 찾았다. IT 회사답게 깔끔하고 모던하게 꾸며진 로비 데스크에는 여자 안내 직원이 앉아 있었다.

"안녕하십니까? 위너 이한경 대표 심부름으로 왔습니다."

그녀에게 사장이 전달하라고 한 파란 쇼핑백을 건넸다. 무표정한 얼굴의 그녀는 말없이 쇼핑백을 받는다. 인사를 하고 돌아서려는데 그녀가 나를 불렀다.

"저, 잠깐만요."

그녀가 나에게 봉투 하나를 내민다. 얼결에 봉투를 받아들었다. 그 안에 많은 돈이 들어 있는 듯 봉투는 제법 묵직했다.

"사장님께 전해드리는 겁니까?"

"아뇨, 팁입니다."

여자는 표정 변화 하나 없이 대답한다. 아니, 이렇게 많은 돈이 팁이라니. 당황스러웠지만 그들 사이에서는 흔히 있는 일인 듯했다. 난 봉투를 재킷 안쪽 주머니에 넣고 더 플랫 건물에서 나왔다. 그리고 인적이 드문 곳에 이르러 봉투를 꺼내 액수를 확인했다. 50만 원이었다. 그저 물건만 로비에 전했을 뿐인데, 단순 팁이라고 하기에는 꽤 큰 액수다. 보잘것없는 일에 비해 대가가 너무 후하다. 공돈이었지만 반갑지 않았다. 사장이 선물을 받고 로비에 건네라고 했던 봉투에도 이 정도의 금액이 들어 있었겠지. 정이준 생각도 났다. 그 역시 스테이크 하우스에서 주차요원에게 큰돈을 팁으로 꽂아줬다. 나와는 다른, 사장이 속한 세계의 경제관에 다시 한번 놀라게 된다. 이게 그와 나의 레벨 차이라는 사실에 씁쓸해진다. 오늘은 왠지 술이라도 마셔야 할 것 같았다. 이 50만 원을 빨리 써버리고 싶었다.

8. 궁금증

홍보마케팅팀에서 넘어오는 원고의 양은 점차 늘어났다. 출근해서 사장의 호출을 기다리는 동안 외부로 나가는 원고를 검토하고 수정하는 것이 어느새 내 고정 업무가 됐다. 해야 할 일은 늘어났지만, 대행업체에서 파견 나온 임시 수행 기사가 오전 업무를 책임지고 있어 일이 힘들지는 않았다.

오늘도 나는 비서실에서 대기하며 원고를 수정한다. 원고의 버전은 총 다섯 가지. 같은 내용이라고 해도 일간지와 경제주간지, 전문지 그리고 방송과 온라인 매체로 보내는 기사의 포맷이 다르기 때문이다. 바쁘고 일에 치인 기자들이 손을 안 대고 매체에 실어도 될 정도로 보도자료를 짧고 간략하게 썼다. 맨 뒤에 쪽기사라도 실어줬으면 하는 바람이었다. 그리고 컴퓨터로 원고를 작성하는 틈틈이 작은 수첩에 필기를 했다. IT 용어는 아직 모르는 게 많았다. 이렇게라도 적어두고 확인을 해야 실수를 줄일 수 있다.

한참 보도자료를 수정하는 중에 갑자기 볼펜이 나오지 않는다. 다른 펜이라도 빌릴까 싶어 오지선 실장과 민가영 쪽을 힐끗 봤다. 자리가 비어 있었다. 그들이 나가는 기척을 못 느낀 걸 보면 내가 글 쓰는 데 지나치게 집중해 있었나 보다. 할 수 없이 난 수행 기사 책상 서랍을 뒤졌다. 오랜 기간 묵혀 온 온갖 잡동사니가 다 나온다. 형광펜과 다양한 컬러의 볼펜은 물론 포스트잇과 미니 캘린더, 피트니스센터 회원증에 심지어는 머리끈까지. 서랍 속에는 이곳을 거쳐 간 기사들의 흔적이 남아 있었다. 피트니스센터 회원증은 전 수행 기사였던 이연의 것이었다. 난 회원증에 프린트된 그녀의 사진을 들여다본다. 이연은 다부지게 생긴 사람이었다. 눈이 가늘고 입매가 야무져 보인다. 퍼스트 팀이라고 쓰인 카드의 뒷면을 보니 회사에서 머지않은 곳에 위치한 피트니스센터이다. 나도 이곳에나 다녀볼까? 호신술보다는 피트니스를 배우는 게 낫겠다는 생각을 한다. 난 아무 볼펜이나 하나 집어서 잘 나오는지 확인을 했다.

서랍을 닫으려는데, 갑자기 까만 수첩이 눈에 들어왔다. 대성 기업이라는 은박 로고가 새겨진 수첩이었다. 대성 기업이라면 김병민 실장이 다니는 곳인데? 수첩을 펼쳤다. 오전 업무 일정이 빼곡히 적힌 것을 보면 박영태 실장의 것이 확실해 보였다. 한 장 한 장 넘기다 보니 그의 수첩에는 다음 달 주요 일정까지 체크가 되어 있다. 이상하다. 그만둘 사람이 회사의 다음 달 일정까지 정리하지는 않았을 텐데. 정말 그는 다른 수행 기사들의 말처럼 로

또라도 맞아 잠적한 걸까? 아니면 신변에 무슨 일이 생긴 걸까?

수첩을 자세히 보니 한 달에 한두 번, 특정 날짜에 별표가 되어 있다. 별표는 그가 사라진 날에도 표시되어 있었다. 그게 무슨 표시일까 생각하고 있는데, 갑자기 문이 열리는 소리가 들렸다.

난 황급히 책상 서랍을 닫았다.

"유찬 씨, 원고 다 썼어요?"

"거의 다 되어갑니다."

"그럼 와서 차나 한잔 마시죠? 우리, 커피 사 왔는데."

"이것만 마무리 짓고 갈게요."

난 부랴부랴 쓰던 원고를 마무리했다. 그리고 수첩에 내가 기억해둬야 할 IT 전문용어를 적었다.

"너무 열심히 하는 거 아니에요? 이러다 홍보마케팅팀으로 자리 옮기겠어요?"

민가영의 목소리가 들려왔다. 난 자리에서 일어나 테이블로 가서 앉았다. 내 앞에는 휘핑크림이 잔뜩 얹힌 커피가 놓였다. 이건 내 취향이 아닌데. 그러나 감사히 받았다. 얼음과 초코칩이 씹히는 커피는 아삭하고 달콤했다.

"맛있죠? 유찬 씨 좋아할 것 같아 내가 골랐는데. 이거, 오 실장님이 쏘는 거예요."

"고맙습니다. 잘 마실게요. 그런데 실장님, 갑자기 커피는 왜?"

"내가 곧 휴가 가잖아요. 나 없는 동안 수고해달라고 부탁하는 거죠."

"실장님 한 달짜리 휴가 쓰신대요."

"한 달이나요?"

"우리 회사는 안식월이 있어서 장기근속한 직원에 한해 한두 달 휴가를 쓸 수 있어요."

"이야, 좋네요."

"유찬 씨도 여기 오래 다녀요. 그럼 안식월을 챙길 수 있을 테니까."

"어디 여행 가세요?"

"글쎄, 딱히 계획은 없고 일단 늦잠이나 자볼까 하는데⋯⋯. 마음이 편치 않네요. 해야 할 일도 많고 아직 수행 기사를 뽑은 게 아니라서, 내가 한 달이나 자리를 비워도 되나 싶어요."

"지원을 많이 안 합니까?"

"꽤 했죠. 하지만 딱히 마음에 드는 사람이 없어요. 아, 유찬 씨가 괜찮은 사람 있나, 받은 이력서 좀 봐줘요."

"제가 본다고 아나요?"

"그래도 수행 기사들끼리는 얼굴도 좀 알고 그러잖아요?"

곤란하다. 수행 기사 중에 아는 사람이 거의 없고, 얼굴을 안다 손 치더라도 그들이 괜찮은 사람인지 모르겠다. 기왕이면 회사에 좋은 사람이 들어왔으면 했다. 박영태 실장도 나에겐 꽤 좋은 사람이었는데.

"대행업체 사람 뽑아도 되지 않겠습니까? 지금 일하시는 분도 잘하시잖아요?"

"에이, 함부로 그럴 수는 없죠."

"전 그렇게 들어온 것 같은데……."

"유찬 씨는 예외죠."

"예외요?"

"사장님이 추천받고 직접 뽑으신 거니까. 우리가 토를 달 입장이 아니었죠. 물론 유찬 씨를 잘 뽑았다고는 생각해요. 그런데 지금은 정식 절차를 거쳐 뽑기로 한 거라……."

성재 형이 정말 내 취업을 위해 힘을 써줬구나 하는 생각이 들었다. 그의 도움이 없었다면, 난 지금 이 자리에 있지 못했을 거다.

"박 실장님 때문에 일이 꼬이네요."

민가영이 빨대로 마지막 커피 한 모금을 빨아들이며 말했다. 무덤덤한 그녀의 표정에 반해, 오지선 실장의 얼굴은 살짝 어두워졌다.

"그러게. 아……, 사람을 뽑는다는 게 좀 어려워야지."

오지선 실장이 작게 한숨을 내쉰다. 난 좀 전에 책상 서랍에서 그의 수첩을 발견한 사실이 떠올랐다.

"박 실장님 댁에 직접 다녀오셨다면서요?"

"아, 네……. 여기서 집이 멀지 않아서요."

"책상 서랍에 수첩을 두고 가셨더라고요. 전해드리고 싶은데, 주소 좀 알 수 있을까요?"

"주소요? 이미 이사 가셨어요. 집도 비어 있던걸요."

"주변 사람들에게 물으면 이사 간 곳을 알려주지 않을까요?"

"겨우 수첩 전해주려고요?"

"인사도 드리고 싶고요."

"김유찬 씨, 이제는 다 지난 일이에요. 실장님을 그만 놓아드립시다."

그녀가 눈살을 찌푸렸다. 옆에서 눈치를 보고 있던 민가영이 재빨리 대화에 끼어들었다.

"그래요, 유찬 씨. 갑자기 무단결근하고 이사 가신 걸 보면, 더 이상 우리와 연락하고 싶지 않다는 거예요."

"솔직히 걱정되지 않습니까?"

"걱정이야 되지만 뭐, 별일 있겠어요?"

"회사에 피해를 준 것도 아닌데 연락해서 뭐 하게요? 이미 퇴사 처리도 됐는데요."

"맞아요. 박 실장님이 원하시는 대로 해드리는 게 나아요."

오지선 실장과 민가영의 공세에 난 입을 다물었다. 동료 직원의 실종을 너무나 당연하게 받아들이는 그들이 이상했다. 김병민 실장에게 물어서라도 박영태 실장의 집을 찾아가 봐야겠다고 결심했다. 하지만 그의 연락처가 없다. 김병민 실장을, 언제 다시 만날 수 있을까? 위너와 대성기업은 업무 성격이 다르다. 우연히 사장의 동선이 겹치지 않는 이상 만나기 힘들 것이다.

커피를 다 마신 나는 자리로 돌아와 수정한 원고를 홍보마케팅 팀에 넘겼다. 그리고 확인 문자를 넣다가 문득 박영태 실장의 수첩에 대성기업 연락처가 있다는 게 생각났다. 난 서랍에서 대성기업 수첩을 꺼내 주머니에 넣었다.

오지선 실장에게는 세차를 하겠다고 말하고 사무실에서 나왔다. 1층에 있는 휴게 공간으로 가서 대성기업 대표 번호로 전화를 걸었다. 내 전화를 받은 안내 직원은 그의 자리로 번호를 돌려준다.

뚜루루- 뚜루루.

대기 신호음이 울린다. 난 혹시나 그가 받지 않을까 봐 걱정을 하며 휴대폰을 들고 있었다.

〔여보세요?〕

누군가 전화를 받았다. 휴대폰 너머로 낯선 남자의 목소리가 들려왔다.

"안녕하세요? 위너의 김유찬이라고 합니다."

〔아, 아……, 유찬 씨. 웬일이야? 회사로 전화를 걸고?〕

김병민 실장이었다. 그는 내 존재를 확인하더니 목소리에서 힘을 푼다. 그제야 내가 알던 그의 목소리가 귀에 들렸다.

"여쭤볼 게 있어서 전화드렸습니다."

〔나한테? 뭘?〕

"박영태 실장님 주소 좀 알 수 있을까 해서요."

〔아……, 그 친구 이사 갔다며?〕

"그래도 한번 가보려고요. 혹시 이웃 중에 연락하는 사람이 있을까 해서요."

〔에이, 가나 마나일 텐데? 요즘 같은 세상에 누가 이웃이랑 인사하고 사나? 내 연락도 안 받는데. 유찬 씨가 걱정하는 거 알고, 고마운데, 다 시간 낭비야.〕

"실장님, 그래도 제가 직접 가서 확인하고 싶습니다."

〔고집 센 친구일세……. 알았어, 번호 불러봐. 내가 주소 찾아보고, 있으면 문자로 찍어줄게.〕

잠시 후 김병민 실장에게 박영태 실장의 주소를 문자로 받았다. 그가 살던 집은 회사와 가까운 성남이었다. 내일 오전, 그곳으로 찾아갈 생각이다.

지하 주차장으로 내려가 차의 먼지를 털고 내부도 간단히 청소한 다음 사무실로 올라왔다.

비서실 문을 열자마자, 오지선 실장이 나를 부른다.

"김유찬 씨, 사장님 연락받았어요?"

"네? 아니요. 무슨 연락인데요?"

"회의하는 데 들어와 참관 좀 하라시던데?"

"제가요? 왜요?"

"그러게요. 사장님 말씀이시니까 회의실로 가보세요."

"회의 끝나고 바로 나가시는 겁니까?"

"글쎄요. 나도 사장님이 무슨 생각이신지 모르겠어요. 일단 다녀오세요. 전략기획팀 회의실이 어디 있는 줄 아시죠?"

"모, 모릅니다."

"엘리베이터 타고 8층으로 가서서 왼쪽 복도 끝이에요."

난 혹시 몰라 차 키를 챙겨 사무실을 나섰다. 엘리베이터를 타고 8층 회의실로 향한다. 왼쪽 복도 끝에 다다르자, 오지선 실장이 말한 회의실이 나왔다. 문 앞에 선 나는, 깊게 여러 번 숨을 내쉰다. 긴장이 됐다. 왜 내게 회의에 참석하라 했는지 이유를 알 수 없어 온몸의 신경 세포가 곤두선다.

노크를 하고 문을 열었다. 회의실 내부는 어두웠고, 사택 C실에 사는 송연호가 스크린에 영상을 띄운 채 한창 프레젠테이션 중이었다. 난 인사를 하고 문과 가장 가까운 빈자리에 앉았다. 이준혁 상무가 반갑다는 듯 내게 손을 살짝 들어 보인다. 사장도 웃으며 나를 본다. 그러나 그 옆에 앉은 조규진 전무는 내가 이 회의에 참석한 것이 매우 못마땅한 듯했다. 날카롭고 매서운 그의 눈빛이 날 위축시킨다.

나는 가능한 한 자세를 바로 하고 전략기획팀의 발표를 들었다. 하지만 플랫폼에 관한 IT 기본 지식이 없는 나로서는 먼 나라 이야기로만 들린다. 간간이 테슬라와 같은 다른 자동차 브랜드명이 들려왔을 때만 귀가 뜨일 뿐, 회의 내용은 지루했다. 하품이 나온다. 자동차 직매 플랫폼 구성에 관해 얘기를 하는데, 여기에 문외한인 내가 대체 뭘 알겠는가. 게다가 예전에도 나는, 기자회견이나 사업설명회 같은 어렵고 딱딱한 자리는 딱 질색이었다.

송연호가 자리에 돌아가고 나서도 몇몇 사람이 더 발표를 했다. 회의 내용을 이해할 수 없는 난 최대한 얌전히 자리에 앉아 있었다. 회의가 빨리 끝났으면 좋겠다는 생각뿐이었다.

어느덧 회의 시간은 2시간을 훌쩍 넘었다. 내일 오전에 박영태 실장의 집을 찾아가야겠다는 생각을 하고 있는데, 누군가 내 이름을 불렀다.

"김유찬 씨?"

순간 내 귀를 의심했다. 아니, 회의 중에 누가 내 이름을 부르는 거지? 잠깐, 저건…… 사장의 목소리인데? 난 당황한 기색을 숨기지 않고 사장을 바라봤다. 그가 태연하게 웃으며 말을 잇는다.

"회의 내용 잘 들으셨죠?"

"네? 네에……."

"자동차 직매 플랫폼 모델을 만드는 데 추가할 아이디어가 있을까요?"

"아, 그게……."

"발표 내용을 다 듣지 않았습니까? 전직 자동차 기자로서 신선한 아이디어가 있을 것도 같은데요?"

난처했다. 뜬금없이 사업 계획 모델에 내 아이디어를 묻다니. 생각한 것도 없고, 회의 내용도 듣고 있지 않았는데 말이다. 난 대답을 하지 못하고 우물쭈물하고만 있다. 사장이 내게 다시 물었다.

"그럼 사업 계획서에 첨부할 아이템이 있을까요? 투자자를 혹하게 만들 뭔가 새로운 것이요."

나를 보는 사장의 눈빛은 기대에 차 있었다. 그와는 반대로 난 눈앞이 캄캄해졌다. 뭐라고…… 말을 해야 하지?

"자동차를 인터넷이나 모바일로 구매하기 원하는 소비자나 자동차 전문가의 미니 인터뷰를 모으면 어떨까요? 단편 영화나 동영상으로 만들어서 프레젠테이션 전에 트는 겁니다. 이 직구 플랫폼이 앞으로 꼭 필요하다는 당위성을 보여주자는 거죠."

고민 끝에 내가 짜낸 말은 초라하기 그지없는 것이었다. 이제

껏 내가 알고 있는 지식을 총동원했지만 전문가의 인터뷰를 모은 다니, 그들에게는 얼토당토않게 들릴 것이다. 전략기획팀과 기술개발팀 모두 날 이상한 듯 보고 있다. 사장만이 입가에 웃음을 머금었다. 이제 어쩌지?

"그게 왜 효과적이라고 생각하는 겁니까?"

"여러 번의 설명보다는 소비자의 직접적인 반응이 현실적으로 더 와 닿으니까요. 게다가 아무리 내용이 훌륭해도 프레젠테이션은 지루할 수 있지 않습니까?"

어디선가 헛웃음 소리가 들렸다. 난 더 긴장했다.

"그리고요?"

"사실 현재로서는 자동차 직구 플랫폼을 만들면 딜러들의 반발이 예상됩니다. 그들의 수익 감소가 눈에 봐도 뻔하니까요. 하지만 언젠가는 이런 방식의 구매가 일반화될 거라고 생각합니다. 문제는 트렌드를 타냐, 안 타냐는 건데, 자동차 구매에서도 이런 트렌드를 만들어야죠."

"우리가 트렌드를 어떻게 만들 수 있을까요?"

"가장 중요한 것은 분위기 조성이죠. 그러기 위해서는 매체와 연계하는 게 가장 빠르다고 생각합니다. 신문이나 방송, 잡지, 인터넷, 유튜브 등에 자꾸 노출하다 보면 소비자도 자연스럽게 받아들이게 되거든요."

"이를테면요?"

"자동차의 미래를 주제로 특집 기사를 싣는 게 가장 무난하지 않을까 합니다."

"가능할까요?"

"기획을 잘 세우면 가능할 것 같은데요?"

"기획이오? 어떤 기획을 말씀하시는지?"

"우리가 먼저 기사 내용을 만들어 제시하는 거죠. 앞으로는 자동차를 클릭 몇 번만으로 구매하게 될 거다, 그 준비를 지금 진행 중이다, 이런 식의 협업 기사를 제안하면 될 것 같습니다. 그리고 기사화되면 분명히 매체에서 전문가 인터뷰를 넣을 거고, 우린 그것을 프레젠테이션에 인용하면 되지 않을까요?"

"기간은 얼마나 걸립니까?"

"월초에 제안해서 중반쯤 기획 잡고 취재하면 다다음 달에 바로 나올 수 있을 것 같은데요?"

"그렇게 빨리요?"

"저희 쪽에서 매체에 제공할 수 있는 자료가 있다면 충분히 가능합니다."

"좋습니다. 추진해보세요."

"네?"

"왜 그리 놀라십니까? 김유찬 씨가 추진해보시라고요."

"제, 제가요?"

사장의 말에 회의실 안이 웅성거렸다. 일개 수행 기사에게, 전략기획팀이나 홍보마케팅팀이 맡아서 진행해야 할 업무가 갑자기 떨어진 것이다. 나도 당황했고 다른 직원들도 당황했다. 사장 혼자 웃고 있을 뿐이다. 이준혁 상무의 얼굴에도 웃음기가 걷혔다. 옆에 있는 조규진 전무의 얼굴에는 못마땅한 기색이 역력했다.

"대표님, 이런 중대한 일을 아무에게나 맡겨도 되겠습니까?"

"아무에게나라니요? 김유찬 씨는 의견을 내신 분이지 않습니까? 게다가 기자 출신이에요. 그쪽에 대해서는 우리보다 훨씬 전문가이지요."

"그래도 1조입니다. 그 많은 돈을 투자받기 위한 일인데 그런 아마추어적인⋯⋯."

"우리가 사업을 확장할 때 한 번이라도 모험을 안 한 적이 있었습니까?"

"그건 그렇지만⋯⋯."

"손영익 대표님도 늘 똑같은 프레젠테이션만 보시느라 지루하셨을 겁니다. 좀 신선하게 가죠. 회의는 이쯤에서 마칠게요. 모두들 수고하셨습니다."

사장의 말이 끝나기 무섭게 회의실 불이 켜졌다. 사장의 뒤를 전무가 재빨리 따라갔고, 사람들도 웅성거리며 하나둘씩 회의실을 빠져나갔다. 난 정신이 얼얼한 상태로 혼자 멍하니 자리에 앉아 있었다. 누군가 내 등을 툭 쳤다. 올려다보니 이준혁 상무였다.

"안 나가십니까?"

"아, 네⋯⋯."

"자동차 직구 플랫폼으로 투자가 확정되면 우리 팀으로 들어올래요?"

"우, 우리요?"

"이번에 전략기획팀이 1팀, 2팀으로 나뉘었어요. 원격 의료와 자동차 직구로요."

"……."

"열심히 하세요. 기대하고 있을 테니까."

그는 웃으며 내게 엄지손가락을 치켜세웠다. 그리고 내 등을 다시 한번 툭 치더니 회의실에서 나갔다. 난 텅 빈 회의실에 계속 앉아 있었다. 여전히 정신을 차릴 수가 없었다.

***

사장님을 집에 모셔다드리고 집으로 돌아왔다. 제일 먼저 마주친 사람은 민가영이었다. 그녀는 냉장고에서 맥주를 꺼내고 있던 참이었다.

"맥주 마실래요?"

난 고개를 끄덕였다. 맥주를 마시고 그녀를 안으면 이 붕 뜬 기분을 진정시킬 수 있을까? 자신의 팀으로 들어오라는 상무의 말이 생각나 가슴이 두근거렸다. 차 안에서 사장이 인력을 지원해 줄 수도 있다고 한 얘기가 떠올라 날 흥분시킨다. 이 기분 좋은 열기를 해소하고 싶었다. 그러나 그녀는 기대와는 반대로 주방 테이블에 맥주 캔을 내려놓는다. 테이블 위에는 그녀의 가방이 놓여 있었다.

"방에 들어가 마시지 않고?"

"지금 여기 아무도 없어요. 비상 걸렸다나 뭐라나?"

"회사에 무슨 일 있었어요?"

"사장님이 변덕을 부리셨나 봐요. 준비한 모델 엎고 새로 짠다던데요?"

입술을 깨물었다. 그건 나 때문이다. 괜히 다른 사람들에게 미안하다. 맥주 캔을 따서 한 모금 들이켰다.

"그런데 유찬 씨, 오늘 왜 그렇게 온종일 멍해요? 아까 회의실에 가서 무슨 얘기 들었어요?"

"아니요. 일이 하나 더 늘어서요."

난 그녀에게 이준혁 상무의 제안을 말하지 않았다. 사장이 내게 엄청난 일을 맡겼다는 것도.

"일? 수행하는 거 외에 또요? 그러면 안 될 텐데?"

"힘든 건 아니라 괜찮아요. 게다가 단발성이고."

"뭔지 몰라도 힘내요. 얼굴색이 안 좋아요. 안주 삼아 과자 한 봉지 뜯을까요?"

그녀는 이미 과자를 뜯고 있었다. 그리고 맥주를 한 모금 마시더니 가방에서 서류 뭉치를 꺼내 나에게 건넸다.

"이게 뭐죠?"

"뭐긴, 이력서죠. 피곤한 건 알지만 좀 봐줘요."

"내가 뭘 안다고……."

"오 실장님이 휴가 가기 전에 뽑아야 한단 말이에요. 나더러 내 일까지 추려오라고 했어요. 근데 나 혼자 어떻게 결정해."

뺨이 불룩해져 툴툴대는 그녀의 표정에 난 그만 웃었다. 사실 이력서 훑어보는 일은 별거 아니다. 그녀에게 도움이 된다면 더한 일도 할 수 있다. 난 그녀가 건넨 이력서를 들여다본다. 그녀는 이런 나를 뚫어지게 보고 있다. 고개를 들고 있지 않아도 그 시선이 다 느껴진다.

"근데……, 진짜 박 실장님 댁에 찾아갈 거예요?"

"네. 가보고 싶어요."

"주소도 모르잖아요?"

"압니다."

"어떻게 알았어요? 오 실장님이 말해줬어요? 그럴 리가 없는데."

"저도 저 나름대로의 네트워크가 있죠."

"오오, 빠른데? 그래서 박 실장님 댁이 어디래요?"

"성남이오."

"성남이면 바로 이 근처네? 같이 가줄까요?"

그녀의 제안에, 난 이력서를 보다 말고 그녀를 응시했다. 내 앞에는 그녀가 생글거리고 있다. 콧잔등의 주근깨가 테이블 조명을 받아 선명히 부각된다. 키스하고 싶었다.

"시간 돼요?"

"그럼요. 어차피 토요일에 갈 거 아니에요?"

난 다시 시선을 이력서로 돌렸다. 그녀의 얼굴을 계속 보고 있다간, 키스하고 싶은 마음을 참지 못할 것 같았다.

"아니, 나도 찝찝하더라고요. 오 실장님이 다녀왔다고는 하시는데, 너무 대충 얼버무려서 확실히 알고 싶은 마음도 있고, 그래요."

"오 실장님과 모든 정보를 공유하는 거 아니에요?"

"에이, 그건 아니죠. 저도 저만의 뭔가가 있어야 하지 않겠어요? 오 실장님도 물론 그럴 테고요."

"새로운 정보 하나 줄까요?"

"뭐요? 윤조 얘기예요?"

민가영이 눈을 반짝거렸다. 하지만 윤조라는 말에 난 헛웃음이 나온다. 그녀의 머릿속은 온통 사장님으로 가득한 걸까?

"갑자기 얘기하기가 싫어지네."

"아, 왜요? 말해준다면서요? 말해줘요. 네? 뭔데요?"

"이준혁 상무님이……"

그녀가 침을 꼴깍 삼킨다. 뭔가 대단한 정보라도 흘릴 거라 생각하나 보다.

"사장님 형이래요."

"에이, 그건 내가 전에 얘기해준 거잖아요. 그런 설이 있다고."

"루머가 아니라 진짜래요."

"누가요?"

"사장님 인터뷰 끝나고 글램 사장님과 저녁 식사할 때 수행 기사도 동석했잖아요?"

"좋았겠다."

"그때 글램 사장님이 상무님 안부를 묻더라고요. 상무님과 골프 여행을 같이 갔었대요."

"우리 사장님이 인정해요?"

"긍정도, 부정도 안 하시던데요?"

"뭐야. 그럼 루머일 수도 있잖아."

그녀가 투덜거렸다. 난 적당한 경력에, 회사 이직이 적은 사람을 선별한 3장의 이력서를 추려 그녀에게 건넸다.

"윤조 이야기나 좀 해줘요. 사장님과 진짜 사귀어요? 매일 만나요?"

"남 사생활을 뭐 그리 알고 싶어 해요? 그거나 봐요."

"맨날 저렇게 빠져나가. 난 궁금해 죽겠는데."

민가영은 투덜대면서도 내가 추려준 이력서를 꼼꼼히 살핀다.

"아는 사람들이에요?"

"아니요. 다 본 적 없어요. 하지만 그중에 이수찬 씨는 이름을 들어봤어요."

"기사 네트워크가 있다는 얘기네."

"아마 사장님 지인 밑에 있었을걸요?"

"그래요? 그건 좀 그렇네……."

그때 현관문 쪽에서 시끌벅적한 소리가 들려왔다. 전략기획팀과 기술개발팀 사람들이 돌아온 것이다. 네 명 모두 아까 회의실에서 본 사람들이었다. 난 고개를 숙여 인사했다. 상대방도 내게 정중히 인사를 해줬지만 왠지 달가운 눈치는 아니었다. 눈빛에는 경계심이 가득했다. 하긴, 그들은 내가 회의에 괜히 끼어들어서 이상한 소리만 늘어놨다고 생각하겠지. 그 때문에 일도 늘어나고 말이다. 다시 맥주를 마시려는데 송연호가 다가왔다. 술 냄새가 훅 풍겼다.

"김유찬 씨?"

"아, 네."

"아까 회의에서 하신 말씀 잘 들었습니다. 거기에 맞춰 기획안을 다시 쓰려고 해요. 도움 필요하시면 언제든지 말씀하세요. 저희도 필요하면 연락드리겠습니다."

예의상 한 말이겠지만 그의 호의가 고마웠다. 나를 동료로 받아준 것 같아 기뻤다. 그가 2층으로 올라가자 민가영은 참고 있던 호기심을 쏟아낸다.

"회의 때 유찬 씨가 뭐라고 했어요?"

"별거 아니에요."

"별거 아니라니, 오늘 전략기획팀이 시끌시끌했단 말이에요. 원인이 바로 여기 있었네. 무슨 얘기를 했는데요? 네?"

"아니, 그냥…… 프레젠테이션 앞에 전문가 인터뷰 좀 넣자는 거랑, 매체랑 연계해 투자 유치 진행하면 어떨까, 뭐 그런 거 얘기했죠."

"그래서? 사장님은 뭐라 하셨는데요?"

"저보고 진행해보라고……."

"뭐야? 대박. 그런 일을 왜 나한테 말 안 했어요? 이거 완전 큰일이잖아요?"

"결과는 장담할 수 없어요. 내가 잘할 수 있을지 자신도 없고."

"우리 사장님을 믿고 가요. 된다고 생각하니까 시키셨겠죠. 진짜 능력자라니까요. 아, 대박. 유찬 씨 잘됐다, 진짜 잘됐다."

그녀는 신이 났는지 춤을 추듯 몸을 좌우로 흔들기 시작했다. 나에게 주어진 기회를, 나보다 더 뿌듯해하고 있었다. 그런 그녀의 모습이 예뻤다. 우리는 연거푸 건배를 하고 맥주를 여러 캔 비웠다. 방에 올라가 그녀를 안고 싶었지만 흥이 오른 그녀를 보는 것만으로도 좋았다. 지금 이대로 행복했다.

***

눈을 뜨자마자 시리얼로 아침을 때우고 회사로 향했다. 새로운 업무를 맡게 돼 할 일이 많았다. 매체에 보낼 제안서를 작성해야 했고 인터뷰를 딸 전문가 리스트도 만들어야 했다. 혼자 하기에는 작업이 방대해서 옛 동료들의 도움도 필요했다. 회사로 걸어 가면서 옛 직장 상사였던《모터 비히클》편집장에게 전화를 걸었다.

〔어이, 김유찬이. 오랜만이야.〕

휴대폰 너머로 익숙한 편집장의 목소리가 들렸다. 다행히 그는 전화번호를 바꾸지 않았다.

"안녕하세요, 편집장님. 잘 지내셨죠?"

〔우리야 늘 똑같지. 한번 들른다더니 그동안 왜 소식이 없었어?〕

"이래저래 바빠서요. 죄송합니다."

〔바쁘다니 잘됐네. 그게 좋은 거야. 먹고살 만한가 봐?〕

"네. 그럭저럭요. 저……, 만나 뵙고 상의드릴 일이 있는데요. 시간 내줄 수 있으세요?"

〔왜? 일이 필요해?〕

"아, 아니요. 지금은 다른 일을 하고 있습니다."

〔너, 보험이다 다단계다 뭐, 그런 거는 아니지?〕

"편집장님도 섭섭하게……. 전혀 다른 일이에요."

〔요즘 무슨 일하는데?〕

"IT 쪽에 있어요. 자세한 얘기는 만나서 드릴게요."

〔애가, 애가…… 겁나게 구네? 아, 좋아. 마감도 끝났겠다 만나서 술 한잔하자고. 애들 부를까?〕

"지원 선배와 재욱이 부르려고 하는데요."

〔재욱이 걔는 유튜버로 아주 잘나가더라? 술값은 걔더러 내라고 해야겠다.〕

"술은 제가 사야죠. 날짜만 정해주십시오."

〔난 이번 주는 다 괜찮아. 오늘도 좋고. 지원이와 재욱이가 문제지.〕

"제가 그럼 연락해보고 전화드릴게요."

편집장과 전화를 끊고 지원 선배와 고재욱에게 연락을 했다. 지원 선배는 마감이 끝나 집에서 쉬고 있었고 고재욱은 언제든지 시간이 된다고 해서 오늘 밤에 만나기로 약속을 잡았다. 내가 아는 한, 오늘 사장의 업무는 9시 마감이다. 더 늦어질 수도 있겠지만 지금 이 시기를 놓치면 편집장과 지원 선배를 만나기 힘들 거라는 생각에 무리해서 일정을 잡았다.

통화를 하면서 느리게 걸었지만, 사택과 회사가 워낙 가까운 탓에 금방 회사에 도착했다. 사무실로 들어가니 오지선 실장이 놀라는 눈치다.

"유찬 씨, 왜 이렇게 일찍 나왔어요? 홍보마케팅팀 원고 수정도 다 끝났잖아요?"

"제안서를 써볼까 해서요."

"제안서? 무슨 제안서요?"

"사장님이 일 시키셨대요. 유찬 씨가 이번 프레젠테이션 준비 같이한대요."

민가영이 대화에 끼어들었다. 난 괜히 머쓱해진다.

"어머, 잘됐다. 그러잖아도 유찬 씨 경력이 아깝다고 생각했는데. 근데 수행 기사 하면서 같이할 수 있겠어요? 바쁠 텐데, 무리하는 거 아닐까?"

"해보는 데까지는 해봐야죠."

"몸 축나지 않게 적당히 해요. 회사보다 내 몸이 중요하잖아요."

난 오지선 실장의 충고를 감사히 받아들였다. 그녀의 말이 맞는다. 내 본업은 수행 기사다. 본업을 충실히 하고 내 몸 관리도 잘해야 한다. 그다음이 새로 주어진 일을 완수하는 거다. 그런데 자꾸 일 욕심이 난다. 그 일도 완벽하게 해내고 싶다. 내 능력을 모두에게 보여주고 싶다.

자리에 앉아 컴퓨터를 켰다. 오전 타임에 임시 수행 업무를 맡은 대행업체의 기사는 출타 중이라 다행히 자리가 비어 있었다. 그가 돌아올 때까지 빨리 제안서를 만들어야 했다. 난 회의에서 발표한 내용을 바탕으로 기획을 구성하고, 편집장에게 줄 전문지용 제안서와, 지원 선배에게 줄 패션지용 제안서를 따로 제작했다. 고재욱에게 줄 유튜브용의 제안서도 다른 포맷으로 꾸몄다. 다 완성하고 나니 그럴듯해 보였다.

난 완성된 제안서를 들고 전략기획팀 사무실을 찾았다. 외부로 돌리기 전에 전략기획팀의 동의가 필요했기 때문이다. 하지만 누구에게 이 내용을 검수받아야 할지 몰라 사무실 앞에서 서성거렸다. 그 앞을 수많은 사람이 들락거렸지만 사람들은 내게 눈길을 주지 않는다. 그렇게 5분 정도를 서 있었다.

"김유찬 씨? 여기는 어쩐 일이십니까?"

C실에 머물고 있다는 송연호였다. 난 반가운 마음에 넙죽 인사를 했다.

"외부에 보여줄 제안서를 써봤는데요, 이걸 누구에게 보여드려야 할지 몰라서 고민하고 있었습니다."

"제안서를 벌써 작성했어요?"

"네, 하루라도 빨리 진행했으면 해서요."

"빠르시네요. 일단 이리로 오십시오."

그는 나를 전략기획팀 사무실 안으로 데리고 들어갔다. 비서실과는 비교도 안 되게 넓은 공간에 사람들이 꽉 차 있었다. 사무실 안에는 6~8명 정도 간단히 회의를 할 수 있는 곳도 마련돼 있었는데, 그는 내게 이곳에서 기다리라고 말했다. 난 그가 시킨 대로 얌전히 앉아 있었다. 내가 만든 제안서를 보고 비웃으면 어쩌나 걱정하면서 말이다.

잠시 후, 송연호가 이준혁 상무 그리고 처음 보는 사람과 함께 들어왔다. 난 엉거주춤 일어서서 인사를 한다.

"저희가 제안서를 읽는 동안 음료라도 마시고 계셔요."

송연호는 냉장고에서 비타민 음료를 꺼내 건넸다. 그리고 냉정한 얼굴로 내가 만든 제안서를 집중해서 읽기 시작한다. 선생 앞에서 성적을 기다리는 학생처럼, 난 조마조마했다.

"괜찮은데요?"

"빠른 시간 내에 잘 만드셨는걸요?"

"이걸로 기자나 유튜버, 자동차 브랜드 사람들을 만난다는 거죠?"

"자동차 브랜드는 아직 아닙니다. 기자들 만나서 얘기 들어보고 더 추가할 게 있으면 수정하려고요."

"좋습니다. 옵션 선택으로 커스터마이징 느낌을 주는 과정이 재밌네요."

"내가 말했잖아. 우리 팀 영입해도 좋을 거라고."

괜찮은 반응이 나오자 이준혁 상무가 나를 슬쩍 띄워준다. 괜히 무안해졌다. 기자 생활하면서 5년간 기획안과 제안서를 매달 써온 보람을 이제야 느낀다. 휴대폰이 울렸다. 오지선 실장이었다. 사장의 미팅이 길어지니 호텔에 가서 대기하라는 내용이었다.

"이제 가봐야겠습니다. 호출이 와서요."

"어휴, 바쁘시겠어요."

"기자들 만나고 오면 다시 연락 주세요. 우리도 미팅합시다. 제대로 준비하고 있을게요."

"네, 그때 뵙죠."

난 부랴부랴 1층으로 내려가 택시를 탔다. 지금 사장이 있는 곳은 레전드호텔이었다. 회사와 가깝고 강남 중심에 있어서인지 사장은 이곳에서 미팅이 잦았다. 레전드호텔에는 40분여 만에 도착했다. 시계를 보니 3시 30분이었다. 오전에 근무하는 임시 수행 기사가 아직 퇴근하지 않았을 시간이다. 난 오지선 실장이 알려준 번호로 그에게 전화를 걸었다. 전화를 받지 않는다. 몇 번을 연락해도 통화가 되지 않아 기사 대기실로 향했다. 그가 거기에 있을지도 모른다는 생각이었다. 대기실 문을 열고 들어서니 누가 반갑게 알은체를 한다. 김병민 실장이었다.

"여어, 김유찬 씨."

"실장님, 잘 지내셨죠?"

"나야 늘 잘 지내지. 그래, 박 실장 집에는 가봤어?"

"아뇨. 요즘 바빠서 못 가봤습니다. 토요일에 가려고요."

"혼자서 고생이 많아. 혹시라도 나한테 연락 오면 알려줄게."

"고맙습니다. 근데 저, 실장님, 저희 회사 오전 타임 기사 못 보셨나요?"

그가 턱으로 소파를 가리켰다. 소파에는 한 남자가 가로로 길게 누워 있었다. 김병민 실장은 얼굴을 찌푸리고 고개를 절레절레 흔들었다. 사람이 영 아니라는 표시다. 그리고 목소리를 낮추고 조용히 말한다.

"혹시라도 이력서 내면 뽑지 말라고 전해."

"왜, 무슨 일 있었습니까?"

"불성실한 데다 예의가 있어야 말이지. 여기 사람들, 다 못마땅해한다니까. 딱 대리 정도가 어울리지, 수행은 힘들 거야."

그에게 다가갔다. 내가 가까이 갔는데도 세상모르고 자는 걸 보면 몹시 피곤했나 보다. 그를 흔들어 깨웠다. 여러 차례 깨우자 그가 짜증을 내며 일어난다.

"아, 왜요?"

"위너 기사죠?"

"그런데요?"

"오후 타임에 일하는 김유찬입니다. 교대 시간이 돼서요."

그가 시계를 확인한다. 근무 시간은 20분도 더 남았다. 그러나 그는 내 얼굴을 힐끗 보더니 인사도 하지 않고 대기실 밖으로 나가버린다. 그 모습을 본 다른 기사들이 한마디씩 했다.

"아, 저 새끼, 저거……."

"이 바닥에 발을 못 붙이게 하든지 해야지, 싹수가 없어."

"아니, 어느 대행업체에서 보냈길래 저 모양이야?"

기사들은 그에 대해 불만이 많았다. 아마 내가 오기 전에 한바탕 말싸움이 붙었는지도 모르겠다.

"유찬 씨, 위너 수행 기사 아직도 안 뽑은 거야?"

"네. 그래도 이번 주 안으로는 결정될 것 같은데요?"

"빨리 뽑으라고 해. 회사 이미지 안 좋아지겠어. 저 사람 보니까 도어맨에게도 함부로 막 대하더라고."

"박 실장 있을 때가 그립네. 그이가 일 잘했는데."

수행 기사의 세계는 생각보다 끈끈하다. 같은 일을 해서인지 서로를 잘 챙기고 각 호텔의 도어맨, 레스토랑의 주차요원과 긴밀한 관계를 유지하며 편의를 주고받는다. 그 때문에 아무리 일을 잘해도 한 사람의 눈 밖에 나면 곧 안 좋은 소문이 퍼진다. 대행업체에서 온 오전 타임 근무자가 그랬다. 아마도 그는, 수행 기사 일자리를 얻지 못할 것이다.

레전드호텔에서 5시간을 더 대기했다. 난 그 시간 동안 제안서를 수정하고 기사 대기실에 있는 컴퓨터로 자료를 찾으며 시간을 보냈다. 사장의 업무는 9시가 넘어서 끝났다. 난 그가 사무실로 들어간다고 할까 봐 초조했다. 오늘 밤 편집장과 지원 선배, 고재욱을 만나기로 했는데 약속한 시각보다 늦어질 것 같았다. 정문 앞에 차를 세우고 사장을 기다리면서 늦을 거라는 문자를 보냈다. 사장의 모습이 보였다. 재빨리 차 문을 열었다.

"이제 어디로 가십니까?"

"집으로 갑시다. 얘기를 오래 했더니 좀 쉬고 싶군요."

사장의 말에 난 안도한다. 생각보다 약속 장소에 많이 늦지 않을 것 같다. 사장의 집으로 향하면서 적당히 차의 속도를 올렸다.

"앞에, 그게 뭡니까?"

뒷좌석에서 눈을 감고 있던 사장이 묻는다. 보조석에는 편집장과 지원 선배에게 보여줄 제안서가 있었다.

"제안서입니다."

"제안서요? 김유찬 씨가 만든 겁니까? 좀 볼까요?"

그에게 제안서를 넘겨줬다. 어설프다고 하지 않을까 걱정이 됐다.

"오늘 만든 겁니까?"

"네. 예전에 알고 지낸 기자들과 만나기로 해서요. 그때 보여주려고요."

"언제 만나요?"

"조금 이따가요."

"오늘이오? 퇴근하고 바로 간다는 겁니까?"

"저희가 직업이 다르다 보니 만날 수 있는 시간이 별로 없어서요."

사장이 잠시 침묵했다. 난 괜한 짓을 한다고 타박을 할까 봐 주눅이 든다. 수행 기사일 뿐인데, 너무 나댄다고 생각하는 건 아닐까? 분수를 모르는 행동이라 여길까 봐 나도 모르게 움츠러들었다.

"김유찬 씨."

"네, 사장님."

"전에도 말했지만 인력 지원이 필요하면 얘기하세요."

"……"

"혼자서 다 처리하기 힘들 겁니다. 이거 보면, 사람들도 섭외해야 하고 진행이 쉽지 않을 것 같은데요?"

"네에……"

"제안서는 아주 마음에 들어요. 제 눈이 틀리지 않았네요."

사장의 말에, 하늘로 날아오를 듯 기뻤다. 쾌감이 온몸을 감쌌다.

"고맙습니다. 해볼 수 있는 데까지 해보고 정 안되면 부탁드리겠습니다."

사장의 집에 도착할 때까지, 우린 이런저런 얘기를 나눴다. 그는 피곤한 기색이 역력한데도 내가 쓴 제안서에 관심이 많은지 꼼꼼히 읽고 질문도 많이 했다. 20~30분밖에 안 되는 시간이었지만 내게는 소중한 시간이었다. 가슴이 벅찼다.

그를 아파트 입구에 내려주고 지하 주차장으로 내려가면서도 들뜬 기분은 좀처럼 가라앉지 않았다. 지하 1층 주차장이 가득 차서 지하 2층으로 향하는데, 빨간색 포르쉐에서 내리는 여자의 모습이 눈에 들어왔다. 윤조였다. 블랙 블레이저에 스틸레토 힐을 신고 걸어가는 그녀는 마치 모델 같았다. 난 그녀의 뒷모습을 보며, 오늘 밤도 사장과 함께 보내겠구나, 생각했다.

9. 파란 쇼핑백

택시를 타고 가로수길로 갔다. 평일 10시가 넘었는데도 아직 이곳에는 거리를 배회하는 사람들이 많았다. 약속 장소로 들어가니 먼저 도착한 편집장과 지원 선배, 재욱이 와인을 마시고 있었다. 비싼 와인은 아니었지만 매장에서는 보통 정가의 2.5배가 붙으니 병당 적어도 4~5만 원이 될 것이다. 아직도 성재 형의 카드를 빌려 쓰고 있는 처지인데, 오늘 술값이 제법 나올 것 같다.

"뭐야? 오늘 와인으로 가는 거예요?"

"인마, 네가 오랜만에 쏜다는데 비싼 거 마셔야지."

"벌써 한 병 비운 것 같네요?"

"네가 늦어서 그래. 어차피 와인 한 병 까면 몇 잔 나오지도 않잖아?"

이미 와인을 여러 잔 마신 편집장과 지원 선배는 흥이 오른 상태였다. 고재욱의 얼굴도 벌겠다.

"우린 원래 소주 아닌가? 왜들 갑자기 분위기를 잡고 그래?"

"야, 김유찬. 이거 내가 낼 거니까 걱정 말고 마셔. 불금이잖아?"

"선배가? 내가 쏘기로 한 건데?"

"여기 새로 오픈한 데라 나 취재 온 거나 마찬가지야. 업무상 먹고 마시는 거니까, 회사 경비 처리할 거야. 실컷 마셔."

지원 선배가 큰소리를 쳤다. 틀린 말은 아니었다. 피처 기자인 지원 선배는 새로 개업한 레스토랑 취재도 담당하고 있었다. 난 선배 덕에 술값 걱정을 내려놓는다.

"근데 왜 불러 모은 거야? 할 얘기가 대체 뭔데?"

테이블 위의 안주를 집어 먹으며 고재욱이 묻는다. 난 제안서를 꺼냈다.

"뭐야, 이건?"

"너 영업 뛰니?"

"야, 야, 우리 퇴근했어. 왜 일거리를 돌려?"

일단 내 제안서를 받아들었지만 모두 어리둥절한 것 같았다. 하긴 수행 기사인 내가 사업 제안서를 꺼내니 당황할 수밖에 없을 것이다.

"우리 회사에서 국내 최초로 자동차를 구매할 수 있는 플랫폼을 만들려고 해요. 소비자가 컴퓨터나 모바일로 직접 살 수 있는 거죠."

"수입차 한정인 거지?"

"일단 시작은요."

"딜러들은 어떻게 먹고 살라고? 국내에서 이게 될까?"

"테슬라 따라가는 거야?"

"시도해보는 거죠. 결과는 낙관할 수 없지만 언젠가는 이렇게 바뀌지 않겠어요?"

"선점하겠다는 자세는 좋다. 하나가 성공하면 다 바꾸려고 할 테니까. 그런데 그 첫 번째라는 게 좀 힘들어? 너네 회사, 어려운 길 가는 거야."

"알고 있어요."

"여론 조성은 그렇다 치고 자동차 브랜드를 꼬시는 게 관건이겠네."

"국내 딜러사는 중견기업이 거의 잡고 있잖아. 공세에 밀리지 않을걸?"

"신생 브랜드를 잡아야지."

"아……, 어디서 자동차 브랜드 론칭 준비한다던데? 편집장님, 그거 들으셨어요?"

"어. 나도 그 얘기 들은 것 같아. 뭐, 타이어인가, 블랙박스인가……. 여하튼 자동차 관련 업체에서 브랜드 하나 들여올 거라는 말이 돌았어."

"브랜드에서 판매 루트 확정하기 전에 들이밀면 좋겠네."

"정확히 어디인지는 모르고요?"

"예전에 포드 담당자가 갔다는 것 같던데……. 알아봐 줄까?"

"네, 부탁드릴게요."

"홍보마케팅팀에서 갔으면 이미 팀 구성이 끝났다는 거 아냐?"

"그건 모르지. 그리고 아마 그 사람 홍보마케팅팀 아닐걸?"

"알아도 콘택트가 쉽진 않을 거다. 너, 직접 뛰어야 해. 기사 하면서 할 수 있겠어?"

"수행은 오후 4시부터 하는 업무니까 여유 많아요."

"충신 났다. 네가 언제부터 애사심이 그렇게 넘쳤다고. 우리랑 같이 일할 때도 그랬으면 얼마나 좋아?"

"그래서 지금 제안서 냈잖아요. 기사 좀 써주세요."

"얘 뻔뻔한 거 봐라."

"지금 우리더러 기사를 써달라는 거야?"

"유튜브에 이런 거 내보내면 망해. 내 팬들 다 떨어져 나가."

내 목적을 적나라하게 밝히자 야유가 쏟아졌다. 그러나 말은 저렇게 해도 과히 싫지 않은 표정이었다. 편집장과 지원 선배, 고재욱은 어떻게든 나를 도와주겠다는 생각으로 제안서를 꼼꼼히 살핀다. 술은 조금 취했지만 모두 정신은 말짱했다.

"커스터마이징 느낌 있네."

"하긴 우린 양산된 것만 구매하니까 원하는 옵션만 선택해 차를 주문하는 것도 차별화 될 거야."

"게임으로 만들면 재밌겠는데? 차에 원하는 기능 넣어서 주행 경기하고 그러는 거. 차 주문해서 나올 때까지 기다리기 심심하잖아?"

"게임 말고 기사를 생각하라니깐!"

"소비자 중심의 자동차 플랫폼을 테마로 잡으면 어떨까? 이거, 특집으로 크게 다루면 너희 회사에서 광고 주는 거냐? 예산 있어?"

편집장이 나에게 딜을 한다. 항상 광고 매출을 걱정하고 있는 그다웠다.

"물어볼게요. 저는 권한이 없어서요."

"나도 그 주제로는 가능할 것 같아. 하지만 너희 것만 크게 못 다루거든. 테슬라를 취재해서 같이 써볼까?"

"그러면 테슬라만 주목받을 것 같은데요?"

"너희만 단독으로 못 다뤄줘. 편집장이 도끼눈 뜨고 있잖아."

"사장님이 좋아하실 텐데요?"

난 지원 선배에게 글램의 사장이 우리 사장을 좋아하고 있다는 점을 상기시켰다. 편집장이 아무리 막아서도 사장이 마음에 들면 기사 진행은 일사천리다.

"아, 우리 홍 아줌마. 그러잖아도 너희 사장이 광고 기사 한 페이지 줬다고 감사해서 어쩔 줄 모르더라."

"잘 나왔어요?"

"어, 반응 괜찮아. 광고 원고는 네가 쓴 것 같더라? 고칠 것도 없고 해서 그대로 긁어 넣었어."

내 제안서의 반응은 나쁘지 않았다. 기사는 작게라도 모두 진행해주기로 했고, 난 《모터 비히클》의 한 꼭지를 맡았다.

"브랜드 담당자들 연락처 보내줄게. 그새 사람들 많이 바뀌었거든. 직접 연락해서 사장 인터뷰도 따고 그래. 대신 원고료는 많이 못 줘. 우리 사정 알지?"

"제가…… 해도 될까요?"

"우리 프리랜서로 가는 건데, 뭐 어때?"

"편집장님, 인터뷰 딸 때 유튜브랑 동시 진행해도 되는 거죠?"

"재욱이 너도 가려고? 우리 애들 보내려고 했는데?"

"에이, 선배네 채널보다 제가 운영하는 채널이 인지도가 더 높잖아요."

"얘 봐라……. 안 돼. 우리 애들이랑 같이 가."

일은 순조롭게 진행됐다. 난 마음의 부담을 덜고 와인을 마시며 웃고 떠든다. 이대로 일만 잘 진행되면 내 능력을 인정받는 건 시간문제 같았다.

한참을 얘기하며 술을 마시는데 어디선가 시선이 느껴진다. 고개를 돌려보니 반대편 벽 쪽 룸 앞에 조규진 전무가 서 있다. 반사적으로 자리에서 일어났다. 그리고 그를 향해 허리를 굽혀 인사를 했다. 다시 고개를 들었을 때 그는 자리에 없었다. 마치 신기루처럼. 내가 술에 취한 걸까? 아니면 그가 룸 안으로 들어간 걸까?

"김유찬, 너 왜 그래?"

"아는 사람 본 것 같아서……."

"얘가 취했나 보네."

난 전무가 나온 쪽을 다시 한번 힐끔 쳐다본다. 그런데 이번에는 그 벽 앞에 최도원이 있는 게 아닌가. 난 잘못 본 게 아닌가 싶어 눈을 비볐다. 하지만 틀림없는 최도원이었다. 나와 눈이 마주친 녀석은 이내 시선을 돌리더니 룸 안으로 들어갔다.

"선배, 여기 어디에서 운영하는 레스토랑이에요?"

지원 선배에게 조용히 물었다. 그녀는 와인을 한 병 더 주문하며 무심히 대꾸한다.

"케미컬론 알지? 그 제약 그룹에서 오픈했대. 그 집 딸내미 거라나? 모토가 건강이야. 메뉴가 모두 유기농 콘셉트잖아."

"그래서 메뉴명이 다 이따위인 거야? 술 팔면서 유기농이 뭐야? 유기농이."

"술이 몸에 안 좋으니까 안주라도 잘 먹자, 이거 아니야?"

"핑계도 좋다."

"대표가 그냥 생각이 없는 거겠지. 둘러봐 봐. 레스토랑 콘셉트도 애매하잖아."

"대표가 몇 살이래?"

"몰라. 하지만 보나 마나 뻔하지. 나보다 한참 어릴걸?"

화제는 케미컬론 제약 그룹의 딸 얘기로 옮겨갔다. 그녀가 최근 이혼했는데, 부모가 위로 차원에서 이 레스토랑을 차려준 거라고 했다. 워낙 미녀인 데다 SNS로 유명세를 치르고 있는 터라 오늘 연예인들도 제법 많이 왔다는 얘기도 들렸다. 난 그 얘기를 듣고 그제야 주변을 살폈다. 연예인도 눈에 띄고 다른 잡지사 기자들도 보였다. 아무리 오픈 효과라 해도 이렇게 많은 셀럽이 모일 리는 없다. 케미컬론에서 돈을 단단히 푼 것이다.

난 캐풀렛가의 파티에 온 로미오가 된 기분이었다. 가면으로 얼굴을 가리고 몰래 적진에 숨어든 것처럼 긴장이 된다. 케미컬론은 헬시코어의 모회사다. 지금 화제에 오른 그녀는 정이준의 누나나 동생일 것이다. 어이가 없어 웃음이 나온다. 내가 녀석의 죽음과 관련되어 있다는 것을 알면, 여기 있는 사람들이 가만히 있을까? 모두 자리에서 일어나 품에 숨겨둔 칼을 뽑아 내게 겨누는 건 아닐까? 상상만으로도 아찔하다.

그만 일어나고 싶었다. 속이 울렁거리고 머리가 아프다. 자리에 앉아 있기가 힘들었지만 꾹 참고 계속 버텼다. 옆에서 지원 선배가 걱정스러운 눈빛으로 나를 들여다본다.

"유찬아, 너 괜찮아? 얼굴이 영 아닌데?"

"와인을 많이 마셨나 봐요. 머리가 아파요."

"얘가 촌스럽네. 와인 몇 잔 마신 거 가지고 왜 이래?"

"나갈까?"

"아니에요. 화장실 가서 씻고 올게요."

자리에서 일어섰다. 취하지도 않았는데 몸이 비틀대는 것 같다. 간신히 화장실로 갔다. 세면대에 물을 틀어놓고 정신이 날 때까지 찬물을 끼얹었다. 이제 살 것 같다 싶어 고개를 드니 거울 속에 한 남자의 모습이 보인다. 깜짝 놀라서 뒤돌아봤다. 조규진 전무였다.

"김유찬 씨? 맞죠? 사장님 수행 기사."

"안녕하십니까?"

"오늘 제안서를 냈더라고요? 전략기획팀 통해 받았습니다."

"아, 네……."

삐딱한 그의 말투에 왠지 모를 적대감이 느껴졌다.

"뭐, 나빴다는 얘기는 아니에요. 하지만 내가 생각하는 주력 사

업은 아니더군요. 인터넷으로 차를 팔다니⋯⋯. 100~200만 원
짜리도 아니고, 누가 그렇게 차를 살까요? 직접 보지도 않고?"

"원하는 사람은 매장에 가서 차를 볼 수 있습니다. 판매만 온라
인으로 하는 거고요."

"흐응⋯⋯, 그래요? 어쨌거나 내가 봤을 때는 별 매력이 없어
요. 괜한 고생 한 게 아닐까 싶은데요?"

"이미 테슬라라는 브랜드에서 그렇게 차를 판매하고 있습니다."

"그건 미국 얘기고요. 우리나라에서는 아직 아니지요."

그가 내 말을 무시하고 나왔다. 나도 술기운이 오른 터라 욱하
는 마음이 들었다.

"정부에서 허가도 안 나온 원격 의료 진료보다는 낫지 않습
니까?"

"하, 이것 보게⋯⋯. 사장이 좀 띄워줬다고 벌써 오만방자해진
건가?"

"의사협회 반발도 심하지 않습니까?"

"자네가 의료와 IT 사업에 대해 뭘 안다고?"

"네, 전 아무것도 모릅니다. 하지만 열심히 준비하고 있어요.
그 노력을 폄하하지는 말아주십시오."

"폄하? 다 헛수고야. 네가 만든 그거, 쓰레기통으로 직행할 거
라고."

"말씀이 지나치시네요."

"수행 기사면 기사답게, 운전이나 제대로 해. 괜히 박 실장 꼴
나지 말고."

"그게 무슨 소립니까? 박 실장님이 잠적한 이유에 대해 알고 계신 겁니까?"

그가 싸늘하게 웃었다. 하지만 대꾸는 하지 않았다. 난 말 없이 뒤돌아서는 그의 옷자락을 급히 잡았다. 그는 분명, 박영태 실장의 잠적에 대해 뭔가 알고 있다. 대답을 들어야 한다. 그를 놓치면 그 사실도 묻힐지 모른다.

"박 실장님께 혹시 무슨 일이 생겼습니까? 전무님은 알고 계신 거죠?"

조규진 전무는 내 손을 뿌리쳤다. 그리고 더러운 것에 닿았다는 듯, 내 손이 닿았던 옷자락을 툭툭 털어냈다.

"하여간 분수를 모르는 것들이야."

그가 내뱉은 말에 내가 반박하려는 순간, 화장실 문이 열리더니 사람들이 우르르 들어왔다. 그들은 왁자지껄 떠들며 나와 전무의 사이를 지나간다. 그 사이, 전무는 화장실에서 나갔다. 난 화장실 문이 닫히는 소리를 들으며 그 자리에 멍하니 서 있었다. 뭔가 있다. 분명 뭔가 있다. 나는 모르고 박영태 실장은 아는 뭔가가 있다.

나는 이를 꽉 물었다. 박영태 실장의 잠적을 밝혀내리라 다짐했다. 그리고 이번 프로젝트에 성공해 전무에게 보란 듯 복수하고 싶었다.

***

정오가 가까이 되어서야 눈을 떴다. 늦잠을 잔 것이다. 하지만 머리가 욱신거리는 통에 한동안 침대에 누워 있어야만 했다. 어젯밤 와인을 너무 많이 마신 탓이다. 그렇게 이불 속에서 뒹굴뒹굴하고 있는데 노크 소리가 들린다.

〔유찬 씨, 일어났어요?〕

민가영이었다. 아……, 난 그녀를 만날 준비가 안 됐는데. 그녀의 등장은 반갑지만 문을 열어주기가 귀찮다. 지저분한 꼴을 보여주기도 싫다.

〔아직 자요?〕

그녀의 목소리가 나를 재촉한다. 난 물먹은 솜뭉치처럼 무거워진 몸을 침대에서 일으켰다. 문을 자동으로 여는 리모컨이 있으면 좋았겠다는 헛된 상상을 하며 간신히 문을 열었다. 문밖에는 화사한 원피스를 입은 민가영이 서 있었다. 회사에서 볼 때와는 또 다른 모습이었다.

"어머? 어제 술 먹고 늦게 들어왔어요?"

그녀의 목소리가 날카로워진다. 얼굴을 잔뜩 찌푸린 채 코까지 막고 있다.

"어휴, 술 냄새. 오늘 무슨 날인지 몰라요? 토요일이잖아요!"

"아……."

깜박했다. 자동차 직구 플랫폼 제안서에 정신이 팔려 그녀와의 약속을 잠시 잊었다. 오늘은 그녀와 함께 박영태 실장이 살던 곳에 가기로 한 날이었다.

"뭐야? 잊고 있었어요? 정말 너무하네. 난 아침부터 일어나 준비했는데."

"미안해요. 금방 준비할게요."

"5분 내로 해요. 나 오래 못 기다리니까."

정신이 번쩍 들었다. 양치를 하고 샤워를 마친 다음 서둘러 옷을 갈아입었다. 그러고도 술 냄새가 가시지 않아 페브리즈를 잔뜩 뿌렸다. 페브리즈는 우리 기사들이 즐겨 쓰는 비장의 무기다. 안 좋은 냄새를 없애는 데는 향수보다 더 나았다.

문을 열었다. 방문 앞에는 민가영이 뿔난 모습 그대로 서 있다. 얼마나 화가 났는지 누가 보건 말건 신경 쓰지 않는 것 같다.

"오래 기다렸죠? 가시죠."

난 그녀의 눈치를 본다. 새침해진 그녀는 대꾸도 하지 않고 앞장서 걸었다.

사택에서 나온 우린 택시를 타고 성남으로 갔다. 김병민 실장이 알려준 태평동까지는 20분도 채 걸리지 않았다. 우리는 큰 길가에 내렸다. 눈앞에는 높고 긴 언덕길이 펼쳐져 있었다.

"아, 운동화 신고 올걸."

맥빠진 그녀의 목소리가 들려왔다. 그녀는 5센티는 족히 넘어 보이는 뮬을 신고 있었다. 저 신발을 신고 오래 걷지는 못할 텐데. 난 괜히 미안해진다. 사실 박영태 실장의 집이 중턱에 있다는 것을 김병민 실장에게 들었던 것이다. 미리 알려준다는 것을 깜박했다.

"알고 있었죠? 여기 죄다 언덕인 거?"

그녀가 입을 또 삐죽거린다. 살짝 화가 난 눈치다. 아, 그녀를 어떻게 달래야 하나. 입장이 난처하다. 민가영은 쉽게 삐지고 쉽게 풀리는 타입인 것 같다. 난 해결책이 없을까 주변을 둘러봤다. 마침 작은 카페 하나가 눈에 들어왔다.

"우리 일단 커피 한잔 마시고 움직일까요?"

"좋아요. 시간도 많은데."

카페에 들어갔다. 테이블 네 개로 매장이 꽉 차는 작은 카페였다. 우리는 커피와 음료, 케이크를 시키고 자리에 앉았다. 달달한 케이크와 시원한 음료를 마시고 나니 그녀의 기분이 좀 누그러진 것 같다.

"어제 얼마나 마신 거예요?"

"와인을 마셔서 그래요. 난 이상하게 와인을 마시면 취하거든요."

"누구랑 마셨는데?"

"옛날 동료들과 마셨죠. 아, 어제 술 마시다 전무님 봤어요."

"좋은 데서 마셨나 보네?"

"전에 내게 한 말 기억나요?"

"제가요? 뭐라고 했는데요?"

"전무님이 조금이라도 수상해 보이면 알려달라고 했잖아요?"

"아아, 그거? 왜? 어제 전무님이 수상해 보였어요?"

"헬시코어 최도원과 만나고 있더라고요."

"전혀 수상하지 않는데요? 우리 회사와 헬시코어가 협업하기로 했잖아요. 그 얘기, 유찬 씨는 못 들었어요?"

"알죠. 왜 하필 최도원일까, 하는 의심은 있지만요."

"에이, 그건 우리가 모를 때 의심한 거지. 정이준 대표 일은 잊어요."

"사실 전무와 화장실에서 우연히 만났어요. 꽤 권위적인 분이더라고요."

"유명하죠. 잠깐, 전무랑 얘기를 했어요? 일반 사원과는 말도 섞지 않을 텐데?"

"아주 잠깐이었어요. 내가 쓴 제안서를 굉장히 못마땅하게 여기셔서……."

"핀잔을 줬다, 이거군요? 그거, 경계예요. 괜히 자기가 추진하는 프로젝트가 안 될까 걱정하는 거라고요. 유찬 씨는 신경 안 써도 돼요. 전무는 매사 그런 식이거든요."

"그런데 대화하다가 박 실장님 얘기가 나왔어요."

"에엥? 갑자기 박 실장님? 뭐라고 했는데요?"

"괜히 박 실장 꼴 나지 말라고 하시더군요."

"어머……, 뭐야? 그 말은?"

"박 실장님이 뭔가를 알고 있다는 얘기겠죠."

"아마도 사장님에 관한 거겠죠? 갑자기 섬뜩해지네."

"전무님에 관한 것일 수도 있죠. 아니면 회사 기밀이거나."

"설마, 실장님 신변에 무슨 일이 생긴 건 아니겠죠?"

"그러지 않기를 바라야죠."

민가영이 음료에 든 얼음을 씹었다. 진지하게 뭔가를 생각하는 듯 보인다.

"전무 뒷조사를 해봐야겠네요. 우리 회사 공신이라 생각했는데……, 사람 일은 모르니까. 최도원도 만났다면서요. 그와는 아무 얘기 안 했어요?"

"얼굴만 봤을 뿐입니다."

"동창이라면서 되게 데면데면하다?"

"별로 좋지 않은 일로 만났는데, 아는 척하고 싶겠어요? 게다가 이번에는 경쟁 관계잖아요."

"그 사람이 알아요? 유찬 씨가 자동차 직매 플랫폼 기획에 참여하는 거?"

"글쎄요. 하지만 전무님이 말하지 않았을까요? 어제도 같이 있었으니까."

"다음에 마주치면 먼저 말 걸어봐요. 피하지 말고."

"……."

"적을 알아야 이길 수 있지 않겠어요?"

우리는 카페에서 나왔다. 그리고 쉬엄쉬엄 높은 언덕길을 올랐다. 몹시 가팔랐다. 중턱까지 올라가는 데도 꽤 힘이 들었다. 간신히 김병민 실장이 알려준 슈퍼에 도착했다. 말만 슈퍼지, 실상은 구멍가게와 다름없는 작고 초라한 가게였다. 우리는 슈퍼 옆의 파라솔에 앉아 잠시 쉬었다.

"다 온 거예요?"

민가영은 엄지발가락 옆부분이 까졌는지, 준비해 온 밴드를 붙이며 내게 묻는다. 난 바로 옆의 빌라를 손으로 가리켰다.

"바로 이 집이에요. 여기 2층이오."

"비어 있는 것 같은데?"

"이사 가셨으니까요. 급하게 가셨다고 하니, 아직 다른 사람이 들어오지 않았겠죠."

"누구에게 물어봐야 하나. 음료라도 하나 마실래요?"

난 고개를 저었다. 방금 카페에서 커피를 마셨는데 또 음료라니. 아직 갈증이 나지 않는다. 하지만 그녀는 슈퍼로 들어가 생수한 병, 아이스크림 두 개를 사가지고 나왔다. 그리고 나에게 아이스크림을 건넨다. 입안이 깔깔해서 먹기 싫었지만 일단 녹을까봐 아이스크림을 받아 억지로 먹었다. 그래도 오랜만에 먹으니맛은 있었다.

잠시 후, 가게 안에서 아주머니가 나왔다.

"여기 2층에 살던 양반 말하는 거 맞지?"

주인아주머니가 다짜고짜 말을 꺼낸다. 슈퍼에 물건을 사러 들어갔을 때 민가영이 물었나 보다.

"수첩을 놓고 가셔서 전해드려야 해서요."

"그래서 더운데 여기까지 찾아온 거구면?"

"여쭤보셨어요?"

"다들 모른대."

"여기 오래 사셨다면서요? 그런데 아는 사람이 어떻게 하나도없어요?"

"오래야 살았지. 8년이 넘었으니까. 게다가 그 집 마누라가 발이 넓었어. 이 동네 사람들과 다 친했지. 하지만 연락을 싹 끊어

버린 걸 어째?"

"이사 가는 거 보셨을 거 아니에요? 그때 어디로 가는지 묻지
도 않았어요?"

"그 밤에 가는 걸 어떻게 잡고 물어봐? 도둑 이사인데? 우리
집이 바로 이 위잖아. 밤에 시끄러워서 내다보니까 그때 짐을 빼
는 거야."

"밤에요? 그게 몇 시입니까?"

"한 10시 됐나? 보통 늦은 시간이 아니잖아. 이상하다 생각했
지. 그런데 물을 새도 없었어. 바로 용달 타고 떠나버리더라고."

"용달에 이삿짐이 다 실려요?"

"큰 건 다 두고 갔어. 지금 당장 쓸 것만 들고 간 것 같아."

"그럼 아직 집에 짐이 남아 있겠네요?"

"아니. 누군지 모르지만 다음 날 남자 둘이 오더니 큰 짐을 다
빼갔지. 지금은 쓰레기만 남았을 거야. 이따 올라가 봐. 문 열려
있으니까 들어갈 수 있을걸?"

"박 실장님 살던 집은 전세였어요? 자가였어요?"

"원래는 전세였지. 그런데 몇 달 전 월세로 돌렸나 봐. 그리고
월세 안 내고 보증금에서 제한 걸 보니까, 돈 문제가 있나, 그런
생각도 들어."

"혹시 자제분은 있어요?"

"부부 단둘이 살았어."

"계 떼먹고 그런 건 아니고요?"

"에이, 그 부부가 그렇게 나쁜 사람은 아니야. 피해는 하나도

안 줬어. 갑자기 말도 안 하고 밤에 이사 간 게 좀 그렇지. 왜? 회사에서 말썽 피운 거야?"

"아, 아뇨. 저희도 별일은 없었어요. 그런데 갑자기 안 나오시니까."

"용달에 탈 때 저희 실장님 얼굴은 보셨습니까?"

"똑똑히 봤지. 저기 가로등이 있어서 밤이라도 훤히 잘 보였어."

"어땠나요? 어디를 다쳤거나, 표정이 안 좋거나 하지 않고요?"

"멀쩡했지. 무덤덤하다고 해야 하나? 그냥 평소와 다름없었어."

슈퍼 주인과의 대화는 별 성과가 없었다. 박영태 실장이 밤늦게 급히 이사를 갔다는 것, 그의 몸에 이상은 없었다는 것 정도만 알았을 뿐이다. 하지만 난 그가 이런 사태를 예견했을 거라 생각한다. 그러지 않고서야 집 보증금을 줄여나갈 필요가 없을 테니까. 경제적 문제일까? 아니면 전무가 관련된 일일까? 슈퍼 주인에게 혹시라도 소식이 들리면 연락 달라고 전화번호를 남겼다.

민가영과 나는 좁은 계단을 올라 박영태 실장의 집으로 들어갔다. 현관 입구에는 미처 내다 버리지 않은 100리터짜리 쓰레기봉투가 있었다. 우리는 신발을 신은 채 거실로 올라섰다. 텅 빈 집이 왠지 으스스하다. 햇빛은 거실의 반만 들어오고 있었고, 짐이 모두 빠져서인지 방안은 아주 초라해 보였다. 벽지도 누렇게 바랬고 장판도 일부가 찢어져 있다. 바닥에는 500밀리미터 빈 생수병과 볼펜 한 자루만 남겨져 있었다. 볼펜을 주워보니 모나미 153이다. 볼펜의 뒷부분은 씹다 만 자국이 있었고, 바닥에 그어

보니 아직 잉크가 충분한 듯 잘 써졌다. 난 볼펜을 일단 주머니에 넣었다. 그리고 주변을 둘러보는데, 우당탕하는 소리가 들린다. 누가 온 것일까? 재빨리 방 밖으로 나갔다. 그러나 거실에는 민가영 혼자 서 있을 뿐이다.

"쓸만한 게 없어서……"

그녀가 나를 보며 씩 웃는다. 그녀의 발치에는 현관 입구에 놓여 있던 100리터짜리 쓰레기봉투가 쓰러져 있다. 그 안에서 나온 온갖 쓰레기가 거실 바닥에 어지럽게 흩어져 있다.

"쓰레기 좀 뒤져보려고요."

난 그녀의 담대함에 감탄하면서도, 쓸데없는 일을 벌였구나 하는 생각을 하며 다가섰다. 그녀의 옷이 더러워질까 봐 내가 나서서 쓰레기 더미를 뒤지기 시작했다. 쓰레기봉투에서 나온 것은 정말 쓰레기뿐이었다. 이삿짐을 빼면 나오는 온갖 휴지와 구겨진 음료수병, 깨진 컵, 신문지, 노끈 등등. 악취를 참아가며 마지막 쓰레기까지 끄집어냈다.

그런데 그 쓰레기 더미 속에서 낡은 쇼핑백 하나가 나왔다. 눈에 익은 쇼핑백이었다. 지금은 빛바랬지만 분명 파란색이었을 이 쇼핑백은, 내가 호텔 로비에서 픽업하고, 또 더 플랫에 전해줬던 바로 그거였다. 티파니 블루보다 조금 더 짙은, 독특한 컬러라 분명히 기억하고 있다.

"이 쇼핑백, 알아요?"

난 엄지와 검지로 쇼핑백을 들어 그녀에게 보여준다. 쇼핑백에서는 악취가 풍겼다. 민가영은 인상을 쓰며 고개를 흔든다.

"난 본 적 없는데요."

그녀가 보지 못했다라……. 하긴 더 플랫으로 심부름을 가기 전, 사장은 날 사장실로 직접 불렀다. 평소라면 비서실을 통해 할 일을 사장이 직접 시킨 것이다. 그만큼 은밀한 물건이란 말일 텐데. 이 쇼핑백에는 사장에게 가져다줄 물건이 들어 있었을 거다. 그런데 이게 왜 여기 있는 걸까? 박영태 실장의 잠적은 사장 일과 관련이 있는 걸까? 전무는 그 사실을 알고 있었을까?

"아, 정말 마음에 안 드네? 그러니까, 유찬 씨 말은, 박 실장님이 잠적한 게 우리 사장님과 연관이 있다, 이 말이에요?"

난 내 생각을 말했을 뿐인데, 민가영이 날카로운 반응을 보였다.

"그냥 생각이에요. 말도 못 합니까?"

"아니, 그래도 그건 아니지. 쇼핑백 그게 뭐라고 그걸 연관 지어요? 퍼런색이 뭐 한두 갠가?"

"그 색이 흔한 컬러는 아니잖아요? 그리고 아무리 선물이라고 해도 퀵이나 택배 시키면 되지, 군이 호텔 로비를 통해 주고받는 건 또 뭡니까? 거액의 팁까지 줘가면서."

"유찬 씨, 그건 우리가 일반 사람들이라서 그러는 거예요. 윗사람들의 세계를 전혀 모르잖아요? 그들만의 법칙, 그들만의 방식이 있다고요."

그녀와 나는 말이 통하지 않았다. 우리는 중국집에서 탕수육과 볶음밥을 앞에 두고 서로를 답답해하고 있다.

"가영 씨는 제 입장이 아니라서 그래요. 예전 수행 기사에게도 이상한 일이 많았잖아요? 그리고 앞으로 나한테도 무슨 일이 닥칠지 모르니까……"

"밖에서 대체 무슨 얘기를 듣고 다닌 거예요?"

그녀가 날 한심하다는 눈빛으로 본다. 나 역시 그녀가 갑갑하다. 눈길에 미끄러져 죽었다는 수행 기사는 열외로 치더라도, 사장의 심부름을 하다 갑자기 심부전으로 죽은 이연이나 도둑 이사를 하고 잠적한 박영태 실장의 경우는 너무도 이상하지 않은가? 그게 그냥 흘러버릴 얘기는 아니지 않나? 자칫 단초가 될지 모르는 내용을 그녀는 무시하고 있다.

"남자가 겁도 많지……. 그렇게 걱정되면 빨리 수행 기사에서 벗어나던가."

그녀가 빈정거리는 말을 내뱉고 무심하게 밥을 먹기 시작한다. 내가 사장을 의심했다는 게 기분이 영 좋지 않은 것 같다. 하지만 기분이 안 좋기는 나도 마찬가지다. 그녀가 내 말을 들어주지 않아 섭섭했다. 하고 싶은 말은 많았지만 입을 다물었다. 대신 입에 밥과 탕수육을 꾸역꾸역 넣었다. 간신히 접시를 비우고 일어섰을 때는 속이 얹힌 듯했다. 우리는 그렇게 식사를 마치고 사택으로 돌아왔다. 이미 서로 기분이 조금씩 상한 터라, 인사도 없이 각자의 방으로 향했다.

***

사장은 일요일마다 변함없이 윤조와 골프를 쳤다. 클럽 하우스에서 만나는 사람들은 매번 달랐지만 그녀는 항상 그 자리에 있었다. 사장이 골프를 치면 나에게 4~6시간 정도의 여유가 생긴다. 노트북이 없는 나는 휴대폰으로 자료를 정리하며 편집장이 시킨 원고를 틈틈이 작성했다. 그리고 그들을 다시 집으로 데려다주면서, 민가영의 말처럼, 빨리 수행 기사에서 벗어나고 싶다고 생각했다.

시간은 빨리 흘렀다. 월요일, 화요일, 수요일……. 날마다 비슷비슷해 보이는 일과지만 내 목적지는 매번 달랐고 퇴근 시간도 불규칙했으며 늘 시간에 쫓겨 허덕였다. 수행 기사 일과 기획을 동시에 진행한다는 게 쉽지 않았다. 게다가 인터뷰 섭외 과정이 만만치 않았다. 자동차 홍보 대행사를 거쳐 본사 홍보마케팅팀의 컨펌이 떨어져야 인터뷰가 가능했는데, 미팅 가능한 시간대가 제각각이라 모든 인터뷰에 내가 나갈 수 없었다. 내가 커버하지 못하는 부분은 고재욱이 맡아 처리했다. 미안했다. 녀석은 그 덕에 유튜브 콘텐츠가 풍부해진다고 말을 해줬지만, 난 매번 신세만 지는 기분이 들었다.

일이 바빠 데면데면해진 민가영과의 관계도 풀지 못했다. 박영태 실장의 집에 다녀온 후 그녀는 대놓고 내게 토라진 티를 냈다. 하지만 어쩔 수 없다. 그녀를 달래줄 여유가 내겐 없었으니까. 업무는 계속 늘어났고 난 매일 아침 일찍 출근했다. 오늘도 마찬가지다. 그나마 다행인 것은, 새로운 수행 기사가 다음 주에 출근한다는 거다. 그가 오면 내 바쁜 업무가 그나마 좀 수월해지겠지. 난 그렇게 스스로를 위안하며 전략기획팀에 넘겨줄 자료를 작성한다. 열심히 키보드를 두들기고 있는데, 오지선 실장이 부르는 소리가 들렸다.

"김유찬 씨, 사장님 호출 못 들었어요?"

그녀의 말에 깜짝 놀란 나는 휴대폰을 내려다본다. 이런, 맙소사…… . 나도 모르게 휴대폰을 무음으로 설정해두고 있었다. 부족한 잠을 스팸 문자로 방해받고 싶지 않아 어젯밤 설정해둔 것인데, 해제하는 것을 깜빡했다.

"죄송합니다."

"빨리 사장실에 들어가 보세요. 아까부터 찾으셨어요."

서둘러 옷매무시를 가다듬고 노크를 한 다음 사장실로 들어섰다. 회의 테이블 너머로 사장이 책상에 앉아 있는 모습이 보인다.

"죄송합니다. 휴대폰을 미처 확인하지 못했습니다."

"급한 건 아니에요. 요즘 많이 바쁘죠? 힘들면 말씀하세요. 지원 인력 붙여드리겠습니다."

"괜찮습니다. 아직 견딜 만합니다."

"다행이네요."

사장이 책상 가장 아래 서랍에서 파란 쇼핑백을 꺼냈다. 쇼핑백을 보는 순간, 난 침을 꿀꺽 삼킨다.

"바쁠 텐데 미안해요. 박 실장님 자리가 비어 있어서 부탁할 사람이 김유찬 씨밖에 없네요. 이걸 더 플랫에 전해주고 오세요."

난 그가 건네는 쇼핑백을 받아 들었다. 안에 무엇이 들어 있는지 궁금하다. 어쩌면 이것이 박영태 실장의 잠적과 관련이 되어 있을지 모른다고 생각하니 그 안을 들여다보고 싶었다. 그러나 난 그 호기심을 얼굴에 드러내지 않는다. 수행 기사 생활을 한 지도 벌써 두 달째. 포커페이스를 유지하는 노하우는 이미 익혔다. 난 사장실에서 나와 엘리베이터를 탄다. 평정심을 유지하며 가급적 쇼핑백 쪽으로 시선을 두지 않으려고 노력했다. 누군가 CCTV를 통해 나를 보고 있을지도 모르니까. 회사 건물 밖으로 나가, 인적이 드문 곳에 가서 슬쩍 열어볼 생각이었다.

김병민 실장은 내게, 수행 기사는 벙어리 3년, 귀머거리 3년, 장님 3년의 시간을 보내야 한다고 말했다. 그러나 나는 수행 기사로 내 인생을 끝내지 않을 거다. 그 말은, 판도라의 상자가 될지도 모를 이 쇼핑백 안을 들여다보겠다는 말이다. 심장이 두근두근 뛰었다. 마치 엄마가 하지 말라는 장난을 치고픈 아이처럼 마음이 들뜬다. 지난번에도 심부름차 방문한 더 플랫은 회사에서 고작 한 블록 지나서이다. 그 중간쯤에서 쇼핑백을 열어보면 되지 않을까?

엘리베이터에서 내렸다. 그때, 친숙한 목소리가 나를 불러 세웠다.

"김유찬 씨?"

뒤를 돌아보니 이준혁 상무다. 하필 이럴 때 그를 만나다니.

"어디 가십니까?"

"사장님 심부름 갑니다."

난 그에게 쇼핑백을 들어 보였다. 그리고 그의 안색을 살폈다. 그도 이 쇼핑백에 대해 알까?

"잠깐 얘기 좀 하려고 했더니……. 어디로 가시는데요?"

"더 플랫이라고요."

"아, 거기? 그럼 같이 가도 될까요? 바로 옆이잖습니까?"

"시간이 좀 걸릴 텐데요?"

"뭐, 어떻습니까? 산책 삼아 좀 걷죠."

급작스러운 그의 제안이 당황스럽다. 그와 같이 있으면 이 쇼핑백 안을 들여다볼 수 없는데. 왜 하필 지금 얘기를 하고 싶다는 거지? 하지만 거절할 마땅한 이유가 없었다. 내가 주저주저하는 사이, 그는 자연스럽게 나를 따라 걷기 시작한다.

"일은 잘 진행됩니까?"

"그럭저럭요. 일단 전문지에서 특집으로 다뤄주기로 해서 지금 자동차 전문가들 인터뷰를 따고 있어요."

"혼자 하면 힘들 텐데, 그럴 시간이 있나요?"

"다른 기자와 협업하고 있습니다."

"열심히 해주세요. 솔직히 전 기대가 커요. 조 전무님과 붙으니까 막 이기고 싶은 거 있죠?"

그가 장난꾸러기처럼 웃었다. 눈이 활처럼 휘어진다. 눈가에 잡히는 여러 가닥의 주름을 보며, 그가 사장과 좀 닮았다는 생각이 들었다.

"그런데 지금 조 전무님 쪽 기획이 아주 잘 나온 것 같더라고요. 불안하게. 때마침 강원도에서 지원한다는 얘기도 있고요."

"원격 의료를요? 의사들 반발이 심할 텐데요?"

"그렇죠. 오진의 위험도 있고 약물 오남용 문제도 분명 터질 거니까. 하지만 대세라는데 어쩌겠어요? 솔직히 파이야 우리보다 크죠. 원격 의료는 국민 전체를 대상으로 하는 거니까."

"하지만 체계 잡히려면 시간이 좀 걸리지 않을까요?"

"내 말이오. 자동차 직구 플랫폼이 지금으로서는 훨씬 더 현실적이고 설득력이 있죠. 이번 경쟁에서 우리가 이기지 않을까요?"

그와 이런저런 얘기를 하는 사이, 우리는 더 플랫 앞에 도착했다. 난 로비 안내 데스크에 앉아 있는 직원에게 쇼핑백을 건네준다. 쇼핑백을 받은 직원은 이번에도 나에게 봉투를 전해줬다. 봉투는 오늘도 두둑했다. 뒤에서 이준혁 상무가 이 모습을 보고 있을 거라 생각하니 왠지 꺼림칙하다. 난 잘못한 게 없는데 부정한 뒷돈을 주고받는 기분이 든다.

"이런 봉투를 받는 게 옳은 걸까요?"

그에게 대놓고 물었다. 두께를 봐서는 이 봉투에도 지난번과 같이 50만 원이 들어 있을 것이다.

"왜요? 받아두시죠?"

"팁이라고 하지만 너무 많이 주는 것 같아 오히려 찜찜하네요."

"그럴 때도 있어야 하지 않습니까? 저 같으면 좋겠는데요?"

"안에 뭐가 들어 있는 걸까요?"

"알아서 뭐 합니까? 나와 상관도 없는 일인데. 안 그래요?"

그는 내가 팁을 받는 것을 보고도 그 쇼핑백에 대해서는 전혀 관심 없는 눈치였다. 오히려 내가 과민반응을 보이고 있다는 듯 대한다. 하긴, 그의 말이 옳을지도 모른다. 요즘 과도한 업무로 난 예민해져 있다.

"참, 그 얘기 들었어요? 투자 건으로 손영익이 한국에 온다는 거?"

"그 사람이 직접 온다고요? 사장님이 미국으로 가시는 게 아니라요?"

"워낙 거물잖아요. 우리 말고도 다른 이커머스에 투자한대요."

"거긴 얼마나 투자하는데요?"

"1조 정도가 아닐까요? 우리와 비슷한 금액이겠죠. 사장님이 그 회사와 비교될까 봐 지금 엄청 긴장하고 있어요. 더 좋은 수익 모델을 만들어야 하니까."

이준혁 상무의 말에 난 긴장이 됐다. 전무가 지휘하는 팀과는 사내 경쟁을 하고 있는데, 경쟁 상대가 하나 더 생긴 것이다. 게다가 인터넷 판매에 관심이 있는 자동차 브랜드를 아직 섭외하지 못한 상태였다. 국내에 들어온다는 자동차 업체는 답변을 계속 미루고 있다.

"열심히 하니까 좋은 결과 있겠죠. 여기서 성과 나면, 아마 유찬 씨도 다른 팀으로 발령받을 수 있을 거예요."

"가능할까요? 전 경력도 애매한데요?"

"왜, 일 잘하시는데요? 그 정도면 충분하죠. 유찬 씨 아직 모르는구나? 지금 몸값 많이 올랐어요."

"네? 그게 무슨 말씀이신지……."

"전략기획팀에서도 탐을 내고 있지만 지금 홍보마케팅팀에서도 영입하겠다고 난리던데요?"

처음 듣는 얘기였다. 홍보마케팅팀에서 작성할 원고를 내가 만

들고는 있지만, 그 정도로 반응이 좋은지는 몰랐다. 담당자와는 얼굴을 본 적이 없고 늘 문자와 메일로만 연락했으니 말이다.

"조금만 더 기운을 내요. 고지가 보이니까."

그의 얼굴이, 유치장에서 만났던 그때의 얼굴과 겹쳐 보였다. 난 고개를 끄덕인다. 그래, 이제 수행 기사에서 벗어날 날도 머지 않았다. 대기로 시간을 허비하는 게 아닌, 뭔가 생산적인 일을 하게 되는 거다. 몇 달 전만 해도 이 자리가 감지덕지했는데 지금 내 눈은 더 높은 곳을 보고 있다. 희망이 생긴다.

어느새 우리는 회사 앞에 도착했다.

"편의점에서 커피 한잔하실래요?"

"괜찮습니다. 일을 하다 나와서요."

"그럼 먼저 들어가세요. 전 편의점에서 간식이나 사 가겠습니다."

그와 나는 회사 입구에서 헤어졌다. 난 로비를 지나 엘리베이터 앞에 섰다. 빨리 가서 업무를 마무리 짓고 싶었다. 이준혁 상무의 얘기를 들으니, 더 열심히 해서 인정받고 싶은 욕구가 샘솟는다. 엘리베이터에 올라탔다. 뒤에 서 있던 남자도 같이 엘리베이터에 타서 내 옆에 선다.

거울처럼 비치는 엘리베이터 문을 통해 그의 모습이 보였다. 이런……. 나는 소스라치게 놀랐다.

그는 바로 최도원이었다.

녀석도 나를 알아본 듯 눈을 아래로 내리깔았다. 침묵이 흘렀다. 아는 척을 해야 할까? 아니면 외면할까? 고민이 된다. 엘리베이터 안의 시간은 느리게 흘렀다. 빨리 12층에 도착하기를 바랐다. 아니, 그전에 그가 먼저 내리기를 원했다. 그렇게 초조해하고 있는데, 이런 젠장……, 녀석과 눈이 마주쳤다. 최도원은 고개를 돌려 나를 똑바로 바라본다. 그리고 말을 걸었다.

"오랜만이야……. 잘 지냈어?"

10. 돌발

나도 최도원을 뚫어지게 바라봤다. 다시 속이 메슥거렸다. 정이준이 죽고 윤조가 나를 범인으로 지목하던 그 순간, 문 앞에 서서 물끄러미 보고 있던 녀석의 얼굴이 떠오른다. 그때 녀석의 등 뒤로 아침 햇살이 무지하게 쏟아졌었지.

"언제 한번 만나 얘기하고 싶었는데, 이렇게 보네?"

마치 위에서 지켜보고 있다는 듯, 그가 내게 말을 건넨다. 초등학교 시절은 잘 기억나지 않지만 정이준 못지않게 오만한 녀석이었다는 게 생각났다. 속에서, 알 수 없는 반발심이 일어난다. 나도 삐딱하게 대꾸하고 싶었다.

"난, 너 자주 봤어."

"알아. 나도 봤으니까. 며칠 전 밤에 레스토랑에서도 만났었잖아?"

묘하게 빈정거리며 받아치는 그의 말에 기분이 나쁘다. 나를 만나서 불쾌하다는 게 온몸으로 전해져 온다. 아마도 그의 뇌리에 내 이미지는 2년 전 그날 아침으로 굳어져 있을 거다. 운명도 얄궂지. 녀석을 왜 여기서 만났을까.

"우리가 서로 얼굴은 몇 번 봤어도 제대로 얘기해본 적은 없으니까. 언제 시간 한번 갖자."

"그래. 시간 나면."

난 가까스로 대답했다. 아무렇지 않은 척 하려 했지만, 최도원의 말투는 이상하게도 상대방을 압박하는 뭔가가 있었다.

"요즘 일 잘하고 있다며? 조 전무님께 들었어."

"……"

"너무 열심히 하지 마라. 난 친구가 경쟁 상대인 것은 달갑지 않으니까."

11층 문이 열렸다. 최도원은 인사도 없이 엘리베이터에서 내린다. 엘리베이터 문이 닫힐 때까지, 난 전무실을 향해 가는 그의 뒷모습을 본다. 나도 녀석이 경쟁 상대인 게 마음에 안 든다. 그가 내 약점을 잡고 언제든지 공격해올 수 있다는 걸 안다. 미리 경계해야 한다. 조금의 틈도 보여주면 안 된다. 그러나 내가, 그럴 수 있을까? 게다가 그의 뒤에는 조규진 전무가 있지 않은가? 우리의 실력 차이는 컸다. 전략기획팀도 아닌 비서실에 속한 나는, 이번 프로젝트에서 단순히 자료를 모으고 매체, 브랜드와 연락하는 역할에 불과하다.

비서실로 돌아와 다시 책상에 앉았다. 그리고 고재욱이 촬영해

온 인터뷰 동영상을 확인하고《모터 비히클》에서 발주한 원고를 썼다. 자동차 직구 플랫폼에 대한 기대와 우려가 섞인 전문가들의 목소리를 들으니 이번 프로젝트가 만만치 않은 작업이 될 것 같다. 좀 전에 엘리베이터 안에서 최도원과 마주친 것을 생각하면 더 잘하고 싶은데. 이번에 론칭한다는 자동차 브랜드를 꼭 잡아야 한다. 마음이 초조해졌다.

"김유찬 씨?"

"네, 실장님."

"다음 주 일정을 문자로 보냈으니까 확인해주세요. 그리고 내일도 일찍 나올 거죠?"

오지선 실장의 물음에 잠시 뜸을 들였다. 원고는 오늘 중으로 마무리 지을 예정이라 내일부터는 여유가 좀 생긴다. 난 그 시간을 이용해 새로 론칭한다는 자동차 브랜드 회사를 찾아갈 계획이었다. 아직 브랜드 담당자와 약속을 잡은 것은 아니지만.

"제게 시킬 일이 있습니까?"

"아, 아니요. 오늘 오전 타임 수행 기사가 새로 왔잖아요. 우리끼리 오붓하게 점심이나 할까 해서요."

"좋습니다. 어느 분이 되셨는데요?"

"아실지도 모르겠는데, 고성국 씨라고……."

고성국? 정이준이 죽은 후 헬시코어에서 잘렸다가 다시 복귀했다는 그가, 우리 회사에 왔다는 말인가? 내가 검토한 이력서에는 그의 서류가 있지 않았다. 이게 어떻게 된 일이지?

"고성국 씨라면 헬시코어 수행 기사였던 분 아닙니까?"

"역시 아시는군요. 잘됐다."

"그 사람도 우리 회사에 지원했었나요?"

난 오지선 실장에게 질문하며 민가영 쪽을 힐끗 본다. 그녀가 아니라는 듯 고개를 흔들었다.

"전무님 추천이에요."

실장의 말에 뒤통수를 한 대 얻어맞은 기분이 들었다. 둥근 뿔 테안경에 가려진 날카로운 그의 시선이 떠오른다.

"헬시코어가 플랫폼 개발에 투자를 확대하느라 이번에 대대적인 내부 정비를 했대요. 사장님도 더 이상 수행 기사를 안 쓰시겠다고 해서, 저희가 픽한 거죠. 그리고 예전에 우리 회사에 지원해 면접 봤던 이력도 있었고요."

"그래도…… 고성국 씨는 거기 출근한 지 얼마 안 됐을 텐데요?"

"그쪽에서도 미안하니까 우리 회사에 추천한 거예요. 사람이 꽤 괜찮은가 봐요."

난 고개를 끄덕이면서도 기분이 착잡했다. 최도원 밑에 있던 사람이 오전 타임 수행 기사로 들어왔다는 사실이 꺼림칙하다.

"아, 그리고 고성국 씨와 며칠만 근무 시간을 바꿨으면 하는데 괜찮아요?"

"그게 언제입니까?"

"다음 주요. 저도 새로 온 고성국 씨보다는 유찬 씨가 오전 타임을 맡아줬으면 좋겠어요. 아무래도 손영익 대표님이 한국에 오시면 케어할 사람이 필요하잖아요."

이게 또 무슨 소리인가. 나는 손영익 같은 거물을 상대할 자신이 없다. 비록 공항에서 픽업해 호텔까지 모시는 일이 전부라 해도 그 부담감은 어마어마하게 크다.

"손 대표님 케어를, 제가요?"

"왜, 영어 잘하시잖아요. 해리스 씨가 고마웠다고 안부 전해달라던걸요?"

이런……, 짤막하게, 어버버거리며 영어 단어를 나열했을 뿐인데, 어이가 없다. 이런 식으로 일이 또 주어지는 건가? 새로 론칭하는 자동차 브랜드에 연락도 못 했는데. 일정이 꼬일까 걱정이다. 하지만 답은 무조건 예스다. 난 수행 기사니까. 엄격히 말하면 자동차 직구 플랫폼 기획은 내 업무가 아니다. 전략기획팀에서 주관하는 일이다.

"알았습니다. 월요일부터인 거죠?"

"네. 그 주만 좀 고생하시면 돼요. 그리고 우리, 내일 점심 약속한 거예요? 가영 씨, 우리 뭐 먹으러 갈까?"

내 속을 알 리 없는 오지선 실장은 내일 점심 먹을 생각에 벌써 들뜬 분위기다. 반면에 마음이 바빠진 나는 서둘러 원고를 마무리 지었다.

사장은 12시가 넘어서 퇴근을 했다. 퇴근을 한다고 해서 그의 업무가 끝났다는 건 아니다. 줄지어 있던 오늘의 회의를 마쳤을 뿐이다. 그는 몹시 지쳤는지, 집으로 향하는 내내 헤드레스트에 머리를 기대고 눈을 감고 있었다. 난 룸미러로 그의 모습을 훔쳐보며 부드럽게, 그리고 빠르게 차를 몰았다. 집 앞에 도착했다.

그러나 그가 꼼짝하지 않는다.

"사장님?"

그를 불렀다. 하지만 움직이지 않는다. 불길한 마음에 그의 무릎에 손을 얹고 흔들었다.

"사장님, 집에 다 왔습니다."

그는 여전히 반응이 없었다. 속이 다시 울렁거렸다. 상황이 왠지 익숙하다. 2년 전, 그날처럼 말이다. 설마, 설마 그가…… 죽은 건 아니겠지? 난 차에서 내려 뒷문을 열고 그의 코에 손가락을 가져다 댔다. 다행히 숨을 쉬고 있다. 그러나 의식은 없었다. 난 119를 부를 새도 없이 부리나케 병원으로 향한다. 비상등을 켜고 내가 몰 수 있는 가장 빠른 속도로 차를 운전했다. 20분도 안 돼 응급실에 도착했다. 난 차 문을 닫을 새도 없이 응급실로 뛰어들었다. 온몸에서는 식은땀이 비 오듯 흘렀다.

"지금, 저희 사장님이 의식이 없습니다. 도와주세요!"

내 말에 응급실 직원이 이동식 침대를 급히 챙겼다. 그리고 차로 가서 사장을 침대 위로 옮겨 응급실로 이송한다. 난 그 모습을 보며 정신이 하나도 없었다. 의사가 뭐라 하는지 들리지 않고 어떻게 응급실 접수를 했는지도 모르겠다. 오지선 실장에게 전화를 건 것 같은데 뭐라고 말했는지 기억도 안 난다. 오한이 났다. 속이 메슥거린다. 정이준이 죽었을 때, 그 차갑고 딱딱한 느낌이 되살아나 괴로웠다.

그렇게 대기실에 앉아 바들바들 떨고 있는데, 누군가 내 어깨를 잡는 느낌이 들었다. 고개를 드니 눈앞에 이준혁 상무가 있다.

"어떻게 된 일입니까?"

"모르겠어요……. 사장님 댁에 도착했는데, 갑자기 의식이 없으셔서……."

"알겠습니다. 제가 알아볼게요. 일단 여기 앉아 계십시오. 이거 드시고요."

그가 내게 마시는 청심환을 건넸다. 떨리는 손으로 그걸 받아 마셨다. 몇십 분이 지나자 떨림이 조금 멎었다. 숨을 쉬기도 훨씬 편안해졌다.

"유찬 씨, 괜찮아요?"

이번에는 오지선 실장의 목소리가 들렸다. 그녀는 조규진 전무와 함께 내 앞에 서 있었다. 나를 내려다보는 전무의 눈빛이 싸늘하다. 혹시라도 사장이 죽으면 그는 나를 탓하겠지? 그때의 윤조처럼 말이다.

"사장님은요? 어떻게 된 일이에요?"

"모르겠습니다……. 의식이 없으세요."

"네에? 아니, 왜?"

"걱정하지 마십시오. 사장님 이제 괜찮습니다."

어디선가 이준혁 상무의 목소리가 구세주처럼 들렸다. 난 힘없이 소리가 나는 곳으로 고개를 돌린다. 조규진 전무가 날카롭게 물었다.

"무슨 일이었습니까?"

"과로하셔서 쓰러지신 거랍니다. 지금 깨어나셔서 영양제 맞고 계시니까 1, 2시간 뒤면 퇴원하실 수 있을 거예요."

"MRI나 뇌 CT나 뭐, 그런 검사 안 해봐도 될까요?"

"병원에서 괜찮다고 합니다."

"의사는 정확히 뭐래요?"

"단순 과로래요. 좀 쉬면 회복될 거라고 합니다."

"그렇게 간단히요? 보통 그러면 별별 검사를 다 하던데?"

"의사 소견이니까요. 믿고 따라야죠. 마침 당직 의사가 주치의예요. 요즘 사장님이 너무 무리하셨다고 하네요."

"아, 걱정되네. 앞으로도 일이 산더미일 텐데."

"중요한 시기인데 이만하길 다행이라 생각해야죠."

"그래도 유찬 씨 덕에 한시름 놓은 거예요. 수고했어요. 당분간 사장님 건강 잘 살펴주세요."

이준혁 상무가 그나마 날 위로해줬다. 그리고 그는 내 옆을 지나가면서 작게 속삭인다.

"앞으로 이런 일이 또 있으면 저한테 먼저 연락 주세요."

이준혁 상무와 조규진 전무, 오지선 실장 그리고 나는 대기실 의자에 앉아 사장이 퇴원할 때까지 꼬박 기다렸다. 상무와 전무는 답답했는지 사장이 누워 있는 응급 병실과 대기실을 왔다 갔다 했고 오지선 실장은 꾸벅꾸벅 졸았다. 난 얼이 빠진 상태로 멍하니 의자에 앉아 있었다.

기다린 지 2시간이 거의 되어가자, 드디어 응급 병실에서 나오는 사장의 모습이 보였다. 그는 머쓱한 듯 우리에게 사과를 한다.

"미안합니다. 이 새벽에 괜히 저 때문에……."

"이만하길 다행이에요. 앞으로는 몸 생각해서 쉬어가며 일하세요."

"오 실장 말이 맞습니다. 이제 일을 다른 사람에게 맡길 때도 되셨잖습니까?"

"오전 일정은 취소할게요. 아니, 하루를 그냥 다 쉬세요."

"해야 할 일이 있는데, 어떻게 그럽니까?"

"사장님! 지금 얼마나 중요한 때인지 아시잖습니까? 하루 쉬는 게 문제가 아니에요."

"그래요. 하루 푹 쉬시고, 다시 복귀하시죠. 그렇다고 일에 차질이 생기지는 않을 겁니다. 다음 주가 정말 중요하잖아요."

전무와 상무 그리고 오지선 실장의 공세에 결국 사장은 항복했다. 출근하지 않기로 한 것이다. 덕분에 내 일정도 자유로워졌다.

사장을 집에 데려다준 다음 사택으로 돌아왔다. 현관문을 열고 계단으로 향하는데, 피곤해서 발걸음이 무거웠다.

"사장님은 괜찮으세요?"

주방 쪽에서 민가영의 목소리가 들렸다. 이상했다. 그녀가 그 사실을 어떻게 알지? 난 연락한 기억이 없는데.

"내가, 가영 씨에게 전화했었나요?"

"오 실장님이 알려주셨어요. 그래서 사장님 내일 출근을 못 하신다고."

"아……, 괜찮으세요."

"좀 자세히 말해주면 안 돼요?"

시계를 봤더니 벌써 새벽 3시다. 얘기를 하기에는 너무 늦은 시간이다.

"내일 하죠. 지금 너무 피곤해서……."

진이 빠진 목소리로 대꾸했다. 섭섭하겠지만, 그녀를 안을 기력조차 없다. 피곤해서 입도 뻥긋하기 싫다. 그녀를 외면하고 2층 계단을 올랐다. 내 등 뒤로, 그녀의 시선이 따갑게 꽂히는 게 느껴졌다.

**

점심시간에 맞춰 회사에 출근했다. 비서실에는 먼저 출근한 고성국이 앉아 있었다.

"안녕하십니까? 여기서 또 뵙네요."

"이렇게 같이 일하게 돼서 반가워요."

그가 먼저 손을 내밀었다. 난 그와 악수를 한다. 모르는 사람이 입사한 것보다 낫지만, 그가 최도원과 관계가 있는 터라 내심 경계심이 생긴다.

"김유찬 씨도 왔으니까, 우리 이제 나가죠? 가영 씨, 어디랬지?"

"요 앞에 새로 생긴 파스타집이요."

"좋아요. 갑시다."

오지선 실장의 뒤를 따라 우리는 비서실에서 나간다. 파스타라……. 메뉴가 영 내키지 않았지만, 민가영이 고른 거라 수긍하기로 했다.

이탈리안 레스토랑은 회사 건너편 건물의 1층에 있었다. 레스토랑 안으로 들어서니 역시나 대부분 여자 손님으로 가득하다. 오지선 실장과 민가영, 나와 고성국이 나란히 앉았다. 내가 앉은 곳은 민가영과 마주 보는 자리였다. 우리는 파스타와 리소토, 스테이크를 골고루 주문했다.

"고성국 씨, 헬시코어에서 오래 근무하셨어요? 내가 이력서를 안 받아서, 하나도 몰라서 그래."

음식이 나오길 기다리면서 오지선 실장이 고성국에게 자연스럽게 묻는다. 취조 아닌 취조가 시작된 것이다.

"그런 편이라고 해야 되나요? 2년 전에 그만뒀다가 최근에 다시 들어왔거든요."

"2년 전? 아니, 왜 그만뒀는데요?"

민가영이 슬쩍 내 눈치를 살핀다. 난 애써 태연함을 가장하며 물을 마셨다. 속이 다시 울렁거린다. 이제 정이준 얘기가 나올 차례인가?

"이전 사장님이 돌아가셔서요. 약물 사고였습니다."

그는 요령껏 돌려 말했다. 필로폰도 약물이니 틀린 얘기는 아니다.

"이런……, 그럼 그만두고 어디서 일하셨어요?"

"엔터테인먼트 쪽으로 가서 헬시코어에서 부르기 전까지 일했습니다."

"헬시코어에서 신망이 두터웠나 보네요. 다시 부르는 걸 보면."

"최도원 사장님이 전무님이실 때부터 많이 챙겨주셨어요."

"조 전무님께 추천한 사람도 최 사장님이라면서요?"

"네, 감사하게도 그렇습니다."

주문한 음식이 나왔지만 오지선 실장과 고성국의 대화는 끊임없이 이어졌다. 난 그들의 애기를 귀담아들으며 묵묵히 식사를 했고 내 휴대폰은 민가영이 보낸 문자로 쉴 새 없이 진동했다.

'저 사람, 어때요?'

'고성국 씨? 왜?'

'헬시코어에서 추천받아 온 사람이라니까 왠지 그래서.'

'평이 좋아요. 성실하대요.'

난 대충 답 문자를 보내고 오지선 실장의 분위기를 살폈다. 식사 자리에서 대화를 나누지 않고 둘이 문자를 주고받는 건 예의가 아니니까. 그녀는 고성국에게 이것저것 물어보느라 나와 민가영은 신경 쓸 겨를이 없는 것 같았다. 다행이다. 민가영이 눈치 없이 문자를 또 보냈다.

'나중에 정이준이 윤조와 사귄 거 물어봐요.'

난 답장을 하지 않았다. 괜히 의심 살 만한 행동을 하고 싶지 않았다. 이번에는 내가 고성국에게 물었다.

"헬시코어는 요즘 어때요?"

"간당간당하죠. 간신히 버티고 있어요."

"왜요? 주가도 많이 올랐던데?"

"경영 실적은 나쁘지 않은데, 본사 간섭이 심해요. 뭔가 하나 크게 터지지 않으면 사장님 입지도 위태롭지 않을까 해요."

다른 회사 수행 기사에게 들은 그대로였다.

"그래서 이번 프로젝트에 사활을 거시는구나?"

"아무래도요. 직접 의사협회에 가서 설득도 하고, 정부 관계자도 만나고 그러세요."

우리의 화제는 대부분 헬시코어였다. 오지선 실장은 고성국의 이력이나 개인사보다는 그가 다녔던 헬시코어에 대해 관심이 많은 듯했다. 민가영은 나에게 몇 번이나 문자를 더 보냈다. 고성국의 과거와 어제 사장이 응급실 갔던 일까지, 그녀는 궁금한 게 많았다. 하지만 어떻게 그녀의 문자에 일일이 답을 하겠는가. 바로 앞에 있는 오지선 실장이 눈치채지 않을 리 없다.

'나중에 집에 가서 얘기해요.'

내가 답장을 보내고 나서야 그녀는 비로소 조용해졌다.

식사를 마친 다음, 우리는 간단히 커피를 마시고 헤어졌다. 사장이 출근하지 않으면 우리 같은 수행 기사는 자동으로 휴가인 것이다. 고성국은 집이 있는 미금으로, 난 편집장이 얘기한 자동차 브랜드 회사로 향한다. 둘 다 지하철을 타야 해서 판교역까지 함께 걸어갔다.

"어휴, 저 신상 털리는 줄 알았어요."

고성국이 엄살을 떤다. 오지선 실장과 대화를 나눌 때는 능청스럽게 대답을 잘도 하더니, 내 앞에서는 동조를 구한다.

"여기선 수행 기사가 비서실 소속인가 봐요?"

"그래서 편한 점도 많아요. 사장님 일정 관련해서 소통도 원활하고."

"에이, 진짜요? 딱 봐도 힘들겠던데? 아까 문자 주고받은 거, 그거 민가영 씨랑 한 거죠?"

그는 눈치가 빨랐다. 오지선 실장의 물음에 대답하는 틈틈이 내 문자를 엿봤나 보다. 아니면 둘 다 문자를 하고 있는 모습에 넘겨짚었거나.

"민가영 씨도 있고, 다른 사람에게 온 것도 있고. 왜요?"

"아니, 친해 보여서. 둘 다 결혼 안 했죠?"

"네에?"

"딱 보면 안다니까. 잘해봐요."

그가 장난스럽게 내 어깨를 툭 친다. 그의 친근한 태도가 어쩐지 불쾌하다.

"다음 주에 일정 바뀌는 거 들으셨죠?"

"오전에 다른 일이 있으신가요?"

"아직 헬시코어 일이 마무리 안 돼서요. 아시겠지만, 거기 기사가 이제 없어요. 손영익 대표도 온다니까 일정도 바쁘고 면도 세우고 싶고, 그런 거죠. 미안해요."

"괜찮습니다."

"이건 비서실에는 비밀이에요. 알면 싫어할까 봐 다른 말로 둘러댔거든요."

"전무님은…… 알고 계시나요?"

"그럼요. 그 조건으로 어제부터 출근한 건데."

우리는 지하철역에서 헤어졌다. 난 신분당선을 타고 강남역으로 간다. 자동차 브랜드를 새로 론칭하는 회사가 강남 부근의 공유 오피스에 있기 때문이다. 내가 인맥을 총동원해 알아낸 그 회사는 타이어 브랜드의 자회사였다. 강남역에서 내려 선릉역 방향으로 올라가니 공유 오피스 건물이 나왔다. 1층에 있는 커피숍에 들어가 커피를 시켰다. 그리고 커피를 마시며 포드에서 이직했다는 홍보 직원의 SNS를 뒤진다. 행사 때 얼굴을 본 적이 있지만, 말을 나눠본 적은 없는 사람이었다. 아마 그도 나를 모를 거다.

한참 휴대폰을 들여다보고 있는데, 내 앞자리에 누군가 앉는 기척이 느껴진다. 놀라서 고개를 드니 눈앞에 이준혁 상무가 있다.

"어? 상무님, 여긴 어떻게……."

"내가 묻고 싶은 말입니다. 유찬 씨는 여기 왜 오셨어요?"

"이번 프로젝트 진행하는 데 도움이 될까 해서, 사람 좀 만나러 왔어요."

"역시 정보가 빠르시네요. 저도 그 이유로 왔어요. 너무 일찍 도착해서 커피나 한잔할까 했더니 이렇게 만나네요."

왜 자꾸 이준혁 상무와 마주치는 걸까? 그가 왠지 내 일거수일투족을 감시하는 게 아닐까 하는 불길한 예감이 든다. 내가 기소유예를 받은 몸이라 회사에서 날 믿지 못하는 건 아닐까.

"누구 만나러 오신 겁니까?"

"예전에 포드 홍보했던 분이에요. 이쪽으로 옮기셨다길래, 어떻게 인사라도 해볼까 해서요."

난 그에게 SNS 사진을 보여줬다. 그는 한참 동안 내 휴대폰을 뚫어지게 쳐다보더니 나를 보고 빙긋 웃었다.

"수고하시네요. 하지만 김유찬 씨."

그가 하지만이라는 단어에 힘을 주어 말한다. 그는 나를 보고 여전히 웃고 있었지만 난 숨이 막힐 것 같았다. 손을 떼라는 말을 하려는 걸까?

"브랜드 협약은 제가 할 일이에요. 너무 애쓸 필요 없어요. 기획서 봤고, 충분히 잘 해주셨어요. 기사도 곧 나온다면서요."

"……."

"이젠 윗선에서 할 일만 남았습니다. 저 오늘 여기 온 거, 모건 사장 만나러 온 거예요."

수입한다는 차의 브랜드가 모건인가? 확실히 평사원들보다 임직원의 정보가 빨랐다. 그는 브랜드 협약을 위해 이곳에 온 것이다. 아마 이미 많은 얘기가 오갔을 것이다. 이를 알 리 없었던 난 헛수고만 한 셈이다.

"죄송합니다."

"죄송은요, 이렇게 열심히 일해주시는데. 아, 오늘 오후 일정 어떻게 되세요?"

그가 시계를 들여다보며 물었다. 사장이 쉬는 이상 나는 일이 없다.

"없는데요."

"잘됐네요. 여기서 1시간만 기다려주시겠어요? 미팅은 빨리 끝날 겁니다. 저와 한잔하시죠."

급작스러운 그의 제안에 솔직히 놀랐다. 한 회사의 상무가, 일개 수행 기사에게 개인적으로 술을 마시자니. 말도 안 된다. 회사 내에서 우리의 위치는 하늘과 땅, 극과 극이다.

"어제 일이 고마워서 그래요. 그리고 우린, 유치장 동기잖아요?"

그가 한눈을 찡긋거리며 개구쟁이처럼 웃었다. 난 아무 말도 못 하고 자리에서 일어서는 그를 봤다. 그는 곧 엘리베이터를 타고 사라졌고 난 꼼짝없이 커피숍에 앉아 있었다. 내 머릿속은 많은 생각으로 어지러워진다. 술을 마시면서 말실수를 하면 어쩌지? 내 얄팍함을 그가 알고 실망하는 건 아닐까? 하지만 그에게 잘 보이고 싶었다. 상무에게 잘 보여 전략기획팀으로 자리를 옮기고 싶은 욕심이 있다. 그리고 어쩌면 박영태 실장의 잠적과 이전 수행 기사 사건에 대한 정보를 얻을 수도 있을 것이다. 윤조와의 관계, 조규진 상무에 대한 의심 그리고 파란 쇼핑백에 대한 이야기까지도. 난 침을 삼켰다. 다른 사람에게 털어놓지 못한 얘기가 너무 많았다. 민가영에게 알려주기에는 민감한 내용들이 내 안에 있었다.

40분쯤 기다리자 이준혁 상무가 모습을 나타냈다.

"미팅은 잘 하셨습니까?"

"그럭저럭요. 아직 확답을 해주지는 않네요. 가시죠, 술이나 마십시다."

그는 이곳의 지리에 익숙한 듯, 나를 데리고 근처의 바로 들어갔다. 우리는 파티션으로 가려진 프라이빗한 테이블에 앉았다. 그는 위스키와 식사를 대신할 티본스테이크를 시켰다.

"사장님은 괜찮으시겠죠?"

난 고기를 씹으며 조심스럽게 물었다. 거저 주어진 하루 휴무에, 몸은 편했지만 마음이 편하지 않았다.

"멀쩡할 겁니다. 가끔 그래요. 늘 과로하니까. 우리도 살아야겠다고 항의해서 억지로 퇴근시키지만 퇴근하면 뭐해요? 집에서도 밤새 일을 하는데."

그가 사장에 대한 불만 아닌 불만을 털어놓았다. 난 그의 얘기를 조용히 듣는다.

"이번에도 자꾸 일에 욕심을 부리니까 쓰러진 거예요. 그 일 때문에 괜히 유찬 씨만 놀랐겠네."

"전 괜찮습니다."

"새로 온 수행 기사는 어때요?"

"헬시코어에서 온 사람인데, 성실하다는 평을 들었어요."

"아니, 다른 사람 평 말고. 유찬 씨가 보기엔 어떻냐고요."

"아⋯⋯, 글쎄요? 얘기를 몇 번 안 해봐서."

"솔직히 난, 그 사람 마음에 안 들어요. 얘기 들었죠? 전무가 추천해서 온 거."

"네, 들었습니다."

"왜 하필 이 시기에, 왜 헬시코어에서 온 사람일까, 의심스러운 거죠."

"저⋯⋯."

"네?"

"고성국 씨 얘기는 아닌데⋯⋯"

"유찬 씨도 의심스러운 게 있나요?"

"박 실장님이 급작스럽게 그만두신 거요. 그게 좀 이상합니다."

이준혁 상무의 눈빛이 빛났다. 난 그에게 내 속을 다 털어봐도 될지 가늠이 안 됐지만, 내 입은 이성과 달리 빠르게 움직였다.

"주말에 박 실장님 댁에 가 봤습니다."

"이런……, 오지선 실장도 다녀왔다던데. 어땠나요? 무슨 얘기, 들은 거 있어요?"

"바로 옆집에 사는 슈퍼 주인 말이, 박 실장님이 밤중에 급작스럽게 이사를 갔다고 해요."

"흐음……. 무슨 일이 있었다고 하던가요?"

"전세를, 몇 달 전에 월세로 바꾸고 그 후로 보증금에서 뺐다고 하더라고요. 박 실장님의 잠적이 우리에겐 갑자기 벌어진 일이지만, 이미 준비를 하고 계셨던 게 아닐까 생각합니다."

"일이 있긴 있었나 보네요. 그거 외에 또 수상한 점은 없고요?"

"빈 집에 들어갔었는데, 쓰레기봉투에서 뭔가를 발견했어요."

"그게 뭐죠?"

"파란 쇼핑백이요. 제가 더 플랫에 심부름 갈 때 들고 간 거요. 기억하시죠?"

진지하게 얘기했다. 그런데 그가 어이없다는 듯 크게 웃음을 터트린다.

"난 또 뭐라고……. 그게 뭐가 수상한데요?"

"그냥 제 촉이……."

"그건 블루 클럽이라고 사장님이 속한 사교 클럽 회원들만 사용하는 거예요. 절대 수상한 게 아니고요."

자꾸 웃는 그를 보니 부끄러워진다. 내가 괜한 의심을 했나 보다. 하지만 그 프라이빗 클럽 쇼핑백이 왜 박영태 실장의 집에 있었던 걸까?

"전 하도 팁을 많이 주길래……."

"상대방 비서나 수행 기사들에게 팁 주고 그러는 거, 그게 그분들 면 세우는 거예요. 일종의 과시죠. 그거 말고, 다른 건 없어요?"

"박 실장님 잠적하기 전날, 차에 이상이 생겼었어요."

"차에 이상이오?"

"사장님 지인 부모님의 장례식에 참석해야 했는데, 차 계기판에 엔진 이상이 떠서 서비스센터에 갔거든요. 그런데……."

난 이준혁 상무에게 점화 플러그 이상에 대해 털어놓았다. 우리 회사 수행 기사에게는 자꾸 이상한 일이 생긴다는 소문이 외부에 떠돈다는 것도 얘기했다. 심각하게 말하는 내 얘기를 들으며 그는 눈을 가늘게 뜨고 웃는다. 하지만 최도원과 조규진 전무의 만남이 내가 입사하기 전부터 있었다는 얘기를 하자 얼굴이 굳어졌다. 그가 생각했던 것보다 둘의 커넥션이 오래됐다는 데 놀란 것 같다.

내친김에 윤조 얘기도 했다. 정이준의 연인이었던 그녀가 지금 사장의 연인이라는 것까지도. 그리고 이 모든 게 우연이 아닐지도 모른다는 내 생각을 덧붙였다. 내 얘기를 듣는 이준혁 상무의 얼굴이 딱딱하게 굳었다. 화가 난 그의 얼굴은 처음 보는 낯선 이의 얼굴이었다.

"지금부터 내가 하는 얘기 잘 들어요."

이준혁 상무가 목소리를 낮추고 내 눈을 본다. 그의 눈빛은 진지했다.

"앞으로 조 전무님이 하시는 행동, 주의 깊게 봐주세요."

"저와는 접점이 없는 분인데요?"

"비서실에 계시니까, 사장님 일정이나 동선을 아시잖아요? 잘하면 전무님의 스케줄도 알 수 있을 텐데요?"

"그렇긴 하지만⋯⋯."

그가 곤란한 부탁을 하고 있다. 난 누구도 감시하고 싶지 않다.

"회사 일입니다. 유찬 씨도 말했듯이, 전무님과 최도원 사장은 오랫동안 알고 지냈을 겁니다. 헬시코어 상황이 지금 좋지 않아요. 이번 프로젝트가 무산되면 더 나빠지겠죠. 그래서 최도원 사장은 무슨 방법을 써서라도 이번 일을 꼭 관철하려 할 겁니다."

그의 말에, 갑자기 고성국이 떠올랐다. 조규진 전무의 추천으로 우리 회사로 온 그는 예상 날짜보다 출근이 빨랐다. 헬시코어의 업무를 완전히 마치지 않고 온 터라, 나와 근무 시간을 바꾸는 무리수를 둘 정도로 말이다. 왜 그랬을까? 전무는 그 사실을 알면서도 왜 그를 급히 고용한 걸까?

"저⋯⋯, 상무님. 이번에 새로 온 수행 기사 말입니다. 일정이 겹쳐서 다음 주에는 저와 시간대를 바꾸기로 했습니다."

"그게 무슨 소립니까?"

"헬시코어 업무가 아직 안 끝났나 봅니다. 오전에는 헬시코어 업무를 보고 오후에는 우리 회사 일을 한다고 해요. 다음 주만이요."

"그걸 전무님도 알고 오케이를 했다는 말씀입니까?"

"네. 그런데⋯⋯."

"그런데요?"

"저희 수행 기사들은 오전 오후 일정을 공유하고 있습니다. 그럴 리는 없겠지만……."

"최도원 사장이 사장님의 스케줄을 알고 무슨 수를 쓸 수도 있다, 이 말입니까?"

"그렇긴 하지만…… 같은 회사 업무인데, 설마 나쁜 일을 벌이겠어요?"

"아니에요. 조 전무라면 충분히 그럴 수 있어요. 자신에게 유리하게끔 무슨 짓을 꾸미겠죠."

그의 눈빛이 더 날카로워졌다. 그리고 침묵했다. 난 괜한 말을 꺼냈나 후회한다. 가뜩이나 예민해져 있는 그에게, 전무를 더 의심하게 만든 건 아닐까? 모든 건 억측일 수 있는데.

"전무님을 더 유심히 봐야겠군요."

"……."

"이번 프로젝트는 우리 팀의 생존 여부가 달린 일입니다. 그리고 유찬 씨도 언제까지 수행 기사로 있을 겁니까? 이번에 많이 노력한 거 잘 알고 있습니다. 프로젝트가 성공적으로 성사되면, 전 유찬 씨를 전략기획팀에 추천할 거예요."

"제가 어떻게……."

"단순 유혹이 아닙니다. 그만큼 유찬 씨 실력이 있잖아요. 담당 업무도 아닌데 여기까지 찾아오는 열정도 있고요."

내가 전략기획팀과 상의도 없이 자동차 브랜드를 찾아온 것에 대해 그가 언급하자 멋쩍었다. 칭찬인지 농담인지 아니면 빈정거림인지, 감이 오지 않는다.

"진심입니다. 전 유찬 씨가 아까워요. 기회를 놓치지 마세요."

"……고맙습니다."

왠지 꺼림칙하다. 난 이대로 그의 제안을 받아들여야 하는 걸까? 하지만 유혹이 너무 크다. 전략기획팀으로 옮길 수 있는 기회라면 놓치고 싶지 않다.

"우리, 잘 해봅시다. 그러기 위해서는 전무님과 새로 온 수행 기사 살피는 거, 그것도 게을리해선 안 돼요. 제 말 아시겠죠?"

"윤조도…… 감시해야 하는 겁니까? 그건 사장님의 사생활 침해인데요?"

"김유찬 씨, 윤조를 사장님 애인이라고 생각하는 겁니까?"

"……."

"윤조는 로비스트예요. 자신의 이익에 따라 어디 붙을지 모르는 사람이라고요. 피도 눈물도 없어요. 타인에게 냉정하고 자신의 이익에 관대한 여자가 과연 사랑을 알까요? 사랑을 앞세워 상대를 이용하는 거겠죠. 우리는 사장님을 보호하기 위해서라도 그녀를 경계해야 돼요."

정이준이 죽은 날 아침, 하얗게 질린 얼굴로 나를 범인으로 지목하던 윤조의 얼굴이 떠올랐다. 피도 눈물도 없는 여자라……. 이준혁 상무는 민가영과 비슷한 소리를 하고 있다. 하지만 난 사생활 보호와 침해라는 명제 사이에서 흔들리고 있었다. 우리 수행 기사의 역할은 어디까지인 걸까? 아무리 회사를 위한 일이라 해도 선을 넘는 게 아닐까?

"그리고 윤조는 절대 그냥 움직이는 여자가 아니에요. 분명 최도원과도 연관이 있을 겁니다. 나도 몇 번이나 시도했는데, 그 여자에 대해서는 아무것도 알아내지 못했어요. 그만큼 비밀도 많고 위험하다는 얘기겠죠."

난 그의 말에 동조했고 우리는 이외에도 많은 얘기를 했다. 그가 주도하는 프로젝트에 투자가 결정되면, 사장이 자회사를 만들 계획이라는 얘기도 들려줬다. 그리고 내가 새로운 회사의 전략기획팀으로 발령받을 수 있을 거라고도 말했다. 희망이 생긴다. 그와 처음 얘기를 나눌 때 움츠러들었던 어깨가 쫙 펴지는 기분이다. 나는 그와 자리를 옮겨 맥주를 몇 잔 더 마신 후에 헤어졌다. 기분이 좋아서일까 아니면 진지한 얘기를 해서일까, 꽤 많이 마셨는데 정신이 말짱했다.

집으로 돌아와 현관문을 여니 주방 불이 환히 켜져 있다. 오늘도 주방에는 민가영이 혼자 맥주를 마시며 나를 기다리고 있었다.

"왜 이렇게 늦었어요?"

그녀의 볼멘소리가 들려온다. 작은 입술을 삐죽거리며 투덜대는 모습이 귀여웠다. 난 그녀의 맞은편에 앉았다.

"뭐야? 아까는 집에 가서 얘기하자더니? 기다리고 있었는데, 술을 마시고 들어오면 어떡해요?"

"아, 미안. 상무님을 만나서 술 한잔했어요."

"이준혁 상무님? 상무님을 어디서?"

"자동차 브랜드에 들렀다가 우연히 만났거든요."

"아하, 그래서 내가 기다리고 있는 건 잊었구나?"

"맥주 한 캔 더 할래요?"

차가운 맥주를 함께 마시며 그녀에게 이준혁 상무와 했던 얘기들을 들려준다. 평소라면 하지 않았을 말들이지만, 술이 어느 정도 오른 데다 내밀한 얘기를 나누고 온 여운이 아직도 남아서 하고 싶은 말이 많았다.

"흐응……, 고성국 씨 조심해야 될 사람이네? 헬시코어 사장에게 우리 사장님 일정 다 갖다 바치겠네?"

"그러잖아도 그 걱정하고 왔어요. 그래서 전무님 프로젝트가 유리해지는 건 아닐까……."

"그 꼴은 내가 못 보지."

"왜? 좋은 생각 있어요?"

"다음 주 일정, 다 공유하지 않을 거예요."

"오지선 실장님이 과연 그럴까요?"

"실장님 휴가 가잖아요?"

"진짜? 얼핏 듣긴 들었지만…… 하필 이 바쁜 시기에?"

"오 실장님은 한가할 때죠. 프로젝트 정리, 리서치 모두 다 끝났으니까. 이제 쉴 일만 남은 거예요. 아, 부럽다. 나도 휴가 가고 싶은데."

"휴가가 언제인데요?"

"글쎄, 성수기 되기 전에 가야 하는데……."

"어디 가고 싶은데요?"

"멀리는 싫고, 호캉스나 할까…… 싶어요."

"같이 갈래요?"

그녀가 눈을 동그랗게 뜨고 나를 바라본다. 예상치 못한 제안에 놀란 걸까?

"왜, 싫어요?"

"싫진 않지만…… 사람 당황스럽게 갑자기 왜 그래요?"

난 테이블 아래로 손을 뻗어 장난스럽게 그녀의 무릎을 만졌다. 부드러운 살결의 느낌이 좋았다. 그녀도 싫지 않은지 피식 웃는다. 그리고 다리를 오므렸다.

"내가 가영 씨 좋아하는 거 알잖아요? 사귀자고 꼭 말로 해야 하나?"

자리에서 일어나 그녀의 옆자리로 갔다. 그리고 손가락으로 그녀의 얼굴과 입술을 훑어내렸다. 콧잔등의 주근깨에 입을 맞추자 그녀의 작은 입술이 살짝 벌어졌다. 키스를 했다.

누군가가 갑자기 나타나도 이상하지 않을 만큼 개방된 공간이었지만, 그녀와 난 주변을 신경 쓰지 않고 입맞춤에 심취했다. 그녀의 어깨를 감싸 안았다. 기분이 좋다. 키스가 길어질수록 내 행동은 더 과감해졌다. 확실히 취했나 보다. 아니, 어쩌면 아까 이준혁 상무가 들려준 얘기 때문인지도 모르겠다. 새로운 기획팀으로 발령될 수도 있다는 그의 말은 나의 자존감을 한껏 치켜세웠다. 내 손놀림이 점점 더 거세어진다.

"방으로 가요……"

그녀가 작은 한숨을 토해냈다. 얼굴이 붉게 상기된 그 모습이 너무 사랑스러워 나도 모르게 더 세게 끌어안았다.

"더 이상…… 여기서는 안 돼."

넘어갈 듯한 그녀의 목소리에, 난 가까스로 이성을 되찾았다.

난 그녀를 끌어안고 2층에 있는 그녀의 방으로 올라갔다. 우리는 그날 밤 사랑을 나누고 또 나누었다. 그리고 그녀의 안에서, 내가 느낀 이 행복이 지속되길 바랐다.

***

전략기획팀 업무가 끝난 나는 다시 한가해졌다. 홍보마케팅팀에서 건너오는 수정 원고도 없었고, 사장의 업무는 주로 회사 내에서 이뤄지는 일이 많아 그의 퇴근만 책임지면 됐다. 손영익 대표가 방문하는 날이 가까워져 올수록 전 직원들이 긴장감을 감추지 않아 회사 내의 대기가 팽팽해졌다. 하지만 그만큼 나는 느슨해졌다. 잠시 고성국의 일거수일투족을 눈여겨봤지만, 딱히 이상한 점이 없어 곧 감시하는 것을 포기했다. 그는 말이 많았고 자신의 행적을 주변에 먼저 알리는 스타일이었다. 대신 전무에 대해서는 촉각을 곤두세웠다. 그가 언제 어디서 누구를 만나고 회의를 얼마나 하는지, 사사로운 행동 하나하나가 내 관심 대상이었다. 전무의 스케줄은 민가영이 제공했다. 그가 오전에 회사 근처의 피트니스센터를 다닌다는 정보도 그녀가 줬다. 퍼스트 팀, 그곳은 전 수행 기사인 이연이 다녔던 곳이기도 하다. 난 무료한 오전 시간을 활용할 겸 전무에 대한 정보도 얻을 겸, 그가 다니는 피트니스센터에 등록하기로 했다.

아침을 먹고 피트니스센터에 들렀다.

"위너 직원분이세요? 사원증 보여주시면 30퍼센트 할인해드려요."

발랄해 보이는 직원이 친절하게 말을 건넨다. 그녀는 내 몸을 훑어보더니 PT를 권했다.

"PT는 따로 안 하세요?"

"얼맙니까? 그것도 할인이 되나요?"

"PT는 할인 적용이 안 돼요. 회당 4만 원인데, 10회 이상 끊으면 10퍼센트 할인 들어가요."

"제가 등록하면 어느 분께 배우는 겁니까?"

"원하시는 분 있으면 말씀하세요. 없으면 저희가 추천해드리고요."

"조규진 회원에게 PT 해주시는 분으로 하고 싶은데요."

"잠시만요. 위너 다니는 조규진 회원이오?"

그녀는 모니터를 들여다보며 키보드를 재빠르게 두들긴다.

"원재길 선생님이 담당이신데요. 어쩌죠? 이번 달에는 모든 타임이 다 찼어요. 다른 선생님으로 하셔야겠는데요?"

"그럼 혹시…… 전에 다녔던 이연 회원은 어느 분에게 PT를 받았죠?"

"그 회원님 역시 원재길 선생님이세요."

피트니스센터에서 마주친 전무와 이연의 미묘한 접점에, 난 야릇한 흥분을 느꼈다. 가물거리던 실마리를 잡았다고나 해야 할까? 수상쩍게 느껴졌던 전 수행 기사의 죽음이 왠지 전무와 무관하지 않을 것 같은 생각이 든다. 우연이라 치부하기에는 전무를 향한 내 의심이 컸다. 단순히 상사와 직원의 관계는 아니었을 것이다. 그 둘은 무슨 사이였을까?

"회사 분들이 서로 친하신가 봐요."

"네? 그게 무슨 말씀이신지?"

"두 분. PT 받은 시간대가 비슷하시네요. 보통 같은 회사 직원들끼리는 안 마주치려고 하잖아요."

그녀는 내가 의심쩍어하는 부분을 예리하게 집어냈다. 그러더니 내 눈치를 다시 쓱 본다.

"그나저나 어쩌죠? 다른 선생님 추천해드릴까요?"

"아니, 괜찮습니다. 저도 원재길 선생님께 받고 싶어서요. 다음 달에 다시 도전해보죠."

"그러시겠어요? 그럼 우선 한 달 이용권만 결제하겠습니다."

카드를 내밀었다. 그녀가 단말기에 대고 카드를 긁는다. 난 10만 원이 조금 넘는 금액으로 피트니스센터에 등록했다. 앞으로 이곳에서 조규진 전무와 마주칠 일도 생기겠지. 그와의 거리가 좁혀지긴 힘들겠지만 난 그의 모든 것을 눈에 담아둘 것이다.

피트니스센터에서 나오자마자 비가 내리기 시작했다. 난 가까운 편의점으로 뛰어가 우산을 하나 사서 썼다. 어떤 난관에도 방해받지 않을 자신감이 차오르고 있었다.

11. 기회일까

오지선 실장이 휴가를 내자 비서실은 민가영이 장악했다. 내가 며칠 전에 해준 얘기로 고성국에 대한 편견이 생겼는지 그녀는 유달리 그에게 깐깐하게 굴었다. 오늘도 그랬다. 일찍 출근해보니 스케줄 문제로 둘이 티격태격하는 중이었다.

"아니, 반쪽짜리 일정만 주면 어떻게 합니까?"

"그게 왜 반쪽짜리예요? 일정 모두 공유한 건데요? 그리고 유찬 씨 일정을 고성국 씨가 알아서 뭐 하게요? 본인 일정이나 잘 소화하세요."

"책임질 겁니까? 그러다 일에 차질 생기면 민가영 씨가 책임질 거냐고요. 수행 기사가 사장님 일정을 모두 꿰고 있어야 한다는 건 기본 아닙니까?"

"어쨌든 전 못 드려요. 저희 비서실 원칙이 그래요."

그녀는 새침하게 말하고 비서실 밖으로 나가버렸다. 그 모습을 본 고성국은 황당하다는 표정이었다.

"아, 저 여자 왜 저래? 나한테 불만 있나? 왜 저렇게 깐깐하게 굴어? 유찬 씨, 이게 말이 된다고 생각합니까? 위너는 원래 일 처리를 이렇게 해요?"

그가 이번에는 화살을 내게 돌렸다. 하지만 난 민가영의 편이었다. 그는 모르겠지만.

"이상해도 따라야지, 어떡해요? 급한 일 생기면 저한테 연락하세요. 그러면 되죠. 제 번호 아시죠?"

난 아무렇지 않다는 듯 대답했다. 그를 통해 사장의 일정이 최도원에게 흘러가게 하지 않을 것이다.

"월요일 스케줄 받으셨어요?"

"아뇨, 아직."

사실은 어제저녁 민가영에게 사장의 스케줄을 받았다. 그것은 지금 내 휴대폰 안에 있다.

"오 실장님이 휴가라 전달이 좀 늦나 봐요."

"아니, 그렇게 일하고도 안 잘리나?"

"위너가 그래요. 수행 기사 간에도 일정 공유가 안 될 때도 가끔 있고, 사장님이 직접 연락하는 일도 많아요. 사장님 내일도 공치러 가시죠?"

난 태연하게 말을 돌린다. 고성국이 입사한 이후, 난 다시 토요일에 쉴 수 있게 됐다.

"포천에 약속 잡으셨대요."

사장은 토요일과 일요일에는 거의 대부분 거래 업체의 대표와 골프를 친다. 손영익의 방문을 앞두고, 난 분명 토요일에 헬시코어와 골프 약속을 잡을 거라 추측했다. 일요일에는 자동차 브랜드 모건의 대표와 칠 예정이니까. 이준혁 상무의 활약으로 모건과는 계약을 목전에 두고 있었다.

"최도원 사장님과 치시는 거죠?"

"예? 예, 그렇죠. 내일 전·현직 사장님을 모두 모신다니 기분이 좀 묘해요."

"조규진 전무님도 함께 치나요?"

"그럴걸요?"

내일 그 자리에 윤조도 있을 거라 추측해본다. 몇 주 전, 이천 컨트리클럽에서 골프를 함께 친 멤버 그대로 말이다. 휴대폰이 울렸다. 민가영에게 문자가 온 것이다.

'재수 없어 죽겠어.'

'어디?'

'1층 편의점.'

'지금 갈게요.'

난 1층으로 내려갈 채비를 한다. 고성국에게는 바람을 쐬겠다고 둘러대고 사무실에서 나왔다. 편의점 앞으로 가니 민가영이 파라솔에 앉아 비타민 음료를 마시고 있다.

"아직도 화났어요? 기분 풀어요."

"고성국 씨 진짜 이상하지 않아요? 들어온 지 얼마 되지도 않았으면서 왜 나한테 이래라 저래라 해? 나이 많으면 다인가?"

"제 일정이 궁금했나 보죠."

"그럼 유찬 씨에게 묻던가. 내가 아랫사람도 아닌데 나한테 일정을 왜 내놓으란 건지 참! 내가 사장님 비서지, 수행 기사 비서는 아니잖아요?"

그녀는 단단히 뿔이 난 듯 보였다. 내가 출근하기 전에 어떤 말들이 오갔을지 대충 짐작이 갔다. 여간해서는 기분이 풀리지 않을 것이다. 난 그녀의 관심을 돌려야 했다.

"손 대표님이 월요일 오전에 오시는 거죠?"

"제가 드린 스케줄표 봤을 거 아니에요? 10시에 인천공항 도착이래요."

"그런데도 사장님이 골프를 안 쉬시네. 피곤하실 텐데. 토요일에 전무님과 함께 골프 치는 거 알아요?"

"당연히 알죠. 전무님 비서가 알려줬어요. 토요일에 포천 가시는 일정이 있다고. 일요일은 대신 상무님과 치잖아요? 모건 대표하고요. 공평하게 대하시는 거죠."

"투자 앞두고 사장님이 바쁘시네요."

"워낙 큰 거이니까……. 아휴, 일 애기는 제발 그만 좀 해요."

그녀가 확 짜증을 냈다. 내가 눈치가 없었다.

"난 지금 고성국 씨한테 열이 받아 있단 말이에요. 같이 욕을 못 해줄망정 머리 아프게……."

"아, 미안."

"게다가 오 실장님 휴가라 더 예민하단 말이에요. 은근 뒤치다꺼리가 얼마나 많은데."

"내가 뭐 도와줄까요?"

"됐어요! 정말 성질나. 왜 하필 재미 투자가가 오는 건지. 정보 모으는 재미도 하나도 없고."

"다른 사람 정보 모으면 되잖아요?"

"누구요?"

"최도원 사장이나 모건 대표요."

"……그럴까? 오 실장님과 상의하지 않았는데……."

"두 사람에 대해 조사한 건 하나도 없어요?"

"최도원 사장 것은 예전에 조사했을 때 별거 없었어요. 결혼도 안 했고 워낙 일만 하는 사람이라. 그래도 이 김에 한 번 더 알아볼까?"

"모건 대표는요?"

"외국에서 온 지 얼마 안 돼 자료가 좀 적죠."

"부인이 한국 사람인 것 같던데?"

어디선가 들은 얘기를 슬쩍 던져본다. 모건 대표가 예전에 명품 브랜드 대표로 있을 때 행사장에서 부인을 만났다는 소문이 실제로 있다.

"아, 진짜?"

"그녀도 명품 브랜드에서 일했대요. 아마 청담동 쪽에 많이 출몰할걸요?"

"한번 나가야겠네."

민가영의 눈이 빛난다. 그녀는 휴대폰을 꺼내 자신의 모습을 비춰보며 머리카락을 만지작거렸다. 조만간 청담동 헤어숍에 들를 생각인 것이다.

"이제 올라가요. 퇴근 시간 다 됐어요."

난 여전히 투덜대는 그녀를 데리고 비서실로 향한다. 엘리베이터에서 내려 비서실로 걸음을 옮기다가 아래층 복도에 조규진 전무가 서 있는 것을 봤다. 그는 누군가와 얘기를 나누고 있었다. 말소리는 당연히 들리지 않았다. 민가영은 난간 쪽으로 몸을 찰싹 붙이고 얘기를 엿들으려고 노력하는 중이었다. 그 모습에 웃음이 나왔다. 그녀의 옆에 서서 그녀와 전무의 모습을 번갈아 가며 보았다. 그런데 그와 함께 얘기하고 있는, 우리를 등지고 서 있는 남자의 모습이 왠지 낯설지 않다.

난간을 잡고 천천히 돌아 맞은편으로 갔다. ㅁ 자형인 우리 회사의 건물 구조상, 건너편에서는 그 남자의 얼굴이 잘 보일 거라 생각했기 때문이다. 난간 끝에 다다르기 전에, 자연스럽게 고개를 돌려 아래를 내려다봤다. 전무와 얘기하고 있는 사람은 바로 고성국이었다. 무슨 얘기를 하고 있는지 몰라도 예감은 좋지 않았다. 그는 전무와 무슨 얘기를 하고 있는 걸까? 일개 수행 기사가 왜 전무와 만나 밀담을 나누는 걸까?

***

드디어 토요일, 오래간만에 맞이한 휴무일이었다. 난 11시가 넘도록 꼼짝도 하지 않고 침대에서 꿈지럭거리고 있다. 어젯밤에 늦게 들어와서인지 온몸이 쑤셨다. 피트니스를 갈까, 말까. 침대에서 뒹굴고 있는데 노크 소리가 들린다. 보나 마나 민가영이겠지. 이 집에서 나를 찾아줄 사람은 그녀밖에 없다.

반가움에 몸을 간신히 일으켜 방문을 열었다. 문밖에는 예상했던 것처럼 그녀가 서 있었다.

"이 시간까지 뭐 하고 있어요?"

"아……."

내 모습을 훑어보는 그녀의 눈길에, 그제야 난 목이 늘어난 헐렁한 티셔츠를 입고 머리는 까치집 상태라는 것을 깨닫는다. 그녀가 내 모습을 보고 웃는다.

"맨날 이래. 10분 시간 줄게 씻고 나와요."

"왜? 어디 가게요?"

"토요일이잖아. 맛있는 거 먹으러 가요."

처음으로 데이트다운 데이트를 했다. 레스토랑에 가서 맛있는 것도 먹고 그녀가 원하는 대로 미술관도 갔다. 서로 사귀자는 말은 안 했지만 누가 봐도 우리의 모습은 연인이었을 거다. 행복했다. 자연스럽게 팔짱을 끼는 그녀가 사랑스러웠고, 함께하는 순간이 모두 행복했다. 그렇게 흐뭇하게 하루가 흘렀고 어둠이 짙게 깔리자 밤이 찾아왔다.

"아, 오늘은 내 방에서 자기 싫다."

펍 테라스에 나란히 앉아 맥주를 마시며 그녀가 투정을 부렸다. 그 말에, 난 그만 넘어가 버린다. 내일 일찍 사장의 집에 가야한다는 생각보다도 그녀를 안고 싶다는 생각이 앞섰다.

"집에 갈까?"

"아니, 집은 싫대도. 회사 사람들이 너무 많아."

그녀가 내게 머리를 기댔다. 난 그녀의 허리를 부드럽게 감싸 안았다. 그 말이 무슨 뜻인지 잘 안다. 나도 우리 둘만의 공간을 원했다. 사택에는 눈이 너무 많았다. 우리는 펍에서 나와 근처에 있는 모텔로 들어갔다. 5평 정도의 작은 모텔 방은 퀴퀴한 냄새가 나고 침구도 눅눅했지만, 그녀를 안고 사랑하기에는 충분한 곳이었다. 새벽까지 그녀를 안고 그곳에서 머물렀다. 아침에 함께 눈을 뜨고 싶었지만 아쉽게도 내게는 할 일이 있었다.

다음 날, 난 오전 4시부터 사장의 집 앞에서 대기를 했다. 날이 더운 탓에 골프 일정을 아침 일찍 잡아놨기 때문이다. 장소는 어제와 마찬가지로 포천 컨트리클럽이었다. 똑같은 장소에서 연달아 이틀을 골프 친다는 게 이해가 되지 않았지만, 공평하게 업체를 대하는 게 이한경 사장의 성격인 것 같았다. 그가 내려오길 기다리면서 차의 먼지를 털고 페브리즈를 뿌렸다. 골프 클럽은 트렁크에 이미 실려 있었다.

20분 정도를 기다리자 사장이 모습을 드러냈다. 이번에도 윤조와 함께였다. 정중히 인사를 하고 그들을 차에 태웠다. 그녀는 여전히 싸늘하게 내 인사를 피했다. 하긴, 나도 그녀가 달갑지 않은데 내가 반가울 리 없겠지. 차가 포천에 가까워지자 날이 밝아온다. 난 클럽 하우스에 그들을 내려주고 차를 세운 다음 기사 대기실로 갔다. 잠을 못 자 피곤했지만 모건 수행 기사를 만나보고 싶었다. 기사 대기실에는 이미 도착한 수행 기사 몇몇이 자리를 차지하고 있었다.

"안녕하십니까?"

인사를 하고 대기실 안을 둘러봤다. 아침이라 그런지 대부분의 사람들이 피로해 보인다. 눈을 비비고 하품을 하는 사람도 있고 졸고 있는 사람도 있다.

"여기 혹시 모건 기사님 계십니까?"

구석에 앉아 있던 남자가 손을 들었다. 40대 초·중반으로 보이는 마르고 날카롭게 생긴 남자였다. 반갑게 그의 옆으로 다가갔다.

"전 위너의 김유찬입니다. 앞으로 자주 뵙게 될 것 같네요."

"아, 위너 분이세요? 전택수입니다."

"말 편하게 놓으세요. 선배님이신 것 같은데."

"그럴까?"

난 미니 냉장고에서 캔 커피 두 개를 꺼내왔다. 그리고 그 하나를 그에게 건넨다.

"오늘 두 분이 골프 치시는 거, 계약 잘 성사돼서 그러는 거예요?"

아무것도 모른다는 듯 그에게 순진하게 말을 건넸다. 계약 전인 것은 알고 있지만 모건의 회사 상황을 떠보고 싶었다.

"아직 아니라던데? 내일 오전이나 돼야 결과가 나올 것 같아."

"에이, 내일 오전이면 이미 나왔네요."

난 대수롭지 않다는 듯 말을 이었다. 그리고 전택수의 눈치를 슬쩍 본다. 위너가 모건과 관계있는 회사라는 것을 아는 이상, 그도 입이 간질간질한 것 같았다.

"한대요, 안 한대요? 얘기 좀 해주세요. 우리끼리인데, 뭐."

"아……, 그게."

그가 곤란한 듯 주변을 둘러본다. 우리의 얘기에 관심을 기울이는 사람은 아무도 없었다.

"할 것 같긴 같은데……. 사실 기회가 너무 좋잖아? 언론에서도 얘기가 계속 나오고 소비자 반응도 좋고 분위기도 잡혀서 놓치고 싶진 않은 거 같아."

"그런데 왜 미루는 거예요?"

"대표 꼼수지. 늦출 만큼 늦춰서 계약을 유리하게 하고 싶은 거야. 대상이 우리 회사밖에 없으니까. 아마 다른 브랜드와 경쟁했다면 이미 계약하고도 남았겠지."

"그럼 백퍼네요?"

그가 고개를 끄덕였다. 그리고 목소리를 낮춰 내게 속삭이듯 말한다.

"위너에서 자회사 낼 거라는 얘기 들었어. 진짜야?"

"확실하지 않는데, 이번에 투자받으면 그렇지 않을까 해요."

"사야겠지?"

"뭐를요?"

"주식. 나 이번에 위너 꺼 사보려고."

전택수가 나를 향해 씩 웃었다. 이 일로 위너의 주가가 과연 오를까? 주식에 문외한인 나는 알 수가 없다. 하지만 공개되지 않은 정보를 통해 이익을 얻는다는 건 불법이라는 걸 안다. 그것이 수행 기사에게도 적용이 되는지는 모르겠지만. 하지만 이 작은 정보로 내 앞의 그는 대박을 꿈꾸고 있다. 그의 두 눈은 기대에 가득 차 있다. 나 또한 그 정보에 희망을 담아 수행 기사에서 전략기획팀으로의 차출을 꿈꾼다. 위너와 모건의 합작은 우리 둘 모두에게 기회가 될 것이다. 난 그렇게 생각했다.

***

오전 10시 10분. 나는 지금 웰컴 피켓을 들고 공항 입국장 앞에 서 있다. 뉴욕발 비행기가 도착했다는 전광판 알림이 떴지만 손영익 대표로 보이는 사람은 아직 모습을 드러내지 않고 있다. 게이트에 시선을 집중한 채 그를 기다린다. 한국에는 여러 번 나왔다던데 설마 안에서 헤매는 것은 아니겠지. 쓸데없는 걱정을 하는데 뒤에서 누군가의 목소리가 들렸다.

"위너 분이십니까?"

뒤를 돌아봤다. 호리호리하고 사람 좋게 생긴 60세 정도의 남자가 서 있다. 인터넷으로 확인한 손영익 대표의 인상착의와 비슷했다.

"손영익 대표님이십니까?"

"그렇습니다만."

"안녕하십니까? 전 위너의 김유찬입니다. 차 대기시켜놨습니다."

"아……, 이럴 필요 없다고 했는데."

그는 소박했다. 그의 재산이 100조에 달한다는 게 믿어지지 않는다. 가볍고 평범한 옷차림에 트렁크 하나를 덜렁 든 그는 동네에서 흔히 볼 수 있는 아저씨의 모습이었다. 하지만 눈빛만은 날카로웠다.

"내가 기내에서 식사를 안 했는데, 먹을 만한 데가 있을까요?"

"공항에서 드시겠습니까? 아니면 서울로 모실까요?"

"한국에 왔는데 기왕이면 도심으로 가죠."

"비행을 오래 하셨으니까 따뜻한 음식이 어떠세요? 호텔 근처에 유명한 설렁탕 집이 있습니다."

"아, 그거 좋죠."

"이동 시간은 1시간 정도 걸립니다. 괜찮으시겠습니까?"

"그 정도야 참을 수 있죠. 유명한 집인가요?"

"서울에서 가장 오래된 집입니다."

내가 제안한 메뉴가 마음에 들었는지 그가 씩 웃는다. 그 웃음에 나는 마음이 놓였다.

손영익 대표가 뉴욕에서 설렁탕으로 유명한 '감미옥'의 단골이라는 정보를 민가영에게 미리 입수한 보람이 있었다. 소문대로 그는 국물 마니아였다. 나는 차를 몰아 종로로 향한다.

1시간도 안 돼 설렁탕 집에 도착했다. 2층짜리 건물인 그 설렁탕 집은 외관부터 유서가 깊어 보였다.

"여기입니다."

"정말 오래돼 보이는 집이군요. 서울에는 많이 왔는데, 이런 곳은 처음이네요."

그가 흥미롭다는 듯 얼굴에 미소를 머금었다. 아마 그가 갔던 곳은 모두 호텔이나 강남의 고급 레스토랑이었을 거다. 이런 곳이 신선하게 느껴질 만도 하다.

"백 년이 넘은 곳입니다. 그래서 맛이 진하고 투박할 수 있어요."

"괜찮죠, 그런 맛."

"식사하고 나오십시오. 기다리고 있겠습니다."

"같이 안 먹고요?"

"저는 밖에서 대기하겠습니다."

"같이 드시죠. 여기까지 와서 혼자 먹는 것은 좀 그래서요."

손영익 대표의 제안에 난 잠시 갈등했다. 그와 독대라니……. 그는 우리 회사에 1조를 투자할 사람이다. 잘 보이고 싶지만 실수할까 두렵다.

"먼저 가서 앉아 있을게요."

그는 동네 아저씨처럼 친근하게 웃으며 차에서 내렸다. 난 주차를 하고 떨리는 마음으로 식당 안으로 들어간다. 세계적인 투자가와 단둘이 식사를 한다는 생각에 조금 긴장이 됐다.

"김유찬 씨라고 했나요? 수행 기사 오래 했어요?"

"석 달이 조금 넘었습니다."

"내가 서울에 3일 정도 머무를 예정인데, 유찬 씨가 저를 케어하는 건가요?"

"전 오전 타임만 대표님을 모실 것 같습니다."

"오전이라면, 12시?"

"아뇨. 근무는 오후 4시까지 합니다."

"난 그게 불편하더라고."

"네? 그게 무슨 말씀이신지……."

"위너와 K마켓 일정에 따라 기사들이 바뀌는데, 내가 나이가 들어서 그런가, 그게 헷갈려요. 좀 통일해줄 수 없을까?"

"사장님께 바로 건의하겠습니다."

"난 유찬 씨가 동행해줬으면 좋겠어요. 내 말, 무슨 말인지 알겠죠?"

저 말은, 그가 한국에서 머무는 동안 내가 수행 기사를 해주면 좋겠다는 얘기일 거다. 처음에 만났을 때는 분명히 필요 없다고 얘기했는데. 막상 서비스를 이용해보니 편리하다고 느낀 거겠지.

그는 설렁탕을 먹으며 국물 맛을 음미하고 있다. 향수에 젖은 그의 얼굴은 지금 이 순간을 충분히 만끽하고 있다. 순박하며 사람 좋아 보이지만 어딘지 날카롭고 까다로운 손영익 대표. 투자자인 그의 비위를 맞추기 위해서는 내 희생이 필요했다.

난 식사를 마친 후, 주차장으로 차를 빼러 가면서 민가영에게 급하게 문자를 넣었다. 손영익 대표가 한국에 머무는 동안 기사 변동 없이 케어받길 바란다는 내용이었다. 하필 이럴 때 오지선 실장이 휴가라니. 어떻게 해야 할지 몰라 일단 그가 묵을 콩코드 호텔로 향했다. 나는 운전을 하며 룸미러로 뒷좌석의 그를 살핀다. 배가 부른 그는 매우 만족스러운 눈치다. 호텔에 도착해, 그를 내려주려는데 민가영으로부터 답 문자가 왔다.

'수고스럽겠지만 그렇게 진행해주세요.'

'사장님 일정은 어떻게 하죠?'

'대행 기사를 쓰거나 고성국 씨와 조절해볼게요.'

민가영이 손영익 대표의 스케줄을 급히 보내줬다. 그는 2시간 후 K마켓 대표와 미팅이 잡혀 있었다. 원래 내 일정대로라면 나는 사무실로 들어가 대기하는 게 맞다. 하지만 지금은 그의 오후 일정까지 책임져야 한다. 1시간 정도 여유가 있다. 기사 대기실로 갔다. 그 안은 이미 대기 중인 기사들로 붐볐다. 난 대충 인사를 하고 휴대폰 알람을 설정한 다음 소파 구석에 앉아 눈을 붙였다. 어젯밤, 민가영과 함께 시간을 보내느라 거의 자지 못했기 때문이다.

40분이 지나자 휴대폰이 울렸다. 간신히 눈을 떴다. 세수를 하고 정신을 차린 후 커피를 진하게 내려 여러 잔 마셨다. 그리고 가글을 한 뒤 바로 로비로 올라갔다. 난 손영익 대표를 기다리면서 K마켓의 위치를 확인한다. 장충동, 이곳에서 멀지 않은 곳에 있다. 5분 후 모습을 드러낸 그는 나를 보자 반가운 기색이다.

"내가 요청한 대로 된 겁니까? 역시 한국이네요. 빠릅니다. 나 때문에 김유찬 씨가 괜히 피곤하게 된 건 아니죠?"

"아닙니다. 전 괜찮습니다. 잠시 기다려주세요. 차 가지고 오겠습니다."

그를 태우고 K마켓으로 갔다. 한적한 고급 주택가에 위치한 K마켓은 이커머스 회사라 하기에는 굉장히 고급스러운 분위기를 풍겼다. 이곳에는 달리 기사 대기실이 없기에, 난 주차를 하고 주차장 부근을 서성거렸다. 잠을 못 잔 데다 뙤약볕이 내리쬐어 조금 어지러웠다. 쉴 만한 곳이 있을까 주변을 둘러보는데 한 남자가 다가와 알은체를 한다.

"위너 기사입니까?"

"네."

"K마켓 장호입니다. 덕분에 제 일정이 한가해졌네요."

그가 웃으며 악수를 청한다. 나도 반갑게 그와 인사를 했다.

"여기가 좀 덥죠? 로비로 가시죠. 커피 한잔 대접할게요."

그를 따라 K마켓 건물 안으로 들어갔다. 1층에 로비를 갖춘 건물 안은 밖에서 볼 때보다 공간이 더 넓었다.

난 그가 가리키는 소파에 앉았다. 그가 아이스 아메리카노를 들고 와 내게 건넨다.

"정말 고마워서 사는 겁니다."

장호의 말에서 진심이 느껴졌다. 웃음이 나온다. 손영익 대표의 일정을 내가 떠맡은 것이 그렇게도 좋을까?

"아닙니다. 좀 더 근무하는 건데요, 뭐."

"까탈스럽다는 얘기를 하도 들어서 은근 걱정했거든요."

내가 보기에 손영익 대표는 거리에서 흔히 볼 수 있는 평범한 아저씨일 뿐인데, 그에게는 거물로만 느껴지는 것 같다.

"지금 회사 사람들도 모두 긴장해서 쩔쩔매고 있어요. 투자 금액이 워낙 크니까 행여 삐끗할까 걱정하는 거죠. 오늘이 투자 확정하는 날이니까. 위너는 분위기가 어때요?"

"전 잘 모르겠습니다."

"에이, 왜 몰라요? 분위기야 뻔하겠지. 거긴 두 팀이 나눠서

싸운다면서요? 사이좋게 투자금 나눠 쓰면 될 일이지, 왜 그런데요?"

"손 대표가 한 프로젝트에만 투자하나 봐요."

"말이야 다 그렇죠. 하지만 회사 내에서 자금 돌려쓰는 게 뭐 하루 이틀 일인가?"

"저희 사장님이 원칙주의자라……."

"그럼 일하기 피곤하겠다. 그렇죠?"

"편하게 잘 대해주십니다."

"에이, 우리끼리 있을 땐 다 말해도 돼요. 얘기하면서라도 풀어야지, 아니면 병 돼요."

그는 내 말을 못 믿는 눈치였다. 조규진 전무와 이준혁 상무가 서로 다른 프로젝트로 대치하고 있다는 소문이 이미 외부에 퍼져 있는 것 같았다. 장호는 자꾸 내 속을 떠보려 했다. 그가 피곤했다. 이렇게 수다 떨 시간에 조금이라도 자고 싶은데. 그러나 그의 이야기는 손영익 대표가 미팅을 마치고 나올 때까지 계속됐다.

1시간쯤 지나자 드디어 회의를 마친 그가 나왔다. 그의 뒤를, K마켓 사람들이 우르르 따르고 있다. 브리프케이스를 든, 변호사로 보이는 남자들도 있었다. 그들은 K마켓을 떠나는 그에게 아주 공손한 태도로 인사를 한다. 손영익 대표는 변호사로 보이는 남자 중 한 명에게 작은 목소리로 지시를 내리고 차에 올랐다.

"미팅은 잘 하셨습니까?"

"아니요. 막상 사인을 하려고 하니 걸리는 게 있네요. 그래서 일단 보류시켰습니다. 수요일까지는 시간이 있으니까요."

아무렇지 않게 말하는 그의 말에서 왠지 모를 무게감이 느껴진다. 보류라……. 그의 입장에서는 신중한 결정이겠지만 K마켓은 지금쯤 피가 마르고 있을 거다.

"다음 일정은 어떻게 되십니까?"

"옛날 친구를 만나볼까 해요. 최근 연락이 닿았거든요. 개인 일정이니까 피곤하면 이쯤에서 돌아가도 됩니다."

"아닙니다, 대표님. 제가 끝까지 모셔야죠. 그게 제 일인 걸요."

"정말 괜찮아요?"

"그럼요. 어디로 모실까요?"

난 그가 친구와 만나기로 했다는 고깃집으로 향했다. 정릉에 있는 규모가 제법 큰 음식점이었다.

"오래 있지는 않을 겁니다. 나올 때 연락하죠. 전화번호가 어떻게 돼요?"

휴대폰 번호를 불러줬다. 그가 내 번호를 자신의 휴대폰에 직접 입력한다. 그리고 매장 안으로 들어갔다. 난 그의 뒷모습을 보면서 소탈한 모습에 새삼 감동을 받았다. 그의 전화번호를 알아내려고 애쓰는 사람이 한둘이 아닐 텐데. 세계에서 손에 꼽히는 거부와 연락을 주고받는 사이가 되다니. 그게 비록 수행 기사 일 때문일지라도 가슴이 벅차다.

난 주차를 하고 고깃집 주변을 어슬렁거렸다. 그곳은 가격이 꽤 비싸 보였기에 근처에 있는 다른 식당을 찾을 생각이었다. 맞은편에 식당 몇 군데가 보였다. 신호등이 고장난 찻길을 건너 눈에 띄는 백반집으로 향한다. 그런데 백반집 골목 앞에서 낯익은 사람의 모습이 보였다. 흰 셔츠에 회색 바지를 입은 그 남자는 박영태 실장이었다.

"박 실장님!"

나도 모르게 그를 부른다. 그가 무심결에 고개를 돌렸다. 나와 눈이 마주친다. 그는 박영태 실장이 맞았다. 그러나 나를 본 그의 얼굴은 사색이 된다. 반대로 나는 그가 반가웠다.

"아니, 실장님, 그동안……"

내 말이 미처 끝나기도 전에 그가 뛰기 시작했다. 돌발 상황이다. 나도 얼결에 그를 따라 뛴다.

"실장님, 저 유찬이에요!"

하지만 그는 골목길 안으로 이내 모습을 감췄다. 나도 그를 따라 골목길로 뛰어들었지만, 그 안은 좁고 어두웠으며 미로처럼 얽혀 있어 더 이상 그를 쫓기 힘들었다. 난 배가 고픈 것도 잊고 골목길을 샅샅이 뒤졌다. 이렇게 찾다 보면 어디선가 그의 모습이 불쑥 튀어나올 것만 같았다.

"실장님! 박 실장님! 박영태 실장니임!"

목이 터져라, 그를 불렀다. 그러나 공허한 울림만 있을 뿐 어두운 골목길에서는 아무도 모습을 드러내지 않았다. 작고 비탈진, 이 좁은 동네가 마치 늪처럼 느껴진다. 박영태 실장은 어둠 속 어디론가 사라진 것만 같다. 난 인기척이 느껴지지 않는 골목골목을 헤매다 결국 주차장으로 돌아왔다. 그리고 차 옆에 주저앉아 숨을 돌린다. 그는 분명히 박영태 실장이었다. 그런데 왜 나를 보고 도망을 쳤을까? 나에게 모습을 드러내면 안 되는 이유라도 있는 것일까? 차 안에 구비된 냉장고에서 찬 생수병을 꺼냈다. 벌컥벌컥 들이켜니 그제야 살 것 같다. 셔츠가 땀으로 흠뻑 젖었다. 밥을 먹지 않았지만 허기도 느껴지지 않았다. 내 머릿속은 온통 박영태 실장에 관한 생각뿐이었다.

*　*　*

"통화 가능해요?"

민가영에게 전화를 걸었다. 누군가에게 말을 하지 않고는 미칠 지경이었다.

〔으응. 무슨 일인데?〕

"박 실장님을 봤어요."

〔뭐어? 박 실장님? 지금 어딘데? 어디서 봤는데요?〕

"정릉, 유원지 쪽이에요."

〔잘 계시긴 해요? 인사는 했고?〕

"건강하신 것 같아요. 그런데 날 보더니 도망가 버려서……."

〔헐, 진짜 왜 그러신대? 그래서 어떻게 했어요?〕

"쫓아갔죠. 결국 놓쳤지만."

〔아, 뭐야? 섬뜩하게. 대체 왜 그러신대?〕

"아무래도 뭔가 있는 것 같아요. 손 대표님 미국으로 돌아가시면 정릉에 한번 가봐야겠어요."

〔정릉이라면 서울인가?〕

"뭐, 짚이는 거 있어요?"

〔아니, 생각 중이에요. 그쪽에 박 실장님 연고가 있나 찾아봐야겠네요. 고성국도 그렇고 진짜 신경 쓸 게 많네. 집에는 언제 와요?〕

"모르죠. 아……"

〔아? 또 뭐가 있어요?〕

"K마켓 투자 건, 아무래도 무산될 것 같아요."

〔이런……! 왜?〕

"걸리는 게 하나 있다고 수요일까지 보류한다네요. 사인하기 바로 직전에 결정한 것 같아요. 보기보다 굉장히 꼼꼼하신 분인가 봐요. 우리도 준비를 더 철저히 해야 할 것 같아요. 손 대표님과 미팅이 내일이죠?"

〔네. 이 내용을 기획팀장에게 당장 전달해야겠네요. 끊을게요. 수고했어요.〕

그녀가 급히 전화를 끊었다. 시간이 없다. 꼬투리를 하나라도 잡히지 않으려면 내일 미팅까지 검토에 검토를 거듭해야 한다. 아마 오늘 밤을 새워야 할지도 모른다.

나는 주차장 옆에 있는 정원으로 갔다. 서비스로 제공하는 무료 자동판매기에서 커피를 두 잔 뽑아 들고 벤치에 앉아 커피를 마셨다. 뜨겁고 달콤한 액체가 목 안으로 넘어가자 그제야 배에서 꼬르륵 신호를 보낸다.

시계를 보니 오후 7시가 넘었다. 하지만 손영익 대표가 언제 고깃집에서 나올지는 장담할 수 없다. 박영태 실장을 쫓고 또 그 생각을 하느라 시간을 너무 지체했다. 그래도 배는 채워야 하는데. 입맛은 없었지만 자리에서 일어났다. 근처 가게에서 빵과 우유를 사 왔다. 평소라면 속이 더부룩해질까 봐 우유를 마시지 않았겠지만 선택의 여지가 없었다.

5분도 안 돼 식사를 끝냈다. 그리고 또 커피를 마시고 가글을 했다. 혹시나 몸에서 땀 냄새가 날까 봐 페브리즈도 뿌린다. 차에 에어컨을 켜고 의자를 뒤로 젖혀 편안한 자세로 앉아 생각을 정리했다.

성남에서 정릉으로 이사를 온 박영태 실장. 그가 말도 하지 않고 회사를 급히 관둔 이유는 무엇일까? 그의 자리에 고성국이 온 것이 과연 우연이었을까? 조규진 전무가 고성국을 수행 기사로 추천했다면, 혹시 박영태 실장의 잠적도 그와 관련된 것이 아닐까?

똑 똑. 한참 생각에 젖어 있는데 누군가 차 유리창을 두드렸다. 고개를 들어보니 손영익 대표였다. 난 급히 의자를 바로 하고 자동차 문의 잠금장치를 풀었다. 그가 손수 차 문을 열고 뒷좌석에 올라탔다. 술 냄새가 확 풍겼다.

"연락하려다 깜박해서……. 나도 이제 나이를 먹어서 오래 못 앉아 있겠네요. 피곤해."

"비행기를 오래 타셔서 그러실 겁니다."

"그럴까? 친구들도 너무 오랜만에 보니 재미가 없네. 호텔로 갑시다. 쉬어야겠어."

시동을 걸었다. 그가 시트에 머리를 기대고 눈을 감는다. 난 룸미러로 그의 상태를 확인한 다음 운전을 한다. 퇴근 시간이 지났는데도 차가 밀렸다.

"김유찬 씨는 친구가 많나요?"

"별로 없습니다. 일이 바빠 연락하기도 힘들고요."

"그래도 젊을 때 만나야지, 다 늙어서 보니까 그냥 그렇더라고. 사람 기억력이라는 게…… 온전치가 않은 것 같아. 오늘 만난 사람들이, 어렸을 때 같이 놀던 애들이에요. 내 고향이 정릉이거든."

"아, 그래서……."

"10년 만에 보는 친구도 있고, 한국 떠나고 처음 만난 친구도 있는데, 누가 누군지 전혀 못 알아보겠어. 애들이 이런 얘기, 저런 얘기를 하는데, 기억이 한데 섞이고 비슷비슷해서 누가 누군지 모르겠는 거예요. 그런데 나만 그런지 알았더니, 걔들도 그러더라고. 나만 늙은 게 아니었던 거지."

그가 눈을 감은 채 허탈하게 웃었다. 난 그의 표정을 살피며 죽은 정이준을 떠올렸다. 나도 그를 오랜만에 만났을 때, 녀석이 먼저 아는 척을 할 때까지는 못 알아봤었지. 우리는 서로에 대해 기억하는 것이 달랐고 살고 있는 세상도 하늘과 땅 차이였다. 이제는 그날의 기억마저 흐릿하지만, 내가 그때 느낀 이질감을 손영익 대표도 오늘 느꼈던 것이다.

"친구는 자주 만나야 해. 그래야 재밌지."

그는 혼잣말로 중얼거리더니 이내 잠이 들었다. 곧이어 낮게 코 고는 소리가 들려왔다. 차는 계속 밀렸고 밖에는 화려한 네온

이 번쩍이고 있었다. 월요일인데도 거리에는 오가는 사람들로 가득하다. 그들의 시간은 활기차게 흘렀다. 그러나 차 안에 있는 내 시간은 멈춘 듯 지루했다. 차가 막힐수록 생각은 더 많아진다. 뭐라 표현할 수 없는 공허함도 늘어났다. 내가 모르는 일들이, 내 주변에서 자꾸 일어나고 있다는 게 불안해져 견딜 수가 없다. 커피를 너무 많이 마셔서인지 속도 울렁거린다. 아니, 잠을 못 자서일까? 피곤했다. 빨리 집으로 돌아가고 싶었다.

＊＊＊

어젯밤, 손영익 대표를 호텔에 내려주고 집에 돌아온 나는 휴대폰 알람이 울릴 때까지 기절한 듯 잠을 잤다. 푹 잤더니 어수선했던 기분이 많이 나아졌다. 오늘은 투자 계약을 목전에 둔 아주 중요한 날이다. 손영익 대표의 선택이 내 운명을 가를 수도 있다. 그렇게 생각하니 늑장을 부릴 수가 없었다. 벌떡 일어나서 시리얼로 아침을 대충 때우고 콩코드호텔로 갔다. 그리고 기사 대기실이 아닌 호텔 로비에서 대기했다. 그가 필요하면 언제든지 움직일 수 있도록 말이다.

오전 8시가 될 때까지, 1시간가량을 로비에 앉아 있었다. 그가 내 연락처를 잊어버린 것은 아닌지 걱정이 될 때쯤 드디어 연락이 왔다. 삐리리- 삐리리- 울리는 휴대폰 벨 소리가 반갑다.

"김유찬입니다. 안녕히 주무셨습니까?"

［덕분에요. 어딘가요?］

"로비에 있습니다."

[벌써? 아직 아침도 안 먹었는데?]

"호텔 조식이 혹시 입에 안 맞으실까 봐 대기 중이었습니다."

휴대폰 너머로 웃음소리가 들렸다. 낮고 친근한, 옆집 아저씨 같은 웃음소리다.

[좋아요. 지금 내려가죠.]

전화를 끊은 지 10분도 안 되어 그가 나타났다. 오늘의 옷차림 역시 어제와 별반 다를 것 없이 소박했다.

"해장이 필요하시죠?"

"해장, 좋죠. 어디 좋은 데가 있나요?"

"좀 멀리 나가면 유명한 해장국집이 있고요, 가까운 곳에는 콩 나물국밥도 괜찮고 순댓국을 먹을 수 있는 가게도 있습니다."

"순댓국이 좋겠네요. 어딘가요? 우리 변호사도 같이 먹었으면 하는데."

"오래돼서 허름한 집인데 괜찮으십니까?"

"어떻습니까? 맛만 좋으면 되지. 그곳으로 갑시다."

난 그를 을지로에 있는 유명 순댓국집으로 모셨다. 외관은 좁 고 초라했으나 미식가들 사이에서는 유명한 곳으로 지원 선배가 추천해준 음식점이었다. 순댓국집 안으로 들어간 손영익 대표는 주변을 둘러보며 흥미롭다는 반응을 보인다.

"우리 어릴 때, 이런 집이 많았죠."

"누추해서 괜찮으시겠습니까?"

"아니요, 좋아요. 마음에 들어요."

그가 구석에 있는 좁은 테이블에 앉았다. 우리는 순댓국을 두 개 주문했다. 이곳이 너무 초라해서 난 혹시라도 그가 불쾌할까 봐 속으로 걱정이 된다. 그에게는 트렌디한 맛집보다는 이렇게 오래된 식당이 나을 것 같았는데. 다행히 내 짐작은 틀리지 않았다.

"이 집 국물이 괜찮은데요?"

"서울에서는 꽤 유명한 집입니다."

"오래된 곳 같은데, 김유찬 씨는 나이가 젊잖아요? 어떻게 이런 곳을 알아요?"

"선배가 추천해줬습니다. 예전에 이런 곳을 소개한 책을 낸 적도 있어서요."

"선배? 유찬 씨는 전에 무슨 일을 했는데?"

"아, 그게…… 자동차 잡지 기자였습니다."

"그런데 수행 기사를 해요?"

"사연이 있어서요."

"흐음……, 사람들은 누구나 사연이 있죠. 그럼 내가 물어볼게 있는데, 자동차에 관심 많을 거 아니에요, 차를 인터넷으로 구매하는 게 어떤지 묻고 싶네요."

그의 말에 살짝 긴장이 됐다. 내가 하는 대답에 따라서 그의 투자 여부를 가를 수 있다고 생각하니 신중해진다.

"대표님도 잘 아시다시피 한국은 대표적인 테스트마켓 지역이지 않습니까? 그만큼 반응이 빠릅니다. 온라인 구매도 활성화되어 있고요. 많은 사람이 집에서 마우스로 장을 보는 경우도 많습니다. 구매 트렌드가 그렇게 바뀌고 있어서 곧 차를 온라인으로 구매하는 것도 보편화될 거라 생각합니다."

"그래요. 그게 세계적인 추세긴 하죠."

"자신이 원하는 기능을 넣어 차를 주문할 수 있다면 비싸도 소비자 만족도가 클 것 같고요."

"플랫폼을 만들면 국내 판매 시장을 장악할 수 있을 거라고 생각합니까?"

"선점 효과가 있으니까요. 자리를 잡으면 다른 자동차 브랜드도 온라인 판매에 뛰어들 겁니다. 게다가 원격 진료와 달리 정부나 딜러사의 동의가 필요한 것도 아니지 않습니까?"

"원격 진료는 정부 허가가 나기 어려울까요?"

"쉽진 않을 것 같습니다. 의사협회 반대가 있어서요."

조규진 전무 팀을 방해할 의도는 없었다. 난 솔직히 내 생각을 그에게 전할 뿐이다. 한참 동안 진지하게 그와 얘기를 나누고 있는데, 어제 K마켓에서 본 남자들이 가게 안으로 들어왔다.

브리프케이스를 든 덩치 좋은 남자 세 명이 인사를 하고 테이블에 앉았다. 그들 때문에 가뜩이나 좁은 테이블이 더 좁게 느껴진다.

손영익 대표는 어제 귓속말을 한 남자에게 말을 걸었다.

"김 변호사님, 식사하셨나요?"

"하고 왔습니다."

역시 그는 내 짐작대로 변호사였다. 그는 우리가 먹고 있는 순댓국을 힐끗 쳐다보다니 인상을 찌푸린다. 이 냄새가 맡기 싫은 눈치다. 하지만 손영익 대표가 보통 고객은 아닌 터라 싫은 티를 내지는 않았다. 김 변호사라 불린 남자를 포함한 남자 셋은 우리의 식사가 끝나기만을 기다렸다. 그리고 식사가 끝나자 브리프케이스에서 파일 하나를 꺼내 손영익 대표에게 건넸다.

"메일로 보내드린 계약서 그대로입니다. 이게 원본이고요."

신중한 얼굴로 손영익 대표가 파일을 받았다. 그리고 주머니에서 돋보기를 꺼냈다. 코에 안경을 걸치고 계약서를 들여다보는 그는 더 이상 아저씨의 모습이 아니었다. 세계적인 투자가라는 명성에 걸맞게 매서운 눈빛이 살아 있었다. 그가 계약서를 읽는 동안 행여 방해가 될세라 나와 변호사들은 숨죽여 앉아 있었다.

가게 안에서는 돼지고기를 삶는 냄새가 진하게 풍겨왔고, 이웃 테이블에서 나누는 얘기도 들려왔다. 모든 게 평온하게 느껴졌지만 내 신경은 날카로워져 있었다. 변호사 역시 마찬가지였다. 난 자리에서 일어서 차를 가지러 가야 할지, 말아야 할지 판단이 서지 않았다. 그가 계약서를 읽고 난 후의 반응이 궁금했다. 그의 반응에 따라 내 운명도 갈릴 터였다. 그걸 보고 일어서도 늦지 않겠지.

"이상 없네요."

그가 파일을 변호사에게 돌려준다. 나도 모르게 작은 한숨이 나왔다. 자리에서 일어났다.

"차를 가져오겠습니다."

재빨리 법인카드로 계산을 하고, 인근 주차장에서 차를 빼 가게 앞에 대기시켰다. 그리고 막간을 이용해 민가영에게 문자를 넣었다. 손영익 대표가 계약서 검토를 마쳤다고. 잠시 후 그가 뒷좌석에 올랐다. 변호사들은 다른 차로 이동하는 것 같았다.

"이제 회사로 갈까요?"

"결정을 내렸으니 빨리 처리해야죠."

난 그와 함께 판교로 향했다. 이동하면서 룸미러로 그의 안색을 살폈다. 휴대폰으로 메일 체크를 하고 있는 그의 모습은 매우 평온해 보인다. 그가 어떤 결정을 내렸는지 알 수 없는 내 속은 조마조마했다.

12. 드디어, 결국

"유찬 씨, 제발 그만 좀!"

민가영이 한 손으로 내 허벅지를 꽉 눌렀다. 나도 모르게 초조해서 다리를 떨고 있었나 보다. 시계를 보니 11시가 가까워져 온다. 손영익 대표와 미팅을 시작한 지 두 시간이 다 됐는데 아직 끝날 기미가 보이지 않는다. 이러다 우리도 투자가 무산되는 건 아닐까 걱정이 된다. 비서실에서 무작정 기다리고 있어야 하는 난 마음이 편치 않았다.

"미팅이 길어지네…… 커피라도 한잔 더 줄까요?"

고개를 끄덕였다. 그녀가 새로 내린 쓰고 진한 커피를 가져다 준다. 벌써 석 잔째였다. 그녀 역시 얼굴에 긴장한 표정이 역력했다. 애타는 마음을 덜어버리려는 듯 그녀는 박영태 실장의 얘기를 꺼냈다.

"어제 얘기나 자세히 좀 해봐요. 그 사람, 진짜 박 실장님이었어요?"

"아마 맞을 거예요. 아니, 확실해요."

"어두웠다면서 얼굴이 보이긴 보였어요?"

"박 실장님이 아니라면…… 나를 보고 도망을 갔을까요?"

민가영의 질문이 의미 없게 느껴진다. 어제는 그토록 궁금했던 박영태 실장에 대한 관심이, 하루가 지나서일까, 더 이상 내 관심사가 아니다. 지금 내 신경은 온통 미팅 결과에만 쏠려 있다. 다시 다리를 떨었다. 투자 건은 잘 진행되고 있을까? 하지만 그녀는 이런 내 마음을 모르는 척 다시 박영태 실장에 대한 이야기를 이어간다. 마치 내 신경을 다른 데 쏠리게 하려는 듯 말이다.

"그럼 진짜네……. 사실은 나, 오자마자 박 실장님 입사 자료 확인해봤거든요? 초·중·고를 그 근처에서 나온 걸 보니 본가가 정릉인가 봐요."

"성남 집 정리하고 정릉 본가로 들어갔다, 이건가?"

"모르죠. 어쨌건 간에 손 대표님 미국 들어가시고 한가해지면 당장 가봐야겠어."

"박 실장님이 그때까지 그대로 있을까? 나한테 걸렸는데?"

"하긴, 나 같아도 다른 데로 옮기겠다. 아……, 박 실장님, 대체 왜 잠적해가지고."

"여기서 얼마나 근무하셨대요?"

"꽤 됐지 아마? 한 5년?"

그때 휴대폰 벨 소리가 울렸다. 문자를 확인해보니 차를 준비

시키라는 내용이었다. 난 재빨리 지하 주차장으로 가서 차에 시동을 걸었다. 그리고 정문 앞으로 가서 차를 대기해놓고 손영익 대표가 나오길 기다렸다.

곧 그와 그를 호위하는 한 무리의 사람들이 나왔다. 이한경 사장과 조규진 전무, 이준혁 상무 그리고 모건 대표와 최도원이었다. 손영익 대표와 사장만 빼고 모두 긴장한 얼굴이다. K마켓처럼 투자가 보류된 것은 아닐까 걱정스럽다. 이준혁 상무와 눈이 마주치자 그가 고개를 저어 보인다. 잘 진행되고 있지 않다는 표시다. 사장이 손영익 대표에게 친절히 말을 건넸다.

"이제 점심 드실 시간인데 식사라도 하고 가시지요."

"아, 난 괜찮아요. 들러볼 데가 있어서. 어차피 저녁 식사를 함께 할 것 아닙니까? 그리고 오늘 김유찬 씨와 함께 다녀도 괜찮죠?"

"그럼요. 내일 미국에 들어가실 때까지 김유찬 씨가 보좌해드릴 겁니다."

난 손영익 대표를 차에 태우고 위너에서 나왔다. 사이드미러를 통해 사람들을 살피니 표정이 밝지 않았다.

"일은 잘 끝내셨습니까?"

"아니. 아직도 고민 중이에요. 큰돈 투자하는데 생각을 많이 해봐야 하지 않겠어요? 미국에서 인터넷으로 보는 것과 여기 와서 직접 대면하는 것에 큰 차이가 있네요."

솔직히 그가 무슨 말을 하는지 이해가 되지 않았다. 실제 만나서 느낀 게 뭐가 다르다는 건지 잘 모르겠다. 하지만 주제넘게 그의 일에 끼어들 수는 없어 더 이상 질문은 하지 않았다. 대신 내 본업에 충실했다.

"어디로 모실까요?"

"연천으로 갑시다. 내 아버지 묘가 거기에 있어요."

그와 연천으로 갔다. 길가에 있는 식당에서 국수로 간단하게 점심을 때우고 부지런히 액셀러레이터를 밟았다. 투자 계약 건에 대해서는 신경을 쓰지 말자. 그건 내 일이 아니다. 회사의 일이지, 나와는 무관하다. 운전을 하면서, 그렇게 주문처럼 나 자신을 다독이니 마음이 편해지는 것 같다.

목적지에 다다랐다. 판교에서 2시간 가까이 걸리는 그곳은 주민등록증을 확인하고 들어갈 수 있는 민통선 부근에 위치해 있었다. 그가 아버지 묘소가 있는 야트막한 야산에 올라간 동안 난 외진 길에 차를 세우고 그를 기다린다. 아까만 해도 심란했는데 이곳까지 운전을 해오는 동안 마음이 많이 진정됐다. 그는 30분도 안 돼 산에서 내려왔다. 우리는 다시 차를 타고 서울로 향한다.

"어제 갔던 정릉에 다시 가주실 수 있겠습니까?"

나도 바라던 차였다. 어제 박영태 실장을 보고 찜찜했던 기분을 단김에 빼버리고 싶었다.

"친구가 하는 그 고깃집으로 가죠."

정릉 유원지로 향했다. 동두천과 의정부를 거치니 생각보다 빨리 정릉에 도착했다.

"친구와 얘기 좀 나눠야겠습니다."

"오래 걸리십니까?"

"아무래도요. 주차장에서 잠시 쉬고 계시죠."

시계를 보니 오후 5시였다. 저녁 약속은 1시간밖에 남지 않았다. 이동 시간이 빠듯하다. 하지만 난 그를 아무 말 없이 고깃집 정문에 내려준다. 주차장으로 향하다 룸미러를 힐끗 보는데, 그가 고깃집이 아닌 건너편 마을로 가고 있는 게 아닌가. 난 부랴부랴 아무 데나 주차를 하고 그의 뒤를 따랐다. 멀리 그가 비탈진 언덕을 올라가는 모습이 보인다. 난 신호가 바뀔 때까지 기다릴 수 없어 무단횡단을 했다. 그리고 그의 뒤를 부지런히 쫓았다. 그는 언덕의 좁은 골목길로 들어가더니, 벨도 누르지 않고 어느 집으로 불쑥 들어간다. 그 모습을 확인한 나는 골목길 밖에서 그를 기다렸다. 10분, 20분……. 혹시 몰라 민가영과 사장에게 저녁 식사에 늦을지도 모른다는 문자를 넣었다. 그리고 주변을 둘러본다. 좁고 다닥다닥 붙은 집들이 모두 비슷해 보였다.

어젯밤, 박영태 실장이 사라진 곳도 이 부근이었던가……. 어둡고 낯설고 너무 당황한 나머지 기억이 잘 나지 않는다. 불현듯 누군가의 시선이 느껴졌다. 뒤통수가 간질거린다. 뒤를 돌아봤다. 하지만 아무도 없다. 내가 예민해진 걸까? 요 며칠 손영익 대표를 모시고 다니느라 신경이 곤두서 있었나 보다. 난 다시 그가 들어간 집에 시선을 고정했다.

잠시 후, 낯선 집에서 그가 나왔다.

"김유찬 씨?"

골목길에서 기다리고 있는 나를, 그가 의외라는 표정으로 바라본다. 난 장난치다 걸린 아이처럼 쑥스러워져 머리를 긁적였다. 그가 분명 주차장에서 기다리라고 했는데.

"낯선 곳으로 가시기에 걱정돼서 따라와 봤습니다. 여기서 기다리세요. 바로 차를 가지고 올게요."

난 급히 주차장으로 뛰어가 차를 빼 고깃집 건너편에 갖다 댔다. 그가 비탈길을 느릿느릿 내려오더니 차에 올랐다. 차는 다시 움직이기 시작했다. 하지만 퇴근 시간과 맞물려 차가 밀린다.

"저녁 식사에 늦겠군요."

"미리 얘기해뒀습니다."

"아, 그래요? 다행이네요."

"친구분은 잘 만나셨습니까?"

"아니요, 친구는 못 만나고 그 동생만 봤어요."

그가 한숨을 내쉬었다. 기분이 좋지 않아 보인다.

"여기서 내 가장 화려했던 20대를 보냈지만, 그 기억은 예전 같지 않네요."

그가 씁쓸하게 읊조린다. 평범한 20대를 보내고 미국에 가서 세계적인 거물 투자가가 되기까지, 그에게는 어떤 사연이 있는 걸까?

"세월이 많이 지났으니까요."

"그래요. 사람도, 추억도 다 변하는 게 세상 이치겠지요."

난 룸미러로 그의 표정을 살피며 콩코드호텔로 차를 몰았다. 6시가 훨씬 넘어 호텔에 도착했다. 그를 정문에 내려준 나는 차를 주차하고 근처에 있는 편의점으로 향했다. 점심을 국수로 간단히 해결해 배가 고팠지만, 제대로 된 식사를 하기에는 마음이 편치 않았다. 손영익 대표가 저녁 식사를 하며 투자 여부를 확정할 것이기 때문이다. 결과가 좋지 않으면 식사 자리는 금방 끝날 수도 있다. 난 편의점 매장에 서서 삼각김밥과 컵라면을 허겁지겁 먹었다. 그리고 기사 대기실로 가서 대기하며 커피를 여러 잔 마셨다. 이준혁 상무 팀이 되든, 조규진 전무 팀이 되든, 제발 회사가 원하는 결과가 나오길 바라면서 초조한 시간을 보냈다.

그렇게 3시간이 지나자 기다렸던 호출이 왔다. 차를 빼서 호텔 정문에 세웠다. 손영익 대표의 오늘 일정은 이미 끝이 났다. 이제 남은 일정은 사장의 퇴근길을 책임지는 거다. 나는 연거푸 심호흡하며 그를 기다린다. 어떻게 됐을까? 투자를 받을 수 있을까? K마켓처럼 되면 어떡하지?

드디어 사장이 모습을 드러냈다. 그의 뒤를 전무와 상무, 최도원이 따르고 있다. 손영익 대표는 없었다. 난 재빨리 차의 뒷좌석 문을 열고 사장이 타기를 기다린다. 악수를 나눈 네 사람은 그 자리에서 뿔뿔이 흩어졌다. 나는 사장을 태우고 도곡동으로 향한다. 속으로는 결과가 무척 궁금했지만 차마 물을 수가 없었다. 한참을 침묵 속에 운전하고 있는데, 사장이 말을 걸었다.

"김유찬 씨."

"네, 사장님."

그의 말에 심장이 쿵 내려앉으며 온몸이 긴장한다. 관자놀이 부근도 쭈뼛거렸다. 내게 무슨 말을 하려는 걸까?

"곧 발령이 날 겁니다."

"네? 발령이오? 저를요?"

난 내 귀를 의심하며 되물었다. 그토록 고대했던 말이건만, 막상 직접 들으니 믿기지가 않는다.

"그동안 수고하셨어요. 조만간 이준혁 상무가 주축이 돼서 자동차 직매 플랫폼 회사를 별도로 꾸릴 예정입니다. 법인이 나오면 그쪽 홍보마케팅팀으로 가서 근무하면 돼요."

"투자가…… 된 겁니까?"

목소리가 떨려 나온다. 앞을 보고 운전해야 하는데 자꾸 뒤를 돌아보게 된다.

"네에. 1조를 유치했습니다. 솔직히 말하면 조금 더 투자받았죠. 성공했어요."

"정말 잘됐습니다."

"잘됐죠. 회사도 잘됐고 유찬 씨도 잘됐고요. 이제 수행 기사 그만하고 좋아하는 일 실컷 하면 돼요."

그제야 실감이 났다. 내가 수행 기사에서 벗어날 수 있다는 사실이 믿어지지 않는다. 마약사범으로 기소유예를 받은 순간이 엊그제 같은데. 이 벅찬 현실을 그대로 받아들여도 되는 것일까? 나중에 거짓말이었다고 하는 건 아니겠지? 불안하면서도 기뻤다.

"고맙습니다. 고맙습니다, 사장님."

너무 기뻐서, 운전을 하며 고개 숙여 고마움을 표했다. 그런 내 모습에 사장이 소리 내어 웃었다. 그의 유쾌한 웃음소리는 언제 들어도 참 좋다. 오늘은 더 좋았다.

"그래도 당분간 제 수행은 해줘야 돼요. 이번 달 말이나 돼야 발령이 나니까."

"네, 당연히 그래야죠."

도곡동까지, 대체 무슨 정신으로 운전을 했는지 모르겠다. 가슴이 벅차고 손이 떨린다. 이런 행운이 나에게 오다니. 난 그를 아파트 정문 앞에 내려주고 주차장에 차를 세웠다. 그리고 마음껏 고함을 질렀다. 됐다. 이제 됐어! 나도 이제 뭔가를 할 수 있다고!

너무 신이 난 나머지 택시를 잡아탔다. 평소 같으면 지하철을 이용했겠지만 그럴 시간이 없었다. 빨리 사택에 가서 민가영에게 이 소식을 전하고 싶었다. 들뜬 마음에, 아까까지 내 머릿속을 짓눌렀던 박영태 실장의 일은 까맣게 잊었다.

사택에 도착하니 1층에 불이 훤하게 켜져 있다. 조심스럽게 현관문을 열었다. 왁자지껄한 소리가 들려온다. 사택에 살고 있는 사람들이 전부 나온 듯, 커뮤니케이션 테이블은 꽉 차 있었다.

"김유찬 씨 왔네?"

"유찬 씨, 이리 와 앉아요."

내가 집에 들어서자마자 사람들이 반갑게 맞아준다. 그들 틈에 민가영도 끼어 함빡 웃고 있다.

"얘기 들었죠? 우리 투자 확정된 거. 와우, 이제 고생 끝이에요."

"인센티브 받을 일만 남은 건가. 얼마나 받을 수 있으려나?"

"그거 받으면 휴가 내고 여행 가야지."

"난 여기서 나가려고. 오피스텔 얻어서 오붓하게 혼자 살 거야."

"주식이 좀 오르려나?"

"계속 오르겠지."

"아, 진즉에 좀 사둘걸."

사람들은 모두 들떠 있었다. 쉴 새 없이 술을 마시며 앞으로의 일에 대한 기대를 숨기지 않았다.

"유찬 씨도 고생 많았어요. 덕분에 일도 수월했고요."

옆에 앉아 있던 전략기획팀의 송연호가 나를 치켜세워준다.

"고맙습니다. 저도 덕분에 즐겁게 일했어요."

"앞으로도 할 일이 많을 거예요. 공략해야 할 자동차 브랜드가 어디 한두 군데여야죠. 앞으로도 같이하시는 거죠?"

그의 말에 그냥 웃기만 했다. 내 발령에 대해서 모르는 눈치라, 입을 다문 것이다. 사내 공지가 날 때까지는 조용히 있는 게 낫다.

"전무님 팀은 어떻게 됐나요?"

"아아, 그거?"

앞자리에 앉은 사람이 대화에 끼어들었다. 그 역시 프레젠테이션 때 본 사람이었다.

"우리도 일부는 투자받았어요. 상무님 팀과 비교할 수 없이 적은 금액이지만 그래도 그게 어디에요?"

"잘됐네요."

"천만다행인 거죠. 그것도 못 받았다면 어휴, 전무님 불호령이…… 생각만 해도 끔찍하네."

"왜 그분들은 아직도 자신이 현역이라고 생각하는 걸까? 일은 우리에게 맡기고 그냥 관리만 하시지."

"아직 열정이 넘쳐서 그래."

"원격 의료 진료는 정부 허가가 안 떨어졌잖아요?"

"바로 그게 문제였던 거죠. 스마트병원을 구축한다고는 하지만 아직 누가 봐도 시기상조잖아요?"

"손영익 대표가 플랫폼을 헬스케어로 바꾼다는 전제하에 투자하기로 결정했어요."

"헬스케어요?"

"헬스케어 기기와 연동해서 가장 적합한 의사를 추천해주는 거죠. 매칭이 되면 환자를 측정한 자료를 미리 그 의사에게 보내고요. 어떻게 보면 시스템이 원격 진료와 비슷해요."

"이것에라도 관심 가진 게 어디야?"

"손영익이 투자한 돈이 1조 몇천억이라고?"

"자세한 건 나도 몰라. 뉴스 나오면 그때 알겠지."

손영익 대표가 K마켓에 투자할 생각이었던 금액의 일부가 우리 회사로 더 넘어온 것 같았다. 그 덕분에 전무와 상무가 추진하던 프로젝트가 모두 시행될 수 있는 것이다. 잘됐다. 정말 잘됐다.

나도 기분이 좋아 맥주를 여러 캔 마셨다. 술을 마시며 민가영 쪽을 힐끗 보니 그녀 역시 기분이 상당히 업된 상태였다. 난 자리에서 일어났다. 더 앉아 있고 싶었지만 내일은 일찍부터 스케줄이 있었다. 사장과 함께 손영익 대표를 배웅해야 한다.

흥겨운 분위기를 깨지 않으려고 조용히 2층으로 올라왔다. 샤워를 하고 자리에 누우려는데 노크 소리가 들린다. 방문을 열었더니 문밖에 민가영이 서 있었다.

"벌써 도망가면 어떡해요?"

그녀의 손에는 캔맥주가 들려 있었다. 입꼬리가 살짝 올라간 미소가 장난꾸러기 아이 같았다.

"내일 일찍 일어나야 하는데?"

"그건 내일 일이고, 오늘은 즐겨야죠. 안 그래요?"

그녀가 다짜고짜 방으로 들어왔다. 그리고 내 침대에 앉아 맥주 캔을 딴다. 나도 어쩔 수 없이 방문을 닫고 그녀의 옆에 앉았다. 그녀가 건네주는 맥주를 받아 마시는데 그만 웃음이 나왔다. 취했나? 평소에는 남의 눈치를 그렇게 보더니, 괜찮은 걸까?

"누가 보면 어쩌려고 그래?"

"뭐, 어때요? 남녀 사이에 연애도 할 수 있고 그러는 거지."

"그러다 소문나면?"

"몰라요. 그건 그때 가서 생각하면 되는 거고."

뻔뻔하다고 해야 할까, 아니면 귀엽다고 해야 할까. 그녀는 대놓고 나에게 애정 표현을 하고 있다. 그런 그녀가, 내 눈에는 사랑스럽다. 내 어깨에 기대어오는 그녀의 작은 머리에 입을 맞췄다.

"진짜 잘되지 않았어요? 회사가 점점 커가는 게 보여서 너무 신나. 거기에 내가 조금이라도 일조했다고 생각하니까, 막 보람차고 그런 거 있지?"

나도 마찬가지였다. 위너에 입사한 지 고작 몇 달 밖에 안 된 신입이지만, 충분한 기회를 얻었고 또 열심히 일해서 성과를 냈다. 그 결과가 뿌듯하다. 게다가 곧 법인이 설립되면 홍보마케팅 팀으로 발령받을 거라 생각하니 감격스럽다. 이 기쁜 소식을 민가영과 나누고 싶었다. 그녀에게만큼은 이 소식을 꼭 전하고 싶었다.

"사실, 나……"

뜸을 들였다. 어떻게 얘기를 꺼내야 들뜬 기분을 티 내지 않고
담백하게 전할 수 있을까 신중해진다. 그런 나를, 그녀가 똑바로
보고 있다. 내가 무슨 얘기를 꺼낼지 의아한 눈빛이다.

"이제 같이 일하지 못할지도 몰라요."

"어머? 왜?"

"발령받았어."

"발령? 무슨 발령? 난 아무 소리도 듣지 못했는데?"

"아직 아무도 모르는 얘긴데, 사장님이 아까 말씀해주신 거거
든. 나……, 회사에서 새로 법인 설립하면 그쪽 홍보마케팅팀으
로 가야 해요."

"어머, 유찬 씨!"

그녀가 내 목을 끌어안았다. 그 바람에 캔에서 튀어나온 맥주
가 몇 방울 얼굴에 튄다. 하지만 나도, 그녀도 그런 것은 신경 쓰
지 않는다.

"잘됐다. 정말 잘됐다."

난 그녀에게 키스를 했다. 촉촉한 그녀의 입술에서 차가운 맥
주의 맛이 그대로 느껴졌다.

"이제 자주 못 봐서 어떡하지?"

"어떡하긴. 집에서 더 자주 봐야지."

그녀를 안았다. 내 몸에 매달린 작은 그녀의 몸을 보듬으며 계
속 키스를 한다. 맥주는 더 이상 마실 수 없었다. 그녀의 몸에 열

중하느라 목이 마르지 않았다. 일과 사랑, 이 모든 것이 순조로웠고 나는 세상의 전부를 얻은 것만 같았다. 그녀와 사랑을 나누며 깊은 잠에 빠져들었다.

*　*　*

아침 일찍 눈을 떴다. 내 옆자리는 비어 있었다. 민가영은 새벽에 일어나 자신의 방으로 돌아간 것 같다. 서둘러 샤워를 하고 도곡동으로 향했다. 오늘은 손영익 대표와의 마지막 일정이었다. 사장을 태우고 콩코드호텔에 들러 그를 픽업할 예정이었다. 사장의 아파트에 도착했다. 주차장으로 내려가니 사장의 벤츠 옆에 빨간 포르쉐가 주차되어 있었다. 어젯밤 사장은 윤조와 시간을 보냈나 보다. 아직도 그녀와 함께 있는 거겠지. 난 사장의 차를 빼서 아파트 입구로 갔다. 10여 분이 지나자 사장이 내려왔다.

"안녕히 주무셨습니까?"

"좋은 아침입니다."

사장의 안색이 훤해 보였다. 요 며칠 잠을 제대로 자지 못해 몹시 피곤해 보였는데, 오늘은 상태가 괜찮았다. 난 그를 태우고 콩코드호텔로 향한다. 이른 시간이라 호텔 앞은 한산했다.

"주차하고 로비로 오세요. 같이 커피나 마시죠."

사장이 차에서 내리며 말한다. 난 알겠다고 대답하고 주차장으로 갔다. 주차를 하고 차에서 내린다. 아침 바람이 시원했다. 분명 어제와 똑같은 아침인데, 기분 때문일까, 느낌이 다르다. 로비로 가니 사장이 나를 기다리고 있다. 직원이 따라주는 커피를 마시며 우리는 손영익 대표를 기다렸다.

"손 대표님, 어떤 분이신 것 같습니까?"

사장이 나에게 조심스럽게 묻는다. 투자가 확정됐지만, 그에 대해 좀 더 알아두고 싶은 모양이었다.

"소박하신 분인 것 같아요. 식사 장소가 마땅치 않아 오래된 식당을 추천해드렸는데 좋아하시던데요."

"오래된 식당이오?"

"종로에 있는 설렁탕집이나 을지로 순댓국집, 그런 곳이오."

"아, 아…… 그런 곳엘 다녀오셨구나. 어쩐지…… 미슐랭 레스토랑에도 만족을 못 하셔서 입에 안 맞으시는구나 했는데. 또 어디를 다녀오셨나요?"

"연천 민통선에 있는 아버님 묘에 다녀왔고 정릉에도 갔다 왔어요. 친구분이 거기서 고깃집을 하셔서요. 정릉이 손 대표님의 고향이라고 하시더라고요."

사장이 귀 기울여 듣고 있다. 투자가 됐으니 앞으로 손영익 대표를 만날 일이 늘어날 거다. 이런 작은 정보를 들어두면 도움이 될 게 틀림없다. 그러나 난 정릉에서 박영태 실장을 만났다는 얘기는 하지 않았다. 좋은 일에 괜히 재를 뿌리는 게 아닐까 싶어 말을 할 수가 없었다.

잠시 후, 캐리어를 든 손영익 대표가 나타났다.

"어젯밤 잘들 주무셨어요?"

사람 좋아 보이는 그가 친근하게 웃는다. 나도 인사를 하고 그의 손에서 캐리어를 받아들었다. 그리고 차를 가지러 주차장으로 향한다. 발걸음이 가벼웠다. 손영익 대표의 얼굴을 보니 그도 이번 투자의 결과가 만족스러운 듯 보인다. 이번 방문은 그도 좋고 회사도 만족스럽고 나도 흡족한 결말이었다. 나의 앞에, 탄탄한 미래가 놓인 것 같아 설렜다.

공항에 도착하자 조규진 전무와 이준혁 상무가 나와 있었다. 난 손영익 대표의 짐을 차에서 내리고 인사를 한다.

"대표님, 안녕히 가십시오."

"유찬 씨도 잘 있어요. 곧 다시 보게 되겠죠. 이틀이었지만 수고 많았고, 즐거웠어요."

그가 손을 내밀었다. 난 그와 악수를 했다. 그리고 공항 안으로 들어가는 그들의 모습을 잠시 지켜보다가 주차장으로 갔다. 호출이 올 때까지 기다리면서 스트레칭을 했다. 어제 술을 많이 마시지 않았는데도 왠지 몸이 찌뿌둥하다. 오늘 같은 날 피트니스센터에 가면 좋을 텐데.

그렇게 1시간 정도 기다리니 호출이 왔다. 다시 출국장으로 가서 사장을 태우고 회사로 향한다. 사장의 기분은 몹시 좋아 보였다. 그 좋은 감정이 내가 앉은 운전석까지 전해진다. 이 행복감을 오래 간직하고 싶었다. 속으로 흥얼대며 운전을 하고 있는데, 휴대폰 문자가 왔다는 알림 소리가 들렸다. 사장의 휴대폰이다. 누군가 사장을 찾는 것을 보니 또 일 얘기겠지. 난 룸미러로 사장의 안색을 살폈다. 그런데 뒤의 반응이 심상치가 않다. 휴대폰을 확인한 사장의 얼굴이 일그러져 있다. 그는 어디론가 급히 전화를 걸었다.

"이렇게 먼저 발표를 하시면 어떡합니까? 아직 내부 회의도 거치지 않았잖습니까?"

사장이 화를 냈다. 예의 바른 사람이, 인사도 없이 다짜고짜 본론부터 꺼내는 걸 보니 단단히 화가 났나 보다.

"말씀이 다르지 않습니까? ⋯⋯전무님, 설마 알고 계셨던 건 아니죠?"

그의 목소리가 거칠고 날카로워졌다. 전무라는 호칭에, 난 헬시코어와 문제가 생겼다는 것을 직감했다.

"그냥 넘어갈 문제가 아니죠. 이건 신뢰의 문제입니다. 정리해서 함께 발표하는 것을 원칙으로 삼았던 것 아닌가요? ⋯⋯네, 네⋯⋯. 일단 들어오십시오. 전화로 얘기할 내용이 아닌 것 같습니다. 네⋯⋯. 아니요, 최 대표에게는 우리 쪽에서 정리한 후 통보하는 것으로 하죠. 네⋯⋯, 네. 알았습니다."

전화가 끊겼다. 사장의 얼굴은 대단히 불쾌해 보였다. 난 그 기세에 눌려 조용히, 그리고 빠르게 차를 몰았다. 판교에 있는 회사까지 가는 1시간이 멀고 길게만 느껴졌다.

***

민가영을 통해서 사장이 화가 난 이유를 알았다. 손영익 대표가 투자하기로 한 사실을, 우리 회사와 협의 없이 헬시코어가 먼저 발표해버린 것이다. 언론 보도가 나오자 헬시코어의 주식은 하늘 높은 줄 모르고 치솟았다. 그리고 우리 회사의 이미지는 헬시코어의 단순한 협력업체로 전락해버렸다. 당연히 사장은 불쾌한 눈치였다. 그 분노를 전무에게 감추지 않았다. 사장실과 비서실의 얇은 벽을 통해 그가 호통치는 소리가 들려왔다.

비서실은 퇴근할 때까지 계속 살얼음판을 걷는 기분이었다. 우리는 대화도 나누지 않았고 서로의 눈치만 봤다. 손영익 대표의 투자가 확정된 좋은 날, 회사 내부의 공기는 순식간에 험악해졌다.

사장은 회사에 오래 있지 않았다. 평소와 달리 6시 정각에 퇴근을 했고 집으로 가는 차 안에서 단 한마디 말도 하지 않았다. 아까 낮에 보여줬던 호쾌한 모습은 사라지고 없었다. 난 그를 집 앞에 내려주고 풀이 죽어 사택으로 돌아왔다.

문을 열고 들어서니 집 안이 조용하다. 주방에서는 민가영과 몇몇 사람들이 조용히 맥주를 마시고 있었다. 어제는 승전 축포를 쏘아 올렸다면 오늘은 패전 소식을 들은 느낌이랄까. 모두 어깨가 축 늘어진 게, 어제와는 전혀 다른 분위기였다. 사택 안은 회사의 뒤숭숭한 분위기가 그대로 전해지고 있었다.

"어휴, 살아 돌아오셨네."

송연호가 나를 보더니 맥주를 마시며 인사를 한다. 함께 있던 사람들도 일제히 나를 본다. 테이블로 가서 앉았다. 누군가 내게 캔맥주를 내밀었다.

"사장님은 어때요?"

"글쎄요……. 아무 말씀 안 하셔서."

말을 아꼈다. 내 말 한마디가 이들에게는 비수가 될 수 있다. 그러나 사람들은 내 말을 듣더니 오버하기 시작했다.

"폭발했네, 폭발했어."

"기분 정말 더럽다는 거, 티 낸 거예요, 그거."

"사장 화내는 거 다들 처음 본 거지? 나만 그런 거 아니지?"

"개발 기한 지키지 못해도 화 한 번 안 낸 성군인데……."

"전무님은 이제 어떻게 되는 거야?"

"별일 있겠어? 이미 엎질러진 거, 사장님 혼자 열 받다 말겠지."

사택에 살고 있는 사람들은 사장이 화가 났다는 데 의견을 모으고 전전긍긍해하고 있었다. 팀을 갈라 경쟁했던 전무팀과 상무팀 모두 회사를 걱정하는 눈치다.

"모건 쪽 반응은 어때?"

"모르지. 하지만 거기도 화나지 않았을까?"

"그래도 우리보다 나아요. 들러리 느낌은 아니잖아?"

"헬시코어 진짜 얍삽하다. 기사 낸 거 봤어? 우와, 그렇게 돌려 포장할 줄이야. 우리한테 꼭 일을 의뢰한 것 같더라. 투자받은 건 위너인데."

"근데 또 백퍼 거짓말은 아니라 반박하기도 뭐하고……. 홍보 마케팅팀이 머리 좀 아프겠어."

"원래 계획대로 자동차 직구 플랫폼과 같이 터지면 시장 반응이 더 폭발적이었을 텐데."

"헬시코어만 확 오른 거야? 우리는? 우리는 어떻게 됐어?"

"오르긴 올랐어. 김빠진 느낌이 없지 않아 있어서 그렇지."

"헬시코어가 소문대로 위태위태하긴 했나 보다."

"제가 말했잖아요. 그 얘기 진짜라고."

민가영이 투덜거린다. 헬시코어에 대한 수행 기사들의 소문이 맞았던 것이다.

"그렇게 해서라도 살아야 하는 그쪽 사장 입장이 이해가 안 가는 건 아닌데, 그래도 이건 너무했어."

"문제는 전무도 알고 있었던 거 아냐?"

"알고 있었대?"

"진짜?"

"그렇겠지. 그게 아니면 파트너십 버리고 어떻게 혼자 발표하냐? 뒷감당 어떻게 하려고?"

"조 전무님이 뒷배라 이건가?"

우리의 화제는 조규진 전무로 향했다. 회사 내 전해오는 그의 이력이 부풀려졌다는 의혹부터 최도원과의 관계가 수상하다는 얘기, 자금을 유용했다는 소문 등등이 나왔다. 그리고 전략기획팀과 기술개발팀을 자신의 밑으로 포섭하려는 술수까지도. 물론 그 얘기는 조규진 전무에게만 국한된 얘기는 아니었다. 그의 상대인 이준혁 상무도 만만찮다는 소리가 나온다. 권모술수가 난무하는 회사 뒷얘기가 흥미로웠다.

"유찬 씨도 조심해요."

갑자기 송연호가 경고를 한다. 사람들의 시선이 나에게 모였다.

"아니, 전 왜요?"

"이상하잖아요. 오전 타임 수행 기사, 그 사람, 전무님 추천으로 들어온 거라면서요?"

그의 얘기에 민가영을 힐끗 봤다. 그녀가 어깨를 으쓱해 보인다. 내가 오기 전에 여기 모인 사람들을 대상으로 음모론을 펼쳐 놨을 그녀의 모습이 그려져 웃음이 나왔다.

"그럴 수도 있죠. 수행 기사들, 다 그 멤버들 안에서 움직이는 데요, 뭐. 누구 추천이 중요한가요?"

"그래도 헬시코어 출신이라는 게 좀 그렇지."

"왜 하필 헬시코어에서 데리고 왔대?"

사람들의 불평이 이어졌다. 헬시코어가 손영익 대표의 투자 건을 단독으로 발표한 사실에 모두 화가 났기 때문이다. 나와 대각선으로 맞은편에 앉아 있던, 머리가 아주 짧은 남자도 얘기에 끼어들었다.

"박영태 실장이던가? 전에 오전 타임 근무하던 그 수행 기사, 그 사람도 전무님이 데리고 온 사람 아니야?"

귀가 번쩍 뜨인다. 뭐? 그게 무슨 소리야? 뜻밖의 얘기에 마시고 있던 맥주가 목에 탁 걸렸다. 민가영도 눈을 반짝이며 묻는다.

"그건 무슨 소리예요?"

"들은 그대로예요. 박영태 실장, 조 전무님 추천으로 회사에 들어왔다고요."

송연호가 아무렇지 않은 듯 얘기를 한다. 이미 소문이 다 돌았나 보다. 하지만 민가영은 모르는 눈치였다. 눈을 동그랗게 뜨고 사람들을 두리번거린다.

"난…… 처음 듣는 얘기예요."

"유명한데? 그분 전무님 사람이라고 들었어요."

전무님 사람이라……. 무심결에 한 그 표현이 왠지 마음에 걸린다.

"우리 회사, 비서실 사람은 아무나 안 뽑잖아요? 유찬 씨도 추천으로 들어왔죠?"

누군가 물었다. 난 바로 인정했다.

"네, 수행 기사 대행업체에 사장님이 직접 의뢰하셨다고 들었습니다."

"거봐요. 이력서 받으면 뭐 해? 그거 다 쇼지. 비서실은 알음알음 뽑는대도."

"민가영 씨도 전무님이나 상무님 추천받아 들어온 거 아니에요? 이연 씨인가? 그 기사도 그랬다던데?"

송연호가 조심스럽게 물었다. 하지만 그녀는 입을 다물었다.

"설마…… 가영 씨도 전무님 라인이에요?"

머리가 짧은 남자가 짓궂게 묻는다. 사람들의 관심이 그녀에게 쏠렸다.

"아, 아니요."

"그럼 상무님?"

"전 그런 거 아니에요."

"에이, 비서실은 아무나 못 들어가는 신성 구역이잖아요?"

"말해봐요. 어떻게 들어왔는데요?"

"전…… 그냥 면접 보고 들어왔는데요."

그녀가 코너에 몰렸다. 얼굴색이 좋지 않았다. 내가 나서야 할 차례였다.

"가끔 그렇게도 뽑나 보죠. 아니면 저처럼 사장님 라인이거나."

"이야, 사장님 라인, 센데?"

사람들의 화제는 사장님으로 향했다. 이혼과 별거설 공방부터 상무가 친형이 아니라 사촌 형이라는 소문까지 별별 얘기가 다 나온다. 흥미로운 얘기였지만 난 민가영의 안색을 살피느라 신경이 쓰였다. 입사 얘기가 나온 이후부터 그녀의 표정이 좋지 않았다. 난 그녀에게 문자를 보냈다.

'괜찮아?'

'피곤해. 잘래.'

'같이 갈까?'

'아니. 사람들이 의심 사. 내일 회사에서 봐요.'

그녀가 자리에서 일어났다. 먼저 올라가 자겠다는 그녀의 말에 아무도 신경 쓰지 않는다. 사람들은 이번에는 최도원 얘기에 신이 나 있었다. 난 그 얘기에 귀가 솔깃해서 그녀를 그냥 위층으로 올려보냈다. 혼자 있을 시간을 줘야 한다고 나 스스로를 타이르며 말이다.

"그럼 최도원이 정이준의 꼬붕이었다는 거야?"

"어, 어렸을 때부터 계속. 유명했다던데?"

"최도원 말고 한연구인가? 그 사람도 그렇다며?"

"정이준이 실력이 없어서 주변을 다 친구들로 채운 거지. 돈으로 유학 가서 학벌은 좋으니까 친구들이 괜찮잖아? 덕분에 경영은 편안하게 했어. 알아서 다 해줬다며."

"정이준이 죽어서 본사에서 내심 좋아했던 거 아냐?"

"그럴 수도 있지. 최도원이 간신히 키워놓으니까 먹으려고 하는 거 보면. 원래 헬시코어 접고 정이준을 해외로 내보내려고 했었대."

"게다가 그 얘기 들었어? 한연구가 케미컬론으로 붙었다며?"

"최도원이 곧 밀려나겠네. 본사의 공세를 어떻게 버티겠어? 헬시코어 이사까지 케미컬론에 붙은 거면 말 다 했지."

"그래서 최도원이 살려고 바락바락 기를 쓰고 그러는 거구나?"

난 최도원 얘기를 들으며 한 회사의 사장 직함을 가진 사람도 산다는 게 쉽지 않구나 하는 생각을 한다. 우리는 맥주를 몇 캔 더 마시고 헤어졌다. 아침에 출근해야 하는 사람도 있어서 술자리는 길어지지 않았다. 나 역시 고성국과 업무 타임을 바꾼 터라 일찍 일어나야 했다.

2층 내 방으로 나는 샤워를 하고 침대에 누웠다. 민가영 방으로 가볼까 생각도 했지만, 그녀 말대로 의심 살까 두려워 오늘 밤은 그냥 자기로 했다. 불을 끈 방은 어두웠다. 하지만 잠이 오지 않는다. 며칠만 지나면 수행 기사로서의 내 삶이 끝나고 새로운 인생이 펼쳐진다고 생각하니, 가슴이 벅차고 이런저런 생각이 들어서 쉽게 잠이 오지 않았다.

***

다음 날, 비서실로 출근하니 민가영이 반갑게 맞아준다. 평소보다 더 환대하는 분위기였다. 기분도 어제보다 훨씬 나아 보인다.

"인트라넷 봤어?"

"아니, 아직……."

"축하해요. 홍보마케팅팀 김유찬 님. 이제 이렇게 불러야 하나?"

내가 홍보마케팅팀으로 발령받았다는 공지가 벌써 떴나 보다. 그녀는 마치 자신의 일처럼 기뻐해줬다. 고맙다. 위너에 들어와서 좋은 사람들을 많이 만났고 감사할 일도 적잖이 생겼다. 그러나 이내 그녀의 얼굴에 아쉬운 기색이 스친다.

"아쉽다. 다른 팀으로 가서. 우리 이번 주까지만 같이 일하는 거죠? 송별 파티라도 해야겠다."

"부서만 이동하는 건데, 뭐. 회사에서도 자주 볼 테고 사택에서도 매일 보잖아요?"

"그래도 할 건 해야지. 오 실장님에게 전화 드려야겠다. 깜짝 놀라시겠는데?"

"휴가 중이시잖아요."

"뭐 어때? 좋은 일은 빨리 알려야지. 실장님이랑 고성국 씨랑 시간 맞춰서 우리 밥 한번 먹어요."

온종일, 회사에서 만나는 사람들마다 나를 축하해줬다. 이준혁 상무에게서도 휴대폰 문자로 축하 메시지가 왔고, 홍보마케팅팀에서도 축하 메일이 왔다. 같이 일했던 전략기획팀 사람들도 기뻐해준다. 심지어 고성국까지도. 수행 기사에서 홍보마케팅팀으로, 이례적인 인사였지만 여기에 불만을 표하는 사람은 아무도 없었다. 단, 전무님 한 사람만 빼고 말이다. 성취감에 들뜬 나는 그의 반응을 신경 쓸 여력이 없었다. 복도에서 마주쳐도 그저 감사한 마음에 고개를 조아려 인사를 했다. 그런 행동이 저절로 마음에서 우러나왔다. 마무리도 잘하고 싶어서 일찍 출근했고 더 열심히 일했다.

드디어 일요일. 수행 기사로서의 마지막 날이다. 난 새벽같이 사장의 집으로 향했다. 요즘같이 날씨가 더울 때는 공을 치는 시간도 빨라지기 때문이다. 오전 4시, 아직도 하늘은 어두컴컴했다. 난 차를 빼서 아파트 입구에 주차하고 사장을 기다렸다. 평소 같으면 정각에 내려올 사람인데 웬일인지 오늘따라 늑장을 부린다. 10분, 20분, 30분……. 시간이 흘렀다. 이러다가는 약속된 시각에 늦을 것만 같아 초조해진다. 난 휴대폰을 켰다, 껐다 하며 안절부절못했다. 사장에게 전화를 걸어도 될지 판단이 서질 않았다.

고민하다 결국 전화를 걸었다. 그러나 신호음만 갈 뿐, 전화를 받지 않았다. 또 걸었다. 여러 번 걸어도 마찬가지였다. 집으로 올라가서 벨이라도 눌러봐야 하나 생각하던 찰나, 아파트 입구 자동문이 열리며 누군가 나오는 모습이 보였다.

기회였다. 재빨리 아파트 입구로 뛰어간다. 자동문은 일정 시간이 지나서인지 매뉴얼대로 여지없이 닫히려 한다. 재빨리 자동문 사이로 발을 넣었다. 문은 다시 열렸다. 난 간신히 아파트 안으로 들어갈 수 있었다. 하지만 이번에는 또 다른 난관이 기다리고 있었다. 출입카드가 없는 나는 엘리베이터를 탈 수 없는 것이다. 내 눈은 자연스럽게 비상 출입구를 향했다. 엘리베이터는 못 타지만 계단은 오를 수 있으니까. 난 어두컴컴한 비상구 계단을 이용해 20층까지 쉬지 않고 올라갔다. 땀이 비 오듯 흘렀다. 숨도 헐떡였다. 계단을 오르고 또 올라 사장의 집인 2003호 앞에 섰다.

벨을 눌렀다. 반응이 없다. 사장이 잠에서 깨지 않았나 싶어 쉬지 않고 눌렀다. 문을 열어줄 때까지는 계속 누를 작정이었다. 몇 분쯤 지났을까, 결국 문의 잠금장치가 해제되는 소리가 들렸다. 난 급한 마음에 두껍고 묵직한 현관문을 잡아당겼다. 문이 열리자 윤조의 창백한 얼굴이, 속옷만 입은 흐트러진 모습이 보인다. 두 눈은 공허했다.

"주, 죽었어요……."

그녀는 나를 보더니 무너지듯, 바닥에 주저앉았다.

13. 예상하지 못한 사고

"그게…… 무슨 소립니까?"

"그이가, 그이가 죽었어요……."

"네에?"

"쓰러져서…… 죽어서…… 일어나지 않아요."

윤조가 횡설수설한다. 난 거실로 뛰어들어 갔다. 소파 아래에 쓰러져 있는 남자의 모습이 보인다. 사장이었다.

"사장님!!!"

그를 불렀다. 흔들어 깨웠지만 꿈쩍도 하지 않는다. 더 세게 흔들었다. 2년 전, 바닥에 쓰러진 정이준의 몸을 만졌을 때처럼 딱딱하고 묵직한, 마치 나뭇조각 같은 사장의 몸이 흔들거린다. 죽었다. 아니, 죽지 않았다. 미약하나마 숨결이 느껴진다. 몸이 차갑지도 않다. 난 재빨리 사장의 코끝에 손을 대보았다. 숨이 아직 붙어 있었다. 아직 살아 있다. 다행이다. 그러면 이제 난 어떻게 해야 하지? 경찰에, 아니 119에 신고해야 하는 걸까? 어쩌지……, 어쩌지?

그때 윤조와 눈이 마주쳤다. 그녀는 어느새 내 옆으로 와 멍하니 서서 물끄러미 보고 있다. 그제야 난 정신을 차린다. 나라도 정신을 차려야 했다.

"언제부터 이랬어요?"

그녀는 고개만 좌우로 흔들었다. 눈은 빛을 잃었다. 가늘고 여린 몸을 바들바들 떨고 있다. 너무 놀란 나머지 눈물도 나오지 않는 듯했다.

거실을 둘러봤다. 투명한 유리 테이블에는 여러 개의 주사 약병과 주사기, 고무줄 토니켓이 어지러이 널려 있다. 그리고 그 뒤로 파란 쇼핑백이 보인다. 사장이 속해 있다는 프라이빗 사교 클럽의 쇼핑백 말이다. 쇼핑백 옆에는 똑같은 색의 상자가 열려 있고, 그 안에 또 다른 약병이 들어 있다. 상황으로 유추했을 때 사장은 여러 개의 약물을 한데 섞어 맞은 것 같다. 아마 그 영향으로 쓰러진 거겠지.

또 사고다. 정이준이 죽었을 때처럼, 난 예기치 않은 사고에 휘말린 것이다. 가슴이 세차게 뛰기 시작했다. 내 안의 본능이 강하게 외치고 있었다. 절대, 절대 이 사고에 엮이면 안 된다고. 저 파란 쇼핑백을 빨리 치워야 한다고. 그러면 안 되는 걸 알지만 그래야 내가 산다. 난 아직 마약 범죄로 기소유예 상태다. 이번 사고 때문에 문제가 생기면 다시 기소될 공산이 크다. 게다가 난 50만 원이라는 팁을 받고 저 쇼핑백을 옮기지 않았던가. 저 쇼핑백은 약물 전달에 이용되어왔던 거다. 따라서 난, 아무리 모르고 전달했다고 변명해도 공범자다. 웃음이 나왔다. 그래, 어쩐지 팁이 너무 고액이다, 싶었어. 거저 얻는 돈은 없는데 말이야.

처한 상황에 너무 어이가 없었다. 나도 모르게, 이번엔 진짜 범죄자가 돼 있다니. 오늘은 수행 기사로서의 마지막 날인데, 내일부터는 홍보마케팅팀에 출근해 새로운 삶이 열릴 텐데, 내가 어떻게 잡은 기회인데⋯⋯. 돌아갈 수 없다.

"전, 어쩌면 좋죠?"

윤조가 넋이 나간 채 물었다. 하지만 그건 내가 묻고 싶은 말이었다. 난 어떻게 하면 좋을까? 우선 파란 쇼핑백부터 주워들었다. 약병과 주사기는 빼고 테이블 위에 있던 파란 상자도 챙겼다. 일단 이것을 치워야 했다. 그러나 집 안에는 둘 수 없고 밖으로 가져나갈 수도 없었다. 이 아파트에 살지 않는, 외부인을 보는 감시의 눈은 어디에나 있으니까. 자칫 잘못하면 내가 범인으로 의심받을 수도 있었다.

증거는 차고 넘친다. 팰리스호텔과 비욘드호텔 그리고 더 플랫에서 내가 이 쇼핑백을 주고받는 광경이 CCTV에 찍혔을 거다. 불현듯 이준혁 상무가 떠올랐다. 얼마 전 사장이 쓰러졌을 때, 그는 내게 이런 일이 또 생기면 자신에게 먼저 연락해달라고 했다. 그래, 그러면 나를 도와줄 수 있을지도 모른다. 이한경 사장과 인척 관계라면 경찰의 의심도 덜 받겠지. 그리고 만약 사장이 잘못되기라도 하면 내가 의지할 사람은 그밖에 없었다.

휴대폰을 들었다. 신호음이 몇 번 울리지 않았는데, 그가 전화를 받았다.

"상무님, 저 김유찬입니다."

〔아, 유찬 씨, 이렇게 일찍 웬일입니까?〕

"사장님 댁에 와 있는데, 쓰러져 계십니다. 상태가 이상해요."

〔……언제부터 그랬습니까?〕

"모르겠어요. 윤조 씨도 정신을 못 차려서."

〔기다려요. 당장 내려갈게요.〕

3분도 안 돼 초인종이 울렸다. 비디오폰 패널에 상무의 모습이 비친다. 문을 열어주니 슬리퍼를 신은 그가 복도에 서 있었다. 이준혁 상무는 사장과 같은 아파트, 다른 층에 살고 있었다. 그나마 불행 중 다행이었다. 그는 거실로 들어오자마자 사장의 상태부터 살폈다. 그리고 윤조와 나를 돌아봤다.

"이러고 있을 때가 아니에요, 윤조 씨, 윤조 씨!"

그가 윤조의 이름을 몇 번이나 불렀다. 그녀가 멍한 눈빛으로 그를 본다.

"정신 차려요. 일단 사장님은 살아 계시니까 걱정하지 마시고요."

그녀의 눈에서 눈물 한 방울이 뚝 떨어졌다. 그제야 마음이 놓인 듯 눈물이 나온 것이다.

"사장님과 같이 주사를 맞았습니까?"

그녀가 고개를 흔들었다. 상무는 마치 취조라도 하듯 진지하게 묻는다.

"언제부터 이랬는지 알아요?"

"벨 소리 듣고 거실로 나왔는데……."

"쓰러져 있었다, 이거군요. 오늘 사장님과 같이 있었다는 거, 외부로 알려져도 괜찮은가요? 이 집에 온 걸 아는 사람 있어요?"

윤조는 또 고개를 흔들었다. 그가 나를 보더니 한숨을 쉰다.

"쉽지 않네요. 일단 윤조 씨를 우리 집에 내려보낼까 봐요."

"그래도 괜찮은 겁니까?"

"유찬 씨. 우리, 일 어렵게 만들지 맙시다. 이건 단순 사고예요. 사장님이 평소에도 프로포폴을 맞고 계신다는 거, 아는 사람은 다 아는 얘기예요. 어젯밤에도 자다 나와서 혼자 맞았나 본데 굳이 윤조 씨까지 끌어들일 필요가 없죠. 스캔들을 최소화합시다."

"알겠습니다."

나도 고개를 끄덕였다. 맞는 말이었다. 단순 약물 사고에 여러 사람을 끌어들일 필요는 없다. 2년 전, 윤조 때문에 일이 꼬였던 것을 생각하면 복수라도 해야겠지만 지금 내 심정은 살아남아야 한다는 욕망이 더 컸다. 똑같은 일을 두 번 당할 수 없었다. 그리고 정신 못 차리고 울고 있는 그녀를 보니 예전의 내 모습이 떠올라 딱하기도 했다.

"그건 어떻게 할 거죠?"

이준혁 상무가 내가 들고 있는 파란 쇼핑백을 보고 물었다. 더플랫에 심부름을 하러 가기 전부터, 아마 그는 그 쇼핑백의 역할을 알고 있었을 것이다.

"모르겠습니다…… 왠지 숨겨야 할 것 같아서."

난 그에게 쇼핑백을 내밀었다. 숨기는 일은 내가 결정할 일이 아닌 것 같았다. 그는 지갑에서 아파트 출입카드를 꺼내더니 쇼핑백과 함께 윤조에게 건넸다.

"윤조 씨, 지금부터 내 말 잘 들어요. 우리 집은 1802호입니다. 이건 출입 키고요. 지금 당장 우리 집에 내려가 있어요. 꼭 비상계단을 통해 내려가시고요. 엘리베이터를 이용하면 안 돼요. 알겠어요?"

"1802호……, 비상계단이오."

"좋습니다. 혹시 사장님한테 받은 카드 있어요?"

그녀가 가방을 가져온다.

그리고 가방에서 출입카드를 꺼내 상무에게 건넸다.

"어제 윤조 씨는 여기 안 온 거예요. 누가 CCTV 봤다는 얘기를 꺼내도 무조건 아니라고 해요. 알겠죠? 윤조 씨는 사장님 댁이 아니라 우리 집에 들른 겁니다."

"네……."

"가세요. 그리고 내가 갈 때까지 우리 집에서 꼼짝하지 말고 기다려요."

윤조는 쇼핑백을 들고 조용히 사장의 집에서 나갔다.

그녀의 모습이 보이지 않자 이준혁 상무는 휴대폰으로 119에 신고를 했다. 난 당황하지 않고 능숙하게 일을 처리하는 그를 바라봤다. 상무는 사장이 쓰러진 모습을 발견한 우리들 중에 유일하게 이성적이었다. 그가 전화를 끊었다. 짧게 한숨을 내쉬더니 나를 본다.

"유찬 씨, 곧 구급차가 올 겁니다. 그때까지 이 집에 들어오게 된 상황을 설명해주겠어요?"

난 오전 4시에 아파트에 도착해 기다렸다는 얘기를 시작으로 사장이 나오지도 않고 연락도 되지 않아 힘들게 20층까지 올라왔다는 얘기를 했다. 그는 내 얘기를 심각한 표정으로 듣는다.

"알겠어요. 그럼 이렇게 합시다. 유찬 씨는 사장님이 문을 안 열어줘서 나한테 연락 한 거예요. 같은 아파트 살고, 혹시 비밀번호를 알 수도 있으니까. 그리고 함께 들어와 사장님이 쓰러진 걸 발견한 겁니다. 아시겠어요?"

"네, 하지만…… 그러면 상무님께 피해가 가지 않을까요?"

내 말에 그가 빙긋 웃었다. 신경이 곤두서 날카로웠던 그의 얼굴이 그 바람에 부드러워진다.

"그건 제가 알아서 하겠습니다. 걱정하지 마세요. 그리고 사장님의 오늘 골프 약속이 누구와 잡혀 있었습니까?"

"써밋호텔 대표님이셨습니다."

"골프장에 일정 변경 사항을 알려주세요. 일행분께는 제가 전화 드리지요."

잠시 후 119 구급차가 왔다. 구급 요원이 이동 침대에 사장을 눕히고 구급차로 옮긴다. 그리고 요란하게 사이렌을 울리며 근처 병원으로 달렸다. 나와 상무는 사장의 차를 타고 119 구급차를 따른다. 혹시 몰라 사장이 맞은 약병과 주사기도 챙겼다.

우리는 이동하는 동안 차 안에서 아무 말도 하지 않았다. 손영익 대표에게 투자를 받고, 자회사 설립을 앞둔 상황에서 이런 일이 벌어지다니, 그의 머릿속도 무척 혼란스러울 것 같다.

병원에 도착해 그를 응급실 앞에 내려주고 주차장으로 향했다. 차를 주차하고 응급실로 향하면서 골프장에 전화를 걸어 사장의 상황을 알렸다. 자세한 얘기는 하지 못하고 건강이 좋지 않다는 정도로만 둘러댔다.

응급실 입구로 들어가니 상무는 이미 접수를 끝낸 상황이었다.

"시간이 좀 걸릴 것 같네요. 일단 전 집에 가봐야겠어요. 유찬 씨, 사장님을 잘 부탁합니다."

"네, 걱정 마십시오."

"혹시 무슨 일이 생기면 저에게 바로 연락 주시고요."

상무가 떠나고 응급 대기실에는 나 혼자 남았다. 시계를 보니 오전 6시. 이른 시간인데도 병원을 찾은 사람들이 꽤 많았다. 한참을 앉아 있다 밖으로 나가 자동판매기에서 커피를 뽑아 마신다. 날은 훤히 밝아 있었고 오늘도 어제처럼, 새로운 하루가 시작되고 있었다. 주차장 너머로 분주한 사람들의 모습이 보인다. 도로 위에는 오가는 차량으로 가득했다. 일요일이었지만 도심은 여전히 활기찼다. 난 커피를 연거푸 세 잔 마시며 사장이 빨리 건강을 회복하길 바랐다. 그도 그리고 나도, 빨리 저 사람들 틈에 섞여 역동적인 삶을 보낼 수 있길 기원했다. 다시 응급 대기실 안으로 들어간 지 얼마 지나지 않아 간호사가 나를 찾았다.

"이한경 씨 보호자십니까? 저를 따라오십시오."

간호사를 따라 좁고 긴 복도를 걸었다. 그리고 끝에 다다를 즈음, 그녀는 왼쪽에 열린 문으로 나를 안내했다. 그 방에 사장이 누워 있었고 그 앞에 의사가 서 있었다. 나와 눈이 마주치자 의사는 곤란한 표정을 지었다. 설마…… 아직 깨어나지 못한 걸까?

"보호자입니까?"

난 고개를 끄덕였다. 수행 기사지만 지금만큼은 사장님의 보호자가 맞다.

"약물 중독입니다. 프로포폴에 미다조람 같은 약물을 칵테일해서 맞았네요. 그것도 과량을요. 알고 계셨나요?"

"오늘 처음 알았습니다……."

"정량보다 많이 사용해서 호흡에 문제가 생겼습니다. 그래서 쓰러진 거고요. 좀 더 지켜봐야겠지만…… 마음의 준비를 해야 할 수도 있겠네요."

"그게…… 그게, 무슨 소리입니까?"

난 내 귀를 의심했다. 저 의사가 지금, 무슨 소리를 하는 거지? 말도 안 돼. 마음의 준비라니.

"의식을 찾기 어려울 수도 있다는 얘기입니다."

의사의 의례적인 답변이 돌아왔다. 그의 목소리는 그가 입고 있는 하얀 가운만큼이나 빳빳하고 차가웠다. 무섭다. 사장은, 그리고 나는 이제 어떻게 되는 걸까? 호흡기를 끼고 있는 사장을 내려다봤다. 그는 시체처럼, 두 눈을 감고 죽은 듯이 누워 있었다.

***

대책 회의가 열렸다. 넓은 회의 테이블에 조규진 전무와 이준혁 상무, 민가영 그리고 휴가 중이었던 오지선 실장까지 나와 앉아 있다. 공기가 무겁다. 오랜 침묵 끝에 전무가 먼저 입을 열었다.

"의사가 뭐라고 합니까?"

"현재 의식을 잃은 상태이고 숨이 붙어 있지만 회복을 장담할 수 없다고 합니다."

이준혁 상무의 말 한마디, 한마디가 내 가슴을 무겁게 짓누른다. 아까 병실에서, 힘없이 늘어져 있던 사장의 모습이 떠올라 괴로웠다. 난 마치 내가 죄를 지은 것만 같아 고개를 푹 숙이고 있었다.

"사장님을 처음 발견한 사람이 김유찬 씨라고요?"

"저와 함께입니다."

다시 침묵이 흘렀다. 전무가 입을 열지 않는 이상 상무도 말을 아꼈고, 나도 조용히 있어야 했다. 어디선가 훌쩍이는 소리가 들렸다. 고개를 살짝 들어 소리가 나는 쪽을 보니 민가영이 울고 있다. 오지선 실장도 간간이 수건으로 눈가를 닦는다. 두 사람 모두 충격이 크겠지. 물론, 그 둘뿐 아니라 여기 모인 다섯 명 모두가 쇼크 상태였다. 전무는 전무대로, 상무는 상무대로, 그리고 나 역시 말이다.

"사장님이 약물 중독이었다는 얘기는 비밀에 부치기로 합시다. 이 일이 새어나가면 회사에 좋지 않은 영향을 미칠 거예요."

우리는 모두 동의했다. 손영익 대표의 투자로 회사 주가는 한창 오르는 중이었다. 굳이 찬물을 끼얹을 필요는 없다. 그리고 사장의 사고가 알려지면 헬시코어와 모건에도 악영향을 미칠 것이다. 조심해야 했다.

"그럼…… 연락 오는 분들에게는 뭐라고 해야 하나요?"

오지선 실장이 침착하게 묻는다. 아직도 그녀의 눈가에는 눈물이 고여 있다.

"과로로 쓰러지셔서 잠시 휴식 시간을 가진다고만 말씀하세요. 그 이상은 모른다고 하고 넘기십시오. 그리고 사장님 업무는 당분간 제가 맡을 겁니다. 협조 부탁드릴게요."

전무의 말을 끝으로 우린 또다시 침묵했다. 사장의 부재가 얼마나 길어질지 알 수 없는데, 이렇게 순간을 모면하는 눈 가리기 식으로 버텨낼 수 있을까?

"경찰 조사는 언제 한다고 하나요?"

경찰 조사? 전무의 말에 내 심장은 쿵 하고 내려앉았다. 미처 생각하지 못한 일이었다. 내가 멍청했다. 사장의 약물 중독을 조사하는 것은 너무도 당연한 일인데.

"이미 가택 수사는 마쳤습니다. 별다른 것을 발견하지 못해서 그냥 돌아갔습니다."

"회사에도 오는 겁니까?"

"아마 곧 찾아올 겁니다. 직원들 눈에 띄지 않게, 최소의 인원으로 조용히 해달라고 부탁했으니 오늘 중으로 마칠 겁니다."

"그걸로 끝나는 건가요?"

"아마…… 김유찬 씨와 저는 따로 경찰 조사를 받을 것 같습니다."

상무가 말했다.

속이 울렁거리고 머리가 아프다. 경찰에게 취조를 받고 유치장에서 보냈던 시간이 떠올랐다. 겁이 난다. 너무 겁이 난다.

"잘 알겠습니다. 그 일에 대해서는 상무님께 맡겨두죠. 자, 이제 사장님은 어디에 모시는 거죠? 그 병원에 계속 머무르는 겁니까?"

"병실이 다 찼고 응급실에 계속 계실 수도 없어서 다른 병원을 알아보고 있습니다. 가급적 회사에서 가까운 곳으로 찾아볼게요."

"수고해주세요. 그리고 오지선 실장님께는 미안하지만 비상 상황이지 않습니까? 특별한 일 없으면 나머지 휴가 반납해주세요."

"네. 당연히 그래야죠."

"그리고……"

조규진 전무가 말에 뜸을 들였다. 난 그가 무슨 말을 하려는 건지 대충 짐작이 갔다. 몸에서 힘이 쭉 빠진다.

"김유찬 씨? 발령이 잠시 보류될 겁니다. 회사가 어수선하니까, 이해하시죠?"

아니, 이해하지 못하겠는데? 사장이 의식을 잃은 것과 내 발령이 무슨 연관이 있는 건데? 날 그대로 홍보마케팅팀으로 발령을 내줘. 그게 맞는다고, 그게 옳은 거라고! 속으로는 이렇게 외치고 싶었다. 그러나 그의 말을 그대로 수긍해버린다. 나는 나약했다.

"알았습니다."

"회의는 여기서 마칠게요. 모두 돌아가 주시고, 오늘 얘기가 외부로 새어나가지 않게 각별히 주의해주세요. 당부드리겠습니다."

전무가 먼저 회의실에서 나갔다. 곧 민가영이 소리 내어 서럽게 울기 시작했고, 오지선 실장이 그녀를 달래다 결국 울음을 터트렸다. 상무와 나는 우는 그녀들을 달랬다. 하지만 아무리 다독여도 울음을 멈출 기미가 보이지 않았다. 진짜 울고 싶은 사람은 나인데.

"1층에서 담배나 한 대 피울까요?"

상무의 제안에 자리에서 일어섰다. 우리는 그녀들이 실컷 울게 내버려 두고 회의실에서 나왔다. 나는 담배를 피우지 않지만 그를 따라 1층으로 내려갔다. 휴일이라 그런지 휴게실 앞은 텅 비어 있었다. 이준혁 상무는 주머니에서 전자담배를 꺼내 입에 물었다. 난 그의 입에서 하얀 연기가 뿜어져 나오는 것을 보고만 있었다.

"괜찮습니까?"

그가 물었다. 난 힘없이 고개를 끄덕인다. 홍보마케팅팀으로의 발령이 취소되어 내가 의기소침하고 있단 걸, 그가 눈치챈 걸까?

"조금만 기다리세요. 사장님은 곧 깨어나실 겁니다. 만약 그러지 않더라도 김유찬 씨는 제가 꼭 부를게요."

"고맙습니다."

"열심히 한 공을 가로챌 수야 없죠. 아, 그리고……"

그가 나를 보고 빙긋 웃는다. 난 그리고라는 말 뒤에 무슨 얘기가 나올지 몰라 살짝 긴장한다.

"윤조 씨가 고맙다고, 나중에 감사 인사하겠다고 전해달라 하더군요."

우리 둘만 아는 이야기였다. 그녀가 오늘 아침, 사장 집에 있었다는 사실은 우리 둘 외에는 아무도 모른다. 전무와 오지선 실장, 민가영은 물론 사장 집을 조사한 경찰까지도.

"집으로 잘 돌아갔습니까?"

"내가 데려다줬어요. 여전히 정신은 못 차린 상태였지만요."

"경찰에게…… 얘기하지 않아도 될까요?"

"괜히 일을 복잡하게 만들지 맙시다. 언론에서 알면 스캔들로 확장될 거예요."

"그래도 집에 그녀의 흔적이 남아 있지 않습니까?"

"제가 깨끗이 치웠습니다. CSI라도 오면 모를까, 윤조 씨 얘기는 나오지도 않을걸요? 그리고 이건, 아까 유찬 씨에게 못 물어본 건데……, 윤조 씨가 무슨 말을 하지 않던가요? 수상한 점은 없었고요?"

오늘 아침 일을 떠올려봤다. 그러나 정신이 하나도 없어 제대로 기억이 나지 않는다. 윤조가 문을 열어줬고, 문이 열렸을 때 그녀가 쓰러지듯 바닥에 주저앉았다는 것과 사장이 죽은 줄 알고 있었다는 것, 이게 전부다.

"특별한 것은 없었습니다."

"윤조 씨가 문을 열어줬다고 했죠?"

"벨을 여러 번 눌렀어요. 계속 반응이 없다가 한참 뒤에 문을 열어줬어요."

"그전에 집에서 이상한 소리가 들리지 않았고요?"

난 정신을 집중해본다. 벨이 울릴 때 무슨 소리가 들렸던가?

아니다. 안에서는 아무 소리도 들리지 않았다. 사장이 계속 자고 있다고 생각했을 정도로 조용했다.

"아무 소리도 듣지 못했습니다. 윤조 씨는 제가 누른 벨 소리를 듣고 막 잠에서 깬 것 같았어요."

사장의 집 문이 열렸을 때, 그녀는 흐트러진 속옷 차림으로 서 있었지. 두 눈은 공허했고, 넋이 나간 모습이었다.

"왜, 윤조 씨가 뭐라고 하던가요?"

"아니에요. 그냥 궁금해서 물어본 것뿐이에요. 별거 아닙니다."

"저, 그 쇼핑백은……"

"일단 집에 잘 숨겨뒀습니다. 유찬 씨 말대로, 가지고 나오길 잘했어요."

이쯤 되니, 파란 쇼핑백의 정체가 궁금했다. 상무라면 알고 있을 것 같았다. 그러나 묻지 못했다. 경찰이 회사 앞에 도착했기 때문이다. 이준혁 상무는 경찰차를 보자 그들 앞으로 달려갔다. 아는 사이인 듯, 친숙하게 인사를 하고 그들과 함께 건물 안으로 들어간다. 나도 조용히 뒤를 따랐다.

엘리베이터를 타고 12층으로 올라간 경찰은 사장실을 수색하기 시작했다. 책상 서랍을 열어보고 책장에 꽂힌 책 하나하나를 다 검사한다. 오지선 실장과 민가영은 가끔씩 눈물을 훔치며 경찰 옆에서 도움을 주고 있다. 난 사장실 한쪽 구석에 서서 그들의 모습을 물끄러미 보고 있었다. 괜찮다고 생각했는데, 막상 경찰을 보니 심장박동이 빨라진다. 긴장한 나머지 손도 떨렸다. 그 떨림이 너무 심해 한 손으로 다른 손을 억지로 누르며 마음을 진정

시키려고 노력했다.

"괜찮을 겁니다. 유찬 씨는 아무 잘못도 없잖아요."

옆에 서 있던 상무가 나지막한 목소리로 속삭였다. 내가 떨고 있는 것을 본 것이다. 하지만 그의 위로에도 내 마음은 진정되지 않았다.

"제 방으로 가실까요, 오 실장님? 저희 잠시 자리 좀 비우겠습니다."

그는 나를 데리고 자신의 집무실로 갔다. 그리고 생수병 하나와 작은 캡슐 하나를 건넸다.

"가끔 먹는 프로작이라는 우울증 치료제예요. 도움이 될 겁니다."

"고맙지만 전 괜찮습니다."

"드세요. 우리는 이제 경찰서에도 가야 하잖아요."

경찰서라는 말에 난 주저하지 않고 초록색 캡슐을 삼켰다. 플라세보 효과인지, 마음이 조금 편안해지는 느낌이다.

"우리가 한 경험이, 아무나 하게 되는 건 아니죠. 나도 가끔 악몽을 꿉니다. 그럴 때마다 이 약을 먹고요."

그가 웃으며 내 어깨를 툭 쳤다. 난 그 친근한 행동에 힘을 얻는다. 내가 느끼는 공포와 두려움을 그는 이해하고 있었다. 유치장에 갇혔을 때 그도 함께 있었으니까 아마 내 심정을 잘 알고 있을 것이다. 우리는 다시 사장실로 돌아왔다. 경찰의 수색은 곧 끝났고, 우리는 함께 경찰서로 갔다. 내가 프로작을 복용한 상태라 운전은 상무가 했다. 약을 먹어서인지 나른하고 졸렸다. 취조실에 들어가서도 긴장이 되지 않았다.

"이한경 씨를 처음 발견하신 분이시라고요?"

"이준혁 상무님과 함께 발견했습니다."

"그게 몇 시 경인가요?"

"오전 4시가 조금 넘어서입니다."

"왜 그렇게 일찍 이한경 씨 집으로 간 것인가요?"

"아침 일찍 골프 약속이 잡혀 있었습니다. 집에서 4시에는 떠나야 했어요."

"그런데 집에서 나오지 않았다, 이 말인 거죠? 집에는 어떻게 들어간 겁니까? 폐쇄적인 아파트던데요?"

"마침 아파트에서 나오는 주민이 있길래 안으로 들어갈 수 있었고요, 출입카드가 없어 계단으로 올라갔습니다."

"20층까지 말입니까?"

"네, 다른 방법이 없어서요."

"그럼 문은 어떻게 열었습니까?"

"상무님께 전화를 드렸습니다. 같은 아파트에 살고 계시니까요."

"그럼 이준혁 씨가 이한경 씨 집의 출입카드를 가지고 있었단 말입니까?"

말이 막혔다. 그렇다고 해야 하나, 아니라고 해야 하나. 판단이 서질 않는다. 자칫 잘못하면 상무가 의심받을 위험이 있다.

"죄송합니다. 너무 당황해서, 그때 일이 잘 기억나지 않습니다."

간신히 둘러댔다. 경찰은 나를 의심하지 않는 눈치였다.

"프로포폴이 위법인 거 아시죠?"

"알고 있습니다."

"평소 이한경 씨가 약물 복용하는 것도 알고 있었습니까?"

"아니요, 전혀 몰랐습니다."

"우울증이나 뭐, 다른 지병이 있었던 건 아니죠?"

"제가 알기로는 없었습니다."

"병원에 다닌 것도 아니고요?"

"네."

"얼마 전에 한 번 쓰러졌다고 하던데, 그것도 약물 때문이 아니었나요?"

차 안에서 사장이 정신을 잃은 것도 약물이 원인이었을까? 아니다. 그럴 리가 없다. 병원에 갔을 때 의사는 단순 과로라고 했다. 좀 쉬면 회복될 거라고 한 말을 내가 분명히 들었다.

"아닙니다. 그때는 과로였습니다. 확실합니다."

"어떻게 확신해요?"

"의사가 그랬으니까요."

"흐음……, 혹시 프로포폴과 미다조람 같은 약물을, 이한경 씨가 어디서 구했는지 아십니까?"

침을 꿀꺽 삼켰다. 민감한 질문이었지만 크게 긴장되지는 않았다. 이준혁 상무가 준 약의 효과는 상당했다. 마음이 느긋해진다.

"모릅니다. 제가 사장님의 사생활을 어떻게 알 수 있겠습니까?"

"조력자가 있을 텐데?"

"일만 하셨던 분이라……."

"김유찬 씨는 이한경 씨를 가장 가까이에서 본 사람이잖습니까? 테이블에 있던 그 약이 뭐였는지는 알고 있죠?"

"모르는데요. 경황이 없어서…… 제대로 보지 못했습니다."

거짓말을 했다. 프로포폴과 미다조람을 섞어 주사했다는 것을, 의사에게 들어서 알고 있다. 그러나 경찰이 응급실 의사도 만나 봤을 거라는 데 생각이 미치자 정신이 확 든다. 실수할 뻔했다. 작은 거짓말이 큰 위기를 불러올 수 있다.

"하지만 의사 선생님이 말씀해주셔서 대충 듣긴 했습니다."

경찰은 날 의심하는 것 같지 않았다. 내가 기소유예 상태라는 걸 알 텐데도 그것에 대해서는 일절 묻지 않았다. 이외에도 이것 저것 질문을 했지만 경찰의 태도는 정중했으며 질문도 길지 않았 다. 용의자가 아닌 참조인이 받는 취조는 확실히 달랐다. 그리고 싱겁게 끝났다.

난 경찰서에서 나오면서 심호흡을 길게 했다. 약 기운이 아직 가시지 않아서인지 아니면 긴장이 풀려서인지 온몸이 노곤했다. 빨리 집에 가고 싶었다.

***

"오늘 같은 날을 어떻게 견뎌야 할지 모르겠어."

민가영이 눈물을 글썽이며 말한다. 난 대꾸하지 않고 묵묵히 술을 마셨다. 우리는 지금 사택 근처의 펍에 와 있다. 사장님이 약물 중독으로 쓰러진 것을, 아직 회사 사람들은 모르기에 사택 에서 얘기를 나눌 수 없었던 것이다.

"어떻게…… 사장님이 약물 중독일 수가 있지? 유찬 씨, 그거 믿어요?"

그녀는 모른다. 사장은 자의적인 약물 중독이 확실하다. 머릿속에 사장 집 거실 풍경이 떠올랐다. 테이블 위에 약병과 주사기, 그리고 파란 상자와 파란 쇼핑백이 널려 있었지. 난 그 쇼핑백을 옮기며 거금의 팁을 주고받았다. 아마 쇼핑백에는 약병과 주사기가 들어 있었을 거다.

사장의 약물 중독은 몰랐지만 나는 이를 방조한 셈이다. 죄에서 자유로울 수 없다. 그래서 그녀에게 이 사실을 말해줄 수도 없다. 윤조가 그곳에 있었다는 얘기까지도. 그 비밀은 나와 이준혁 상무, 그리고 윤조 셋만의 것이다. 죄책감에 그녀를 똑바로 보기 힘들었다.

"내가 뭐 도울 일은 없을까?"

대답을 하지 못했다. 난 고개를 숙이고 술만 마신다. 맞은편에 앉아 혼자 떠들고 있는 그녀의 목소리가, 마치 라디오에서 윙윙대며 들리는 DJ의 목소리 같았다.

"유찬 씨, 지금 내 말 듣고 있는 거예요?"

"미안. 뭐라고 했죠?"

"하나도 안 듣고 있었구나?"

"……."

"정신없는 거 이해는 하는데……, 그래도 너무해. 같이 의논하자고 해놓고."

"미안해. 마저 얘기해봐요. 우리가 무슨 얘기 했죠?"

"뭐 도울 일은 없는지, 그런 말 했어요."

그녀가 입을 삐죽거렸다. 아이처럼 울던 여린 모습에서 벗어나 살짝 독기를 품은 그녀가 내가 아는 그녀답다고 생각했다. 그래, 그녀의 말이 맞는다. 우리가 가만히 있을 수는 없지. 사장을 위해 내가 뭘 할 수 있을까? 그러나 마땅한 게 생각나지 않는다.

"병원에 가서 돌봐드리는 거 외에는 우리가 할 수 있는 게 없지 않을까?"

"그건 당연한 거고. 난 내가 모은 정보나 뭐, 그런 거 이용해서, 우리 사장님에게 약물을 누가 건넸을까, 그런 거 알아보자는 얘기였는데?"

속이 뜨끔했다. 하지만 내가 아는 걸 그녀에게 얘기할 수는 없다.

"분명 누군가 건넸을 거라고요. 아니면 사장님이 자고 있을 때 몰래 놨거나. 그래, 일부러 중독시킨 게 틀림없어."

창백한 윤조의 얼굴이 떠올랐다. 어젯밤부터 사장과 같이 있었던 단 한 사람. 의심할 만한 사람은 그녀밖에 없다. 하지만 쓰러질 듯 놀라던 그때의 그녀 얼굴을 생각하면 그럴 리가 없다. 그녀는 사장의 약물 중독과 무관하다. 그녀가 그만한 연기력을 지녔다고는 믿기 힘들다.

"어떻게 그렇게 단언을 해요?"

"우리 사장님처럼 바른 사람이 그럴 리가 없죠. 생각해봐요. 요즘 사장님 주변에 일이 너무 많지 않았어요?"

"일? 무슨 수상한 조짐이 있었어요?"

"유찬 씨 들어오기 전에 연이 씨가 죽었죠. 그다음에 박 실장님이 갑자기 잠적했고. 그뿐인가요? 기대 이상의 거대한 투자금이 들어왔어요."

"투자받은 걸 의심하는 거예요, 지금?"

"아니, 의심이 아니라 요 몇 달 동안 사장님 주변에서 일어난 일들을 체크하는 거예요. 뭔가 연결고리가 있을 수도 있잖아요?"

"일단 들어보죠. 그 생각에 찬성은 안 하지만."

"사장님이 사업을 확장하려 하는데, 그 일에 전무와 상무가 대립 중이에요. 그 뒤에는 각각 헬시코어와 모건이 있고요."

"모건까지 의심해봐야 하는 건가?"

"그럼요, 의심해야죠. 사장님의 활동 영역 안에 들어오니까. 큰 돈이 걸려 있는데 무슨 음모라도 있을 수 있잖아요? 아, 윤조도 있다. 갑자기 우리 사장에게 붙은 거 수상하지 않아요?"

"가영 씨 마치 탐정 같네요."

"탐정이라도 되고 싶네요, 진짜. 이 사람들, 싹 다 조사해야 돼."

음모론을 펼치는 그녀의 말에 웃을 수밖에 없었다. 하지만 그녀는 진지했다. 휴대폰을 꺼내 메모까지 하며 그 사람들과의 관계에서 특이점을 찾으려 애를 쓴다. 난 그런 그녀를 물끄러미 바라봤다. 속이 허했다. 그녀는 사장을 사랑하면서 잠은 나와 자는 건가?

"가영 씨는 정말 사장님을 좋아하는구나?"

나도 모르게 속마음이 불쑥 튀어나왔다. 내 말에, 그녀의 눈빛이 흔들린다.

"뭐?"

"사장님을 사랑하는 거 같아서."

쓸쓸했다. 자존심도 상했다. 나를 보고 있는 그녀의 눈동자가 촉촉해진다.

"무슨 소리야, 그게?"

"말 그대로예요. 예전부터 느껴왔던 거고. 가영 씨는 내가 아닌 사장님을 좋아하고 있는 거라고요. 단순 팬심이 아니라."

그녀가 침묵했다. 나도 따라서 입을 다문다. 그리고 이준혁 상무가 준 약을 괜히 탓한다. 그 약 때문에 긴장감이 무너져, 속에 있는 말이 막 튀어나오는 것 같다. 경찰 앞에서는 괜찮았지만 그녀와의 관계에서는 독이 됐다. 차라리 펍에 오지 말걸.

"내가…… 사장님을 어떻게 만난 줄 알아요?"

한참 만에 그녀가 입을 열었다. 생각하지 못한 고백이었다.

"난 엄마 아빠가 없어요. 아주 어렸을 때부터. 사장님은 그런 날 후원해주신 분이었죠."

사장이 민가영의 후원자였어? 난 그녀의 시선을 피했다. 고개를 떨구고 구두끈을 내려다본다. 미안했다. 그녀가 사장을 이성으로 좋아한다고 생각했는데, 그는 그녀의 키다리 아저씨였구나. 그런 두 사람의 관계를, 남녀라는 뻔한 잣대로만 들이댔다니. 창피하다. 그녀에게 사과하고 싶었다.

"사장님이 후원해주셔서 고등학교를 졸업할 수 있었고 대학도 다닐 수 있었죠. 그리고 취업도 시켜주셨고. 나에겐 아빠나 마찬가지였는데……."

"미안, 몰랐어요. 그런 사정이 있는 줄."

"그래서 난 더 가만히 있을 수 없는 거예요. 은혜는 갚지 못할 망정 복수는 해야 하는 거 아니에요?"

"……."

"날 도와줘요, 유찬 씨. 우리 둘이 찾아보면 뭔가 알아낼 수 있을 거야."

고개를 끄덕였다. 하지만 암담하다. 윤조와 파란 쇼핑백 이야기를 그녀에게 숨긴 내가 뭘, 어떻게 도울 수 있을까?

***

다음 날, 오후 4시에 맞춰 회사에 출근을 했다. 발령도 보류되고 할 일이 없다는 것을 뻔히 알기에, 일부러 기존 출근 시간에 맞춘 것이다. 비서실 분위기는 예상했던 대로 어둡고 무거웠다. 오지선 실장과 민가영은 업무를 보고 있었고, 웬일인지 고성국도 퇴근을 미룬 채 자리에 앉아 있다. 아마 어제 있었던 일을 듣기 위해 나를 기다리고 있는 거겠지.

고성국이 말을 걸어왔다.

"차 한잔하시죠?"

솔직히 그와 말을 섞기 싫었다. 귀찮았다. 유치장에서 나온 후 느꼈던 우울감이 다시 밀려와 아무렇지 않은 척, 사람을 상대하기가 힘들었다. 그러나 딱히 거절할 이유가 없어 그를 따라 1층으로 내려갔다. 우리는 편의점 파라솔에 앉아 커피를 마셨다.

"어제 놀랐겠어요. 갑자기 뭔 일이래? 사장님은 괜찮으시대요? 과로로 쓰러지셨다면서요?"

"모르겠어요. 전 병원에만 모셔다드린 터라."

"에이, 솔직히 말해봐요. 다 알면서. 심각해요? 오 실장이 휴가 반납하고 나온 거 보면…… 전개가 이거, 심상치 않은데?"

"곧 괜찮아지시겠죠."

"그럴까요……? 다른 회사를 알아봐야 하는 건 아닌지 걱정이에요."

고성국의 촉은 예민했다. 오랜 기간 수행 기사 일을 해온 사람다웠다. 그는 사장이 과로로 입원했다는 말을 곧이곧대로 믿지 않았다.

"손영익 대표 투자가 확정되고 나니 긴장이 풀린 거겠죠. 그동안 그것 때문에 애 많이 쓰셨잖아요?"

"과연 그런 걸까요?"

그는 뭔가 알고 있는 낌새였다. 자신이 알고 있는 것을 얘기하고 싶어 입이 간질간질한 듯했다.

"네? 그게 무슨?"

"투자 유치는…… 사실 전무님이 했잖아요?"

그가 주변을 둘러보더니 목소리를 낮췄다. 다행히 주변에는 오가는 사람이 없었다.

"모르셨어요?"

"전 처음 듣는 얘기인데요?"

"아, 전무님 혼자 했다고 하긴 좀 그렇고, 최 대표님과 함께 추진했죠. 제가 헬시코어에 있을 때 들은 얘긴데, 어느 날 갑자기 그러시더라고요. 손영익이 뭘 원하는 줄 알았다고요."

"네에? 최도원…… 대표가요?"

급작스러운 최도원의 등장에 난 귀가 솔깃하다. 녀석이 대체 손영익 대표와 무슨 연관이 있다는 거야?

"사실 헬시코어 사정이 좋지 않잖아요. 자금 플로를 짜다, 짜다 안 돼서 투자로 눈을 돌린 거예요. 그런데 손영익이 아무나 만나 주는 사람인가요? 세계적인 투자가인데? 우리가 국내에서 알아 주는 기업도 아니고 전망 있는 스타트업 회사도 아니고요. 그래서 최 대표가 손영익을 타깃으로 잡고 그의 자서전을 읽으며 연구를 한 거죠."

"자서전을 읽으면서요? 그 안에서 뭔가를 찾은 건가요?"

"찾았죠. 찾았으니까 손영익 대표가 한국에 들어온 거 아니겠어요? 보통 투자받는 사람이 찾아가지, 투자하는 사람이 찾아오지는 않잖아요."

그럴듯했다. 최도원이 자서전에서 찾은 내용은 과연 무엇이었을까? 고성국의 얘기에 솔깃해진다.

"그게 뭡니까?"

"저는 모르죠. 어쨌든, 손영익 대표를 국내로 불러들일 만큼 중요한 뭔가가 있었다는 건 확실해요."

뭔가 걸리는 게 있었다. 그게 뭐라고 단정 지을 수는 없지만, 어딘가 꺼림칙하다.

"헬시코어만으로도 투자를 받을 수 있었을 텐데 왜 위너와 조인한 걸까요? 우리 같은 회사는 많을 텐데요?"

"글쎄요? 제가 들은 건 그것뿐이라. 손영익에게 줄을 못 대서 그랬나? 이한경 사장님은 발이 넓으시잖아요. 그 힘이 필요했을 수도 있죠."

"그럼, 원래 손 대표가 투자하려고 했던 사업 모델은 원격 의료였다는 거네요?"

고성국의 말이 사실이라면, 손영익 대표는 전무가 추진하던 원격 의료 사업에 투자를 확정했을 것이다. 그러나 눈치 없이 자동차 직구 플랫폼 사업이 끼어든 것일 테고, 손영익 대표가 거기에 손을 들어주면서 최도원과 전무는 허탈함을 느꼈을 거다. 닭 쫓던 개가 지붕 쳐다보는 심정이었겠지. 그것도 모르고 열성적으로 일하는 내가, 전무는 눈엣가시였을 거다. 하지만 이상하다. 손영익 대표는 K마켓 투자를 취소하고 그 금액 중 일부를 우리 회사에 다시 투자했다. 최도원과 조규진 전무가 추진한 사업이 마음에 안 들지만 꼭 투자해야 했던 이유가 있었을까? 그냥 투자한 것은 아닐 텐데?

정릉에 들렀을 때 쓸쓸해하던 그의 표정이 생각난다. 낯선 집을 찾았던 그는 결국 친구를 못 만나고 동생만 만났다고 했었지. 그리고 호텔로 가서 투자를 확정 지었었다. 자, 잠깐. 정릉이라면? 손영익 대표가 들렀던 집 근처는 내가 박영태 실장을 만난 곳이기도 했다. 내가 부르자, 나를 피해 어둠 속으로 몸을 숨기던 박영태 실장. 설마 그와 무슨 연관이 있는 건 아니겠지? 박영태 실장은 전무의 추천으로 위너에 입사했다던데, 그렇다면 그의 잠적이 전무와 관련이 있는 건 아닐까? 머릿속이 복잡해진다. 뒤엉킨 실타래를 어디서부터 풀어야 할지 모르겠다.

"그나저나 대기 발령 나서 어떡해요? 보니까 기한도 없던데?"

고성국의 말에, 정신이 번뜩 들었다. 어제 전무가 한 얘기가 벌써 공지로 떴나 보다.

"어쩌긴요. 예전처럼 그대로 출근하는 거죠."

"왜 그렇게 된 거예요? 그렇다고 수행 기사 일을 계속할 건 아니잖아요? 참, 당분간 우리 할 일도 없지? 내일부터 뭐 하나?"

막막해졌다. 내일부터 아니, 당장 오늘부터 난 아무것도 할 일이 없다. 좋게 말해 대기지, 일이 주어지지 않으면 나가라는 소리와 마찬가지다. 내 미래는 앞으로 어떻게 되는 걸까?

⟨2권에 계속⟩

대리인 1

2023년 4월 24일 초판 1쇄 발행

지은이 제인도
펴낸이 박시형, 최세현

책임편집 김명래 **디자인** 임동렬 **교정교열** 노은정
마케팅 권금숙, 양근모, 양봉호, 이주형 **온라인마케팅** 신하은, 현나래
디지털콘텐츠 김명래, 최은정, 김혜정 **해외기획** 우정민, 배혜림
경영지원 홍성택, 김현우, 강신우 **제작** 이진영
펴낸곳 팩토리나인 **출판신고** 2006년 9월 25일 제406-2006-000210호
주소 서울시 마포구 월드컵북로 396 누리꿈스퀘어 비즈니스타워 18층
전화 02-6712-9800 **팩스** 02-6712-9810 **이메일** info@smpk.kr

© 제인도 (저작권자와 맺은 특약에 따라 검인을 생략합니다)
ISBN 979-11-6534-729-1 (03810)

쌤앤파커스(Sam&Parkers)는 독자 여러분의 책에 관한 아이디어와 원고 투고를 설레는 마음으로 기다리
고 있습니다. 책으로 엮기를 원하는 아이디어가 있으신 분은 이메일 book@smpk.kr로 간단한 개요와 취
지, 연락처 등을 보내주세요. 머뭇거리지 말고 문을 두드리세요. 길이 열립니다.